KB052008

중국공산당
100년
약사

중국공산당
100년
약사

초판 1쇄 인쇄 2021년 06월 14일
초판 1쇄 발행 2021년 06월 21일
옮 긴 이 김승일(金勝一)·전영매(全英梅)
발 행 인 김승일(金勝一)
디 자 인 조경미
출 판 사 경지출판사
출판등록 제 2015-000026호

ISBN 979-11-90159-68-5 (03820)

판매 및 공급처 경지출판사

주소: 서울시 도봉구 도봉로117길 5-14   Tel: 02-2268-9410   Fax: 0502-989-9415
블로그: https://blog.naver.com/jojojo4

※ 이 도서의 국립중앙도서관 출판시 도서목록(CIP)은 서지정보유통지원시스템 홈페이지(http://seoji.nl.go.kr)와 국가자료공동목록시스템에서
   이용하실 수 있습니다.

중국공산당
100년
약사

뤄핑한(罗平汉) 지음 | 김승일(金勝一) · 전영매(全英梅) 옮김

 경지출판사
Korea Wisdom China

经典中国国际出版工程
China Classics International

contents

contents

머리말

　중국공산당은 역대로 자체 역사에 대한 종합과 학습을 중시하여
왔다. 1938년 10월 중국공산당 제6기 6차 전원회의에서, 마오쩌동은
"우리의 역사 유산을 학습하고 마르크스주의 방법에 의해 비판적으
로 종합하는 것은 우리 학습의 또 다른 임무 중의 하나이다."라고 강
조하였다. 1942년 3월 마오쩌동은 당의 역사를 어떻게 학습하고 연구
할 것인가에 대해 특별히 언급하면서 "만약 당의 역사에 대해 분명히
알지 못하고, 역사적으로 당이 걸어온 길을 명확히 알지 못한다면 일
을 더 잘 처리할 수가 없다."라고 지적하였다. 당의 역사를 학습하는
것은 당의 사업을 끊임없이 앞으로 밀고나가기 위한 필연적인 요구인
것이다.

1

　시진핑 총서기는 이렇게 지적하였다. "우리 당과 국가사업의 맥락에
대해 이해하고, 우리 당과 국가의 역사적 경험을 받아들여야 하며,
당과 국가의 역사에서 중대한 사건과 중요한 인물에 대해 정확하게
이해해야 한다. 이는 당과 국가의 상황에 대해 정확하게 인식하는 데

매우 필요하며, 앞날을 개척하는 데도 매우 필요하다. 그것은 역사가 가장 훌륭한 교과서이기 때문이다." 1921년에 창당해서부터 지금까지 당은 인민을 이끌어 파란만장한 혁명과 건설 및 개혁의 위대한 사업을 진행해왔다. 중화의 대지에 천지개벽하는 격변이 일어났고, 중화민족은 각성하고 부유해지고 강대해지는 역사적인 도약을 실현하였다. 중화민족의 위대한 부흥은 전례 없이 밝은 전망을 펼쳐보였다.

당의 역사는 이미 중화민족의 생명력과 결집력을 구현하는 중요한 모토가 되었다. 오로지 역사를 명확하게 기록하고 과거를 깊이 인식해야만 현재를 전면적으로 파악할 수 있고 미래를 정확하게 창조할 수 있다. 중국공산당은 장기간의 투쟁 과정에서 천신만고의 어려움을 겪으면서 온갖 위기를 이겨내고 마침내 뚜렷한 중국특색이 있는 혁명의 길과 현대화 건설의 길을 찾아냈다. 이것이 바로 신민주주의 혁명시기에 개척한 농촌으로 도시를 포위하여 무장으로 정권을 탈취하는 길이고, 사회주의혁명과 건설의 역사적 축적의 토대 위에서 개혁개방이라는 위대한 실천을 하는 가운데 개척한 중국 특색의 사회주의 길이다. 당의 역사에 대한 학습을 통하여 우리는 그 길이 어떻게 개척되고 어떻게 확장되었는지에 대해 참된 인식을 가질 수 있게 되는 것이고, 따라서 그 길로 나아가는 것을 더욱 소중히 여기게 되는 것이며, 더욱 확고하게 그 길을 따라 나갈 수 있게 되는 것이다.

중국공산당이 없었다면 새 중국도 있을 수 없으며, 더욱이 중화민족의 위대한 부흥이 있을 수도 없다. 당의 역사에 대한 학습을 통하여 당의 영도를 견지하는 이 중대한 원칙문제에서 명석한 두뇌와 확고한 정치적 신념을 유지할 수 있을 뿐만 아니라 우리의 정치적 판단력, 정치적 이해력, 정치적 집행력도 향상시킬 수 있다. 시진핑 총서기는 "우리 공산주의자들에게 있어서 중국혁명의 역사는 가장 좋은 영양제이다. 우리 당이 인민을 이끌고 혁명을 진행해 온 위대한 역사를 되새겨보게 되면 마음속에 긍정적인 에너지가 많이 쌓일 것이다." 라고 강조하였다. 예를 들면 당의 창당사에 대한 학습을 통하여 당의 초심과 사명의 귀중함을 알게 되고, 그 초심과 사명을 고수하려는 자각성을 증강시킬 수 있으며, 홍군의 장정 역사에 대한 학습을 통하여 신앙을 확고히 한다는 것이 무엇인지를 알게 될 것이며, 따라서 왜 당의 단결과 통일을 반드시 수호하여야 하는지를 알게 될 것이다.

마찬가지로 항일민족통일전선의 결성을 적극 제창하고 서안사변의 평화적 해결을 성공시킨 역사를 통해 정책과 책략은 확실히 당의 생명이라는 것을 깊이 느끼게 될 것이며, 항일전쟁 승리 후, 중국공산당 중앙위원회가 내린 "남쪽을 방어하고, 북쪽으로 발전시키자"라는 전략적 결정과 동북 근거지의 창설역사를 통해 전 당이 하나의 바둑판 같이 연결되어 전국적인 의식을 수립하는 것이 얼마나 중요한지를 알 수 있다. 반대로 당의 역사에서 일부 역사 인물이 이상과 신념이 흔들리고 정치규율과 정치규칙을 지키지 않아 결국 혁명의 반대편으로 나아간 부정적인 교훈도 우리에게 심각한 경계와 깨우침을 줄 수 있는 것이다. 당의 역사는 전 당의 지극히 귀중한 정신적 보물고이다. 당원인 지도 간부가 정치적으로 사리에 밝은 사람이 되려면 먼저 당사 문제에 대해 사리에 밝은 사람이 되어야 한다. 공산주의자의 필수

과목인 당사를 진실되게 학습하는 것은 역사에 대해 깊이 사고하는 가운데서 현실업무를 잘 완수하고, 미래를 향해 나아가며, 중국 특색의 사회주의를 견지하고 발전시키는 올바른 답안지를 계속 제출할 수 있다는데 중요한 의의가 있다. 중국공산당의 역사에 대한 학습을 통해 우리는 자신감을 키우고, 결심을 확고히 굳히며, 지혜를 얻고, 능력을 키울 수 있으며 따라서 진정으로 역사 학습을 통해 사리를 밝히고, 신념을 확고히 하며, 숭고한 도덕성을 키우고 힘써 실천할 수 있게 되는 것이다.

2

중국공산당의 100년은 기세 드높은 분투과정이었고, 100년의 풍부한 역사 축적이었다. 당의 역사를 학습함에 있어서는 아래의 내용들을 중점적으로 잘 파악하여야 한다.

시종일관 변함없는 초심과 사명을 깊이 터득하여야 한다. 왜 중국공산당은 매우 약소하였던 상황에서 점차 발전하여 강대해질 수 있었으며, 피바람 속의 매번 절망적인 상황에서도 살아날 수 있었으며, 난관을 딛고 꾸준히 승리를 거듭할 수 있었던 것일까? 그 근본 원인은 바로 순경에 처하든 역경에 처하든 시종일관 중국 인민의 행복을 도모하고, 중화민족의 부흥을 도모하려는 초심과 사명을 확고히 지켜나가면서 그 목표를 향해 용감하게 앞으로 나아간 데 있었다. 시진핑 총서기는 "스쿠먼(石庫門)에서 톈안먼(天安門)까지, 흥업의 길에서 부흥의 길에 이르기까지 우리 당이 약 100년 동안 들인 모든 노력, 모든 투쟁, 모든 희생은 모두 인민의 행복과 민족의 부흥을 위해서였다. 시종일관 그 초심과 사명을 지켜왔기에 우리 당은 극단적인 곤경 속에서도 발전하고 강대해질 수 있었으며, 절체절명의 위기 속에서도 겹겹의 포위를 뚫고 나갈 수 있었으며, 어려운 역경 속에서도 의연히 일어설 수 있었다"라고 지적하였다. 바로 이 때문에 인민대중이 공산당을 신뢰하고 옹호할 수 있는 것이며, 당의 사업과 당 자체도 꾸준히 발전을 거듭할 수 있는 것이다. 당의 역사를 학습하는 과정에서 당의 초심과 사명에 대한 인식을 깊이하고 그 초심과 사명을 실천하는 자각성을 높여야 한다.

100년의 분투과정을 깊이 이해하여야 한다. 당의 역사를 학습함에 있어서 중국 신민주주의혁명이 어떻게 승리를 거두었는지를 반드시 알아야 하며, 중국 사회주의제도가 어떻게 건립되고 공고해졌는지를 반드시 알아야 하며, 개혁개방이 어떻게 가동되고 심화되었는지 그리고 중국 특색의 사회주의가 어떻게 형성되고 전개되었는지를 반드시 알아야 하며, 중국 특색의 사회주의가 왜 새로운 시대에 들어섰는지, 그리고 이 새로운 시대에는 어떤 역사적 변혁을 실현했고, 어떤 역사적 성과를 거두었는지를 반드시 알아야 한다. 당의 분투과정에 대한 학습을 통해 당의 역사발전의 맥락, 중대한 역사사건의 경위, 중요한 역사인물의 지위와 역할에 대해 이해해야만 당의 역사에 대해 비교적 전면적으로 파악할 수 있다.

백년간 창조한 역사적 위업에 대해 깊이 인식하고 느껴야 한다. 중국공산당이 창립되었을 때 당시, 중화민족은 내우외환으로 극도로 가난하고 쇠약해진 비참한 지경에 처해 있었으며, 중국인민은 강산이 산산조각 나고 의지할 곳을 잃고 떠도는 극심한 고난을 겪고 있었다. 오늘의 중국은 이미 세계 2위 경제대국으로, 1위 공업대국, 1위 상품 무역대국, 1위 외환보유국으로 부상하였으며, 국내총생산이 100조 위안(元)을 넘고, 1인당 국내총생산(GDP)이 1만 달러를 넘었으며, 종합국력, 국제 경쟁력, 국제적 영향력이 대폭 증강되고, 사회주의 현대화 건설의 새로운 길을 전면 개척하는 단계에 들어섰다. 이러한 성과를 이룩할 수 있었던 가장 근본적인 원인은 중국공산당의 강력한 영도가 있었기 때문이다. 당의 역사에 대해 학습하는 가운데서 당이 백년의 분투가운데서 이룩한 위대한 성과와 창조한 위대한 공적, 역사적 기여를 깊이 인식함으로써 당의 영도를 견지하는 것에 대한 역사적 공동 의식을 심화시켜야 한다.

백년 이론의 혁신 성과를 진실 되게 이해해야 한다. 중국공산당의 역사는 또한 중국공산주의자들이 이론 혁신을 꾸준히 진행해온 역사이기도 하다. 100년 동안 중국공산당은 시종일관 마르크스주의의 위대한 기치를 높이 들고 마르크스주의라는 과학적 이론을 적용하여 중국혁명·건설·개혁의 실제문제를 해결하였으며, 실천을 토대로 한 이론 혁신을 꾸준히 추진하여 마르크스주의 중국화의 중대한 이론 성과를 이룩하였다. 이로써 당과 인민의 사업이 일맥상통하고, 시대와 더불어 발전할 수 있는 과학 이론적 지도를 제공하고, 전 당과 전국 여러 민족 인민의 단결과 통일을 증진하는데 튼튼한 사상적 토대를 마련해주었다. 당의 역사에 대한 학습을 통해 이런 이론 성과의 과학적 내용과 중대한 의의에 대한 인식과 이해를 한층 더 심화시키고, 이를 통해 우리의 두뇌를 무장시켜 우리가 진행하고 있는 새로운 위대한 투쟁을 지도하여야 한다.

백년간 쌓아온 풍부한 경험을 더욱 소중히 여겨야 한다. 위대하고 영광스러운 중국공산당의 정확성은 처음부터 타고난 것이 아니라 장기적인 실천과 힘겨운 투쟁의 시련 속에서, 특히 긍정적 경험과 부정적 경험의 반복적인 비교 속에서 점차적으로 형성된 것이다. 여러 역사시기를 거치며 당은 극히 풍부한 역사적 경험을 쌓았으며, 또 자체 역사와 현실적 경험을 종합하는데 깊이 중시하였다. 당의 역사에 대한 학습을 통하여 그 역사적 경험에 대한 인식과 이해를 깊이하며, 그 역사적 경험으로 우리가 진행 중인 실천을 지도헤야 한다.

백년간 이룩한 혁명정신을 힘써 발양시켜야 한다. 장기간의 분투과정에서 중국공산당은 독특한 정신적 기질을 형성하였다. 이러한 정신적 기질은 각기 다른 역사시기에 형성된 혁명정신에서 반영된다. 예를 들면 혁명시기에 형성된 붉은 배(紅船, 중공 창당대회가 열렸던 배-역자 주) 정신, 징강산(井岡山, 최초 중공소비에트 창설지-역자 주) 정신, 소비에트구(蘇區) 정신, 장정(長征) 정신, 옌안(延安) 정신, 시바이포(西柏坡) 정신 등과 또 건설과 개혁시기에 형성된 따칭(大慶) 정신, 유인 우주선 정신, 전염병 방역(抗疫) 정신 등 새로운 혁명정신 등이 중국 공산주의자들의 완벽한 정신적 계보를 이루었다. 이런 혁명정신은 모두 당의 백년 분투 역사 가운데서 형성된 귀중한 정신적 재부이며, 공산주의자들이 여러 역사시기를 거치며 쌓아온 도덕적 고지와 정신적 기념비이다. 당사를 학습하는 가운데서 이런 혁명정신에 대한 이해와 파악을 심화시켜 공산주의자들의 정신적 혈맥을 이어나가야 한다.

3

당이 중국인민을 단결 인도하여 꾸준히 분투해온 목적은 "성공을 통해 위로를 얻기 위함이 아니고, 더욱이 공적 기록부 위에 누워서 오늘날 직면한 어려움과 문제를 회피하기 위한 핑계를 찾기 위한 것이 아니라, 역사적 경험을 총화하고, 역사법칙을 파악하여 개척 전진할 수 있는 용기와 힘을 더욱 증강시키기 위함"이다. 당의 역사에 대한 학습을 전개함에 있어서 반드시 객관적, 전면적, 과학적으로 당의 역사를 대해야 한다.

마오쩌동은 "우리가 당의 역사를 연구할 때는 반드시 전면적으로 보아야 한다. 그래야만 당의 역사를 과학적으로 연구할 수 있다. 우리는 역사를 연구함에 있어서 반드시 과학적이어야지 주관주의적이어서는 안 된다."라고 지적하였다. 1942년 3월 30일 마오쩌동은 전 당의 「제6차 당 대회 이래」 학습에서 구체적인 상황과 결부시켜 「중국공산당 역사를 어떻게 연구할 것인가?」라는 제목으로 중요한 연설을 하여 "전면적, 역사적 방법"으로 중국공산당 역사를 연구하여야 하고, "당의 전반적인 발전과정"을 연구대상으로 하여야 하며, "당의 노선과 정책의 역사적 발전을 분명히 인식해야 한다"라고 지적하였다. 이는 당의 역사를 연구함에 있어서 마땅히 견지하여야 할 기본 태도이며, 또한 당의 역사를 학습함에 있어서 견지하여야 할 기본 입장이기도 하다.

'전면적, 역사적 방법'으로 당의 역사를 학습하려면 변증법적 유물론과 역사적 유물론의 방법을 운용하는 것을 견지해야 하며, 대역사관으로 당의 역사를 근·현대 중국발전의 역사, 나아가 중화민족 5000년의 발전과정에 올려놓고 고찰하여야 하며, 당의 역사를 국제·국내 두 환경에 올려놓고 분석하여야 하며, 당의 전반 역사에 대해 체계적이고 객관적이며 전면적인 학습과 연구를 진행해야 한다.

근대 이래 중국 인민은 민족의 독립과 인민의 해방을 쟁취하고, 국가의 번영과 부강 및 인민의 공동 부유를 실현해야 한다는 2대 역사적 과업에 직면하였다. 중국공산당은 전국 여러 민족 인민들을 단합 인도하여 이 2대 역사적 과업을 실현하기 위해 꾸준히 분투하여 왔다. 이것이 바로 당의 역사발전의 주제이고 주선이었다. 그러므로 당사 학습을 전개함에 있어서 당이 인민을 이끌고 신민주주의 혁명을 진행하고, 사회주의 혁명과 대규모의 사회주의 건설을 진행하였으며, 개혁개방과 사회주의 현대화 건설을 진행하여 위대한 성과를 이룩한 역사를 중점적으로 학습하여야 하며, 당이 혁명·건설·개혁을 추진하는 역사과정에서 마르크스주의를 견지하고 발전시켰으며, 마르크스주의의 중국화라는 일련의 이론 성과를 이룩한 역사에 대해 학습해야 하며, 당이 위대한 투쟁의 실천 속에서 자체 건설을 꾸준히 강화하고, 여러 풍파와 시련을 겪으면서 꾸준히 발전하고 강대해진 역사에 대해 학습해야 한다. 당의 역사를 학습함에 있어서 이러한 주제와 주선을 벗어나서는 안 된다.

역사의 세부적인 부분이 역사를 풍부히 함에 있어서 물론 매우 중요하지만, 당의 역사를 학습함에 있어서 반드시 본질과 주류를 정확히 파악해야지, 일부 역사 문제의 세부적이고 지엽적인 것에 지나치게 얽매이거나 그런 세부적이고 지엽적인 부분으로 역사의 주제와 주선을 대체해서는 안 되며, 역사를 임의로 취사선택하거나 심지어 왜곡해서는 더욱 안 된다. 마오쩌둥은 「중국공산당 역사를 어떻게 연구할 것인가?」라는 연설에서 다음과 같이 지적하였다. "우리는 당의 발전과정 전체를 연구대상으로 하여 객관적인 연구를 진행하여야 한다. 어느 한 부분만 연구하는 것이 아니라 전부를 연구하여야 하며, 개별적인 세부과정을 연구하는 것이 아니라 노선과 정책을 연구해야 한다. 우리는 이런 연구를 통해 오늘의 노선과 정책에 대해 더 잘 인식하고, 업무를 더 잘 해나가야 하며, 더욱 발전해야 한다." 비록 이는 당의 역사 연구를 위해 제기하는 요구이지만, 당의 역사를 학습함에 있어서도 마찬가지로 적용되어야 한다.

물론 당의 역사를 학습하고 연구함에 있어서 미시적이고 개별적인 사건에 대해 탐구할 수 없다는 말은 아니며, 당의 역사를 학습함에 있어서 역사의 세부적인 부분을 무시해도 된다는 말이 아니라 역사의 세부적인 것을 역사의 주류 속에 올려놓고 고찰하고, 역사의 큰 배경 속에서 개별적인 사건을 분석해야 하며, 나무만 보고 숲을 보지 못하는 시각은 안 된다는 것이며, 국부적인 것으로 전체를 대표하거나 지류로써 주류를 대체해서는 안 된다는 말이다.

시진핑 총서기는 "역사는 언제나 앞으로 발전하는 것이다. 우리가 역사의 교훈을 종합하고 받아들이는 목적은 역사를 거울삼아 더 잘 나아가기 위한 것이다."라고 지적하였다. 당의 역사에 대한 학습을 통해 전 당의 사상인식을 진일보적으로 통일하고, 시진핑 동지를 핵심으로 하는 당 중앙을 중심으로 더욱 굳게 뭉쳐 진일보 적으로 "네 가지 의식(정치의식·대국의식·핵심의식·일치의식)"을 강화하고, "네 가지 자신감(중국 특색 사회주의 길에 대한 자신감, 이론에 대한 자신감, 제도에 대한 자신감, 문화에 대한 자신감)"을 확고히 하며, "두 가지 수호(시진핑 총서기의 당 중앙위원회 핵심, 전 당의 핵심지위를 단호히 수호하고, 당 중앙위원회의 권위와 집중통일영도를 단호히 수호하는 것)"를 실천해야 한다. 이렇게 당이 걸어온 길을 되돌아봄으로써 미래를 향한 길을 더욱 잘 걸어 나갈 수 있어야 하는 것이 우리의 방향인 것이다.

제1장
중국공산당의 탄생

'10월 혁명'의 포성은 우리에게 마르크스·레닌주의를 가져다주었다.
'10월 혁명'은 전 세계와 중국의 선진 인사들을 도와 무산계급의 우
주관을 나라의 운명을 관찰하는 수단으로 삼을 수 있도록 하였으며,
자기문제를 다시 생각해보게 하였다. "러시아인의 길을 걷자" 이것이
바로 결론이었다. 1919년에 중국에서는 '5.4운동'이 일어났다. 1921년에
는 중국공산당이 창건되었다.

마오쩌둥(毛澤東) 「인민민주주의 독재를 논함」(1949년 6월 30일)

1.
마르크스주의의 전파

중국은 유구한 역사를 가진 문명 고대국가이다. 우리 선조들은 찬란한 고대문명을 창조하였다. 그러나 근대에 이르러 중국은 뒤쳐지기 시작하였다. 1840년 6월 영국 식민주의자들이 제1차 아편전쟁을 일으켰다. 이어 서양열강이 중국에 대한 침략전쟁을 끊임없이 일으켜 부패한 청(淸)정부를 강박하며 불평등조약을 하나씩 체결해 나갔다. 이로부터 중국은 반식민지·반봉건사회의 수렁으로 점점 빠져들기 시작하였다.

중화민족은 굴욕을 당하는 걸 원치 않는 민족이고, 중국 인민은 자강불식하는 인민이다. 아편전쟁 이래 줄곧 민족의 위대한 부흥을 이룰 수 있기를 갈망해왔고, 반제국주의·반봉건주의 투쟁을 멈춘 적이 없었으며, 나라와 민족의 출로를 찾고 나라와 민족을 구할 수 있는 좋은 방법을 시종일관 탐색해왔다. 그 과정에서는 농민계급이 피를 흘리며 싸운 태평천국(太平天國)운동과 의화단(義和團)운동이 있었고, 자산계급 개량파가 일으킨 무술유신(戊戌維新)운동과 자산계급 혁명파가 이끈 신해혁명(辛亥革命)이 있었다. 그러나 중국 농민계급과 민족자산계급 자체의 제한성으로 인해, 그리고 과학적 이론의 지도가 없었기 때문에, 그러한 항쟁과 분투는 잇달아 실패하고 말았다.

신해혁명 후 비록 국명은 대청(大淸)에서 중화민국(中華民國)으로 개칭되었지만 그것은 인민의 나라가 아니었다. 북양군벌(北洋軍閥)의 통치하에서 중국은 사분오열의 상태에 빠졌으며, 국가는 여전히 나약하고, 사회는 여전히 낙후하였으며, 인민은 여전히 가난하였다.

잔혹한 현실은 중국 선진인사들을 각성시켰다. 1915년 9월 천두슈(陳獨秀)가 상하이(上海)에서 『청년잡지(靑年雜誌)』[1]를 창간하였는데, 이 잡지는 신문화운동(新文化運動)을 일으키는 발단이 되었다. 천두슈·리따자오(李大釗)·루쉰(魯迅)·후스(胡適)·첸셴통(錢玄同)·류빤농(劉半農) 등은 잡지의 주요 기고자들이었다. 그들은 신해혁명의 실패에 대한 반성을 근거로 신(新)중국이 탄생하려면 먼저 반드시 '신(新)사상'이 있어야 한다고 주장하면서 사상계몽을 통해 정치의 근본적인 변화를 촉진시키려고 노력했다. 1917년 1월 저명한 교육가 차이위안페이(蔡元培)가 베이징대학(北京大學) 교장을 맡으면서 천두슈·리따자오 등을 잇달아 베이징대학의 교직원으로 초빙하였으며, 『신청년』 잡지도 상하이에서 베이징(北京)으로 옮기면서 베이징대학에는 『신청년』 편집부를 핵심으로 하는 신문화 진영이 형성되었다. 신문화운동은 '민주'와 '과학'의 기치를 높이 들고 전제통치와 미신에 반대하고, 개성의 해방을 제창하고, 봉건예교에 반대하였으며, 신문학을 창도하고 구(舊)문학에 반대하는 문학혁명을 일으켰다. 신문화운동은 사람들의 시야를 넓혀주고, 사람들의 사상을 해방시켰으며, 한차례 사상해방운동이 되어 마르크스주의가 중국에서 광범위하게 전파될 수 있는 사상

---

1) 『청년잡지』 : 얼마 후에는 『신청년(新靑年)』으로 개명하였다.

적 토대를 마련해주었다.

1848년에 마르크스와 엥겔스는 시대를 뛰어넘는 거작인『공산당선언』을 발표하였다. 이는 마르크스주의가 정식으로 탄생하였음을 상징해 주었다. 그 저작은 인류의 역사를 바꾸고, 또 무수한 사람들의 운명을 바꾸게 한 저작으로 이때부터 세계 여러 나라의 무산계급은 세계를 개조할 수 있는 예리한 사상무기를 갖추게 되었다. 그러나 1899년에 영국선교사 티모시 리처드(Timothy Richard)가 상하이에서 출판한『만국공보(萬國公報)』에 마르크스와 마르크스의 학설에 대해 언급한 후에야 중국인은 비로소 처음 마르크스라는 이름을 알게 되었다. 후에 자산계급 유신파 사상가인 량치차오(梁啓超)와 혁명파 사상가 주즈신(朱執信) 등이 모두 마르크스의 학설에 대해 조금씩 소개하기 시작하였다. 그러나 러시아의 '10월 혁명'이 일어나기 전에 마르크스주의는 단지 서양의 수많은 사회주의 유파 중 하나로만 중국에 소개되었을 뿐, 그것을 과학적 이론으로 삼아 명확하게 설명하지는 않았으며, 널리 전파된다는 것은 더구나 거론할 나위조차 없었다.

1917년 11월 (러시아력으로 10월) 레닌이 이끄는 러시아 '10월 혁명'이 승리를 거두면서 인류사회의 새로운 발전의 길을 열었다. 이 소식이 전해지자 어둠속에서 나라의 앞날과 운명을 애타게 탐구하고 있던 중국의 선진인사들은 마르크스주의의 과학적 진리 속에서 새 희망을 보았으며, 중국문제를 해결할 출로를 찾아내게 되었다. 그들은 러시아의 '10월 혁명'이 성공을 거둔 경험에서 '10월 혁명'이 승리할 수 있었던 것은 러시아의 노동자와 농민 대중이 과학적 사회주의의 기치 하에서 굳게 뭉쳤기 때문이고, 러시아에 마르크스주의 이론으로 무장된 무산계급 정당이 있었기 때문이며, 마르크스주의가 없었으면 러시아의 '10월 혁명'의 승리는 있을 수 없다는 사실을 발견하였다. 그리하여 그들은 마르크스주의에 대한 학습과 연구에 갈증을 느끼기 시작하였으며, 마르크스주의를 널리 알리고 선전하는데 총력을 기울이기 시작하였다. 그들은 러시아를 스승으로 삼아 '10월 혁명'의 길을 걸어 중화민족의 위대한 부흥을 실현할 결심을 다지게 되었다. 서양에서 전파되어 온 마르크스주의가 유구한 역사를 가진 중국에서 뿌리를 내리고 찬란한 꽃을 피울 수 있었던 것은 그 사상 자체가 갖추고 있던 과학성 이외에도 그 사상이 주장하는 사회주의·공산주의가 중국의 노자(老子)·공자(孔子)에서 쑨원(孫文, 孫中山)에 이르기까지 줄곧 갈망하여 온 중국인들의 '대동(大同)사회' 이상과 매우 일치했기 때문이었다. 그리하여 중국의 선진인사들이 먼저 마르크스주의를 받아들이게 되었으며, 중국에 '10월 혁명'의 길을 찬성하면서 또한 초보적인 공산주의 사상을 갖춘 지식인들이 나타나게 되었던 것이다.

중국의 무산계급은 19세기 중엽에 중국에 진출한 외국기업에서 최초로 나타났으며, 그 뒤 또 양무(洋務)운동의 관영기업과 그 뒤를 이어 흥기하기 시작한 민족자본기업에도 나타났다. 1914년에 이르러서는 100만 명 이상에 달하였다. 제1차 세계대전 기간에 서양 열강이 유럽에서 서로 싸우는데 열중하면서 중국에 대한 경제적 침략을 잠시 늦추었기 때문에 중국의 민족상공업이 발전할 수 있는 기회를 마련해주었으며, 중국의 노동자계급도 이로써 더욱 장대해질 수 있었다. 1919년 5.4운동 전야에 이르러 중국의 산업노동자 수가 이미 200만 명에 달하였다. 이로써 중국에서 마르크스주의가 광범위하게 전파되고, 무산계급정당이 탄생할 수 있는 튼튼한 계급적 토대가 마련되었다.

2.
천지개벽의 역사사건

1919년 1월부터 제1차 세계대전에서 승리를 거둔 27개 국가가 파리에서 '평화회의'를 열었다. 중국도 승전국 자격으로 대표를 파견해 파리 '평화회의'에 참가하였다. 그런데 회의가 미국·영국·프랑스·일본·이탈리아 등 국가의 조종을 받을 줄이야 누가 알았겠는가? 중국 대표가 제기한 합리적인 요구는 거부당하였으며, 게다가 회의는 어처구니없게도 중국 산동에서 독일이 얻은 모든 특권을 일본에 넘기도록 규정하였다. 파리 평화회의에서 중국외교가 실패하자 중국인민의 가슴속에 오래 동안 품어오던 반제국주의 애국정서가 화산처럼 폭발하고 말았다. 1919년 5월 4일 베이징대학 등 13개 이상 단과대학의 3,000여 명 학생이 집결하여 톈안먼(天安門)시위를 단행하였다. 그들은 "대외로는 주권을 쟁취하고, 대내로는 매국역적을 징벌할 것"을 요구하면서 학생투쟁을 선도로 하는 '5.4애국운동'이 일어났다. 그 반제국주의 애국운동은 전국의 여러 계층으로 빠르게 발전하였다. 6월 5일부터 상하이 노동자들이 자발적으로 학생들을 성원하는 파업을 벌이기 시작하였는데, 며칠 사이에 파업에 참가한 노동자가 6만~7만 명에 달하였다. 이어 베이징·탕산(唐山)·한커우(漢口)·난징(南京)·창사(長沙) 등지의 노동자들도 잇달아 파업을 단행하였고, 운동의 주력이 학생에서 노동자로 바뀌었다. 이는 또 노동자 계급이 중국의 정치무대에 등장하였음을 상징하는 일이었다.

5.4운동은 중국 근대역사에서 획기적인 의미가 있으며, 그 운동이 예전의 농민혁명·자산계급혁명과 다른 점은 바로 그 운동이 제국주의와 봉건주의에 철저하게 비타협적인 자세로 반대했다는 점이다. 이로써 인민이 각성하도록 일깨워 중화민족의 각성을 촉진시켰으며, 중국 신민주주의 혁명의 위대한 발단이 되었다.

5.4운동 후 초보적인 공산주의사상을 가진 혁명적 지식인들은 노동자계급의 위대한 힘을 인식하게 되었다. 그들은 장삼을 벗어던지고 노동자 대중들 속에 깊이 들어가 마르크스주의를 선전하기 시작하였다. 그 과정에서 그들의 사상과 감정에 중대한 변화가 일어났으며, 점차 노동자계급의 입장에 서게 되었으며, 지식인의 무산계급화를 실현하였다. 이와 동시에 노동자들이 마르크스주의에 대한 선전교육을 받은 후 계급적 각오가 높아지면서 마르크스주의와 중국 노동운동의 유기적인 결합을 실현하였다. 그 토대 위에서 그들은 무산계급정당을 창건해야 하는 중요성을 인식하게 되었으며, 중국공산당 초기조직을 구성하기 시작하였다. 1920년 8월 최초의 공산당 초기조직이 상하이에서 설립되었다. 주요 구성원으로는 천두슈·리다(李達)·위슈쑹(俞秀松)·리한쥔(李漢俊) 등이 있었다. 이어 그들은 「중국공산당 선언」을 작성하였다. 같은 해 10월 리따자오·덩중샤(鄧中夏)·장궈타오(張國燾) 등이 베이징에서 '공산당 소조'를 결성하였다. 그 뒤 동삐우(董必武)·천탄츄(陳潭秋)·빠오훼이썽(包惠僧) 등은 우한(武漢)에서, 마오쩌동·허수

형(何叔衡) 등은 창사에서, 왕진메이(王盡美)·덩언밍(鄧恩銘) 등은 지난(濟南)에서, 탄핑산(譚平山)·탄즈탕(譚植棠)·천공버(陳公博) 등은 광쩌우(廣州)에서, 그리고 일본·프랑스의 유학생과 화교들 사이에서도 공산당 초기조직이 잇달아 결성되었다. 이러한 공산당의 초기조직들 중, 신문화운동에서 천두슈의 숭고한 위망과 중국 최대 도시인 상하이의 편리한 조건으로 인해 상하이공산당 초기조직이 연락의 중심역할을 하였다. 여러 지역의 공산당 초기조직은 설립된 후 노동자운동을 적극 전개하고, 사회주의청년단의 창건을 지도하였으며, 마르크스주의 연구와 선전을 대대적으로 전개하고 여러 가지 반(反)마르크스주의 사조를 비판하면서 중국에서 마르크스주의 영향력을 더욱 확대시켰다.

그때 당시 레닌이 이끄는 국제공산당(코민테른, 공산주의 인터내셔널[Communist International])이 중국혁명을 크게 주목하고 있었다. 1921년 6월초 국제공산당 대표 마링(Marling)과 국제공산당 극동지역 서기처 대표 니콜스키(Nikolsky)가 잇달아 상하이에 와서 상하이공산당 초기조직과 연계를 맺었으며, 쌍방은 빠른 시일 내에 당의 전국대표대회를 소집하여 중국공산당을 정식 창건해야 한다는 의견의 일치를 보았다. 이어 상하이공산당 초기조직이 전국 각지와 일본의 공산당 초기조직에 편지를 보내 상하이로 대표를 파견하여 당의 창건대회에 참가할 것을 요청하였다.

1921년 7월 23일 여러 지역의 공산당 초기조직 대표들이 상하이 프랑스조계지 왕즈로(望志路) 106번지(현재의 싱예로[興業路 76번지])에 집결하여 그 곳에서 중국공산당 제1차 전국대표대회(제1차 당 대회)가 개최되었다. 회의장소가 밀정들의 주시를 받고 있는데다가 또 조계지 순경들의 수색까지 있었기에 회의 마지막 날은 저장(浙江)성 자싱(嘉興)의 난후(南湖)의 한 유람선으로 회의장소를 옮겼다. 회의에는 7개 지역의 13명 대표가 참가하였다. 이들 참가자들은 상하이의 리따·리한쥔, 베이징의 장궈타오, 류런징(劉仁靜), 창사(長沙)의 마오쩌둥·허수헝, 우한(武漢)의 동삐우·천탄츄, 지난(齊南)의 왕진메이·덩언밍, 광쩌우(廣州)의 천공버, 일본의 저우퍼하이(周佛海), 그리고 상하이 초기 공산당 조직의 주요 창시자인 천두슈는 그때 마침 광쩌우에 있었기에 빠오훼이썽을 대표로 파견해 회의에 참가하도록 하였다. 국제공산당 대표 마링과 니콜스키도 회의에 열석하였다.

제1차 당 대회의 중점 임무는 정식으로 당을 창건하는 문제에 대해 토의하는 것이었다. 회의에서 당의 명칭을 중국공산당으로 확정짓고, 중국공산당 제1 강령을 채택하였으며, 당의 분투목표는 자산계급을 전복시키고, 중국에서 무산계급독재를 실현하고, 사회주의와 공산주의를 실현하는 것이라고 제기하였다. 이로써 중국 공산주의자들은 인민의 행복을 도모하고 민족의 부흥을 도모하는 초심과 사명을 확립하였던 것이다. 강령에는 또 당 규약의 성질에 속하는 조항도 포함되었다. 예를 들면, 본 당의 강령과 정책을 승인받아야 하고, 또 충실한 당원이 되고자 하는 사람은 당원 한 명의 소개를 거쳐 성별과 국적을 불문하고 모두 당원으로 받아들일 수 있다는 것, 그러나 입당하기에 앞서 반드시 본 당의 강령에 반대하려는 당파 및 집단과의 관계를 일절 단절하여야 한다는 규정, 신입당원은 입당한 후 당원 후보로서 반드시 당 조직의 심사를 받아야 하며, 심사기간이 만료된 후 다수 당원의 동의를 거쳐야만 비로소 입당이 인정된다는 규정 등이 었다. 중국공산당 제1차 전국대표대회의 개최는 중국공산당의 정식 창당을 선고한 것으로서 이는 천지개벽의 대사변이라고 할 수 있다. 이로써 중국은 마르크스주의를 행동지침으로 하는, 통일되고 유일한 무산계급정당이 탄생하게 되었으며, 오랜 세월동안 어둠 속에서 모색해오던 중국 인민에게는 길을 밝게 밝혀주는 반짝이는 등불이 생겨나게 되었으며, 민족의 독립을 모색하고 인민의 해방과 나라의 부강, 인민의 행복을 도모하는 투쟁에서 자신의 주체성을 갖게 되었으며, 중국공산당의 인도아래 기세 드높은 혁명투쟁을 시작하게 되었던 것이다.

3.
제2차 당 대회와
노동자운동의 흥기

　중국공산당은 창당 후 실제 투쟁의 전개를 매우 중시하였다. 1921
년 9월 당은 상하이에서 노동자운동을 공개적으로 이끄는 총부인 중
국노동조합서기부(中國勞動組合書記部)를 설립하고 기관지 『노동주간(勞
動週刊)』을 창간하였다. 이어 또 베이징·우한·창사·광쩌우 등지에 지
부를 설치하였다. 1922년 5월 당은 중국노동조합서기부의 명의로 광
쩌우에서 제1차 전국노동대회를 개최하였다. 농촌사업도 시작되었다.
제1차 당 대회 이후 저장성 샤오산(蕭山)현 야첸(衙前)에서 이미 농민
운동이 전개되고 농민협회가 조직되었다. 당은 또 상하이에 인민출판
사를 설립하고 『공산당선언』 등의 저작을 출판하였다.

　당의 조직도 일정한 발전을 이루었다. 일부 지방에서는 당의 조직
을 새롭게 설립하였고, 프랑스의 중국공산당 초기 조직도 당 중앙위
원회와 연락을 맺었다. 이밖에도 독일·러시아·미국으로 유학을 간
유학생들 가운데서도 당원을 발전시켰거나 당 조직을 결성하였다.
1922년 6월 말 전국의 당원수가 제1차 당 대회 때의 50여 명에서 195
명으로 늘어났다.

　1922년 7월 상하이에서 중국공산당 제2차 전국대표대회(제2차 당

대회)를 개최하였다. 대회의 주요 임무는 반제국주의·반봉건주의 혁명 강령을 제정하는 것이었다. 제2차 당 대회에서는 당의 최고 강령이 사회주의와 공산주의를 실현하는 것이라면서도 현 단계의 혁명 강령은 군벌을 타도하고 국제제국주의의 압박을 전복시키며, 중국을 진정한 민주주의공화국으로 통일시키는 것이라고 명확히 지적하였다. 이는 철저한 반제국주의 반봉건주의 혁명 강령으로서 처음으로 당의 원대한 분투목표와 현 단계의 실제과업을 유기적으로 결합시켰던 것이다. 이는 오로지 마르크스주의로 무장된 중국공산당만이 중국혁명을 위해 정확한 방향을 제시할 수 있음을 표명한 것이었다. 이 대회에서 채택된 「공산당 조직 규약에 관한 결의안」에서 중국공산당은 중국 무산계급의 선봉 조직이고, 중국 무산계급의 충실한 대표로서 당의 모든 활동은 반드시 대중 속에 깊이 들어가야 하고, 당 내부에는 반드시 엄밀하고 고도로 집중된 규율로 짜여진 조직과 훈련이 있어야 한다고 강조하였다. 이 대회에서 「중국공산당규약」이 채택되었다. 이는 당의 역사상 첫 번째 당 규약으로 당원의 조건, 당의 각급 조직 및 당의 규율에 대해 명확하게 규정지었다.

제2차 당 대회에서는 또 중국공산당이 국제공산당에 가입한다는 결의안을 채택하고, 무산계급은 세계적인 것이고, 무산계급혁명도 세계적인 것이라면서 중국공산당은 중국의 무산계급을 대표하는 정당이기 때문에, 정식으로 국제공산당에 가입하기로 결정한 것이라고 강조하였다. 그 후 실천과정에서 국제공산당은 확실히 중국공산당에 대해 많은 바른 지도와 유익한 도움을 주었다. 예를 들면, 중국공산당의 창건을 추진한 것, 제1차 국공(국민당과 공산당)합작을 성사시킨 것, '5.30 운동'을 대대적으로 성원한 것 등의 도움을 주었으며, 또 경비도 지원해 주었다. 그러나 한편으로는 중국공산당이 국제공산당의 한 지부이고, 국제공산당이 고도로 집중된 지도체제를 실행하였기 때문에, 중국공산당의 손발을 묶어놓고 유년기에 처한 중국공산당이 중국의 실정에서 출발하여 자기 노선·방침·정책을 독립적·자주적으로 결정할 수 없게 속박하였다. 특히 그때 당시 복잡한 국공관계 문제를 처리함에 있어서 정세의 변화에 따라 실제로 실행 가능한 응변조치를 취할 수 없게 하였다. 게다가 국제공산당은 중국과 멀리 떨어져 있었기에 중국의 구체적 실정에 대해 잘 알 수 없었으며, 또 '10월 혁명'이 승리를 거두었기 때문에 러시아혁명의 경험을 중국에 쉽게 적용하고자 하였다. 그래서 대혁명 후기에 나타났던 '우'경적 실수와 토지혁명 전기와 중기에 나타났던 '좌'경적 오류는 모두 국제공산당의 그릇된 지도와 관련된 것이었다. 물론 혁명경험을 축적하는 데는 일정한 과정이 필요하다. 당은 그 후 혁명투쟁 실천과정에서 독립자주의 중요성을 점차 인식하게 되었다.

창당 후 한동안 젊은 공산주의자들은 노동자운동에 주력하였다. 그들은 노동자 관련 간행물을 창간하고, 노동자 야학교를 개설하였으며, 파업투쟁을 이끌었다. 각 지역의 당 조직은 상하이 영미담배공장 파업, 웨한철도(粤漢鐵路. 광동성 광쩌우에서 후뻬이[湖北]성 우창[武昌]까지 구간의 철도) 우창-창사 구간의 파업, 한커우(漢口) 조계지 인력거꾼들의 파업 등 투쟁을 잇달아 이끌면서 노동자대중들 속에서 당의 영향력은 날로 확대되었다. 1922년 초 홍콩 선원들이 임금 인상과 대우 개선을 위해 수짜오정(蘇兆征)·린웨이민(林偉民)의 인솔 아래 56일간 대파업을 벌여 승리를 거두었다. 이를 기점으로 하여 중 국 노동자운동의 제1차 고조가 일어났다. 중국공산당의 영도와 영향 아래 1년 남짓한 짧은 기간에 전국적으로 30여 차례의 크고 작은 파 업이 일어났으며, 파업에 참가한 노동자수는 30만 명 이상에 달하였 다. 그 중 1922년 가을의 안위안로(安源路)탄광 노동자 대파업, 1922년 10월에 시작된 카이롼(開灤)탄광의 노동자 대파업, 1923년 2월의 징한 철도(京漢鐵路, 베이징-한커우 구간의 철도)노동자 대파업의 영향력 이 가장 컸다. 이러한 파업들은 중국 노동자계급의 힘을 충분히 보여 주었다. 당은 일련의 파업을 지도하는 과정에서 노동자계급과의 연계 를 밀접히 하였다. 투쟁과정에서 일부 노동자 지도자들이 성숙되어 잇달아 당의 대오에 가입하였으며, 광공업 기업에도 당의 기층조직이 설립되기 시작하였다.

　제1차 노동자운동의 고조는 징한철도노동자 대파업의 실패가 종 점이 되었다. 1923년 2월 1일 당이 이끄는 징한철도총공회가 정쩌우 (鄭州)에서 설립대회를 열었다. 그런데 반동적인 군경의 파괴를 받았 다. 그날 밤 징한철도총공회 집행위원회는 철도 전 구간에서 2월 4일 부터 총파업을 실시하기로 결정했다. 2월 4일 오전 한커우 강안(江岸) 기계공장의 노동자들이 먼저 파업을 단행하였다. 정오에 이르러 2만 여 명의 징한철도노동자가 모두 파업에 들어갔으며, 2,000여 리의 철 도선이 순식간에 마비되었다. 2월 7일 군벌 우페이푸(吳佩孚)가 제국주의의 지원을 받아 파업노동자들에 대한 학살을 감행하여 국내외를 들썩이게 한 '2.7참사'를 빚어냈다. 공산당원 린샹첸(林祥謙)·스양(施洋)과 50여 명의 파업노동자가 무참히 살해되고, 수십 명의 파업노동자가 체포되었으며, 1,000명에 이르는 파업노동자가 해고당하였다.

징한철도노동자 대파업이 실패하면서 중국인민은 제국주의와 봉건군벌의 반동적인 본질을 더 한층 명확히 인식할 수 있었으며, 또 젊은 공산주의자들에게 깊은 교훈을 안겨주었다. 그 교훈이란 바로 "중국혁명의 적은 대단히 강대하기 때문에 무산계급이 혈혈단신으로 투쟁하여서는 혁명의 승리를 이룩하기 어렵다. 그래서 반드시 모든 동맹자를 쟁취해야 하고, 단합할 수 있는 모든 힘을 단합하여 광범위한 혁명통일전선을 결성하여야 한다는 것", "반식민지·반봉건사회의 중국에서 인민에게는 아무런 민주적인 권리도 없고, 반면에 반동세력은 강대한 반혁명무장력을 장악하고 있기 때문에, 혁명의 승리를 거두려면 합법적인 투쟁에만 의지해서는 안 되며, 혁명적 무장투쟁을 주요 수단으로 삼아야 한다는 것"이었다.

제2장
대혁명의 거센 물결 속에서

중국 신민주주의혁명 최초의 시기인 1921년부터 1927년까지, 특히 1924년부터 1927년까지 중국인민의 반제국주의·반봉건주의 대혁명이 국제공산당의 올바른 지도 아래 중국공산당의 올바른 영도의 영향과 추진, 그리고 조직 아래 빠르게 발전하였기에 위대한 승리를 거둘 수 있었다. 중국공산당의 전체 동지들이 대혁명 속에서 기세 드높은 혁명을 전개하여 전국 노동자운동과 청년운동·농민운동을 발전시켰고, 국민당의 개편과 국민혁명군의 창설을 돕고 추진하여, 동부의 정벌과 북벌을 위한 정치적 골간을 형성하였으며, 전국 반제국주의·반봉건주의의 위대한 투쟁을 이끌어 중국혁명사에 영광스러운 한 장을 남겼다.

중국공산당 제6기 제7차 전원 확대회의에서의
「몇 가지 역사문제에 관한 결의」(1945년 4월 20일)

1.
국공합작의 형성

중국공산당이 작던 데서 커지고, 약하던 데서 강해지면서 꾸준히 발전하고 성장할 수 있었던 중요한 원인 중 하나가 바로 당이 경험과 교훈을 제때에 종합할 수 있었기 때문이었다. 중국공산당은 투쟁 속에서 성장하였으며, 경험과 교훈을 종합하면서 성숙했다. 중국 공산주의자들은 혁명통일전선을 결성해야 하는 중요성을 인식한 후 국내 기존의 여러 당파 단체에 대한 진지한 분석을 거쳐 쑨원(孫中山) 그리고 그가 이끄는 국민당과 합작한다는 방침을 확정하였다.

중국국민당은 원래의 중국동맹회가 개편되어 창립된 당파이다. 국민당은 원래 자산계급혁명정당이었는데 신해혁명 후 초창기 혁명의 활기를 잃어 내부 구성이 복잡해졌다. 쑨원을 비롯한 소수 사람들만 여전히 혁명정신을 보전하면서 완강하게 버티고 있던 것 외에 지주와 관료 그리고 여러 부류의 투기자들이 상당수 섞여 있었다. 그러나 국민당에도 일부 장점이 있었다. 예를 들면, 국민당의 지도 아래 만주족이 세운 청나라 왕조를 전복시켰기 때문에 사회적으로 일정한 영향력을 가지고 있다는 것, 쑨원이 광동에 근거지를 하나 세워 적어도 표면상으로는 쑨원을 따르는 군대도 일부가 있었다는 것 등이다. 더욱 중요한 것은 일련의 좌절과 실패를 겪은 뒤 쑨원은 국민당 내에 날로 부패타락하고 있는 당원이 너무 많아 국민당은 타락하고 있었으며, 죽음의 길로 나아가고 있다는 사실과 당을 살리려면 반드시 새로운 피를 주입하여야 하며, 젊은 공산주의자들에게는 가득 차 있던 혁명의 생기가 국민당에는 없다는 사실을 인식하게 되었다는 사실이다. 이로써 국공합작의 실현 가능성을 마련해주었다.

제2차 당 대회에서 채택된 「민주적인 연합전선과 관련한 결의안」에서 공산주의자들은 공론가가 아니고, 혁명가 후보가 아니라 시시각각으로 일어나 무산계급의 이익을 위해 애써 노력하는 당이라고 강조하였으며, 모든 혁명적 당파와 연합하고 자산계급 민주파와 연합하여 민주적인 연합전선을 결성할 것을 제기하였으며, 국민당을 비롯한 정당과 단체들을 초청해 연석회의를 열기로 결정하였다. 1922년 9월 중국공산당은 항쩌우 시후(西湖)에서 회의를 열고, 국제공산당의 제안에 따라 쑨원이 이끄는 국민당과 합작할 수 있는 가능성에 대해 토론하였다. 이어 당은 리따자오·천두슈를 파견하여 쑨원을 비롯한 국민당 지도자들과 회동을 갖고 국공합작 사안에 대해 의논하였다.

1923년 6월 12일부터 20일까지 중국공산당은 광쩌우에서 제3차 전국대표대회(제3차 당 대회)를 개최하였다. 회의에서 중국공산당과 국민당의 합작에 관한 국제공산당의 주장을 받아들여 「국민운동 및 국민당 문제에 관한 의결안」 등의 문건을 채택하였고, 공산당원이 개인 신분으로 국민당에 가입할 수 있도록 결정하였으며, "당내 합작방식"으로 국공합작을 실현함과 동시에 당이 정치적·사상적·조직적으로 반드시 독립성을 유지할 것을 강조하였다.

혁명통일전선을 결성하고 국민당과 합작하는 것은 전적으로 새로운 사업이었음에도 젊은 공산주의자들은 경험이 부족하였다. 그래서 제3차 당 대회에서 국공합작 방침을 확정할 때 노동자계급이 민주혁명의 지도권을 장악하여야 한다는 문제에 대해서 제때에 제시하지를 못하였다.

그때 당시 공산당원이 개인 신분으로 국민당에 가입하는 "당내 합작방식"을 취한 것은 쑨원이 한편으로는 중국공산당과 합작하는 것을 환영하면서도, 다른 한편으로는 또 중국공산당에 평등한 지위를 부여하는 것이 내키지 않았기에 공산당원이 그 개인의 영도에 복종할 것을 요구하였기 때문이다. 처음에 천두슈 등은 그런 합작방식에 찬성하지 않았다. 그러나 국제공산당이 그런 방식을 취할 것을 고집하였다. 그 원인은 국제공산당이 중국공산당의 창당을 돕긴 하였지만, 중국공산당의 세력이 너무 약해 중국혁명에서 국민당처럼 큰 역할을 발휘할 수 없을 것이라고 여기고 있었기 때문이었다.

국제공산당은 또 중국 현 단계 혁명의 성질이 여전히 자산계급 민주주의혁명이니만큼, 현시점에서 중국공산당의 주요 임무는 지도자로서의 역할이 아니라 자산계급의 혁명을 돕는 것이며, 자산계급의 '가마꾼'이 되는 것이라고 생각하였다. 그래서 현 단계 혁명에서 무산계급은 지도권을 차지하지 말 것을 주장하면서 오직 자산계급 혁명에 성공한 뒤 중국이 자본주의를 발전시키면서 자산계급의 민주제도가 생기고, 8시간 근무제와 파업과 같은 자유가 생긴 다음 그때 가서야 비로소 무산계급 혁명을 진행할 수 있다고 주장하였다. 왜냐하면 러시아혁명이 바로 그런 과정을 거치며 진행되었기 때문이었다. 먼저 자산계급과 합작하여 차르의 전제통치를 전환시킨 1905년 혁명과 1917년의 '2월 혁명'을 거친 다음에야 자산계급을 혁명대상으로 하는 1917년 '10월 혁명'으로 이어졌기 때문이다. 국제공산당의 이러한 관점을 천두슈는 아주 쉽게 받아들였다. 제3차 당 대회에서 천두슈가 작성한 결의안에서는 다음과 같이 주장하였다.

중국은 산업이 낙후해 있고, 노동계급이 아직 미성숙단계에 처해 있으며, 노동자운동이 아직 독립적인 사회세력으로 일컬어질 정도로 강대해지지 못하였다. 따라서 "당연히 강대한 공산당의 탄생은 불가능한 일이다." "우리는 마땅히 국민당 조직을 확대하여 전 중국의 혁명가들을 국민당에 집결시켜 당면한 중국 국민혁명의 요구에 부응하여야 한다."는 것이었다. 제3차 당 대회에서 채택된 선언문에서는 "중국국민당은 마땅히 국민혁명의 중심 세력이어야 하며, 더욱이 국민혁명의 지도자 위치에 서야 한다."고 더욱 명확하게 선포하였다. 그래서 훗날 국공합작 과정에서 장제스(蔣介石)가 영도권을 쟁탈하려고 할 때, 중국공산당 중앙위원회가 양보를 거듭한 사상적 근원이 바로 여기에 있었던 것이다.

쑨원은 "혁명이 아직 성공하지 못하였으니 동지들은 계속 노력하여야 한다."라는 명언을 남겼다. 그는 한평생 혁명을 추구하였으나 항상 실패할 때가 많았고, 성공할 때는 적었다. 그 뿐만 아니라 쑨원은 대중을 동원하는 것을 중시하지 않았고, 기층조직의 건설을 소홀히 하면서 언제나 어느 한 열강의 힘을 빌려서 다른 한 열강에 대항하거나, 혹은 어느 한 군벌을 이용하여 다른 한 군벌을 타도하려는 시도만 하였다. 그러다보니 궁극적으로 어느 열강의 진심 어린 지지도 얻지 못하였고, 또 어느 군벌의 지지도 결국 확보할 수 없었다. 그러자 생각하고 생각한 끝에 쑨원은 오직 공산당과 소련만이 진정으로 자신을 도와줄 수 있을 것이라는 사실을 발견하였다. 거듭되는 실패를 겪고 고민에 빠져 있던 쑨원은 러시아와 연합하고, 공산당과 손잡는 정책을 취하기로 결정하였다. 쑨원은 장제스에게 보낸 편지에서 "앞으로 우리 당의 혁명은 러시아를 스승으로 삼지 않고서는 절대로 성공할 수 없다."라고 썼다. 그리고 미하일 보로딘(Mikhail Borodin) 소련대표를 국민당 조직의 교관으로 초빙하였다.(후에는 또 정치고문으로도 초빙함) 그렇기 때문에 중국 공산주의자들이 합작의 손길을 내밀었을 때, 쑨원은 선뜻 공산당과 합작하는데 찬성하였던 것이며, 온갖 장애를 물리치고 국민당에 대한 조직개편을 서둘렀던 것이다.

1924년 1월 20일부터 30일까지 중국국민당 제1차 전국대표대회가 쑨원의 주도로 광쩌우에서 열렸다. 리따자오·탄핑산·린버취(林伯渠)·장궈타오·취츄바이(瞿秋白)·마오쩌동·리리싼(李立三) 등 20여 명의 공산당원이 대회에 참석하였다. 대회에서는 「중국국민당 제1차 전국대표대회선언」을 심의 채택하고, 삼민주의에 대하여 시대적 흐름에 맞는 새로운 해석을 가함으로써 구(舊)삼민주의를 신(新)삼민주의로 발전시켰다. 회의에서는 또 러시아와 연합하고, 공산당과 연합하며, 농민과 노동자를 지원한다는 3대 정책을 사실상 확정지었다. 리따자오·탄핑산·마오쩌동·위수더(于樹德)·취츄바이 등 10명의 공산당원이 회의에서 중앙집행위원이나 집행위원 후보로 선출되었으며, 그들은 전체 위원수의 약 4분의 1을 차지하였다. 국민당 제1차 전국대표대회의 개최는 제1차 국공합작이 정식으로 형성되었음을 상징하는 회의였다.

2.
전국에서 혁명열풍의 고조

국공합작이 이루어진 후 대다수 공산당원과 사회주의청년단원들은 개인의 신분으로 국민당에 가입하였다. 그들과 국민당 내의 진보적 세력의 공동노력을 거쳐 국민당은 전례 없이 활력으로 차 넘쳤으며, 그 영향은 중국 남부에서 중국의 중부와 북부에까지 확산되었다. 국민당도 노동자·농민·도시 소자산계급과 민족자산계급의 민주혁명연맹으로 개편되었다.

국공합작이 실현된 후, '경한(京漢)철로 노동자대파업'의 실패로 한동안 저조했던 노동자운동이 다시 활기를 되찾았다. 광동(廣東)의 농민운동도 기존의 토대 위에서 점차 발전하였다. 공산주의자들의 제안에 따라 국민당 중앙집행위원회는 1924년 7월부터 광쩌우에서 농민운동강습소를 열기로 결정하고, 펑파이(彭湃)·뤄치위안(羅綺園)·롼샤오셴(阮嘯仙)·탄즈탕(譚植棠)·마오쩌동 등 공산주의자들의 주최로 6기 연속 강습소를 열었다. 수강생은 700여 명에 달했으며, 훗날 광동과 전국 농민운동의 큰 발전을 위한 골간들을 양성하였다.

쑨원은 일생동안 혁명에 힘써왔지만 진정으로 그를 지지하는 군사력은 줄곧 얻지를 못하였다. 신해혁명 시기에 그는 주로 청나라 정부의 신군(新軍)과 사회의 회당(會黨)을 쟁취하여 그들에 의지하였다. 신

해혁명 후에 그는 군벌을 끌어들이는 데로 점차 방향을 바꿨으나 결국 실패만 거듭하였다. 실패를 통하여 교훈을 얻은 쑨원은 혁명군대를 건립하여야 한다는 중요성을 터득하게 되었으며, 소련의 도움과 공산주의자들의 제안을 받아들여 혁명군관을 양성하는 학교를 창설하기로 결정하였다. 1924년 5월 육군군관학교인 황푸군관학교(黃埔軍校)가 정식으로 문을 열었다. 중국공산당은 황푸군관학교의 개설을 적극 지지하였으며, 저우언라이(周恩來) 중국공산당 광동구위원회 위원장을 파견해 군관학교 정치부 주임을 맡게 하였으며, 윈다이잉(惲代英)·샤오추뉘(蕭楚女)·슝슝(熊雄)·녜룽전(聶榮臻) 등 공산당원들도 후에 군관학교로 가서 근무하였다. 각지의 당 조직에서는 또 많은 당원과 단원, 그리고 혁명청년들을 대거 동원하고 선발 파견하여 군관학교에 가서 공부하게 하였다. 후에 인민군대의 고급장교가 된 쉬샹첸(徐向前)·천껑(陳賡)·줘취안(左權) 등이 바로 황푸군관학교 제1기 수강생들이다.

워낙 성분이 복잡한 복합체인 국민당은 개편 후 '신진대사'를 거치지 않았다. 신선한 혈액은 흡수하였으나 내부의 낡은 세력은 제거하지 않았다. 그래서 일부 관료정객은 물론 심지어 군벌들도 여전히 당내에 남아 일정한 지위를 차지하고 있었다. 이들 세력은 국공합작에 반대하고 쑨원의 '3대 정책'에 반대하면서 국민당 내부의 완고한 우파집단을 형성하였다. 혁명정세가 발전함에 따라 국민당 내부의 좌우 두 파의 분화도 격화되었으며, 국공관계도 복잡해지기 시작하였다.

이런 상황에서 중국공산당이 1925년 1월 11일부터 22일까지 상하이에서 제4차 전국대표대회를 개최하였다. 대회에서는 혁명의 영도권문제에 대해 중점적으로 토론하였으며, 중국의 민족혁명운동은 반드시 무산계급의 유력한 참여가 있어야 하고, 또 무산계급이 지도적 지위를 얻어야만 승리할 수 있다고 명확히 제기하였다. 중국공산당 제4차 전국대표대회(제4차 당 대회)에서는 민족운동에서 무산계급은 '극좌'적 경향에도 반대하여야 하고, '우'적 경향에도 반대하여야 한다면서 '우'적 경향은 당내의 주요 위험이므로 민주혁명강령을 반드시 철저하게 따라야 하고, 자신의 독립성을 고수하여야 한다고 제기하였다. 그러나 비록 제4차 당 대회에서 지도권문제에 대해 제기는 하였지만, 어떻게 해야 혁명의 지도권을 쟁취할 수 있을지에 대해서는 구체적인 답을 내놓지 못하였으며, 정권과 무장투쟁의 지극히 큰 중요성에 대해서도 충분한 인식이 없었다. 이 문제는 그 후 상당히 오랜 기간을 거치는 동안에도 잘 해결되지 못하였다.

노동자운동에 대한 조직적 지도를 강화하기 위하여 1925년 5월 상순 제2차 전국노동대회를 광쩌우에서 개최하였다. 회의에서 중화전국총공회(中華全國總工會)가 정식 설립되었으며, 공산당원 린웨이민(林偉民)을 집행위원회 위원장 겸 총간사(總幹事)로 선출하였다. 같은 해 5월 30일 상하이에서 조계지 순경이 노동자들의 파업을 성원하기 위해 시위행진을 하던 10여 명의 대중을 총으로 살해하는 사건이 일어났다. 이것이 바로 '5.30 참사'이다. 이를 기점으로 중국공산당은 전국을 휩쓴 '5.30운동'과 장장 16개월에 걸친 기세 드높은 성항노동자대파업(省港工人大罷工)을 이끌어 영제국주의의 기염을 꺾어놓았으며, 혁명

정세의 발전을 힘있게 추진하였다. 그 후 광동혁명정부는 두 차례의 동부 원정을 통해 동장(東江)을 차지하고 있던 군벌 천지옹밍(陳炯明)의 세력을 소멸시키고, 광쩌우에서 군벌 류전환(劉震寰)·양시민(楊希閔)의 반란을 평정하였으며, 광동남로 까오레이(高雷)일대에서 해를 끼치던 군벌 덩번인(鄧本殷)을 숙청하면서 광동혁명근거지의 통일을 실현하였다. 북방지역에서는 노동자운동이 회복되고, 허난(河南)·산동(山東)·직예(直隸, 허뻬이[河北])·산시[山西]) 등 성(省)에 농민협회가 결성되었다. 이 기간에 당의 영향력이 급속히 확대되어 국내에서 높은 성망을 얻게 되었다. 당의 세력도 빠르게 발전하고 장대해져서 제4차 당 대회 때의 1,000명도 안 되던 당원 수가 1925년 말에 이르러서는 1만 명으로 늘어나 당원 수가 1년 사이에 10배로 늘어났다.

3.
혁명의 거센 물결
속에 숨은 암류(暗流)

1925년 3월 12일 중국 민주혁명의 위대한 선구자인 쑨원 선생이 베이징(北京)에서 병으로 서거하였다. 쑨원이 서거함에 따라 국민당 내부의 분화는 날로 심해졌다. 원래부터 국공합작에 반대해오던 국민당의 완고한 우파세력이 베이징 시산의 삐윈사(碧雲寺)에서 회의를 열고 공산당원의 국민당 당적을 취소한다고 불법적으로 선포하고, 시산 회의파를 결성하였다. 이와 동시에 장제스를 대표로 하는 국민당의 신(新) 우파도 형성되고 있었다. 국민당 신 우파는 '양면파'의 자태로 나타나 겉으로는 혁명구호를 소리 높이 외치면서 '3대 정책'에 찬성하였지만, 뼛속 깊이 완고하게 공산당에 반대하고 있었기 때문에 엄청난 기만성과 위해성을 띠고 있었다. 통일전선 내부에서는 치열한 지도권 경쟁에 직면하게 되었다.

새로운 정세에서 공산주의자들은 새로운 대책을 내놓아야 했다. 일부 당원들은 시국의 변화를 예리하게 꿰뚫어보았다. 1925년 12월 마오쩌둥이 「중국사회의 여러 계급에 대한 분석」이라는 글을 발표하였다. 글에서 "무산계급은 혁명의 지도세력이고, 농민과 소자산계급은 무산계급의 가장 믿음직한 벗이며, 민족자산계급의 우익세력은 우리의 적일 수 있고, 그 좌익 세력은 우리의 벗일 수 있다. 그러나 그들이 우리의 진지를 교란하지 못하도록 항상 경계하여야 한다."라고 명확히 제기하였다. 덩중샤(鄧中夏)도 「노동운동의 부흥기에 직면한 몇 가지 중요한 문제」라는 글에서 "노동자계급은 정권을 장악하기 위하여 국민혁명에 참가한 것이다. 그러나 정권은 하늘에서 노동자의 수중에 그냥 날아들지 않을 것이다. 실제적인 투쟁을 통해 하나씩 얻어나가야 하며, 마지막에 이르러서는 전부를 취득하여야 한다."라고 지적하였다. 그러나 그때 당시 국제공산당과 중국공산당 총서기 천두슈는 국민당 신 우파와의 투쟁으로 인해 국공관계가 파열될까봐 두려워서 일방적으로 타협하고 양보하는 것으로 국공관계를 유지할 것을 주장하였다. 이는 실제로 국민혁명에 대한 지도권을 포기한 것이었다. 쑨원이 서거한 후 장제스와 왕징웨이(汪精衛)는 모두 국민당의 중요한 지도자가 되었다. 국민혁명군 제1군 군장 및 황푸군관학교 교장 등 직을 맡았던 장제스는 비록 아직 국민당의 최고지도자는 아니었지만 군대를 장악하고 있었기 때문에 실력파 인물이었다. 왕징웨이는 국민당 중앙정치위원회 주석, 국민정부 주석, 군사위원회 주석 등의 직을 맡고 있어서 직위는 높았지만 실제로 군권을 장악하지는 못하고 있었다. 두 사람은 모두 리더가 되고자 하는 욕구가 강해서 국민당의 최고 지도권을 쟁탈하기 위한 모순이 날로 불거지고 있었다. 1926년 2월 26일 장제스가 갑자기 왕징웨이 측근인 국민혁명군 제1군 제2사단 사단장 왕마오공(王懋功)을 억류하였다. 이는 사실상 왕징웨이에 대한 시위였다. 그러나 보로딘(Mikhail Borodin)은 이에 대해 전혀 경계심을 갖지 않았다. 오히려 장제스가 믿음직하다고 여겼다. 3월 20일 장제스는 또 광쩌우 국민정부 해군국이 중산함(中山艦)을 황푸군관학교 부근에 파견한 일을 두고 중산함이 황푸군관학교를 포격하려고 한다는 등, 공산당이 장제스를 몰아내려고 한다는 등의 요언을 날조하면서 명령을 내려, 해군국 국장 대리 겸 중산함 함장인 리즈룽(李之龍, 공산당원)을 체포하였으며, 병력을 파병하여 성항(省港)파업위원회를 포위하고, 노동자 규찰대의 총기 등 무기를 몰수하였으며, 소련 고문 수비대를 무장 해제시키고 수많은 공산당원을 구금하였거나 연금하면서 한때 세상을 들썩이게 하였던 '중산함사건'을 일으켰다. 사건이 일어난 후 국제공산당은 장제스에게 전적으로 타협하는 태도를 취하였다. 국제공산당은 중산함사건의 원인이 소련 고문의 지나친 월권과 중국 장교들에 대한 지나친 감독 때문이라고 생각하였다. 현재 공산주의자들에게는 국민혁명을 직접 이끄는 임무를 담당할 능력이 없으므로 장제스에게 양보하고 시간을 벌어야 마땅하다고 국제공산당은 주장하였다. 상하이에 있던 중국공산당 중앙위원회도 중산함사건 관련 소식을 접한 뒤 3월 29일 광쩌우 당 조직에 지시를 내려 "당과 군대 규율의 관점에서 볼 때, 장제스의 행동은 크게 잘못된 것이지만, 그러나 단순하게 장제스를 징벌하는 방법으로 해결할 수는 없으며, 장제스와 왕징웨이의 관계가 파열되게 할 수는 없다"면서 장제스에 대해서는 "최선을 다해 구제하여 깊은 수렁에 빠진 그를 구해낼 것"을 명하였다. 어떻게 장제스를 "구해낼 것인지"에 대해서 중국공산당 중앙위원회는 아무런 구체적인 방법도 제시하지 않았다.

오히려 장제스의 요구를 받아들여 국민혁명군 제1군과 황푸군관학교 내의 공산당을 철수시켰다. 왕징웨이는 장제스의 조치에 속수무책이 었으며 고립감을 느껴 얼마 뒤 병을 핑계로 사직하고 해외로 나가버 렸다. 원래 장제스가 중산함사건을 일으킨 것은 시탐적(試探的)인 성 격이었는데, 결국 일석삼조의 목적을 달성한 셈이었다. 공산당에 타 격을 입혔고, 왕징웨이를 밀어냈으며, 국제공산당과 소련의 내막을 분명히 알게 되었다. 이는 장제스의 야심이 더욱 팽배해지도록 자극 하였다.

1926년 5월 15일부터 22일까지 국민당은 광쩌우에서 제2기 제2차 전원회의를 개최하였다. 회의에서 장제스는 국공 양당의 관계를 조 율한다는 명분을 내세워 의심을 해소하고 분쟁을 근절한다는 핑계를 대 「당의 사무를 정리하는 데에 관한 결의안」을 제기하여 국민당에 가입한 중국공산당 당원 리스트를 제출할 것, 중국공산당이 국민당 고위급당부(중앙당부, 성당부, 특별시당부)에서 집행위원을 맡을 경우 각 당부 집행위원 총수의 3분의 1의 인원수를 초과하지 말 것, 중국 공산당 당원은 국민당 중앙기관의 부장 직을 담당할 수 없다는 등의 사항을 중국공산당에 요구하였다.

「당의 사무를 정리하는 데에 관한 결의안」을 제기하면서 장제스는 공산당이 받아들일지의 여부를 두고 매우 불안해하였다. 소련에서 파견된 보로딘 정치 총고문은 중국공산당 중앙위원회가 인원을 파견 하여 장제스와 회동을 갖고, 중국공산당이 「당의 사무를 정리하는 데에 관한 결의안」에 절대 반대하지 않는다는 입장을 밝힐 것을 요

구하였다. 그때 당시 중국공산당 중앙위원회는 펑수즈(彭述之)·장궈
타오를 파견해 국민당 제2차 전원회의에 참석할 중국공산당 대표단
을 지도하도록 하였다. 그 결의안을 받아들일 것인지의 여부에 대해
토의할 때, 펑수즈가 고전 중의 어구와 고사를 인용하면서 받아들일
수 없다고 말하였다. 받아들이지 않으면 어떻게 할 것이냐는 물음에
는 구체적인 방책을 내놓지 못하고, 다만 모두가 토의를 거친 일이라
고만 말했을 뿐이었다. 또 누군가 의견을 제기하자 그는 또 고전 중
의 어구와 고사를 인용하면서 이것은 안 되고 저것은 잘못 되었다는
등의 식으로 말하였을 뿐이다.

결국 회의에 참석한 공산당원들은 장제스의 제안에 대하여 대부분
협력적인 태도를 취하였으며, 명확한 반대 의견을 제기하지 않았다.
채택된 결의안에 따라 장제스는 이어 공산당의 활동을 제한하는 일
련의 조치를 잇달아 취하였다. 그리하여 국민당 중앙당부 부장 직을
맡았던 공산당원들은 사직하는 수밖에 없었다. 장제스는 국민당 중
앙조직부 부장과 군인부 부장을 맡았으며, 얼마 후 또 국민당 중앙상
무위원회 주석과 국민혁명군 총사령관 직을 맡으면서 국민당 내에서
가장 큰 실권을 가진 인물이 되었다.

그때까지도 장제스는 공개적으로 혁명을 배신하지는 않았다. 오직
그의 목적은 중국의 최고 통치자가 되는 것이었다. 그러려면 반드시
북양군벌을 타도해야 했다. 그리고 곧 시작될 북벌을 앞두고 있던 그
에게는 중국공산당과 국제공산당의 지지가 필요하였다. 중국공산당
은 그를 도와 대중들이 북벌군을 지지할 수 있도록 동원할 수 있었

고, 국제공산당은 그의 북벌전쟁에 필요한 물자를 지원할 수 있었다. 그렇기 때문에 그는 자신의 반혁명 위장을 완전히 찢어버리지 않았으며, 따라서 국공합작의 국면이 당분간은 유지되었던 것이다.

4.
북벌(北伐)을 위한 승리의 진군

북벌은 쑨원의 유지이며, 북양군벌을 토벌해버리고, 중국의 통일을 실현하기 위한 필수과정이기도 하였다. 중국공산당의 추동(推動)으로 광동국민정부는 군대를 출동시켜 북벌에 나서 우페이푸(吳佩孚)·쑨촨팡(孫傳芳)·장쭤린(張作霖)을 대표로 하는 북양군벌을 궤멸시키고, 국가의 통일을 실현하기로 결정하였다.

1926년 5월 공산당원과 공청단원을 골간으로 하는 국민혁명군 제4군 예팅(葉挺) 독립연대(團)가 명을 받고 북벌군 선봉대로서 제일 먼저 후난(湖南)전선으로 진군하여 북벌전쟁의 서막을 열었다. 7월 9일 국민혁명군 약 10만 명 대군이 정식으로 출병하여 북벌에 나섰다.

북벌군은 세 갈래로 나뉘었는데, 한 갈래는 양후(兩湖, 후난·후뻬이)로 진군하고, 다른 한 갈래는 민저(閩浙, 푸젠[福建]성·저장성)로 향하였으며, 또 한 갈래는 장시(江西)성에 진입하였다. 그중에서 후난·후뻬이가 북벌의 주전장이었다. 중국공산당이 동원한 노동자·농민대중의 지원과 협조 아래 북벌군은 빠르게 진군할 수 있었다. 국민혁명군 제4군과 제7군 주력 부대가 후난성에 있던 제8군과 합류하여 7월 11일 창사(長沙)로 들어갔다. 8월 22일에 웨쩌우(岳州)를 점령하였다. 이어 북벌군은 후뻬이 경내로 진군하였으며, 우한(武漢) 외곽의

팅쓰차오(汀泗橋)와 허성차오(賀勝橋)에서 우페이푸의 주력부대와 치열한 격전을 벌여 결국 그 두 곳을 정복하였다. 그 뒤 북벌군은 우창(武昌)에 대해 맹공격을 펴기 시작하였다. 한 달여의 포위공격을 거쳐 예팅의 독립연대가 먼저 성벽 꼭대기에 오르고 기타 부대도 잇달아 입성하여 우페이푸의 주력부대를 전멸하였다. 예팅의 독립연대가 소속된 제4군은 거듭 전공을 세워 '철의 군대'라는 칭호를 얻었다.

북벌군은 양후 전장에서 중대한 승리를 거둔 후, 병력을 정돈하여 장시성을 중점 공략하여 쑨촨팡의 5개 성 연합군을 궤멸시켰다. 북벌군은 9월에 난창(南昌)을 점령하였던 적도 있으나 쑨촨팡이 주력부대를 집결시켜 반격해오는 바람에 난창을 점령하였다가 다시 잃고 말았다. 장제스가 직접 지휘하는 제1군 제1사단은 막중한 손실을 입었다. 장시 전선을 지원하기 위하여 북벌군 제4군과 제7군이 잇달아 장시성으로 진군하여 더안(德安)·왕자푸(王家鋪) 등지의 혈투에서 승리를 거두었으며, 지우장(九江)과 난창을 점령하였다. 1926년 10월부터 1927년 3월까지 중국공산당 중앙위원회와 상하이구위원회가 상하이 노동자들을 조직하여 잇달아 무장봉기를 일으켰으며, 제3차 무장봉기의 승리를 거두고 상하이 특별시 임시정부를 설립하고 북벌전쟁의 순조로운 전개를 힘 있게 뒷받침해 주었다.

북벌전쟁은 중대한 승리를 거두었다. 겨우 반년밖에 안 되는 기간에 혁명세력을 주장(珠江)유역에서 창장(長江)유역으로 진군시켰던 것이다. 북벌과정에서 연선에 있는 여러 성의 당 조직들이 대중들 속에서 광범위한 조직 동원을 진행하여 전선의 작전에 협력하였다.

당은 북벌군 내에서 아주 효과적인 사상정치업무를 전개하였으며, 군내의 공산당원들이 앞장서서 돌격하면서 모범적인 역할을 하였다.

북벌군이 출병한 지 얼마 안 되어, 소련과 중국공산당의 도움을 받아 1926년 9월 17일 서북쪽으로 물러나 수비하고 있던 펑위샹(馮玉祥)부(部)의 국민군이 수이위안(綏遠)의 우위안(五原)에서 결의대회를 열고 국민군 연합군총사령관에 취임하고 국민혁명에 참가한다고 선포하였으며, 이어 깐쑤(甘肅)·산시(陝西) 등 성(省)을 장악하였다. 펑위샹의 요청으로 당 조직에서는 류보젠(劉伯堅)·덩샤오핑(鄧小平) 등 200여 명의 공산당원과 열성적인 청년들을 국민군에 선발 파견해 정치 활동에 종사하도록 하였다.

그때 당이 이끄는 노동자·농민운동도 전례 없는 발전을 이루었다. 후난성의 농민운동이 활기차게 전개되었는데 1927년 1월까지 후난성의 농민협회 회원이 200만 명에 이르고 직접 영도할 수 있는 대중이 1,000만 명에 달하였다. 후뻬이·허난(河南)·장시 등 여러 성의 농민운동도 빠르게 발전하고 있었다. 이 3개성에는 또 잇달아 전 성 총공회가 설립되었는데 우한 한 곳에서만 공회에 참가한 노동자가 10만 명에 달하였다. 중국혁명은 전례 없이 고조되었다.

5.
중국혁명의 심각한 좌절

혁명정세가 빠르게 발전함과 동시에 혁명통일전선 내부에도 심각한 위기가 도사리고 있었다. 장제스가 북벌의 기회를 틈타 더 많은 권력을 차지하고 사회적으로 영향력을 넓혀 전 중국에서 뜨거운 인기를 누리는 인물이 되었으며, 실력도 빠르게 팽창하면서 갈수록 반동의 길로 나가기 시작하였다.

북벌을 앞두고 북벌군 총 고문을 맡고 있던 쟈룬(加倫, 바실리 블류헤르[Василий Константинович Блюхер])은 북벌과정에서 중국공산당은 "장제스를 도와줄 것인가?" 아니면 "약화시킬 것인가?"하는 정치문제를 어떻게 해결할지에 대해 저우언라이를 통해 중국공산당 중앙위원회에 문의하였다. 그래서 저우언라이가 상하이에 가서 중국공산당 중앙위원회에 문의하였는데 천두슈는 당신들이 회의를 열고 상의하면 된다고 말하였다. 업무에 임할 때 항상 가부장적 태도를 취하곤 하던 천두슈가 이번에는 "왜 이렇게 겸손하였을까?" 그것은 북벌 전에 그가 병원에 있으면서 진지한 조사연구를 하지 않아 정치형세의 변화에도 불구하고 글을 써서 북벌에 반대하였는데, 결국 당내에서도 비판을 받았고 국민당으로부터도 공격을 받았기 때문이었다. 그리하여 장궈타오(張國燾)가 회의를 주재하고 토론을 벌였다.

그런데 장궈타오는 북벌에서 우리 방침은 장제스에 반대하는 것이지만 또 반대하지 않는 것이기도 하다고 말하였다. 이는 사실 장제스가 멋대로 할 수 있게 방임한 것이며, 객관적으로는 장제스를 도와준 셈이었다.

1927년 3월 북벌군은 난징(南京)과 상하이를 점령하고 중국에서 가장 부유한 창장(長江)하류지역을 통제하였다. 중외 반동세력들은 장제스에게 기대를 걸고 분분히 장제스의 주위에 집결하였다. 1927년 3월말 4월초 장제스가 혁명을 배신하려는 기미가 갈수록 뚜렷하게 드러났다. 그런데도 국제공산당은 여전히 장제스에게 기대를 품고 있었으며, 장제스와 결렬하는 것에 찬성하지 않았다. 천두슈도 "장제스와의 투쟁을 늦춰야 한다."면서 또 이제 막 외국에서 돌아온 왕징웨이와 회담을 갖고 4월 5일 「왕징웨이·천두슈 공동선언」을 버젓이 발표하였다. 선언에는 장제스의 반혁명 활동에 대해 전혀 언급하지 않았으며, 오히려 "국민당 지도자가 공산당을 쫓아내고 공회와 노동자규찰대를 압박할 것"이라는 등의 내용들은 모두 "어떻게 생겨난 말인지 신중하게 따져보지도 않은 요언"이라고 주장하였으며, 국공 양당의 동지들은 "즉시 서로에 대한 의구심을 버리고 그 어떤 소문도 믿지 말며, 서로 존경하고 모든 일을 서로 상의하고 협상하며, 진심으로 진행하며, 형제처럼 친밀할 것"을 바랐다. 제국주의 위협과 회유, 장저(江浙, 장쑤·저장)재단의 지지 아래 장제스는 결국 위장을 벗어던지고 1927년 4월 신 광시계(新桂系, 新廣西系)의 협력 아래 건달들을 졸개로 내세우고 군대가 뒤를 받쳐주면서 상하이에서 '4.1반혁명 정변'

을 일으켜 공산당원과 혁명대중을 대거 학살하였다.

장제스가 혁명을 배신하였으나 대혁명은 다만 국부적으로만 실패하였을 뿐이었다. 만약 효과적인 조치를 취하기만 한다면 국면을 돌려세울 수가 있었다. 그러나 국제공산당과 천두슈 등은 교훈을 받아들이지 않아 국공관계가 완전히 파열될까봐 더욱더 두려워하였으며, 국공합작을 유지하려는 희망을 이제 막 국외에서 귀국한 왕징웨이에게 걸었다. 사실상 그때 당시 왕징웨이는 비록 장제스와의 합작을 거부하기는 하였지만, 날이 갈수록 대지주·대 자산계급의 영향을 받아 점차 혁명의 대립 면에 서기 시작하였다. 국제공산당과 천두슈는 왕징웨이의 이러한 변화를 보지 못하였으며, 새로운 돌발사건이 발생할 수 있는 것에 대해 적극적으로 대비한 것이 아니라, 왕징웨이에 대하여 융화주의 정책을 취하면서 타협과 양보로써 왕징웨이 집단과의 합작관계를 유지하려고 시도하였다. 1927년 4월 27일부터 5월 10일까지 중국공산당은 우한에서 제5차 전국대표대회(제5차 당 대회)를 개최하였다. 대회에서는 비록 천두슈의 우경주의 오류에 대해 비판하였지만, 당면한 복잡다단한 정세에 어떻게 대처할 것인지에 대한 구체적인 조치는 제기하지 못하였다. 제5차 당 대회에서는 혁명의 위급한 관두(關頭)에서 마땅히 해결하여야 할 아무런 문제도 해결하지 못하였다. 따라서 혁명의 정세는 더욱 준엄해졌다.

1927년 7월 15일 왕징웨이는 쏭칭링(宋慶齡) 등 국민당 좌파 세력의 단호한 반대에도 불구하고 우한에서 이른바 "공산당 분리회의(分共會議)"를 공공연히 열어 공산당과 결렬하기로 결정하였다. 그 후 왕징웨이 집단은 장제스 집단과 마찬가지로, "3천 명을 억울하게 죽이는 한이 있더라도 한 사람이라도 놓쳐서는 안 된다"라는 구호 아래 공산당원과 혁명 대중들에 대한 대대적인 수색과 체포·대학살을 벌였다. 이것이 바로 '4.12반혁명 정변'과 나란히 유명한 '7.15반혁명 정변'이었다. 이로써 기세 드높던 국민혁명은 실패를 고하고 말았다.

장제스와 왕징웨이가 잇달아 혁명을 배신하는 바람에 중국혁명은 심각한 좌절을 맛보았다. 원래 혁명의 생기가 넘치던 남중국이 삽시간에 피비린내 나는 상황으로 빠져들었던 것이다. 1927년 3월부터 1928년 상반기까지 사이에만 국민당 반동파에게 살해된 공산당원과 혁명대중이 31만여 명에 달하였다. 그 중 공산당원이 2만 6천 명에 달했다. 당의 각급조직이 심각한 파괴를 받아 공개적 또는 반공개적이던 상태에서 전부 지하로 숨어들어 갔으며, 당원수도 급감되어 원래의 약 6만 명이던 데서 1만여 명으로 줄어들었다. 그리하여 중국혁명은 고조에서 저조기로 접어들게 되었다.

대혁명이 실패하게 된 원인은 중국공산당 자체로 말하면 장제스가 국민당 우파로 점차 바뀐 사실에 대해 천두슈를 위수로 하는 중앙지도층이 명석한 인식과 충분한 경계가 부족하여 지도권문제에서 거듭 타협하고 양보한 데 있었다. 중국공산당 중앙위원회가 이처럼 자기 의견을 굽혀 일을 성사시키려고 한 까닭은 국제공산당의 그릇된 지도와 국제공산당의 지시에 대한 천두슈의 교조주의적 대응 때문이었다. 그래서 대혁명 후기에 천두슈의 우경 오류의 본질은 교조주의적 오류였던 것이다. 동시에 대혁명의 실패는 그때 당시 국제공산당과 중국공산당 중앙위원회 지도층의 국공관계 처리에서 우경 오류가 존재하였던 것과 관련이 있을 뿐만 아니라 대중운동에서 나타난 극좌적인 편향과도 일정한 관련이 있음을 반드시 볼 수 있어야 한다. 예를 들어 후난농민운동에서 "땅을 갖고 있는 자는 모두 토호 아니면 악질적인 지주다."라는 구호를 제기한 것, 우한 노동자운동에서 기업주들이 받아들일 수 없는 요구를 많이 제기한 것 등도 객관적으로 장제스·왕징웨이의 반공(공산주의에 반대함)을 위한 사회적 기반을 마련해주었다.

'좌'와 '우'는 중국혁명의 언어체계 속에서 특별한 의미가 있다. 일반적으로 '좌'는 정의·진보·혁명을 대표하고, '우'는 보수적·낙후함 심지어 반동·반혁명을 대표한다. 당 내에서 '좌'와 '우'의 주요 구별은 본질적으로 중국의 기본 국정을 어떻게 인식하느냐와 대중 특히 중간 대중을 어떻게 대하느냐 하는 문제이다. 좌경·우경의 오류는 모두 기본 국정과 중간 대중을 이탈한 것이다. 중국의 민주혁명시기에 가장 기본적인 국정은 중국이 반식민지·반봉건사회에 처한 것이다. 이로써 중국혁명의 성질은 반제국주의·반봉건주의·자산계급의 민주주의 혁명에 속하며, 혁명의 칼끝은 주로 제국주의와 봉건주의를 겨냥해야 하는 것이라고 결정되었다. 따라서 중간계급 특히 민족자산계급에 대해서는 특별히 신중한 정책을 취해야 했다. 좌경 오류는 중국 자산계급의 민주혁명을 초월하는 주장을 제기한 데서 반영되었으며, 민족자산계급을 단합시켜야 할 중요성에 대해 인식하지 못하고, 민족자산계급을 혁명의 맹우가 아니라 혁명의 대상으로 삼은 데서 반영되었으며, 민주혁명단계에서 자본주의를 궤멸시키려 한 것과 이에 근거하여 관련 방침과 정책을 제정한 데에 반영되었다. 우경 오류는 민족자산계급과 통일전선을 결성할 때 덮어놓고 단합만 강조하고 투쟁을 소홀히 하였으며, 계속 타협하고 양보하면서 독립 자주의 원칙을 포기한 것이다. 좌경·우경 오류 모두 중국혁명에 심각한 위해, 심지어는 재앙적인 결과를 가져다줄 수 있는 것이었다.

대혁명은 비록 실패하였지만, 그 시기는 공산주의자들에게 극히 중요한 경력이었다. 대혁명은 당의 영향력을 확대하여 갈수록 많은 사람들이 중국에 인민의 행복과 민족의 부흥을 위해 애쓰는 공산당이 있다는 사실을 알게 되었다. 당 또한 초창기 구성원이 수십 명밖에 안 되던 데서 수만 명의 당원을 갖춘 큰 당으로 발전하였으며, 당의 각급조직은 원래 소수의 몇 개 대도시와 유학생에서 전국 각지로 발전하였다. 당은 수천만을 헤아리는 노동자와 농민들을 조직함으로써 강대한 조직능력과 동원능력을 보여주었다. 대혁명의 실패는 유년기의 당을 성숙시켰으며, 통일전선에서 지도권의 중요성을 인식하기 시작하였고, 무장투쟁의 중요성을 알게 해주었다. 이로써 중국공산당은 활활 타오르는 불길 속에서 새롭게 태어날 수 있었으며, 좌절을 딛고 성장할 수 있었다.

제3장
토지혁명의 폭풍을 일으키다

1927년 혁명이 실패해서부터 1937년 항일전쟁이 발발하기까지 10년 간 중국공산당은 오직 중국공산당만이 반혁명집단의 극단적인 공포 통치 아래 전 당이 일치단결하여 반제국주의 반봉건주의 깃발을 높이 들고 광범위한 노동자·농민·병사·혁명적 지식인 및 기타 혁명적인 대중을 인솔하여 정치적, 군사적, 그리고 사상적으로 위대한 전투를 벌였다. 그 전투에서 중국공산당은 홍군(紅軍)을 창건하고, 노동자·농민·병사 대표회(代表會)의 정부를 세웠으며, 혁명근거지를 수립하였고, 가난한 농민들에게 토지를 나눠주었으며, 그때 당시 국민당 반동정부의 공격과 1931년 '9.18'이후 일본제국주의의 침략에 맞서 싸움으로써 중국 인민의 신민주주의 민족해방과 사회 해방 사업에서 위대한 성과를 거둘 수 있었다.

중국공산당 중앙위원회 제6기 제7차 전원 확대회의:
「몇 가지 역사 문제에 대한 결의」(1945년 4월 20일)

1.
새로운 혁명의 길을 탐색하다

혁명의 길은 평탄할 리가 없다. 그렇기 때문에 공산주의자들은 굳센 의지와 두려움 모르는 담력 및 식견을 갖추어야 한다. 공산주의자가 백절불굴의 의지를 갖출 수 있었던 것은 시종일관 자신이 선택한 신앙에 충성을 다하고 국가와 인민의 아름다운 앞날을 인생의 변함없는 분투목표와 가치로 삼아 지향하였기 때문이다. 대혁명이 실패한 후 공산주의자들은 국민당 반동파의 반혁명 기세에 겁먹지 않고 동지들의 시신을 땅에 묻고 몸에 묻은 핏자국을 닦아낸 후 또 다시 일어나 계속 싸웠다. 그때 펑더화이(彭德懷)·쉬터리(徐特立)·허룽(賀龍)·예졘잉(葉劍英) 등 원래 당 외의 일부 혁명가들이 확고한 신념을 가지고 공산당원 행렬에 가입하였으며, 광범위한 혁명 대중들이 또 다시 당의 기치 아래로 집결하였다.

1927년 8월 1일 저우언라이·허룽·예팅(葉挺)·주더(朱德)·류보청(劉伯承) 등은 당이 장악하고 있으면서 영향을 끼치고 있는 2만 명의 북벌군을 인솔하여 난창(南昌)에서 무장봉기를 일으켰다. 이로써 무력으로 국민당의 반동통치에 저항하는 첫 총성이 울려 퍼졌던 것이다. 중국공산당이 이끄는 인민군대가 이로써 탄생하였다.

8월 7일 중국공산당 중앙위원회는 한커우(漢口)에서 비밀회의, 즉

'8.7회의'를 개최하였다. 회의에서 토지혁명과 무력으로 국민당 반동파에 저항해야 한다는 총체적 방침을 확정지었다. 마오쩌동은 연설에서 "앞으로 군사에 각별한 중시를 기울여야 한다"며, "정권은 총대에서 나온다는 것을 명심해야 한다."라고 강조하였다. 이는 중국 공산주의자들이 피의 대가를 치르면서 얻은 올바른 결론이었다. 그때부터 무장투쟁은 중국혁명의 주요한 방식이 되었다.

'8.7회의' 정신에 따라 각지의 당 조직들은 잇달아 일련의 무장봉기를 일으키면서 무장투쟁의 불꽃을 피워 올렸으며, 이로써 공산당의 깃발이 다시금 중국의 대지에서 높이 휘날리기 시작하였다. 그중에서 비교적 중요한 무장봉기로는 그해 9월 9일 마오쩌동이 이끈 샹깐(湘贛, 후난—장시) 접경지대의 추수봉기, 같은 해 12월 11일에 장타이레이(張太雷)·예팅·예졘잉 등 이들이 이끈 광쩌우봉기, 그리고 팡즈민(方志敏)이 이끈 장시 동북지역의 봉기, 저우이췬(周逸群)·허룽이 이끈 샹어시(湘鄂西, 후난—후뻬이 서부)봉기, 중국공산당 황안(黃安)·마청(麻城)특위(特委)가 이끈 황안·마청봉기, 산시(陝西) 지방 당 조직이 이끈 웨이난—화현(渭南—華縣)봉기, 펑더화이·텅따이위안(滕代遠)이 이끈 핑장(平江)봉기 등이 있다.

비록 쑨원을 도와 황푸군관학교를 창설할 때부터 일부 공산당원들이 군사업무에 종사하였지만, 당이 독자적으로 무장투쟁에 종사하기는 대혁명이 실패한 후에야 비로소 시작되었다. 그래서 대혁명이 실패한 후 당이 일으킨 무장봉기는 도시를 탈취하는 것을 목표로 삼았었다. 이는 이해할 수 있는 일이다. 왜냐하면 그때까지 세계에서 무산계급이 무장투쟁을 통하여 전국의 정권을 장악한 나라는 오직 하나 러시아뿐이었는데, 10월 혁명이 바로 먼저 도시를 탈취한 다음 농촌으로 확장하였기 때문이다. 그래서 난창봉기·광쩌우봉기는 모두 도시를 탈취하는 것이 목표였으며, 마오쩌동이 이끈 추수봉기도 최초에는 후난의 중심도시인 창사를 탈취할 계획이었다. 추수봉기부대가 창사로 진군할 때 한동안 심각한 좌절을 당하였던 적이 있다. 실천 속에서 경험과 교훈을 섭취하는 데 능한 마오쩌동은 결단성 있게 원래의 계획을 포기하고 적의 통치세력이 취약한 산간(山間)지역에서 개로운 근거지를 찾기로 결정하였다. 봉기부대가 장시성 용신(永新)현 싼완(三灣)촌에 당도하였을 때, 마오쩌동이 그 곳에서 유명한 싼완 개편을 진행하여 전 군을 당의 전체 위원회가 통일적으로 영도하기로 하고, 분대(班)·소대(排)에 당 소조를 설치하였으며, 중대(連)에 지부를 세우고, 대대(營)·연대(團)에 당위원회를 세우고, 중대 이상 부대에 당대표를 두었으며, 동급 당 조직의 서기가 당 대표를 맡고, 부대의 모든 중대한 활동은 반드시 당 조직의 집단 토론을 걸쳐 결정키로 하였다. 이로써 조직적으로 군대에 대한 당의 영도를 확립하였다. 이는 무산계급이 이끄는 신형 인민군대를 건설하는 중요한 발단이 되었다. 그 후 부대는 샹깐(湘贛, 후난-장시) 접경지대의 징깡산(井岡山)지역으로 들어가 징깡산 혁명근거지를 세우고 농촌에서 시작해 도시를 포위하는 길을 개척하는 위대한 탐색을 시작하였다. 징깡산 혁명근거지를 창건하는 과정에서 마오쩌동은 징깡산 투쟁의 실제와 중국혁명에 대한 그의 구상을 결부시켜『중국에는 왜 홍색정권이 존재할 수 있는 걸까?』『징깡산 투쟁』등의 저서들을 집필하였으며, "노동자·농민무장 할거사상"을 제기하고, 사람들이 관심을 갖는 "붉은 기는 도대체 얼마나 오래 싸울 수 있을까?"라는 의문에 대답하였으며, 중국의 홍색정권이 존재하고 발전할 수 있는 원인을 분석하였다.

대혁명이 실패한 후 무장투쟁을 전개하는 실천 과정에서 각지의 공산주의자들은 약속이나 한 듯이 도시를 탈취하려던 데서부터 농촌으로 깊이 들어가 힘을 축적하는 길로 방향을 바꾸어 전국 각지에 여러 농촌혁명근거지들을 잇달아 설립하였다. 그중 비교적 큰 것들로는 중앙(장시성 남부[贛南]와 푸젠[福建]성 서부[閩西] 두 개의 근거지로 구성됨)·샹어시(湘鄂西, 후난-후뻬이 서부)·어위완(鄂豫皖, 후뻬이-허난-안훼이[安徽])·샹어간(湘鄂贛, 후난-후뻬이-장시)·깐동뻬이(贛東北, 장시성 동북부)·줘여우장(左右江)·총야(瓊崖) 등의 근거지가 있었다. 1930년 상반기에 이르러 전국적으로 이미 크고 작은 농촌혁명근거지가 10여 개가 세워졌으며, 홍군은 약 10만 명으로 발전하였다. 농촌혁명근거지가 설립됨에 따라 시급히 해결해야 할 중요한 문제가 공산주의자들 앞에 대두되었다. 그것은 바로 장기간 농촌에서 유격전쟁을 하면서 홍군의 주체가 농민으로 구성되고, 홍군 내의 당원들도 농민과 기타 소자산계급이 주를 이루는 상황에서 "어떻게 당의 무산계급 선봉대 성격을 유지하고?", "어떻게 홍군을 무산계급이 이끄는 신형 인민군대로 건설할 것이냐?" 하는 문제였다. 1929년 12월 28일부터 29일까지 중국공산당 홍군 제4군 제9차 대표대회가 푸젠성 상항(上杭)현 꾸톈(古田)에서 열렸다. 회의에서는 마오쩌둥이 작성한 8가지 결의를 일제히 채택하였다. 결의 총칭은 「중국공산당 홍군 제4군 제9차 대표대회 결의안」, 즉 유명한 「꾸텐회의 결의」가 그것이다. 꾸텐회의에서는 "홍군은 혁명의 정치적 임무를 수행하는 무장 집단으로서 반드시 중국공산당의 강령과 노선·방침·정책을 확고히 관철시켜야 한다"고 강조하였다. 또한 "홍군은 절대 단순하게 전투만 하는 군대가 아니라 전투·민중사업·군자금 조달의 3대 임무를 동시에 담당해야 한다", "홍군 내 각급 당 조직을 반드시 건전히 하고 정치위원제도를 실행하며, 그 어떤 구실을 대서 홍군에 대한 당의 영도를 약화시키는 것에 반대해야 한다"라고 강조한 것 등이다. 「꾸텐회의 결의」는 홍군 제4군이 창설 된 이래 부대 건설에서 쌓은 기본 경험에 대해 종합하고, 인민군대 건설의 기본 원칙을 확립하였으며, 중국의 특수한 국정과 특수한 혁명의 길에서 "무산계급 정당을 어떻게 건설할 것인지?", "인민군대에 대한 당의 절대적 영도를 어떻게 유지할 것인지?" 등의 중대한 문제들을 성공적으로 해결하였다.

꾸텐회의 후 마오쩌둥은 「한 점의 불꽃이 온 벌판을 태우는 불길로 타오를 수 있다(星星之火, 可以燎原)」라는 글을 써 "전국적인, 모든 지방을 포함한, 먼저 대중을 쟁취한 후 정권을 수립한다는 이론은 중국혁명의 실제에 어울리지 않는다."라고 강조하였다. 홍군·유격대·홍색지역의 건립과 발전은 반식민지 중국에서 무산계급이 이끄는 농민투쟁의 최고 형태이고, 중국혁명의 고조를 불러올 수 있었던 가장 중요한 요소로서 농촌으로부터 도시를 포위하고, 무장세력으로 정권을 탈취하는 사상이 기초적으로 형성되었음을 상징한다. 같은 해 5월 마오쩌동은 「교과서주의에 반대한다」라는 글에서 "조사를 하지 않은 자에게는 발언권이 없다" "중국혁명의 승리는 중국동지들이 중국의 상황을 이해하는 것에 의지해야 한다"는 두 가지 중요한 논점을 분명히 제기하여, 마르크스주의를 중국의 실제에 결합시켜야 한다는 중요성을 깊이 있게 명시하였다.

중국혁명은 반혁명의 압박 아래서 발생하였으며, 혁명의 발전은 필연적으로 반혁명세력의 불안을 부르게 된다. 여러 혁명근거지가 창립된 후 국민당 군대는 혁명근거지에 대한 '연합토벌'과 '포위토벌'을 거듭 감행하였다. 중앙 홍군은 마오쩌동과 주더의 인솔 아래 1930년 11월부터 1931년 9월까지 장제스의 대규모 '포위토벌'을 잇달아 세 차례나 극복하였다. 1933년 2월 장제스가 재차 50만 대군을 집결하여 중앙소비에트구역을 공격하였다. 그때 당시 마오쩌동은 좌경노선의 배척으로 홍군 지도자의 위치에서 떠나 있었다. 중앙홍군은 저우언라이와 주더의 지휘 아래, 대 군단이 매복하여 적을 섬멸하는 전술을 써서 장제스의 포위공격을 격파하였다. 이와 동시에 어위완(鄂豫皖)·샹어시(湘鄂西)·깐똥뻬이(贛東北)·샹어깐(湘鄂贛)·총야(瓊崖) 등 근거지에서도 홍군은 반(反) '포위토벌전쟁'의 승리를 거두었고, 홍군과 근거지 모두 일정한 정도의 발전을 이룩하였다. 1932년 봄에 이르러 여러 혁명근거지의 주력홍군이 15만 명으로 발전하였다.

여러 근거지에서는 또 토지혁명을 폭넓고 깊이 있게 전개하여 가난하고 고통 받는 광범위한 농민들이 오매불망 그리던 땅을 분여 받았고, 공농병(노동자·농민·병사)대표대회를 열어 각급 소비에트정부를 선출하였으며, 경제건설과 문화건설을 전개하여 농민들의 생활을 개선하였다. 1931년 11월 중화소비에트 제1차 전국대표대회가 루이진(瑞金)에서 열렸으며, 중화소비에트공화국 임시 중앙정부의 창립을 선포하였다.

대혁명이 실패한 후, 중국공산당은 '총대(槍杆子)'를 중시함과 동시에 '붓대(筆杆子)'도 중시하였다. 당의 문화사업 일꾼과 당의 영향을 받은 문화사업 일꾼들이 잇달아 상하이에 모여들었는데, 그들은 문학과 예술을 무기로 삼아 사상문화진지에서 국민당 반동파에 꿋꿋이 맞서 싸웠다. 1929년 하반기 중국공산당 중앙위원회 선전부 산하에 중앙문화업무위원회(문위[文委]로 약칭)가 설립되었다. 1930년 3월 당의 제안과 기획에 따라 당 내외 작가들이 참가한 중국좌익작가연맹(좌련[左聯])이 상하이에서 결성되었다. 이어 좌익 사회과학자·연극인·미술가·교육자 등의 연맹이 잇달아 설립되었다. 당은 이런 진보적인 문화단체들을 이끌어 좌익문화운동을 적극 전개하여 문화적 분야에 대한 국민당 반동파의 '포위토벌'을 물리쳤다.

2.
좌경 오류의 심각한 위해(危害)

중국혁명이 맞닥뜨린 적은 막강하며, 특히 방대한 군대를 장악하고 있었다. 도시는 그들의 통치 중심이었다. 반면에 농촌은 그들의 통치가 상대적으로 약한 부분이었다. 중국은 또 경제문화가 낙후한 반식민지·반봉건국가로서 현대공업이 매우 적고, 농민이 전국 인구의 80% 이상을 차지하였다. 따라서 농민문제가 중국혁명의 중심문제가 되었다. 그렇기 때문에 중국혁명은 농촌에서부터 도시를 포위하고, 무력으로 정권을 탈취하는 길을 가야만 하였으며, 또 오로지 그 길을 갈 수밖에 없었다. 그러나 모든 공산주의자들이 다 농촌에서부터 도시를 포위하는 길을 걸어야 하는 중요성에 대해 인식하였던 것은 아니었다. 대혁명이 실패한 후 혁명은 당분간 저조기에 처해 있는 상황에서도 당내 일부 인사들은 혁명정세가 "계속 향상되고 있다"는 주관적인 인식을 가지고 있었으며, 적아 간에 현저한 세력 차이가 존재함에도 불구하고 도시폭동을 중심으로 전국적으로 폭동을 일으키자는 총체적 전략을 정하고 맹목적으로 무장폭동을 일으킬 것을 주장하였다. 게다가 봉기과정에서 정책과 책략을 중시하지 않아 좌경 망동주의 오류를 범하였다. 그 바람에 혁명은 불필요한 손실을 겪었다.

1928년 6월 18일부터 7월 11일까지 중국공산당은 국제공산당의 도움으로 소련의 모스크바에서 제6차 전국대표대회를 개최하였다. 이 또한 당이 국외에서 개최한 유일한 한 차례의 전국대표대회였다. 그 대회가 모스크바에서 열리게 된 것은 한편으로는 물론 국제공산당 가까이에서 지도를 받기 위해서였고, 다른 한편으로는 그때 당시 국민당 반동파가 잔혹한 백색테러를 감행하고 있어서 국내에서는 회의를 열 수 있는 안전한 곳을 찾을 수 없었기 때문이기도 했다. 중국공산당 제6차 전국대표대회(제6차 당 대회)에서는 대혁명이 실패한 후의 경험과 교훈을 종합하고, 좌경 망동주의 오류를 바로잡았으며, 중국혁명과 관련해 심각한 논쟁이 존재하는 일련의 근본 문제에 대해 기본적인 정확한 대답을 얻었다.

제6차 당 대회 이후 중국혁명은 부흥하기 시작하였으며, 국민당 신(新)군벌 간의 혼전이 혁명근거지와 홍군의 발전에 계기를 마련해주었다. 그러나 마침 그때 당내 극좌적인 급진 정서가 서서히 싹 트기 시작하였다. 리리싼(李立三)을 대표로 하는 좌경 모험주의 오류가 나타났던 것이다. 1930년 6월 리리싼 등이 우한을 중심으로 한 전국 중심 도시의 무장봉기 계획을 세우고, 세력이 여전히 상대적으로 약한 홍군에게 적의 방어력이 튼튼한 중심 도시를 공략할 것을 요구하였다. 심지어 "우한에서 부대가 합류하여 창장에서 말에게 물을 먹이자"라는 구호까지 제기하였다. '리리싼 노선'을 이행하는 과정에서 홍군 제2군단은 1만 6천 명에서 3천 명으로 줄어들었으며, 홍후(洪湖) 근거지를 잃었다. 홍군 제7군은 6천여 명에서 2천 명으로 줄었으며, 여우장

(右江) 혁명근거지를 잃었다. 백구(白區, 1927~1937년 사이의 국민당 통치하의 지역)의 당 세력도 큰 손실을 입었다. 잇달아 11개 성당위 (省委) 기관이 파괴되었으며, 우한·난징 등 도시의 당 조직은 거의 전부 와해되었다. 1930년 9월 취츄바이·저우언라이의 주재로 중국공산당 중앙위원회 제6기 제3차 전원 확대회의가 상하이에서 열린 가운데 리리싼의 좌경 모험주의 오류를 바로잡았다. 회의 후 리리싼은 중앙 지도자 직위에서 물러났다.

당은 비록 조직적으로는 '리리싼 노선'의 오류를 바로잡았지만, 좌경 오류가 싹틀 수 있는 사상적 근원은 말끔히 제거하지는 못하였다. 중국혁명의 적은 강하고 우리는 약한 국면이 단시일 내에 바뀌기 어려운데다가 당의 구성원 대다수가 농민과 소자산계급 출신이었기 때문에, 급진과 모험을 특징으로 하는 좌경사상이 당내에서 상당한 시장을 가지고 있었다. 1931년 1월 중국공산당 중앙위원회 제6기 제4차 전원회의를 상징으로 '리리싼 노선'보다도 더 극좌적인 왕밍(王明)의 좌경 교조주의가 전 당을 지배하기 시작하였다. 이번 중앙전원회의에서 국제공산당 동방부 책임자 파벨 알렉산드로비치 미프([러] Павел Алекса́ндрович Миф)의 지지로 원래 일반 간부에 불과하였던 왕밍이 일약 중앙정치국 일원이 되었으며, 이어서 또 중국공산당 중앙위원회의 실제적인 지도자가 되었다. 그해 10월 왕밍은 상하이를 떠나 모스크바 국제공산당으로 가서 근무하게 되었다. 그때 당시 상하이에 있던 중앙위원과 정치국 위원의 수가 절반도 되지 않았기 때문에, 중국공산당 임시 중앙정치국을 설립하기로 결정하고 공청단 중앙위원회 책임자 버꾸(博古)에게 총책임을 맡겼다. 그런데 그때 당시 버꾸는 겨우 24살이었으며, 원래는 중앙위원조차도 아니었다. 왕밍·버꾸 등 이들은 비록 모스크바에서 일부 마르크스주의 저작을 읽은 적이 있어 일정한 이론적 토대를 쌓긴 하였지만, 그들은 모두 너무 젊었으며, 입당한 지 얼마 안 되어 모스크바로 공부하러 갔고, 귀국한 후 너무 빨리 중앙지도층에 들어갔다. 비록 혁명적 열정은 있었지만 혁명투쟁의 수련도 거치지 않았고 경험도 없었으며, 또 중국의 국정에 대해서도 잘 알지 못하였기 때문에 러시아혁명의 경험을 그대로 모방하고 국제공산당의 지시를 기계적으로 집행하는 수밖에 없었다. 그들이 혁명투쟁에서 뚜렷한 업적을 쌓지 못하였고, 모스크바에서 돌아온 뒤 국제공산당의 지지를 받아 벼락출세하여 중앙지도층에 들어간 것이기 때문에 당내에서는 위망이 그다지 높지 않았다.

그들은 소련에서 공부하는 기간에 마르크스주의 진리에 대해 완전히 이해하지 못하였고, 소련공산당이 당내투쟁을 전개하는 일련의 방법만을 배워 좌경노선을 추진하기 위해 "잔혹한 투쟁, 무자비한 단속"의 수단을 취하면서 이른바 당내투쟁을 전개함으로써 중국혁명에 심각한 위해를 끼쳤다.

1931년 9월 18일 일본제국주의가 '9.18사변'을 일으켜 중국의 동북을 무력으로 강점하고 중국을 저들의 독점 식민지로 만들려고 시도하였다. 민족이 생사존망의 위기에 처한 중요한 시점에 중국 국민은 장제스의 '무저항 정책'에 결연히 반대하여 기세 드높은 항일구국운동을 일으켰다. 중국공산당이 앞장서서 무장 항일의 기치를 높이 치켜들었다. 동북지역의 당 조직들이 잇달아 항일투쟁을 전개하였으며, 다른 지역의 당 조직들에서도 잇달아 간부들을 동북에 파견하여 동북지역 당 조직의 세력을 강화하였다. 당이 직접 이끄는 항일유격대가 잇달아 결집되었으며, 점차 동북의 주요 항일세력으로 되었다.

'9.18사변'으로 인해 중화민족과 일본제국주의 간의 모순이 국내 주요 모순으로 상승하기 시작하였고, 당은 전례 없이 심각한 민족위기에 직면한 상황에서 중국의 반제국주의 반봉건적 민족·민주혁명을 "어떻게 앞으로 밀고나갈 것이냐?"하는 새로운 문제에 직면하였다. 국내 주요 모순의 변화에 따라 당은 제때에 방침과 정책을 조정해야만 하였다. 그러나 중국공산당 임시중앙위원회는 국제공산당의 지시만 기계적으로 따르면서 "무력으로 소련을 보위하자"는 심각하게 현실을 벗어난 구호만 계속 외쳐댔다. 그들은 국내 계급관계의 새로운 변화를 보지 못하였으며, 심지어 중간계급은 가장 위험한 적이라고 주장하면서 모험주의 폐쇄주의 오류를 계속 추진함으로써 정치적으로 자신을 고립시켰다. 장기간 상하이에 있던 중국공산당 중앙위원회 지도기관도 거듭되는 적의 파괴공격을 받아 상하이에 발붙일 수가 없게 되었다. 1933년 1월 중국공산당 임시중앙위원회는 상하이에서 중앙혁명근거지인 루이진으로 옮겼으며, 더욱이 근거지에서 '좌'경 교조주의 방침을 전면적으로 관철시켰다.

중국공산당 임시중앙위원회가 중앙소비에트구역에 입주한 뒤, 좌경 오류가 중앙소비에트구역에서 더욱 전면적으로 관철되게 되었다. 그들은 "반혁명을 엄격하게 진압하자"라는 구호 아래 반혁명 숙청 투쟁을 확대하였다. 토지정책에서 이른바 "지주에게는 농토를 나눠주지 않고 부농(富農)에게는 좋지 않은 농토를 나눠준다."는 정책을 실행하여 지주와 토호 및 그 가족들은 토지를 분여 받을 권리가 없다고 강조하면서 부농이 이미 분여 받은 토지는 거둬들여 다시 분배하여 좋은 농토는 고농(雇農)·빈농(貧農)·중농(中農)에게 나눠주고, 원래 그들에게 나눠주었던 나쁜 농토를 부농에게 나눠주었다. 이는 지주와 부농에게 살길을 열어주지 않은 것과 같았다. 중국공산당 임시중앙위원회는 또 '토지 조사 운동'을 적극적으로 벌였다. 사실상 중앙소비에트구역은 토지혁명을 전개한 이래 토지문제가 기본적으로 해결되었기 때문에, 일부지방의 토지분배가 불공평한 문제에 대해서만 조금 조정하면 되었다. 대규모 대중운동 방식으로 토지와 계급에 대한 조사를 진행하다보니 이미 투쟁하여 쓰러뜨렸던 지주와 부농에 대해 재차 투쟁하거나 아니면 이른바 그물에서 빠져나간 지주와 부농을 철저히 조사한다는 명분아래 인위적으로 중농을 부농으로, 부농을 지주로 승격시켜서 투쟁대상을 확대하였다. 조직적으로는 종파주의 수단을 취하여 서로 다른 의견을 가진 간부를 단속하였다. 그들은 우선 푸젠성에서 '뤄밍(羅明)노선'에 반대하는 투쟁을 전개하였으며, 이어서 장시성에서 덩(덩샤오핑)·마오(마오쩌탄[毛澤覃])·셰(셰웨이쥔[謝唯俊])·꾸(꾸버[古柏])의 "장시 뤄밍 노선"에 반대하는 투쟁을 전개하였다. 실제로는 "건넛산 보고 꾸짖기" 방식으로 투쟁의 칼끝을 마오쩌둥의 여러 가지 올바른 주장을 겨냥한 것이었다.

3.
전대미문의 만리 대장정

1933년 가을 실패를 인정하는 것이 내키지 않았던 장제스가 반년 간 준비과정을 거친 후 100만 군대를 규합하여 여러 혁명근거지에 대한 공격을 시작하였다. 그중 50만 병력으로 9월 하순부터 중앙소비에트구역을 공격하였다. 중앙소비에트구역의 제5차 반(反) '포위토벌' 이 시작될 무렵, 중앙홍군은 이미 매우 큰 발전을 이루었다. 만약 적절한 전략과 지휘만 있었더라면 그 '포위토벌'을 타파할 수 있었을 것이다. 그러나 중국공산당 임시중앙위원회의 책임자였던 버꾸는 본인이 군사에 관한 일을 알지 못하였기 때문에 국제공산당에서 중국에 파견된 독일인 군사고문 리더(李德, 본명은 오토 브라운[Otto Braun], 리더는 필명임)에게 홍군의 지휘전권을 넘겨주었다. 리더는 중국혁명전쟁의 특수 법칙에 대해 알지 못하고 "국문 밖에서 적을 막자"라는 잘못된 구호를 제기하였고, "보루로써 보루에 대항하고", 적을 상대로 "짧고 급격하게 돌격하는" 작전방침을 취하였으며, 처음에는 홍군의 모든 전선에 출격해 적의 견고한 진지를 공격할 것을 명령하였다. 공격에 실패한 후에는 또 병력을 나누어 수비하면서 적들과 진지전을 벌일 것을 명하였다. 수많은 홍군 장병들이 1년간 피어린 고전을 벌였지만 결국 적의 '포위토벌'을 물리치지 못하였다. 1934년 4월 중앙소비에트구역의 중요한 관문인 광창(廣昌)이 함락되었다. 이런 상황에서 중국공산당 중앙위원회는 국제공산당의 비준을 거쳐 중앙홍군의 주력부대를 중앙소비에트구역에서 밖으로 옮길 준비를 하였다.

홍군 주력의 행동에 협력하기 위하여 그해 7월 중순 쉰화이쩌우(尋淮洲) 등이 홍군 제7 군단을 개편 결성한 북상항일 선봉대를 인솔하여 민저완깐(閩浙皖贛, 푸젠·저장·안훼이·장시)변구(邊區, 중국의 국공 내전·항일전쟁 시기에 중국공산당이 몇 개의 성(省)에 세웠던 혁명 근거지-역자 주)로 가서 팡즈민이 이끄는 홍군 제10군과 회합하여 홍군 제10군단을 편성하고 팡즈민을 주석으로 하는 군정위원회를 결성하였다. 그런데 국민당군대의 포위와 추격, 저지로 홍군 제10군단은 막중한 손실을 입었으며, 쉰화이쩌우가 희생되고 팡즈민이 체포되었다가 그 후 난창에서 장렬히 희생되었다. 나머지 부대는 쑤위(粟裕) 등 이들의 인솔 아래 저장 남부 일대로 이동하여 유격전쟁을 이어갔다. 같은 해 7월 하순 중앙 홍군 주력부대의 이동을 위해 길을 열어주기 위하여 런삐스(任弼時)가 명을 받고 홍군 제6군단을 거느리고 샹깐(湘贛, 후난-장시)근거지에서 서쪽의 후난으로 철수하였다. 3개월간 전전 끝에 꿰이쩌우(貴州)성 인장(印江)현의 무황(木黃)에서 허롱이 이끄는 홍군 제3군(후에는 홍군 제2군단의 번호를 회복함)과 합류하여 샹어촨첸(湘鄂川黔, 후난-후뻬이-쓰촨-꿰이쩌우)혁명근거지를 창설하였다. 그해 11월 홍군 제4 방면군(紅四方面軍) 주력 부대가 이동한 후 어위완(鄂豫皖)지역에 남아 투쟁을 이어오던 홍군 제25군도 핑한철도(平漢鐵路, 베이핑[北平, 베이징]에서 한커우에 이르는 철도) 서쪽으로 이동하였다. 약 1년 가까이 전전하다가 이듬해 9월에 산깐(陝甘. 산시-깐쑤)소비에트구역에 도착하여 그 곳에서 싸우던 서북홍군 제26군, 제27군과 합류하여 홍군 제15군단을 편성하였다.

1934년 10월 중국공산당 중앙위원회와 중앙 홍군 8만여 명은 하는 수 없이 중앙소비에트구역을 떠나 먼 길을 에돌아 전략적 이동을 시작하였다. 그 이동이 바로 장정(長征)이다. 장정 초기에 버꾸와 리더 등은 또 도주주의 오류를 범하였다. 그들은 온갖 세간붙이를 다 챙겨가지고 이동하다보니 전투의 적기를 놓치고 말았다. 홍군은 비록 적의 4갈래 봉쇄선을 뚫긴 하였지만 막대한 대가를 치렀으며, 1934년 12월에 샹장(湘江)을 건넌 뒤 군사 수를 헤아려 보니 전군이 출발시의 8만 명에서 3만여 명으로 격감되어 있었다.

샹장전투 후, 마오쩌동은 후난성 서부로 북상하여 홍군 제2, 제6 군단과 합류하려던 원 계획을 포기하고 길을 틀어 적군의 세력이 상대적으로 취약한 꿰이쩌우로 가서 새로운 근거지를 개척할 것을 강력하게 제안하였다. 1934년 12월 12일 중국공산당 중앙위원회 책임자들이 후난 통따오(通道)에서 긴급회의를 열고 전략행동 방침문제에 대해 토론하였다. 회의에서 마오쩌동의 의견에 대다수가 찬동하였다. 이튿날 중앙홍군은 후난성 서부로 진군하려던 원 계획을 포기하고 서부의 꿰이쩌우로 방향을 돌렸다. 그런데 꿰이쩌우에 막 들어서자 리더와 버꾸가 또 다시 원 계획대로 후난성 서부로 진군하여 홍군 제2, 제6 군단과 합류할 것을 고집하였다. 12월 18일 중국공산당 중앙정치국은 꿰이쩌우성 리핑(黎平)에서 회의를 열었다. 회의에서 치열한 토론 끝에 리더와 버꾸의 방안이 부결되고 중앙 홍군은 꿰이쩌우성 중심부를 거쳐 꿰이쩌우성 북부로 진군하기로 결정하였다. 1935년 1월 상순에 꿰이쩌우성 북부지역의 요충지에 위치한 진(鎭)인 쭌이(遵義)를 점령하였다.

1935년 1월 15일부터 17일까지 중국공산당 중앙정치국은 꿰이쩌우성 쭌이에서 확대회의를 열어 버꾸 등의 군사·조직 면에서의 좌경 오류를 집중적으로 해결한 후 마오쩌동을 중앙정치국 상무위원으로 보충하였다. 회의 후 얼마 지나지 않아 또 마오쩌동·저우언라이·왕자샹(王稼祥)으로 구성된 3인 군사팀을 설립하고 전 군의 군사행동을 담당하기로 하였다. 쭌이회의는 사실상 마오쩌동을 핵심으로 하는 중국공산당 중앙위원회의 정확한 영도를 확립한 회의로서 극히 위급한 고비에 당을 구원하고 홍군을 구원하였으며, 중국혁명을 구원하였다. 쭌이회의는 중국공산당 역사에서 생사존망의 전환점이었다.

쭌이회의 후 중앙 홍군은 마오쩌동의 정확한 영도 아래 츠수이(赤水)를 네 차례나 건너고 진사장(金沙江)을 긴급 도하하였으며, 따뚜허(大渡河) 도하를 강행하였고, 또 인적이 드문 대설산을 넘어 적의 포위권을 벗어남으로써 장정이래 피동적 위치에 처하였던 국면을 바꿔놓았다. 1935년 6월 쓰촨성 서부의 마오꽁(懋功)에서 홍군의 다른 한 주력부대인 홍군 제4방면군과 합류하였다.

홍군 제4방면군은 원래 어위완(鄂豫皖)혁명근거지에서 활동하였었다. 1932년 7월 장제스가 약 30만 명의 군대를 집결시켜 어위완혁명근거지에 대한 네 번째 '포위토벌'을 시작하였다. 그때 당시 중국공산당 어위완중앙분국 서기 겸 군사위원회 주석을 맡았던 장궈타오가 자기와 견해가 다른 사람을 배척하기 위하여 반혁명 숙청을 엄청나게 확대 실시하였다. 게다가 이미 거둔 승리에 이성을 잃고 어처구니없게도 국민당 군대를 쉽게 무너뜨릴 수 있는 취약하기 그지없는 '예비부대'로 착각하였다. 맹목적으로 적을 경시하였던 탓에 홍군 제4방면군은 장제스의 네 번째 '포위토벌'을 뚫지 못하였으며, 주력 부대는 핑한철도를 넘어 서쪽으로 이동하는 수밖에 없었다. 2개월 남짓한 시간 동안 산시(陝西)성 남부지역을 거쳐 쓰촨성 북부지역에 이르렀으며, 촨산(川陝, 쓰촨-산시) 혁명근거지를 개척하였다. 1935년 3월 홍군 제4방면군은 자링장(嘉陵江) 도하를 강행하여 쓰촨성 북부에서 쓰촨성 서부지역으로 이동하였다.

두 갈래의 홍군 주력 부대가 합류했을 때는 총 인수가 10만 명이 넘었다. 만약 중국공산당 중앙위원회가 확정한 북상방침에 따른다면 새로운 국면을 열어나갈 수 있었다. 그러나 그때 당시 홍군 제4방면군의 지도자 장궈타오는 자체의 막강한 군사력을 믿고 개인의 야심이 급격히 팽창하기 시작, 무력으로 당을 지휘하려고 시도하였으며, 공공연히 당에 손을 내밀어 관직과 권력을 요구하였다. 개인의 야심을 충족시킬 수 없게 되자 그는 처음에는 구실을 대어 북상하는 것을 미루다가 그 후에는 북상 방침에 명확히 반대하였으며, 심지어 이미 북상한 홍군 제4 방면군 일부에 전보를 띄워 남하할 것을 명령하기까지 하였다. 중국공산당 중앙위원회는 홍군 내부에서 충돌이 발생하는 것을 피하기 위하여 중앙홍군 주력 부대를 이끌고 먼저 북상하였다. 그 후 북상한 홍군은 산깐(陝甘)분대로 개칭하였다. 1935년 10월 5일, 장궈타오는 쓰촨성 리판(理番)현 줘무댜오(卓木碉, 오늘날 마얼캉[馬爾康]현 주무쟈오[足木脚])에 노골적으로 '중국공산당 중앙위원회'와 '중앙정부' '중앙군사위원회' '중국 공청단 중앙앙위원회'를 별도로 설립하여 당과 홍군을 분열시킴으로써 지극히 심각한 악영향을 일으켰다.

1935년 10월 19일 산깐 분대는 산깐 소비에트구역의 우치진(吳起鎭) 당도하여 그 곳에서 활약하고 있던 홍군 제15군단과 성공적으로 합류하였다. 이어 산깐 분대는 홍군 제1방면군의 번호를 회복하고 홍군 제15군단을 홍군 제1 방면군에 귀속시켰다. 1936년 2월 홍군 제1방면군은 산시(山西)성으로 진군하여 동부정벌에 나섬으로써 홍군세력과 홍군의 영향력을 확대하였다. 같은 해 5월부터는 또 산깐닝(陝甘寧, 산시-깐쑤[甘肅]-닝쌰[寧夏)]) 경계에서 국민당의 군사력이 비교적 취약한 지역을 향해 서부정벌에 나섰으며, 산깐근거지를 산깐닝근거지로 확대하였다.

1935년 7월 원래 샹어촨첸(후난-후뻬이-쓰촨-꿰이쩌우) 혁명근거지에서 활동하던 홍군 제2, 제6 군단이 런삐스와 허룽의 인솔 아래 먼 길을 돌아 쓰촨성 깐쯔(甘孜)에서 홍군 제4방면군과 합류하였다. 그 후 홍군 제2, 제6 군단은 홍군 제2방면군으로 편성되었다. 중국공산당 중앙위원회가 장궈타오의 분열주의와 영활하고도 단호한 투쟁을 벌인데다가 동시에 홍군 제4방면군에 남아 있던 주더·류보청 및 런삐스·허룽 등이 애써 쟁취하고 또 쉬샹첸(徐向前) 등 홍군 제4방면군의 광범위한 장병들의 지지 덕분에 홍군 제2, 제4 방면군은 마침내 함께 북상할 수 있었다. 1936년 10월 홍군 제1방면군과 홍군 제2, 제4 방면군은 각각 닝샤의 장타이바오(將臺堡)·깐쑤성의 훼이닝(會寧)지역에서 합류하면서 전대미문의 홍군 주력 부대의 대장정이 성공적으로 끝나게 되었다. 이로써 중국혁명의 중심도 남방에서 북방으로 옮겨졌으며, 중국공산당과 중국혁명 사업이 실패로부터 승리를 향해 나아가는 위대한 전환을 실현하였다.

마오쩌둥은 "장정은 역사상 처음 있는 일이며, 장정은 선언서이고, 장정은 선전대이며, 장정은 파종기이다."라고 말하였다. 홍군의 장정은 인류역사에서 위대한 장거이다. 장정은 시간이 오래 걸리고, 규모가 크며, 행군한 길이 멀고, 환경이 험악하였으며, 전투가 참혹하기로 중국 역사상 유례가 없을 뿐만 아니라 세계 전쟁사, 나아가 인류문명사에서도 매우 보기 드문 일이었다. 홍군 장병들은 세계 군사역사에서 위풍당당한 전쟁의 활극을 공연하여 기세 드높은 인간 기적을 창조하였다.

홍군 주력 부대가 장정을 시작한 후 창장 남과 북에 남은 일부 홍군과 유격대는 샹잉(項英)·천이(陳毅) 등의 인솔 아래 말할 수 없이 힘겨운 유격전쟁을 치렀다. 그들은 상상조차 할 수 없는 어려움을 극복하고 남방 8개 성의 15개 지역에서 3년간이나 투쟁을 견지함으로써 홍군 주력의 장정을 힘 있게 뒷받침해주었으며, 혁명 역량과 혁명 진지를 보존하였다. 동북에서 당이 이끄는 항일무장은 처음에는 동북인민혁명군으로 개편되었다가 후에는 기타 항일세력과 연합하여 동북항일연합군으로 개편되어 역시 더없이 어렵고 힘든 환경에서 중국 동북지역에서 전투를 이어왔다. 이는 모두 파란만장한 중국혁명의 중요한 구성부분이다.

4.
항일민족통일전선의 결성

1935년 여름부터 일본제국주의는 화북(華北)지역의 허뻬이(河北)·산동(山東)·산시(山西)·차하얼(察哈爾)·쑤이위안(綏远) 등 5개 성(省)을 점령할 목적으로 일련의 침략사건을 조작하였다. 역사적으로 이를 '화북사변'이라고 부른다. 중화민족은 더욱 심각한 생존위기에 직면하였으며, 화북 전역이 위태로운 상황이 되었다.

중국 공산주의자들은 민족을 생사존망의 위기에서 구하는 것을 과업으로 삼았다. 1935년 8월 국제공산당에 파견된 중국공산당 대표단이 중화소비에트공화국 중앙정부와 중국공산당의 명의로 「항일구국을 위해 전체 동포들에게 고하는 글」(즉 '8.1선언')을 작성하였으며, 얼마 뒤 대중에게 발표하였다. 선언은 전국 여러 당파, 여러 군대, 각계 동포들에게 "형제간에 집안싸움을 할 때도 있지만, 밖에서 모욕을 당하게 되면 함께 맞서 저항할 각오"를 갖춰야 한다면서 지난날과 오늘날 아무리 정치적 견해와 이해관계가 서로 달랐다 하더라도, 또 그 어떤 적대적 행동을 하였더라도 지금은 마땅히 내전을 멈추고 모든 국력을 집중시켜 항일을 위해 분투해야 한다고 호소하였다.

같은 해 12월 중국공산당 중앙정치국은 산시(陝西)성 북부의 와야오바오(瓦窯堡)에서 확대회의를 열고 당내에 존재하는 폐쇄주의 경향에 대해 중점적으로 비판하였으며, 정세의 변화에 비추어 시기를 놓치지 않고 항일민족통일전선 정책을 제정하였다. 회의에서는 다음과 같이 지적하였다. 중일 간의 민족모순이 국내 주요 모순으로 상승하였고, 민족혁명의 새로운 고조로 인해 노동자와 농민 중 더 낙후한 계층이 잠에서 깨어남에 따라 광범위한 소자산계급과 지식인들이 이미 혁명에 가입하였으며, 일부 민족자산계급, 수많은 농촌의 부농과 소지주, 심지어 일부 군벌들마저도 혁명을 동정하는 태도를 보이고 있고, 심지어 가담할 가능성을 보이고 있으며, 지주매판계급도 무쇠 심장이 아닌 이상 얼마든지 광범위한 항일민족통일전선을 결성할 수 있었다.

와야오바오회의 후, 중국공산당 중앙위원회는 장쉐량(張學良)·양후청(楊虎城) 그리고 그들이 이끄는 동북군과 제17로군을 쟁취하는 것을 서둘렀으며, 그들과 '삼위일체'의 통일전선 관계를 맺었다. 항일민족통일전선은 제일 먼저 서북지역에서 성공을 거두었다. 1936년 하반기부터 당의 산시(山西)성 상층의 통일전선사업도 뚜렷한 성과를 거두었으며, 실제적으로 당이 이끄는 산시 항일단체인 '희생구국동맹회'를 설립해 산시 항일구국운동의 발전을 촉진시켰다.

중앙홍군이 산시(陝西)성 북부에 도착한 뒤 장제스는 산시성 북부의 혁명근거지에 대한 '포위토벌'을 강화하는 한편, 또 홍군이 장정을 거치는 과정에 원기가 크게 상하여 힘이 다 빠졌을 것이라는 주관적인 판단 아래 귀순과 같은 방법으로도 공산당을 복종시킬 수 있을 것이며, 또 이로써 날로 고조되어 가고 있는 항일을 원하는 전국 인민의 목소리에 대응할 수 있을 것이라고 생각하였다. 그래서 1935년 겨울부터 국민당은 난징·상하이·모스크바에서 공산주의자들과 항일을 둘러싼 협상을 진행하였다. 그러나 성의가 없었던 장제스는 중국 공산당이 도저히 받아들일 수 없는 조건을 내걸었으며, 협상은 실질적인 결과를 이끌어내지 못하였다.

1936년 5월 5일 마오쩌둥과 주더가 중화소비에트공화국 중앙정부 주석, 중국인민 홍군혁명군사위원회 주석의 신분으로 「정전 화의 일치 항일 통전(停戰議和一致抗日通電)」을 발표하여 장제스에 대항하는 구호를 포기한다고 공개하였다. 실제로는 "항일 및 장제스에 대항(抗日反蔣)"하는 정책을 "장제스를 압박하여 항일에 나서는(逼蔣抗日)" 정책으로 바꾼 것이다. 6월 20일 중국공산당 중앙위원회는 내전을 멈추고 외래 침략에 일제히 대항하는 것에 관련해 국민당 제5기 제2차 전원회의에 전보를 쳐 "국민당의 어느 지도자, 어느 위원이든지 항일 구국에 나선다면 우리는 마찬가지로 전력을 다해 그들을 지지할 것"이라며, 중국공산당은 언제든 그들과 협력 구국 관련 협상을 진행할 준비가 되었다고 분명히 밝혔다. 8월 25일 중국공산당 중앙위원회는 국민당 중앙위원회와 전체 국민당 당원들에게 보내는 편지를 발표하여 항일의 큰 목표를 위해 국·공 양당이 제2차 합작을 실시할 것을 창의하였다. 9월 1일 중국공산당 중앙위원회는 「장제스를 압박하여 항일에 나서는 문제에 대한 지시」를 발표하여 현재 중국의 주요한 적은 일본제국주의로서 일본제국주의를 장제스와 동일시하는 것은 잘못된 것이고, "항일 및 장제스에 대항"이라는 구호도 부적절하다면서

"우리의 총체적 방침은 장제스를 압박하여 항일에 나서게 하는 것"이라고 강조하였다.

중국공산당이 제기한 항일민족통일전선정책의 영향과 촉구 아래 1936년 12월 12일 장쉐량·양후청 두 장군이 장제스에게 내전을 멈추고 일치 항일하자고 간곡하게 간언하였으나 효과를 얻지 못하자 무력을 써서 간하기로 하고 장제스 등 이들을 감금하는 '시안사변(西安事變)'을 일으켰다. '시안사변'이 일어난 후 중국공산당 중앙위원회는 '시안사변'이 일어난 기회를 이용하여 국부적인 항일민족통일전선을 전국적인 항일민족통일전선으로 전환시킬 것을 제안하였으며, 장제스와 대항하는 것을 항일과 동일시하여서는 안 되며, '시안사변'을 평화적으로 해결할 것을 주장하였다. 장쉐량·양후청의 요청으로 중국공산당 중앙위원회는 저우언라이·예젠잉·린보취 등 이들을 시안에 파견하여 장·양과 함께 장제스 및 난징 측 대표들과 담판하였다. 마침내 장제스는 "공산당에 대한 토벌을 멈추고 홍군과 연합하여 항일할 것"을 약속하게 되면서 시안사변은 평화적으로 해결되었다. 이로써 10년간 이어오던 내전이 기본적으로 끝나게 되었다.

1937년 2월 10일 중국공산당 중앙위원회는 「중국 국민당 제3차 전원회의에 보내는 전보문」을 발표하여, 내전을 멈추고, 국력을 집중시켜, 외래 침략에 일치 대항하자는 등 5가지 요구와 무력으로 국민당 정부를 뒤엎을 것이라는 방침을 중단하는 등 4가지 약속을 제기하여 전국적으로 큰 반향을 불러일으켰으며, 국민당 내 항일파의 찬성을 얻었다. 회의에서 국민당과 난징정부는 중국공산당이 제기한 국공합작항일정책을 실제로 받아들였으며, 전국적인 항일민족통일전선을 기본적으로 형성하였다. 이어 양 당은 시안·항쩌우(杭州)·루산(廬山)·난징 등지에서 잇달아 여러 차례 협상을 갖고 국공합작과 홍군의 개편 등 구체적 문제에 대해 논의하였다. 비록 국민당 측이 여전히 합작에 대한 성의가 부족하였지만 역사의 흐름을 거스를 수 없게 되었으며, 단합하여 항일전쟁을 치르는 것은 대세의 흐름이 되었다.

그해 5월 중국공산당 전국대표회의(그때 당시는 소비에트구역 당 대표회의라고 부름)가 옌안(延安)에서 열렸다. 회의에서는 평화를 공고히 하는 것, 민주를 쟁취하는 것, 항일전쟁을 치르는 것의 '삼위일체' 임무를 제기하였으며, 통일전선에서 반드시 무산계급의 지도권을 확보할 것을 강조하였다. 이어 또 백구(白區)에서 업무회의를 열어 좌경 폐쇄주의 오류를 비판하고, 백구에서 업무를 전개하는 과정에서 항일민족통일전선정책을 관철시킬 것을 당에 요구하였다.

항일민족통일전선의 구축을 추진하는 동시에 당은 토지혁명전쟁시기의 역사를 반성하기 시작하였으며, 이론적 차원에서 그 경험 교훈을 종합하였다. 1936년 12월, 마오쩌둥이 「중국혁명전쟁의 전략문제」라는 글에서 제5차 반(反) '포위토벌'이 실패한 원인에 대해 분석하고 중국혁명전쟁의 특수한 법칙에 대해 연구하였으며, 교조주의 공식화 오류와 그 사상적 근원에 대해 철저히 폭로하였다. 1937년 7~8월 사이에 그는 또 『실천론』, 『모순론』을 써서 주관과 객관, 이론과 실천을 반드시 구체적 역사적으로 통일시켜야 한다면서 실천의 관점은 마르크스주의 인식론의 첫 자리를 차지하는 기본적인 관점이라고 강조하였다. 그는 또 모순의 보편성에 대해 연구하여야 할 뿐만 아니라 또 모순의 특수성에 대해서도 연구하여야 하며, 모순의 특수성은 한 사물이 다른 사물과 구별되는 특수한 본질을 구성한다면서 모순의 특수성에 대해 연구하려면 반드시 구체적인 사물에 대해 구체적으로 분석하여야 한다고 강조하였다. 이어 그는 교조주의자들의 오류는 바로 중국혁명을 이끄는 과정에서 중국의 구체적인 국정에 대한 분석과 연구를 거치지 않고 소련의 경험과 국제공산당의 지시를 중국에 기계적으로 끼워 맞추려 한 것이라면서 당의 마르크스주의 사상노선에 대해 체계적으로 천명하였다.

1927년 대혁명이 실패하고서부터 1937년 전면적인 항일전쟁이 폭발하기 전까지의 10년은 중국공산당이 중국 자체 혁명의 길을 힘겹게 탐색해온 시간들이었다. 그 10년 동안 중국 공산주의자들은 인민의 행복을 위하여, 민족의 부흥을 위하여 막대한 희생을 치렀다. 제5차 당 대회에서 선출된 중앙위원 31명 중 대혁명의 실패에서부터 쭨이 회의 전까지 차이허썬(蔡和森)·쑤자오정(蘇兆征)·장타이레이·덩중샤·천옌녠(陳延年)·뤄이농(羅亦農)·펑파이(彭湃)·자오스옌(趙世炎)·윈다이잉·천챠오녠(陳喬年)·양치산(楊其珊) 등을 비롯해 희생자 수가 3분의 1이 넘는다. 이들 희생자들 중에는 그 이후에 희생된 허창(賀昌)·취츄바이·샤시(夏曦) 등은 포함되지도 않았다. 제5차 당 대회에서는 왕허보(王荷波)·쉬바이하오(許白昊)·장쭤천(張佐臣)·양파오안(楊匏安)·류쥔산(劉峻山)·저우쩐성(周振聲)·차이이천(蔡以忱) 등을 위원으로, 양페이썬(楊培森)·샤오스웨(蕭石月)·롼샤오셴(阮嘯仙)을 위원 후보로 선거하여 중앙감찰위원회를 설립하였었다. 그중 8명이 토지혁명전쟁시기에 희생되고 저우쩐성은 1928년에 당 조직과 연락이 끊긴 뒤 행방불명이 되었으며, 오직 류쥔산 혼자만 신 중국이 창건될 때까지 살아남았다. 무수히 많은 유명 혹은 무명의 공산당원들이 국민당 반동파의 사형 장에서 희생되었고, 반 '포위토벌'전쟁의 전장에서 희생되었으며, 길고 긴 장정 길에서 희생되었다. 그들은 자신의 목숨으로 공산주의자들의 신앙에 충성하는 위대한 공적을 쌓아올렸던 것이다.

제4장
전민족 항전의 기둥이 되어

우리 당은 통일전선에서 독립자주의 정책을 이어오면서 광범위한 인민대중에 긴밀히 의지하여 적후 유격전쟁을 전개하였으며, 많은 항일근거지를 세웠다. 홍군에서 개편된 팔로군(八路軍)·신사군(新四軍)이 항일전선의 중견세력으로 빠르게 발전하였다. 동북항일연군은 매우 어려운 상황에서 투쟁을 이어왔다. 적의 강점구와 국민당통치구에서 여러 가지 형태의 항일투쟁을 폭넓게 전개하였다. 그리하여 중국인민의 항일전쟁을 8년 동안이나 견지할 수 있었고, 소련 및 기타 나라 인민의 반파시스트전쟁과 서로 지원하면서 최종 승리를 이룰 수 있었던 것이다.

중국공산당 제11기 제6차 전원회의: 「건국 이래 당의
몇 가지 역사문제 관련 결의」 (1981년 6월 27일)

1.
적후항일근거지를 개척

1937년 7월 7일 일본침략군이 베이핑 서남의 루꺼우차오 부근에서 중국 군대를 향해 맹렬한 공격을 퍼부었으나 중국 수비군의 완강한 저항을 받았다. 이를 역사적으로 '7.7사변' 혹은 "루꺼우차오사변"이라고 부른다. 중국인민의 항일전쟁은 이때부터 국부적인 항일전쟁에서 전면적인 항일전쟁으로 전환되었다.

7월말 베이핑과 톈진(天津)이 잇달아 함락되었다. 8월 13일 일본군은 상하이에 대한 대대적인 공격을 감행하였으며, 국민당통치의 핵심지구를 위협해왔다. 그 후 국민당 군대는 정면전선에서 잇달아 여러 차례 전투를 통해 일본의 침략에 저항하였다.

루꺼우차오사변이 일어난 이튿날 중국공산당 중앙위원회가 「일본침략군의 루꺼오차오 공격 관련 중국공산당의 통전」을 발표하여 "전 중국 동포는 정부와 군대에 단합하여 민족통일전선의 견고한 장성을 쌓아 왜놈들의 침탈에 저항하자! 국·공 양당이 긴밀히 합작하여 왜놈들의 새로운 공격에 저항하자!"라고 호소하였다.

1937년 8월 22일부터 25일까지 중국공산당 중앙정치국이 산시(陝西)성 북부의 뤄촨(洛川) 펑자촌(馮家村)에서 확대회의를 열었다. 회의에서 「현 정세와 당의 과업에 관한 결정」 「항일구국 10대 강령」을 채택하여 전국적인 항일전쟁 국면이 형성됨에 따라 두 갈래의 서로 다른 항일전쟁 노선이 존재한다고 지적하였다. 한 갈래는 국민당이 주장하는 정부와 군대만 참가하고 전국 인민의 참가를 원치 않는 일방적인 항일전쟁 노선이고, 다른 한 갈래는 공산당이 주장하는 전면적이고 전 민족적인 항일전쟁 노선이었다. 회의에서는 "공산당원과 공산당원이 이끄는 민중과 무장 세력은 마땅히 투쟁의 최전선에 가장 적극 나서야 하며, 마땅히 전국 항일전쟁의 핵심이 되어야 한다"라고 강조하였다. 군사문제와 관련하여 마오쩌둥은 다음과 같이 지적하였다. "우리 군의 군사전략 방침은 독립자주적인 산간(山間)지대에서의 유격전을 통해 유리한 조건에서 적의 군단을 궤멸시키는 것과 평원에서 유격전쟁을 발전시키는 것이다. 우리 군의 전략적 임무는 항일 근거지를 창설하고 적을 견제하고 궤멸시키는 것이며, 국민당 군대와 협력 작전(전략 분대의 역할)을 펴면서 자체 세력을 보존하고 확대하는 것이다."

국민당과의 담판을 거친 뒤 8월 25일 중국공산당 중앙군사위원회는 명령을 내려 홍군 주력을 국민혁명군 제8로군으로 개편하고(얼마 뒤 제18집단군으로 개칭하였으나 습관적으로 여전히 팔로군으로 칭함) 주더가 총지휘관을 맡고 펑더화이가 부총지휘관을 맡도록 하였다. 산하에는 제115사단, 제120사단, 제129사단의 3개 사단(師)이 소속되어 있고 각각 홍군 제1, 제2, 제4 방면군으로 개편되었으며, 린뱌오(林彪)·허롱·류보청이 각각 세 개 사단의 사단장을 맡았다. 그 후 국공담판에서 달성한 협의에 따라 원래 남방 여러 성(省)에서 활동하던 홍군과 유격대를 국민혁명군의 신편(新編) 제4군으로 개편하고 예팅이 군장을, 샹잉이 부군장을 맡게 하였으며, 산하에 4개 분대를 두었다. 9월 22일 국민당 '중앙통신사'가 「중국공산당 중앙위원회의 국공합작 공개 선언」을 발표하였다. 이튿날 장제스가 중국공산당의 합법적 지위를 사실상 인정하는 담화를 발표하였다. 이로써 제2차 국공합작이 정식으로 형성되었다.

홍군 주력부대가 팔로군으로 개편된 후 즉시 화북 적후로 진군하였다. 9월 25일 팔로군 제115사단 주력부대가 산시(山西)성 링츄(靈丘)현의 핑싱관(平型關) 부근에 매복하였다가 일본군 1,000여 명을 일거에 섬멸함으로써 전면적인 항일전쟁이 발발한 이래 중국군대가 첫 대승을 거두어 일본 '황군'의 불패신화를 깨뜨림으로써 전국 군민의 항일전쟁을 끝까지 이어가려는 믿음을 크게 북돋우어주었다.

1937년 11월 8일 2개월에 걸친 타이위안(太原) 전투가 끝나고 화북지역에서 중요한 도시인 타이위안이 일본군에 점령당하였다. 마오쩌둥은 화북지역에서 국민당을 주체로 하는 정규 전쟁이 끝나고 공산당을 주체로 하는 유격 전쟁이 주요 지위에 올라섰다고 주장하였다. 팔로군은 뤄촨회의에서 확정한 방침에 따라 적의 후방으로 깊숙이 들어가 항일근거지를 개척하였다. 제115사단 1부는 녜룽전 부사단장의 인솔 아래 우타이산(五臺山)을 중심으로 화북 적후에 첫 항일근거지인 진차지(晉察冀)변구를 설립하였다. 이어 제120사단이 허룽·관샹잉(關向應)의 인솔 아래 산시(山西)성 서북지역(晉西北)과 따칭산(大青山) 항일근거지를 세웠고, 제129 사단이 류보청·덩샤오핑의 인솔 아래 진지위(晉冀豫, 산시-허뻬이-허난) 항일근거지를 세웠으며, 제115사단 주력부대가 뤼량산(呂梁山)을 중심으로 산시(山西)성 서남지역(晉西南) 항일근거지를 세웠다. 당이 이끄는 산동항일무장과 후에 산동에 들어온 제115사단 주력부대가 산동 항일근거지를 세웠다. 신사군은 창건된 후 화중(華中)의 적후로 빠르게 진군하면서 유격전쟁을 전개하여 안훼이성 서부와 남부(皖西皖南), 장쑤성의 남부(蘇南) 등지에 화중 항일근거지를 세웠다. 1938년 10월에 팔로군은 15만 6천 명으로 발전하였고, 신사군은 2만 5천 명으로 발전하였으며, 여러 항일근거지의 인구가 5,000만 명이 넘었다. 중국공산당이 이끄는 적후 전장이 정식으로 형성되어 정면 전장의 항일전쟁을 힘 있게 뒷받침 해주었다. 적은 강대하고 우리는 취약하였다. 일본은 아시아에서 강대한 제국주의국가이고 중국은 낙후한 농업국였으며, 현대공업 특히 군사공업이 취약하였다. 그리고 또 중국은 인구가 많고, 영토가 큰 대국이다. 따라서 일본제국주의는 중국을 완전히 점령할 수 없고, 항일전쟁은 지구전이 될 수밖에 없으며, 최후의 승리는 반드시 중국 국민에게 속할 것이라는 결론을 내릴 수 있었다. 전국 군민의 항일전쟁에 대한 자신감을 격려하기 위하여, 1938년 5월 하순부터 6월 상순까지 마오쩌둥은 옌안 항일전쟁 연구회에서 「지구전에 대해 논함」이라는 제목으로 장편 연설을 발표해 항일전쟁이 전략적 방어, 전략적 대치, 전략적 반격 세 단계를 거치게 될 것이라고 과학적으로 예견하고, 중국공산당의 항일 지구전 전략적 총 방침에 대해 체계적으로 명확하게 밝혔다.

1938년 9월 29일부터 11월 6일까지 중국공산당 중앙위원회 제6기 제6차 전원 확대회의가 옌안에서 열렸다. 마오쩌둥이 전원 회의에서 「새 단계에 대해 논함」이라는 제목으로 정치 보고를 하였다. 그는 보고를 통해 항일전쟁이 바야흐로 전략적 대치라는 새로운 단계에 들어서게 될 것이라며, 그 단계에 들어선 후의 정세에 대해 분석하면서 마르크스주의 중국화라는 역사 임무를 명확히 제시하였다. 그는 "마르크스주의는 반드시 우리나라의 구체적 특성과 결부되어야 하며, 또 일정한 민족적 형식을 통해서야만 비로소 실현될 수 있다"면서 "중국에서 마르크스주의를 구체화하여 마르크스주의의 모든 표현 형태에서 중국적 특성을 띨 수 있도록 하여야 한다. 다시 말하면 중국의 특성에 따라 활용하는 것이 전 당이 시급히 파악하고 시급히 해결해야 할 문제"라고 강조하였으며, 공산당원에게 실사구시의 본보기가 될 것을 요구하였다. 그 중앙위원회 전원회의에서 이전에 장정과정에 장궈타오가 당과 홍군을 분열시켜 심각한 후과를 초래한 것과 왕밍이 중국공산당 중앙위원회 창장국(長江局)을 이끄는 기간에 당 중앙을 상대로 독자성을 고집한 문제를 감안하여 마오쩌둥은 특별히 당의 규율을 강화해야 한다는 중요성에 대해 지적하면서 다음과 같이 강조하였다. "규율은 노선을 이행하는 보장이다. 규율이 없으면 당은 대중과 군대를 이끌고 승리를 위한 투쟁을 진행할 수 없다." "반드시 당의 규율을 거듭 강조하여야 한다. (1) 개인은 조직에 복종하여야 한다. (2) 소수는 다수에 복종하여야 한다. (3) 하급은 상급에 복종하여야 한다. (4) 전 당은 중앙에 복종하여야 한다. 이 규율을 파괴하는 자는 당의 통일을 파괴하는 자이다." 그때부터 이 '4가지 복종'은 중국공산당의 가장 근본적인 정치 규율과 정치 규칙이 되었다.
회의에서 종합을 할 때, 마오쩌동은 "통일전선은 반드시 독립자주의
원칙에 따라야 한다"고 재차 강조하였다.

2.
항일전쟁을 견지하고 항복에 반대

1938년 10월 일본 침략군이 광쩌우, 우한을 점령하였다. 이로써 1년 남짓한 기간의 전면적인 중국 침략전쟁을 거쳐 일본 침략군은 화북과 창장 남북 및 화남(華南)의 주요 도시와 교통간선을 점령하였다.

그러나 이들 지역의 광범위한 농촌은 여전히 팔로군·신사군이 주축인 중국군대가 장악하고 있어서 광범위한 적후전장이 형성되어 일본군의 대규모 병력을 견제하고 있었다. 전국이 확대되고 전선이 연장됨에 따라 제한적인 일본군 병력은 정면 전장에서 중국의 서남·서북의 오지에 대한 대대적인 공격을 펼치기에는 힘이 부치기 시작하였다. 이에 따라 적아 쌍방은 교착상태에 들어갔으며, 항일전쟁은 전략적 대치단계에 들어갔다. 이 또한 항일전쟁의 세 단계 중 가장 오래고, 가장 힘겨우며 또 가장 중요한 단계였다.

이때부터 일본의 대 중국 침략정책에는 중대한 변화가 일어났다. 국민당 정부가 전략적 방어단계에서 일방적인 항일전쟁 방침을 고집하면서 일본군과 대규모 진지작전을 벌이는 과정에 대량의 인력과 물력을 소모하였으며, 큰 면적의 국토를 잃어버리는 바람에 부득이하게 서남·서북지역으로 물러나 수비하면서 생존을 꾀하여야만 하였다. 그러나 중국공산당이 이끄는 적후 항일근거지는 꾸준히 발전하고 확대되었다. 그리하여 일본군은 정면 전장에서 대규모의 전략적 공격을 멈추고 주요 병력으로 적후전장의 팔로군과 신사군에 점차 대처하기 시작하였으며, 국민당정부에 대해서는 항복을 유도하는 정치적 조치를 위주로 하고 군사적 공격을 보조 수단으로 하는 방침을 취하였다.

이런 상황에서 국민당 통치 집단 내부에서는 항복·분열·후퇴의 활동이 더욱 격렬해졌다. 1938년 12월 친일파 두목인 왕징웨이 국민당 부총재가 충칭에서 도주하여 공개적으로 일본제국주의에 의탁하였다. 장제스 집단은 비록 여전히 항일진영에 남아 항일전쟁을 계속 주장하고 있었지만 항일전쟁 속에서 공산당이 발전하고 확대되는 것이 두려워 역시 항일과 반공(反共)을 병행하는 방향으로 전향하기 시작하였다. 1939년 1월에 국민당은 제5기 제5차 전원회의를 열고 한편으로는 말로만 "항일전쟁을 끝까지 견지할 것"이라고 하면서 다른 한편으로는 "공산당을 용해하고" "공산당을 방비하고" "공산당을 제한하는" 실제로 공산당에 반대하는 방침을 제정하였다. 장제스는 "중국공산당에 대해서는 투쟁해야 한다"라고 강조하면서 국민당은 "공산당을 용납하는 것"이 아니라 "공산당을 용해할 것"이며, 만약 공산당이 "공산주의를 포기한다면 우리는 공산당을 용납할 것"이라고 밝혔다. 그 후 국민당은 반공 '특별위원회'를 설립하고 「다른 당의 활동을 방지하는 방법」 「공산당문제 처리법」 등 반공문건을 제정하고 여러 가지 조치를 취해 반공마찰활동을 심화하였다.

이런 상황에서 중국공산당은 항일전쟁·단합·진보라는 방침을 내놓았다. 1939년 7월 7일 중국공산당 중앙위원회는 「항일전쟁 2주년 기념 시국선언」을 발표하여 "끝까지 항일전쟁을 견지하고 중도에서 타협하는 것에 반대한다", "국내 단합을 공고히 하고 내부 분열에 반대한다", "전국적인 진보를 위해 힘써 노력하고, 후퇴에 반대한다."라는 3대 정치 슬로건을 제기하였다. 이와 동시에 당은 항일을 원하는 군민을 이끌고 적후 유격전쟁을 깊이 전개, 항일근거지에 대한 일제와 괴뢰군의 '포위 공격'과 '소탕'을 여러 차례 물리쳤다. 치훼이(齊會) 전투에서 단번에 일본군 700여 명을 섬멸하였고, 황투링(黃土嶺) 전투에서 일본군 아베 노리히데(阿部規秀) 중장(팔로군의 항일전투에서 사살한 일본군 중 최고 높은 장군-역자 주)을 격살하는 등 일련의 전투에서 승리를 거두었다. 1940년 8월 20일부터 1941년 1월까지 팔로군은 100여 개 연대(團)의 20여 만 명 병력을 집결시켜 화북에서 대규모적인 대일작전, 즉 '백단대전(百團大戰)'을 치렀다. 그 작전에서 팔로군은 크고 작은 전투를 총 1,824차례나 치렀는데 일본군을 2만 645명, 괴뢰군 5,155명을 사상하고, 일본군 281명과 괴뢰군 1만 8,407명을 포로로 잡았으며, 일본군과 괴뢰군의 시설과 참호 거점을 대거 파괴하여 일본침략자들의 기염을 크게 꺾어놓아 항일전쟁을 견지하려는 전국 군민의 믿음을 진작시켰으며, 유력한 사실인 "숨어 다니기만 할 뿐 출격하지 않는다"고 인민군대를 모함하던 국민당 완고파에게 보기 좋게 대답해 주었다. 1940년 말에 이르러 당이 이끄는 인민군대가 50만 명으로 늘어났으며, 화북, 화중, 화남에 16개의 항일근거지를 세우기에 이르렀다. 이와 동시에 동북항일연합군은 말할 수 없이 힘들고 어려운 환경 속에서 꿋꿋이 버티면서 투쟁을 견지하였다. 동북항일연합군의 주요 창설자와 지도자인 양징위(楊靖宇) 등은 마지막 피한방울까지 쏟아 부어 끝까지 싸웠다. 1940년 겨울에 이르자 동북 항일연합군의 처지는 너무 어려워져 일부 부대를 소련 경내로 이동시켜 휴식 정비하는 수밖에 없었다.

적후항일전투를 치르는 한편 당은 또 항일근거지 건설도 강화하였다. 여러 항일근거지에서 공산당원·비당원진보인사·중간인사가 각각 3분의 1씩 차지하는 '삼삼제' 정권제도를 실행하여 근거지의 정권과 제반 업무에 대한 당의 영도를 견지하였을 뿐만 아니라 항일전투에 참가하려는 여러 계급계층의 적극성도 충분히 동원하였다. 근거지에서 광범위한 민주선거를 실시하여 여러 계층의 대중에게 자기가 새 사회의 주인이 되었음을 느끼도록 하였다. 그리고 재정적으로 돈이 있는 사람은 돈을 내고, 힘이 있는 사람은 힘을 내는 합리적인 부담 정책을 실행하고, 조세와 이자를 줄이는 조치를 취해 지주와 농민의 관계가 깨지지 않도록 한다는 전제하에서 농민의 부담을 경감시켜 주었다. 이로써 근거지는 적후항일전투를 견지할 수 있는 견고한 보루가 되었다.

그러나 항일과 반공을 병행하는 장제스 집단의 방침은 바뀌지 않았을 뿐만 아니라 오히려 한술 더 떠 반공의 길로 갈수록 더 멀리 나갔다. 1939년 겨울부터 1940년 봄 사이에 국민당 완고파들은 항일전쟁 과정에서 제1차 반공 고조를 일으켜, 산깐닝(陝甘寧), 산시성 서북(晋西北), 진지루위(晋冀魯豫, 산시-허뻬이-산둥-허난) 등지에서 아군의 근거지를 강점하면서 팔로군을 향해 무장공격을 감행하였다. 중국공산당은 진보세력을 발전시키고, 중간세력을 단합하며, 완고세력에 반대하는 기본정책을 제정하여 완고파와의 투쟁에서 모순을 이용하여 다수를 쟁취하며, 소수에 반대하고 각개 격파하면서 "이치에 맞게, 이롭게, 절도 있게"라는 원칙을 견지하고 "남이 나를 건드리지 않으면 나도 남을 건드리지 않고, 남이 나를 건드리면 나 역시 반드시 남을 공격한다"라는 자위적인 입장을 취해 그 시기 국민당의 반공 고조를 격퇴하였다. 국민당 완고파는 화북지역에서 도발에 실패한 후 반공마찰의 중점을 화중지역으로 옮겼다. 1941년 초 국민당 완고파는 안훼이성 남부(皖南)에서 북상한 신사군 군부 및 소속 안훼이성 남부지역 부대 9천여 명에 대한 포위 공격을 감행하였는데, 전 군에서 포위망을 뚫고 나온 2천여 명을 제외하고는 대다수가 포로로 잡히거나 흩어졌거나 희생되었다. 예팅 군장이 구금되고 위안궈핑(袁國平) 정치부 주임이 희생되었으며, 샹잉 부군장과 저우쯔쿤(周子昆) 부참모장은 포위망을 돌파하는 과정에서 반역자들에게 살해당하였다.

이로써 제2차 반공 고조는 절정에 이르게 되었다. 중국공산당은 정치적으로는 공세를, 군사적으로는 수비태세를 취하는 방침을 따르며, 꿋꿋하게 맞서 싸우면서 신사군 군부를 재건하고 천이(陈毅)를 군장 대행에, 류사오치(劉少奇)를 정치위원에 임명하였다. 대대적으로 적들이 들이닥친 상황에서 시대의 흐름을 거슬러 역행하는 국민당 완고파의 소행은 전국 인민, 중간인사, 국민당 내의 정의로운 인사와 국제 여론의 비난과 반대를 받았다. 궁지에 몰린 완고파는 하는 수 없이 반공활동을 다소 삼가는 조짐을 보였다. 이에 따라 제2차 반공고조가 격퇴되었다. 항일민족통일전선을 결성하고 공고히 하기 위하여 전면적인 항일전쟁이 폭발하기 전과 후에 중국공산당은 중대한 정책 조정을 진행하여 "쑨원 선생의 삼민주의가 오늘날 중국에 꼭 필요한 것이므로 우리 당은 그 사상의 철저한 실현을 위하여 분투하고자 한다"라고 공개적으로 인정하였다. 중국공산당은 항일민족통일전선의 창도자와 추진자이자 성실한 수호자이기도 했다. 그러나 국민당 내의 완고파는 항일전쟁이 전략적 대치단계에 들어선 뒤 중국공산당의 정치적 영향력이 갈수록 확대되고 팔로군·신사군이 강대해짐에 따라 그 자체의 일당독재 이념에서 출발하여 백방으로 공산당의 발전을 제한하였다. 그들은 군사적으로 반공 마찰을 계속 만드는 일 외에도 또 "하나의 주의(主義)" "하나의 정당" "하나의 지도자"라는 주장을 계속 고취하였다. 이런 상황에서 중국공산당은 반드시 자신의 입장과 관점을 체계적으로 명확하게 밝혀 "중국은 어디로 갈 것인가?"라는 전국 인민이 보편적으로 관심을 갖고 있던 문제에 대답하여야만 하였다. 바로 그런 배경에서, 1939년 말부터 1940년 초까지 사이에 마오쩌둥은 「'공산주의자' 발간사」 「중국혁명과 중국공산당」 「신민주주의론」 등의 글을 발표하여 신민주주의의 완전한 이론을 제기하였을 뿐 아니라 또 그것에 대하여 체계적으로 설명하여 중국 현 단계의 민주혁명과 미래 신 중국 건설과 관련된 일련의 근본적인 문제에 대한 근본적인 답을 제시하였다. 이는 마르크스주의 중국화가 이룩한 중대한 이론 성과이며, 또한 마오쩌둥사상이 성숙하였음을 보여주는 중요한 상징이기도 했다.

3.
위대한 정풍(整風)운동

전면적인 항일전쟁이 폭발한 후 당이 이끄는 항일 무장세력과 적후 항일근거지가 크게 발전한 동시에 당 자체도 매우 큰 발전을 가져왔다. 1939년 9월 전국적으로 당원이 50만 명으로 발전하였고, 1940년 7월에는 더욱이 80만 명으로 발전하였다. 이들 신입당원들은 혁명 열성이 매우 높았다. 그러나 그들 중 대다수가 농민과 기타 소자산계급 출신이어서 일부 사람들은 여전히 일부 비(非) 무산계급 사상들을 갖고 있었기 때문에 당내 교조주의와 종파주의, '당팔고(黨八股)[2]의 영향을 받기가 쉬웠다. 어떻게 해야 당의 기풍을 정돈하고 당을 진정한 마르크스주의 정당으로 단련시킬 수 있으며, 항일전쟁의 대 환경 속에서 "당의 무산계급선봉대 성격을 유지할 수 있을까?" 하는 것은 당이 시급히 해결해야 할 중대한 문제가 되었다.

한편 쭌이(遵義)회의 이후 당이 정치적·군사적으로 좌경 교조주의 오류를 시정하긴 하였지만 여러 가지 조건의 제한으로 이러한 오류에 대해 사상 인식적으로 미처 깨끗하게 제거하지 못하고 있었다. 그

---

2) '당팔고(黨八股) : 중국공산당 내에 일찍 존재하였던 그릇된 문풍. 팔고문은 명·청시기 과거시험 제도에 규정된 문체의 일종으로서 텅 빈 내용과 판에 박힌 형식에 따를 것을 요구하였다. 마오쩌 동이 일찍 '당팔고'로 당내의 형식주의, 교조주의 문풍을 비유한 적이 있다. 1941년 정풍운동이 벌어질 때, 마오쩌둥은 '당팔고'의 8대 죄목을 내세워 통렬한 비판을 하였다.

래서 전면적 항일전쟁 발발 초기에 통일전선에 관한 국제공산당의 지시를 왕밍이 기계적으로 그대로 이행하고 다른 나라 공산당의 반파시스트 통일전선 결성의 경험을 그대로 옮겨왔던 등의 사실을 통해서 알 수 있다시피 통일전선의 독립 자주성에 대한 인식이 부족하였다. 1937년 12월 열린 중국공산당 중앙정치국회의에서는 "모든 것은 통일전선을 거쳐야 한다." "모든 것은 통일전선에 복종하여야 한다."라는 주장을 제기하였다. 그 후 중국공산당 중앙위원회 창장국(長江局)을 이끌면서 왕밍은 통일전선 내에서 또 국민당에 타협하는 경향이 존재하였다. 이는 교조주의가 당내에 여전히 일정한 시장을 가지고 있다는 사실을 설명했다. 이 밖에 당의 기풍에서 존재하는 종파주의, 문풍에서 존재하는 '당팔고' 등 바르지 못한 기풍이 당내 일부 사람들에게 여전히 존재하고 있었다.

그러한 문제들을 해결하려면 반드시 당 전체에 대한 보편적인 마르크스주의 교육운동을 전개하여야만 하였다. 1941년 5월 마오쩌둥이 옌안 고위급간부회의에서 「우리의 학습을 개조하자」라는 제목으로 보고를 하면서 전 당 범위에서 마르크스주의를 중국의 실제와 결부시키는 기풍을 수립할 것을 호소하였다. 그해 7월에서 8월 초까지 중국공산당 중앙위원회는 「당성을 증강시키는 데에 관한 결정」과 「조사연구에 관한 결정」을 내리고, 실사구시의 원칙에 따르고 당의 단합을 강화하며, 사상·정치·기풍 면에서 여러 가지 바르지 못한 기풍을 극복할 것을 전 당에 호소하였다. 그해 9월 10일부터 10월 22일까지 중국공산당 중앙정치국은 확대회의를 열고 토지혁명시기 당내의 노선

시비문제에 대해 집중적으로 토론하였으며, 당내에서 정풍학습을 전개하고 주관주의와 종파주의에 반대하기로 결정하였다. 그 후 옌안 고위급 간부 회의에서 마르크스주의이론과 당의 역사에 대한 학습을 전개하였으며, 정풍운동이 고위급 간부들 가운데서 제일 먼저 전개되기 시작하였다. 1942년 2월 1일 마오쩌둥이 중앙 당 학교 개학식에서 「당풍·학풍·문풍을 바로잡자」(『마오쩌둥 선집』에 수록할 때 「당의 기풍을 바로잡자」로 제목을 바꿈)라는 제목으로 보고를 하였다. 2월 8일 그는 또 중국공산당 중앙위원회 선전부가 주최한 간부회의에서 「당 팔고에 반대하자」라는 제목으로 연설하였다. 이는 전 당 범위에서 정풍운동이 본격적으로 시작되었음을 상징했다. 정풍운동의 주요 내용은 주관주의에 반대하여 학풍을 바로잡고, 종파주의에 반대하여 당풍을 바로잡으며, 당팔고에 반대하여 문풍을 바로잡자는 것이었다. 그리고 "과거에 저질렀던 잘못을 징계하여 훗날을 삼가게 하고 병을 치료하여 사람을 구하는 방침"을 취하였다. 그 목적은 사상을 명확히 함과 동시에 동지를 단합시키기 위함이었다. 그 후 정풍운동은 여러 근거지에서 광범위하게 전개되었다. 정풍운동을 전개함과 동시에 또 간부에 대한 심사(즉 간부심사) 업무도 전개하였다. 그때 당시 복잡한 환경 속에서 간부에 대한 심사를 진행하는 것은 매우 필요한 조치였다. 그런데 이른바 "실족자(잘못을 범한 자) 구조운동"을 부적절하게 전개하는 바람에 한때는 확대화의 경향이 발생하기도 하였으나 마오쩌둥과 중국공산당 중앙위원회가 재빨리 시정한 덕분에 정풍운동의 정상적인 진행을 확보할 수 있었다.

1943년 3월 16일부터 20일까지 열린 중국공산당 중앙정치국회의에서는 「중앙기관 조정 및 간소화 관련 결정」을 채택하고 마오쩌둥을 중앙정치국 주석과 중앙서기처 주석으로 추대하였다.

1943년 10월 중국공산당 중앙위원회는 고위급 간부들 속에서 당의 역사문제에 대해 한걸음 더 나아가 연구·토론하기로 결정하였다. 당의 역사에 대해 진지하게 학습하고 깊이 있게 토론한 토대 위에서 1945년 4월 20일 중국공산당 제6기 제7차 전원회의에서는 「몇 가지 역사문제에 관한 결의」를 채택하여 당내의 몇 가지 중대한 역사문제에 대해 결론을 내리고 노선의 시비를 분명히 가렸다. 이로써 정풍운동은 성공적으로 끝나게 되었다.

장기간 국제공산주의 운동과정에서 "어떻게 올바른 당내 투쟁을 전개하여 당의 단합과 통일을 실현할 것인가?" 하는 것은 여러 나라 당을 곤혹스럽게 해온 중대한 과제였다. 소련 공산당은 레닌이 서거한 후 치열한 당내 투쟁이 발생하였는데 이로부터 대규모의 내부 반혁명 숙청운동이 일어나기까지 하여 적대적 투쟁방식으로 당내 분쟁을 해결하고자 하였으며, 서로 다른 의견에 대해서는 잔혹하게 투쟁하고 무자비하게 몰아붙였다. 그러한 방식은 여러 나라의 당에 큰 영향을 미쳐 뼈아픈 교훈을 남겼다. 정풍운동은 정풍학습 및 비판과 자기비판을 전개하는 것을 통해 당내 교육을 진행하고 당의 자아혁명을 실현하는 효과적인 방식을 개척하였으며, 또한 전례 없는 당내 단합과 통일을 실현하였다. 정풍운동으로 인해 전 당은 마르크스주의와 중국의 구체적 실제를 결부시켜야 하는 중요성에 대해 진정으로 인식하

게 되었고, 또 전 당 범위에서 실사구시적인 마르크스주의 사상노선
을 완전히 확립하였으며, 항일전쟁과 인민해방전쟁의 승리를 이룩하
기 위한 중요한 준비를 할 수 있었다.

4.
항일전쟁의 최후 승리

1941년부터 일본은 반수 이상의 중국 침략 일본군과 괴뢰군 거의 전부를 집결시켜 중국공산당이 이끄는 적후 항일근거지에 대해 대규모의 '소탕'과 그물로 훑듯이 광란의 '마을 토벌(淸鄕)'을 감행하였다. 적후의 군민은 전례 없는 압력을 받아야 했다. 1942년에 이르러 팔로군과 신사군은 원래의 50만 명에서 40만 명으로 줄었으며, 근거지의 인구는 1억 명에서 5,000만 명으로 줄어들었다. 그리하여 항일전쟁은 가장 어려운 단계에 들어섰다.

중국공산당이 이끄는 근거지의 군민들은 형용할 수도 없을 만큼 힘겨운 반 '소탕', 반 '마을 토벌' 투쟁을 전개해나가면서 적을 섬멸하기 위해 지뢰전·갱도전·참새작전 등 수많은 효과적인 방법들을 창조하였으며, '랑야산(狼牙山)의 다섯 용사' '류라오좡(劉老庄) 중대' 등 무수히 많은 감동적인 영웅 사적들이 용솟음치듯 나타났다. 뿐만 아니라 폭파에 능한 리용(李勇), "자제병(子弟兵)의 어머니" 룽관슈(戎冠秀)와 같은 많은 민중영웅이 나타났다. 그리고 또 팔로군 부참모장 쭤취안(左權), 팔로군 산둥 빈하이(濱海)군구 정치위원 푸주팅(符竹庭), 팔로군 제129사단 신편 제10여단 여단장 판쯔샤(范子俠), 신사군 제3사단 참모장 펑슝(彭雄), 신사군 제3사단 제8여단 여단장 톈서우야오(田守堯) 등 무수히 많은 항일 군민이 중화민족의 해방을 위해 자신의 목숨을 바쳤다. 1943년에 이르러 적후 항일근거지가 심각한 어려움을 겪던 국면에서 벗어나 회복과 재발전의 단계에 들어서기 시작하였다. 1944년에 이르러 적후 전장에서 일본군과 괴뢰군에 대한 국부적인 반격이 보편화되면서 항일근거지가 꾸준히 확대되었으며, 당이 이끄는 무장력도 꾸준히 강대해졌다. 1945년 봄에 이르러 전국에는 이미 18개 해방구역이 생기고 인민군대가 91만 명으로 발전하였다.

　적에 맞서 싸우던 힘겨운 나날에 항일근거지에서는 또 심각한 경제적 어려움을 겪고 있었다. 완난(皖南, 안훼이성 남부지역)사변 후 국민당은 팔로군·신사군에 대한 경비공급을 완전히 끊어버렸으며, 산깐닝변구에 대한 포위와 봉쇄를 강화하였다. 게다가 그 몇 해 동안 화북의 여러 지역은 또 심각한 자연재해를 입었다. 어려운 고비를 넘기기 위하여 중국공산당 중앙위원회는 "경제를 발전시켜 공급을 보장하자"라는 총체적 방침을 제정하고, 재원을 확충하는 것과 지출을 줄이는 것을 병행하는 방법을 취하였다. 재원을 확충하기 위해 항일근거지에서 기세 드높은 대규모 생산운동을 전개하였다. 마오쩌둥·류사오치·저우언라이를 비롯한 중앙 지도자들이 직접 생산노동에 참가하였으며, 여러 부대와 여러 기관에서 많은 생산에 빼어난 능수자(能手者)들이 대거 배출되었다. 팔로군 제359여단은 황량하여 인적이 없었던 난니완(南泥灣)을 개간해, 그곳을 산뻬이(陝北, 산시[陝西]성 북부)의 강남으로 바꾸어 놓았으며, 전 군의 대생산운동의 본보기가 되었다. 지출을 줄이는 면에서 군대를 감축하고 정부기구를 간소화하는 조치를 취해 비생산성 인원을 대폭 줄이는 동시에 조세와 이자를 더 줄여 인민의 부담을 덜어주었다.

근거지에 대한 당의 통일적 영도를 강화하기 위해 1942년 9월 1일 중국공산당 중앙정치국은 「항일근거지에 대한 당의 영도를 통일시키고 조직 간 관계를 조정하는 데에 관한 결정」을 출범하여 항일근거지에서 당의 일원화 영도를 실행하고 중앙 대표기관(중앙국, 분국) 및 각급 당위원회를 근거지의 최고 지도기관으로 한다고 규정하였다.

1943년 봄 장제스가 『중국의 운명』이라는 책을 자기 이름으로 출판하여 파시즘주의를 고취하면서 공산주의와 자유주의에 공개적으로 반대하였다. 이어 국민당은 국제공산당이 해산된 틈을 타 "공산당을 해산할 것"과 "산깐닝변구를 취소할 것"를 요구하였으며, 또 대규모의 병력을 비밀리에 움직여 산깐닝변구에 대한 '전격전'을 준비하여 제3차 반공 고조를 일으켰다. 중국공산당은 여러 가지 방식으로 장제스의 음모를 폭로하면서 내전을 제지할 것을 전국 인민에 호소하였으며, 이번의 반공 고조를 격퇴하였다. 1944년 9월 총칭에서 열린 제3기 제3차 국민참정회의에서 중국공산당 중앙위원회의 지시에 따라 중국공산당 대표 린보취가 국민당의 일당독재를 폐지하고 민주연합정부를 설립하는 데에 관한 주장을 명확히 제기하여 전국 여러 계층의 광범위한 호응을 얻었으며, 국민당 통치구역 민주운동의 발전을 추진하였다.

이왕의 혁명경험을 종합하고 항일전쟁의 최후의 승리를 맞이하기 위하여 1945년 4월 23일부터 6월 11일까지 중국공산당은 옌안에서 제7차 전국대표대회를 열었다. 이는 단합의 대회였으며 승리의 대회였다. 회의에서 마오쩌둥이 「연합정부에 대해 논함」이라는 서면정치보고와 구두정치보고를 하였고, 류사오치가 「당 규약 개정에 관한 보고」를 하였으며, 주더가 「해방구 전장에 대해 논함」이란 군사보고를 하였고, 저우언라이가 「통일전선에 대해 논함」이란 제목으로 연설하였다. 대회에서 채택된 당 규약에서는 마오쩌둥사상을 당의 지도사상으로 삼는다고 명확히 규정하였으며, "중국공산당은 마르크스-레닌주의 이론과 중국혁명의 실천을 통일시킨 사상인 마오쩌둥사상을 모든 사업의 지침으로 삼고 모든 교조주의적 혹은 경험주의적 편향에 반대한다."라고 강조하였다. 대회에서는 새로운 중앙위원회를 선거하고, 제7기 제1차 전원회의에서는 마오쩌둥·주더·류사오치·저우언라이·런삐스를 중앙서기처 서기로, 마오쩌둥을 중앙위원회 주석 겸 정치국과 서기처 주석으로 선거하였다.

중국공산당 제7차 전국대표대회(제7차 당 대회) 이후 적후 항일근거지의 군민은 일본군에 대한 새로운 전략적 반격을 전개하여 대면적의 국토를 수복하였다. 1945년 8월 6일과 9일 미국이 일본의 히로시마와 나가사키에 원자폭탄을 각각 하나씩 투하하였다. 8월 8일 소련이 일본에 선전포고를 하고 소련 홍군을 중국 동북 경내에 파견하여 작전을 개시하게 하였다. 이는 일본의 항복을 가속시키는데 중요한 역할을 하였다.

8월 9일 마오쩌둥이 해방구 군민에게 "일본침략자를 상대로 한 최후의 일전"을 전개할 것을 호소함에 따라 항일전쟁은 대반격단계에 들어섰다. 8월 15일 일본 히로히토 천황(裕仁天皇)이 무조건 항복을 선언하였다. 장장 14년간의 어렵고 힘든 항일전쟁을 거쳐 중국 인민은 마침내 항일전쟁의 완벽한 승리를 맞이하게 되었다.

항일전쟁은 근대이래 중국 인민이 처음으로 완전한 승리를 거둔 반침략전쟁이었으며, 또한 위대한 민족해방전쟁이었다. 전반적인 항일전쟁 과정에서 중국공산당은 시종일관 항일의 기치를 높이 들고 항일민족통일전선을 결성하고 공고히 하였으며, 적후 전장의 항일전쟁을 견지하여 항일전쟁의 승리를 위한 튼튼한 기둥역할을 하였다.

올바른 사상노선과 항일전쟁의 방침을 고수하고 일련의 실제에 맞는 구체적 정책을 제정하였기 때문에, 당이 이끄는 제반 사업은 큰 발전을 가져올 수 있었으며, 항일전쟁의 승리를 맞이하였을 때는 당원이 120여 만 명으로 발전하고 당이 이끄는 인민군대가 120여 만 명으로 발전하였으며, 근거지 즉 해방구가 19개로 발전하고 인구는 약 1억 명에 달하였다. 항일전쟁을 거쳐 중국공산당은 더 넓은 전국 무대에 등장하게 되었으며, 갈수록 많은 인민대중이 공산당에 대한 깊은 이해와 인식을 갖게 되어 중국의 희망을 공산당에 기탁하게 되었다.

제5장
신 중국의 창건

　항일전쟁이 끝난 후 장제스정부는 미국 제국주의의 지원에 의지하여 평화와 민주를 실현하려는 우리 당과 전국 인민의 정의로운 요구를 거부하고 공공연히 전면적 내전을 일으켰다. 우리 당은 전국 여러 해방구 인민들의 전폭적인 지지 아래 국민당 통치구에서 학생운동·노동자운동 및 여러 계층 인민 투쟁의 유력한 협조를 받고 여러 민주 당파와 무소속 민주인사들의 적극적인 협력을 받으며, 인민해방군을 이끌고 3년 남짓한 기간에 걸친 해방전쟁을 치렀다. 랴오선(遼沈)·핑진(平津. 베이핑-톈진[天津])·화이하이(淮海) 등 3대 전역과 도강작전을 거쳐 장제스의 800만 군대를 궤멸시키고 국민당 반동 정부를 뒤엎었으며, 위대한 중화인민공화국을 창건하였다. 이로써 중국인민은 다시 일어서게 되었다.

중국공산당 제11기 제6차 전원회의 : 「건국 이래 당의
몇 가지 역사문제 관련 결의」 (1981년 6월 27일)

1.
평화와 민주를 쟁취

항일전쟁의 승리를 이룬 뒤 전쟁의 고통을 겪을 대로 겪은 전국 인민은 평화와 민주를 갈망하고 있었다. 그런데 장제스는 자신이 미리 정해둔 내전과 독재 방침을 고수하며, 반공·반인민의 내전을 일으키고자 꾀하고 있었다. 항일전쟁의 승리를 거두기 바쁘게 중국은 내전의 위험에 직면하게 되었다.

중국공산당은 내전을 피하고 평화적인 방식으로 민주적이고 부강한 신 중국을 세우고자 힘써 시도하였다. 물론 평화적인 건국을 실현함과 동시에 인민의 근본 이익을 희생시켜서도 안 되고, 또 장제스 집단이 독재와 전제통치를 고집하게 내버려두어서도 안 되었다. 그래서 중국공산당은 최대한도의 노력과 인내심을 가지고 내전을 제지하는 한편 내전에 대처할 만반의 준비를 갖추어 전투를 치르더라도 인민이 얻은 권리를 지키려고 결심하였다.

장제스는 비록 내전을 일으키려고 온갖 궁리를 다하면서도 항일전쟁이 이제 막 끝난 뒤여서 전국 인민이 모두 평화를 갈망하고 내전에 반대하고 있었기 때문에 감히 아무 거리낌도 없이 바로 전면적인 내전을 도발하지는 못하였다. 게다가 그의 군대의 대다수가 여전히 서남지역에 주둔하고 있었기 때문에 내전 전선인 화북·화동(華東)·동북지역으로 이동시키려면 시일이 걸려야 했다. 그래서 그는 옌안에 잇달아 3통의 전보를 띄워 마오쩌동에게 총칭으로 와서 "함께 대계를 세우자"고 초청하였다. 장제스의 의도는 매우 악랄하였다. 만약 마오쩌동이 총칭에 가는 것을 거부한다면 내전의 죄명을 공산당에 덮어씌울 수 있었고, 만약 마오쩌동이 총칭으로 가는 것에 동의한다면, 담판을 핑계 삼아 군사를 이동시켜 내전을 준비할 시간을 벌 수 있었던 것이다.

항일전쟁의 시련을 겪은 중국공산당은 이미 완전히 성숙되어 있었다. 특히 마오쩌동을 핵심으로 하는 중앙지도집단이 형성된 것이다. 중국공산당은 물론 장제스의 음모를 간파하고 있었지만, 가능한 한 평화를 쟁취하여 내전을 피할 수 있도록 하고, 동시에 또 이른바 장제스의 '평화'라는 진면목을 확실하게 전 국민에게 알리기 위하여 마오쩌동·저우언라이·왕뤄페이(王若飛)를 총칭에 보내 국민당과 담판을 짓기로 결정하였다. 그때 당시 당내 많은 사람들이 담판을 위해 총칭으로 가는 마오쩌동의 안전을 걱정하였다. 마오쩌동이 그들에게 말했다. "그대들이 전방에서 잘 싸우면 내가 좀 더 안전할 것이고, 잘 싸우지 못하면 내가 좀 더 위험할 것입니다." 이와 동시에 류사오치에게 그의 직무를 대행하여 중국공산당 중앙위원회의 업무를 주관하도록 결정하였다.

1945년 8월 28일 마오쩌동은 국민당 정부의 대표 장즈중(張治中)과 패트릭 J. 헐리(Patrick Jay Hurley) 주중 미국대사의 동반 아래 저우언라이·왕뤄페이의 수행을 받아 함께 총칭으로 가서 국민당과 43일간의 담판을 진행하였다. 양자는 10월 10일 「정부와 중국공산당 대표 회담 요록」 즉 '10.10협정'을 체결하였다. 회담 요록에는 중국공산당이 제기한 평화 건국의 기본방침을 받아들인다고 밝혔으며, 평화·민주· 단결·통일을 토대로 하여 "장기적으로 합작하고 단호히 내전을 피하며, 독립·자유·부강을 실현한 신 중국을 건설할 것"을 제기하였다. 또 국민당의 이른바 훈정(訓政)을 끝내고 여러 당파 대표 및 사회유지 들을 정치협상회의에 참가시켜 함께 국가대사를 논의하는 데 동의하였으며, 인민이 민주국가에서 당연히 누려야 할 모든 민주·자유·권리를 누려야 한다는 것을 인정하는 등의 내용이 포함되었다. 군대와 해방구의 문제에 대해서는 비록 공산당이 중대한 양보를 하였음에도 불구하고 국민당이 끝까지 해방구의 정권과 인민군대를 없앨 것을 고집하는 바람에 이 두 문제에서는 합의를 달성하지 못한 채 향후 양자 간에 협상을 계속하기로 하였다.

총칭 담판 과정에서 중국공산당 중앙위원회는 "북쪽으로 발전하고 남쪽으로 방어하자"라는 방침을 제정하여 창장(長江) 이남의 8개 해방구를 양보하기로 결정하고, 화북과 화중 해방구를 공고히 하는 한편 2만여 명의 간부와 11만 명의 부대를 뽑아 산동에서 바다를 건너 지동(冀東, 허베이 성 동부지역)을 경유해 동북으로 진군함으로써 매우 빠른 시일 안에 동북 근거지를 건립하였다. 그리고 해방구를 침범해 들어온 국민당군대에 대하여서는 단호히 자위반격을 실행하였다. 1945년 9월부터 12월까지 인민군대는 상당(上黨)·한단(邯鄲)·핑쑤이 (平綏)·진푸(津浦) 등 전투에서 승리를 거두고 총 14만 5천 명의 국민당 군대를 섬멸함으로써 오만방자하던 장제스의 기염을 꺾어놓았다.

'10.10협정'의 규정에 따라 1946년 1월 10일 국공 대표와 중국민주동맹 등의 당파 대표가 참가한 정치협상회의가 총칭에서 개막되었다. 회의에서는 정부조직안·국민대회안·평화건국강령·군사문제안·헌법초안 등 5개 항의 결의를 채택하고 1월 31일 폐막하였다. 정치협상회의가 열린 날, 국공 양당은 또 정전협의를 체결하여 "국내 여러 지역 내 모든 군사 충돌을 멈추고 교통을 전면 회복하기로" 협의하였다.

중국공산당은 국내 평화를 실현할 수 있기를 진심으로 바랐다. 정전협의가 체결된 날 중국공산당 중앙위원회는 「국내 군사충돌을 멈추는 데에 관한 통고」를 발표하여 각급 당위원회와 해방구 각급 정부 및 각급 부대 지휘관들에게 다음과 같이 지시하였다. "본 당 대표와 국민정부 대표가 국내에서 군사충돌을 멈출 방법·명령·성명과 관련해 이미 협의를 달성하였으며, 오늘 문건으로 기록 공표하는 바이다. 이에 따라 중국공산당 영도 아래의 정규군·민병·비정규군·유격대를 포함한 모든 부대, 해방구 각급 정부, 공산당 각급 위원회는 협의 사항을 모두 어김없이 확실하게 철저히 지키도록 하라." "전 중국 인민이 일본 침략자를 물리친 뒤 국내의 평화로운 국면을 형성하기 위해 한 노력이 이제는 중요한 결과를 얻었다. 중국은 평화롭고 민주적인 새로운 단계를 바야흐로 열게 되었다."

그러나 중국공산당이 기대하였던 그런 "평화롭고 민주적인 새로운 단계 건설"은 실제로 나타나지 않았으며, 장제스의 배신과 시대의 흐름을 거스른 역행을 마주하게 되었다. 정치협상회의가 폐막하자마자 국민당은 온갖 방법을 다하여 정치협상회의의 결의를 파괴하였다. 3월 7일 국민당 제6기 2중 전회는 제8차 전국대표대회를 열었다. 정치협상회의 보고에 대해 검토하는 과정에서 국민당 내의 호전분자들은 공산당에게 "정권 할거를 포기하라", "무력으로 정권을 탈취하려는 야심을 버려라", "여러 가지 문제로 지도자를 속박하지 말라"라고 떠들어댔다. 그때 국면을 보면 한편으로는 국민당 군대가 해방구에 대해 끊임없이 잠식하고 공격해오고 있었으며, 다른 한편으로는 동북을 제외하고 관내에서는 아직 대규모의 군사 충돌이 일어나지 않았고, 국민당과 공산당, 미국 3자로 구성된 군사 조정 집행부도 꾸준히 여러 충돌 지역에 사람을 파견해 조정을 진행하고 있었다. 그러나 그것은 다만 폭풍우가 들이닥치기 전에 잠깐 깃드는 고요함과 같은 것이었을 뿐이었다. 장제스는 바로 그 시기를 이용하여 전면 내전의 준비를 서둘렀던 것이다. 평화롭고 민주적인 발전의 가능성은 빠르게 사라져가고 있었다.

정치협상회의 결의와 정전협정에 대한 장제스의 파괴 행동이 빨라짐에 따라 중국공산당 중앙위원회는 장제스의 전제독재 본성이 바뀌지 않았기 때문에 전쟁의 위험이 평화의 가능성보다 클 수 있다고 판단하여 평화를 쟁취하기 위해 최선을 다하는 동시에 전면적인 내전의 폭발에 대처할 준비를 반드시 착실히 해야 한다고 전 당에 주의를 주었다. 3월 15일 중국공산당은 「현 시국 및 대책에 대한 지시」를 발표하여 "동북문제에 대해 신중하게 대처하는 외에 화북·화중 여러 곳에 반드시 경계심을 갖고 완고파의 움직임을 면밀히 주시할 것"을 요구하였으며, "군사적으로 필요한 준비를 해야 한다"며, "정비와 훈련을 강화하고 정찰을 강화하여 반동파의 기습을 엄격히 방비할 것"을 요구하였다. 또한 "만약 반동파가 공격을 개시할 시에는 반드시 운동과정에서 단호히, 철저히, 말끔히, 모조리 궤멸시킬 수 있어야 한다."라고 요구하였다.

동시에 또 조세 감면과 생산, 두 가지 중대한 일을 서둘러 추진하여 "해방구의 흔들림 없이 튼튼한 대중적 기반과 물질적 기반을 닦을 것"을 여러 지역에 요구하였다. 5월 1일 중국공산당 중앙위원회가 군사훈련과 관련한 지시를 내려 "국민당 반동파가 동북에서 내전을 확대하는 일 외에 현재 전면적 내전을 준비하고 있다. 이런 상황에서 국민당이 내전을 일으켰을 때, 이를 단호하고 철저히 쳐부술 수 있도록 우리 당은 반드시 만반의 준비를 해야 한다."고 지적하였다.

2.
국민당의 군사공격을 타파

1946년 6월 하순 국민당 군대 22만 명이 어위(鄂豫, 후뻬이 성과 허난 성) 경계의 중원(中原)해방구를 공격하였다. 이어 또 기타 해방구를 향해 대대적인 공격을 감행함으로써 전면적인 내전이 발발하였다. 중국공산당은 혁명전쟁으로 장제스가 일으킨 반혁명전쟁에 대응하는 수밖에 없었다.

민심의 향배가 전쟁의 승패를 결정한다. 1946년 7월 20일 즉 전면적인 내전이 이제 막 발발하였을 즈음에 마오쩌동은 「자위전쟁으로 장제스의 공격을 타파하자」는 당내 지시에서 다음과 같이 명확하게 지적하였다. "장제스는 비록 미국의 원조를 받고 있지만 민심이 따라주지 않아 사기가 높지 않고 재정 면에서 어려움도 겪고 있다. 우리에게는 비록 외국의 원조는 없지만 민심이 쏠리고 있어 사기가 높고 재정 면에서도 방법이 있다. 그렇기 때문에 우리는 장제스와 싸워 이길 수 있다. 전 당은 이에 대한 충분한 자신감을 가져야 한다." 같은 해 8월 6일 미국 기자 안나 루이스 스트롱(Anna Louise Strong)과 이야기를 나누는 자리에서 "공산당은 얼마나 오래 버틸 수 있느냐?"고 하는 스트롱의 질문에 마오쩌동은 이렇게 대답하였다. "우리 자신의 소원을 말한다면 우리는 하루도 싸우고 싶지 않다. 그러나 만약 형세가 우리를 싸울 수밖에 없게 한다면 우리는 끝까지 싸울 수 있다." 바로 그 대화 과정에 그는 "모든 반동파는 모두 종이범"이라는 유명한 논단을 제기해 "장원한 관점에서 문제를 봤을 때, 진정 강대한 힘은 반동파의 것이 아니라 인민의 것"이라고 강조하였다. 해방전쟁의 승리는 마오쩌둥의 이 논단의 정당성을 충분히 검증하였다.

전쟁 초기에 장제스는 정규군 200만 명을 포함하여 400여 만의 군대를 가지고 있고, 또 미국정부의 지지를 받고 있어서 3~6개월 내에 승리를 거둘 수 있을 것이라고 여겨 자신만만해서 우쭐거렸다. 그의 참모총장 천청(陳誠)도 "어쩌면 3개월, 길어도 5개월 정도면 (중국공산당 군대) 전체를 해결할 수 있을 것"이라고 말하였다.

장제스는 강대한 군사력을 믿고 여러 해방구에 대한 전면적인 공격을 개시하였다. 인민해방군은 "우세한 병력을 집중시켜 적을 각개 섬멸하는 작전 원칙"을 취하여 적의 인적 전력을 궤멸시킨다는 목표를 세우고, 한 도시 한 지역의 득실을 따지지 않기로 하였다. 비록 일부 도시를 잃었지만 전쟁에서 적을 대거 섬멸하였다. 1946년 7월부터 10월까지 인민해방군은 국민당 정규군 22개 여단, 비정규군을 포함하여 총 30만 명을 섬멸하였다. 1946년 11월부터 이듬해 2월까지 또 41만 명의 국민당 군대를 궤멸시켰다. 1947년 2월에 치른 라이우(萊蕪) 전투에서만 화중과 산동 야전군을 합병 결성한 화동 야전군은 3일 동안에 무려 5만 6천 명의 적을 섬멸하였다.

1947년 3월 전면 공격에 실패한 국민당군대는 다시 산뻬이(陝北, 산시성 북부)와 산동 두 해방구를 중점적으로 공격하였다. 산동에서 국민당은 재편성된 24개 사단 60개 여단의 45만 명 병력을 집결시켜 화동 야전군을 압박해 이멍(沂蒙)산구에서 결전을 펼치거나 혹은 화동 야전군을 압박하여 황허(黃河) 이북지역까지 몰아가려고 시도하였다. 화동 야전군은 천이·쑤위 등 이들의 지휘 아래 5월 중순에 주력을 집중시켜 멍량꾸(孟良崮)지역에서 국민당 군대 '5대 주력'중 하나인 재편성된 제74사단의 3만여 명을 섬멸하고, 산동 해방구에 대한 국민당 군대의 중점 공격을 물리쳤다.

산뻬이를 공격한 국민당 후쫑난(胡宗南) 등이 이끄는 부대는 31개 여단 25만 명에 달하였다. 이와 비교할 때 산뻬이의 서북 야전군은 겨우 2만 6천여 명밖에 안 되었으며, 그밖에 지방 무장 병력이 1만 6천 명이었는데 군사력 면에서 보면 절대적으로 열세에 처해 있었다.

중국공산당 중앙위원회는 11년간이나 생활하고 전투하던 옌안을 자발적으로 포기하고 류사오치·주더 등으로 중국공산당 중앙업무위원회를 구성해 화북으로 가서 중앙이 위임한 업무를 수행하기로 하고, 마오쩌둥·저우언라이·런삐스 등은 산뻬이에 계속 남아 전국 전장의 작전을 지휘하기로 결정하였다. 그리고 얼마 뒤에는 또 예졘잉과 양상쿤(楊尚昆)이 중앙기관의 대다수 인원들을 인솔하여 진시뻬이(晉西北, 산시[山西]성 서북지역)로 옮겨 예졘잉을 서기로 하는 중국공산당 중앙위원회 후방위원회를 구성하여 후방의 업무를 총괄하도록 하였다. 서북 야전군은 펑더화이의 지휘 하에 '버섯 전술'을 써 칭화뻰(靑化砭)·양마허(羊馬河)·판롱진(蟠龍鎭)·사자뎬(沙家店) 등 전투에서 잇달아 승리를 거두었다. 1947년 8월에 이르러 산뻬이에 대한 국민당

군대의 중점 공격도 무산되었다.

그 기간에 기타 전장의 인민해방군도 국민당 군에 대한 국부적인 반격을 시작하여 적의 인적 전력을 대량 섬멸하고, 한때는 국민당 군에 강점당하였던 도시를 수복하였으며, 해방구를 확대하였다. 국민당 통치구의 당 조직들도 농촌 유격전쟁을 폭넓게 조직 전개하였다. 1946년 7월부터 1947년 6월까지 인민해방군은 첫 한 해의 작전에서 국민당 정규군 97.5개 여단 78만 명을 섬멸하였는데, 이는 매월 평균 8개 여단의 적을 섬멸한 셈이었다. 비정규군까지 합치면 총 112만 명에 달하는 적을 섬멸하였던 것이다. 인민해방군 총병력은 전쟁초기의 127만 명에서 190여만 명으로 늘어났다.

인민해방전쟁의 승리를 쟁취하기 위해서는 반드시 광범위한 농민들이 적극 참군하고 참전하도록 동원해야만 했다. 그러려면 농민의 토지문제를 해결하여야 했다. 1946년 5월 4일 중국공산당 중앙위원회는 「토지문제에 대한 지시」 즉 '5.4지시'를 발표하여 조세 인하와 이자 인하정책을 "농사짓는 자에게 농토가 차례가 가는 정책"으로 전환하고 해방구에서 토지개혁을 깊이 전개하였다. 1947년 7월부터 9월까지 중국공산당 중앙위원회의 위탁을 받은 중앙업무위원회가 허베이성 젠핑(建屏)현(오늘날 핑산[平山]현) 시바이퍼(西柏坡)에서 전국토지회의를 열고 「중국토지법대강」을 채택하였다. 10월 10일 중국공산당 중앙위원회가 그 문건을 정식으로 공표하여 봉건적·반봉건적인 토지제도를 폐지하고 "농사짓는 자에게 농토가 차례가 가는 제도"를 실행한다고 명확히 선포하였다. 토지개혁운동은 한때 일부 지방에서 '좌'적인 편향이 나타나기도 하였지만 바로 발견되어 바로잡았다. 토지개혁을 통하여 해방구에서 봉건착취제도를 소멸시켰으며, 광범위한 농민들의 해방을 근본적으로 실현하였다. 토지개혁운동을 거쳐 농민들은 오매불망 그리던 땅을 가질 수 있게 되었을 뿐만 아니라 이번 해방운동 속에서 그들은 정치적 각성과 조직 정도가 제고되어 인민해방전쟁의 승리를 위한 튼튼한 대중적 토대와 물질적 토대를 닦아놓았다.

국민당은 전장에서 군사적 손실을 입었을 뿐만 아니라 정치적으로 더욱 암담해졌으며, 관리들이 더욱 부패해지고 경제적으로 물가가 폭등하여 백성들이 더욱 살기가 어려워졌다. 이와 동시에 더욱 미국에 붙어 나라의 권익을 팔아넘긴 탓에 국민당 통치구역의 인민들로부터 큰 불만을 사게 되었다. 1946년 12월부터는 국민당 통치구역에서 애국학생들이 주축이 되어 미군의 폭행에 항의하는 운동과 "기아에 반대하고, 내전에 반대하며, 박해에 반대하는" 운동을 일으키면서 인민해방전쟁에 협력하는 제2의 전선을 형성하였다.

국민당 통치구역에 대한 업무를 강화하기 위하여 1946년 12월 중국공산당 중앙위원회는 저우언라이가 개편 후의 중앙 도시 사업부 부장 직을 맡도록 결정하고, 도시 사업부의 주요 임무는 국민당 통치구역에 대한 당의 업무를 관리하기로 확정지었다. 임무에는 주로 노동자·농민·청년·여성 관련 모든 업무가 포함되었으며, 그 분야 간부의 양성을 책임지도록 하였다. 그리고 여러 중앙국·분국·각급 당위원회에 모두 상응하는 도시 사업부를 설치하도록 규정하였다.

3.

중국의 운명을 결정지은 결전

해방구 인민의 전쟁 부담을 덜어주고 해방구를 확대하기 위해 1947년 6월 30일 중국공산당 중앙위원회의 전략적 배치에 따라 류보청·덩샤오핑이 이끄는 진지루위(晉冀魯豫, 산시-허뻬이-산동-허난)야전군 주력 부대 12만 명이 천험의 황하를 일거에 뛰어넘어 외부전선 작전으로 넘어가기 시작하였으며, 이어 천리 따베산(大別山)으로 약진하면서 전략적 공격의 서막을 열었다. 이어 천껑(陳賡)·셰푸쯔(謝富治)가 거느린 진지루위야전군 제1부대가 허난 성 서부로 진군하고, 천이·쑤위가 거느린 화동야전군 주력 부대는 위완쑤(豫皖蘇, 허난-안훼이-장쑤)평원으로 진군하였다. 이로써 인민해방전쟁은 전략적 방어에서 전략적 공격으로 바뀌었다. 이는 역사적인 의미를 띠는 전환점으로 중국공산당 중앙위원회가 제기한 "주력 부대를 외부전선으로 이동시켜 전쟁을 국민당구역으로 이끈다"는 전략적 목표를 실현한 것이었다. 인민해방군이 전략적 공격으로 전환한 후 전쟁의 정세는 갈수록 인민에게 유리한 방향으로 발전하고 있었다. 1947년 10월 10일 중국인민해방군 본부가 선언을 발표하여 "장제스를 타도하고 전 중국을 해방시키자"는 구호를 공개적으로 내걸었다. 그리고 "노동자·농민·병사·지식인·상인을 포함해 여러 피압박계급, 여러 인민단체, 여러 민주당파, 여러 소수민족, 여러 지역 화교 및 기타 애국인사들을 연합하여 민족통일전선을 결성하여 장제스 독재정부를 타도하고, 민주연합정부를 수립하자."고 명확히 제기하였다.

그해 12월 중국공산당 중앙위원회는 산뻬이(陝北, 산시성 북부)의 양자꺼우(楊家溝)에서 회의를 열고 전국적인 승리를 쟁취하기 위한 정치·경제·군사 강령을 제정하였다. 회의에서는 인민군대 작전의 '10대 군사원칙'을 총결하고, 가장 광범위한 인민민주주의통일전선을 결성할 것을 제기했으며, 봉건지주계급의 토지를 몰수하여 농민의 소유로 하고, 관료자본을 몰수하여 신민주주의 국가 소유로 하며, 민족 상공업을 보호하는 데 관한 3대 경제강령을 확정지었다.

1948년 4월 30일 중국공산당 중앙위원회는 '5.1노동절'을 기념하자는 구호를 제기하여 반동분자를 제외한 정치협상회의를 열고, 민주주의연합정부를 창립할 것을 호소하였다. 이는 여러 민주당파와 여러 계층의 대표 인사들의 뜨거운 호응을 얻었다. 그들은 잇달아 여러 경로를 통해 국민당 통치구역에서 해방구로 옮겨 중국공산당이 이끄는 다당 합작과 정치협상제도의 형성을 위한 기반을 마련해주었다.

1948년 6월말까지 2년간의 작전을 거쳐 인민해방군 총 병력은 이미 원래의 127만 명에서 280만 명으로 발전하여 국민당 군대 전체 병력과의 비교에서도 전쟁 시작 때의 1:3.37에서 1:1.2로 바뀌었으며, 또 신식 정풍운동을 거쳐 사기가 고조되었다. 전장에서 무기들을 노획하였기 때문에 무기장비도 크게 개선되어 이제는 국민당군대와 대규모 전략적 결전을 펼칠 능력을 갖추게 되었다. 전국의 해방구는 면적이 이미 135만 5천㎢에 달해 전국 면적의 24.5%를 차지하게 되었고, 인구는 1억 68만 명으로 전국 인구의 37%를 차지하게 되었으며, 광범위한 오랜 해방구역과 반 오랜 해방구역에서의 토지개혁을 완성하였다. 이로써 중국공산당 중앙위원회와 마오쩌동은 이제 3년 정도만 더 지나면 장제스를 근본적으로 타도할 수 있을 것이라고 판단하였다. 그해 9월 중국공산당 중앙정치국은 시바이퍼(西柏坡)에서 확대회의를 열고 500만 명 규모의 인민해방군을 건설할 것과, 약 5년의 시간을 들여 장제스의 반동통치를 근본적으로 전복시킬 것이라는 전략적 임무를 제기하였으며, 또 1949년 안에 정치협상회의를 열고 중화인민공화국 임시중앙정부를 창립하여야 한다는 것, 중국혁명이 전국적으로 곧 승리를 거두게 됨에 따라 당의 집중통일 영도를 강화하고 중앙에 청시 보고하는 제도를 이행하여야 한다는 것 등의 제안을 내놓았다. 이번 회의를 통해 장제스를 철저히 쓸어버리고, 전 중국을 해방하기 위한 사상적·정치적·조직적 준비를 해놓았다.

1948년 9월 화동야전군은 강대한 병력을 집중시켜 중요한 전략 도시인 지난(濟南)에 대한 맹공격을 시작하였다. 8주야의 격전 끝에 적군 11만 명을 전부 섬멸하였다. 이는 적이 중점적으로 방어진을 친 대도시를 인민해방군이 공략 점령하는 시작을 알린 것으로 이로부터 전략적 결전의 서막이 열리게 되었던 것이다.

그해 9월 12일부터 동북야전군은 주력 부대 70만 명을 집결시켜 대규모의 랴오선(遼沈)전투를 일으켰다. 52일 동안 적군 47만 2천 명을 섬멸하고 동북 전역을 해방시켰다. 11월 6일부터 화동 야전군과 중원

야전군 총 60만 명 병력이 쉬써우(徐州)를 중심으로 한 화이하이(淮海)전장에서 80만 국민당 군대와 결전을 벌여 1949년 1월 6일 전투가 끝났는데 총 55만 5천 명의 적을 섬멸하고 창장 중하류 이북의 광범위한 지역을 해방시켰으며, 국민당 정부의 수부인 난징을 직접 위협하였다. 화이하이 전장에서 격전이 한창일 때 동북 야전군이 비밀리에 관내로 들어와 화북 야전군과 함께 핑진(平津)전투를 시작하여 제일 먼저 신바오안(新保安)·장자커우(張家口)·톈진을 해방시켜 성을 지키던 적이 서쪽으로 혹은 남쪽으로 도주하는 길을 차단한 뒤 베이핑을 지키던 국민당 장수 푸줘이(傳作義)를 압박하여 군대를 인솔하여 평화적 개편을 받아들이게 하였다. 그 전투에서는 적군 총 52만 명을 섬멸하였으며, 화북전역을 해방시켰다.

3대 전투에서 승리를 거두면서 총 154만 명의 국민당군대를 섬멸하고, 국민당의 반동통치를 지탱해주던 군사력을 파괴시켰다. 이는 인류전쟁사의 기적으로서 마오쩌둥과 그의 전우들의 탁월한 군사지휘 능력을 남김없이 보여주었으며, 인민해방군이 백전백승의 인민군대임을 충분히 보여주었다. 3대 전역은 또 진정한 인민전쟁이었으며, 해방구 인민들은 전역의 승리를 위해 거대한 기여를 하였다. 3대 전역에서, 여러 해방구에서 동원된 인부는 연 880만 여 명에 이르렀고, 전선을 지원하기 위해 출동한 크고 작은 차량이 약 141만 대에 이르렀으며, 들것 36만여 개, 가축 260여 만 마리, 식량 8억 5천만 근에 달하였다. 화이하이 전투에서 산동 해방구에서만 매일 300만 근의 원곡을 반출하였다. 인민해방군이 "좁쌀과 보총"으로 비행기에 대포를 가진 국민당 군을 물리쳤다고 사람들은 말한다. 여기서 '좁쌀'은 사실상 인민을 가리키는 말이고, '보총'은 군대를 가리키는 말이다. 이는 곧 인민과 군대가 밀접하게 결합하여 인민의 지지를 얻지 못한 국민당 군대를 물리쳤다는 것을 대변하는 말이다.

4.
인민공화국 창건을 계획

　3대 전역이 끝난 후 국민당의 반동통치는 이미 완전히 붕괴된 상태에 처하게 되었다. 1949년 1월 21일 궁지에 몰린 장제스는 하는 수 없이 '은퇴'를 선언하고, '부총통(副總統)' 리쭝런(李宗仁)이 '총통(總統)' 대행을 맡았다. 리쭝런은 정권을 장악한 이튿날 바로 중국공산당이 제기한 8항 조건을 토대로 평화담판을 진행할 용의가 있다고 밝혔다.

　1949년 4월 1일부터 저우언라이를 위수로 하는 중국공산당 대표단과 난징정부 대표단이 베이핑에서 평화담판을 진행하였다. 4월 15일 중국공산당 대표단은 「국내평화협정(최종 수정안)」을 난징정부 대표단에 넘겨주었으며, 4월 20일 전까지 협정에 대한 입장을 밝힐 것을 국민당 정부에 요구하였다. 평화에 대해 성의가 없었던 난징정부는 평화담판의 목적이 "강(창장)을 경계로 분단하여 정권을 세우려는」 저들의 음모를 실현하기 위함에 있었다. 그래서 끝내 「국내평화협정(최종 수정안)」에 서명하는 것을 거부하였던 것이다.

　4월 21일 마오쩌둥과 주더가 전국에 진군명령을 내렸다. 인민해방군은 즉각 도강전투를 시작하여 4월 23일에 국민당 반동통치의 중심인 난징을 해방시킴으로써 중국을 22년간 통치해온 국민당정부의 멸망을 고하게 하였다. 이어 여러 갈래의 인민해방군 대군이 각각 중남,

서북, 서남 등지로 진군하여 전투 혹은 평화적인 방식으로 국민당의 잔적을 섬멸하고 대 면적의 국토를 해방시켰으며, 국민당 장제스집단을 중국 대륙에서 몰아냈다.

인민해방전쟁의 철저한 승리를 앞두고 중국공산당은 신 중국 창건의 청사진을 계획하기 시작하였다. 1949년 1월 중국공산당 중앙정치국은 재차 시바이포에서 회의를 열고, 중국공산당이 이미 전국 범위에서 국민당에 이길 수 있는 충분한 확신이 섰다면서 1949년에는 정치협상회의를 열어 중앙정부를 창립할 예정이라고 명확히 제기하였다. 1949년 3월 중국공산당 중앙위원회가 시바이포에서 당의 제7기 제2차 전원회의를 열고 이제부터 전 당의 업무중심을 농촌에서 도시로 이전한다고 확정지었다. 또한 전국적인 승리를 이룩한 것은 만리 대장정에서 첫 걸음을 내디딘 것에 불과할 뿐이고 앞으로 혁명의 길은 더 길고, 사업은 더욱 위대하고, 더욱 험난할 것이라면서 "반드시 겸허하고 신중하며, 자만하지 않고 서두르지 않는 기풍을 계속 유지하고, 반드시 악전고투하는 기풍을 계속 유지해야 한다"고 전 당에 알렸다. 6월 30일 마오쩌동은 「인민민주주의독재에 대하여」라는 글을 발표하여 중국혁명의 기본 경험을 종합하고, 곧 창건될 신 중국이 실행할 정치·경제·외교방침을 공개적으로 선언하였다. 1949년 9월 21일 중국인민정치협상회의 제1기 전원회의가 베이핑에서 성황리에 개최되었다. 마오쩌동은 개막사에서 다음과 같이 지적하였다. "전 인류의 4분의 1을 차지하는 중국인이 이제 일어섰다." "우리 민족은 이제부터 평화와 자유를 사랑하는 세계 여러 민족의 대가정에 들어가 용감하고 근면한 자세로 일해 자신의 문명과 행복을 창조함과 아울러 세계의 평화와 자유를 촉진시키게 될 것이다. 우리 민족은 더 이상 모욕당하는 민족이 아니다. 우리는 이미 일어섰다." 회의에서는 「중국인민정치협상회의 공동강령」을 채택하고 마오쩌둥을 중앙인민정부 주석으로, 주더·류사오치·쑹칭링(宋慶齡)·리지선(李濟深)·장란(張瀾)·가오강(高崗)을 부주석으로 선거하였다. 베이핑을 중화인민공화국 수도로 확정하고 베이핑을 베이징(北京)으로 개명하였으며, 국가에서 정식으로 확정하기 전이지만 「의용군행진곡(義勇軍進行曲)」으로 국가(國歌)를 대신하고, 오성홍기(五星紅旗)를 중화인민공화국 국기로 정하였다. 10월 1일 수도의 30만 군민이 톈안먼(天安門)광장에 모여 중화인민공화국 중앙인민정부 창건대전을 개최하고 중화인민공화국의 창건을 선고하였다. 신중국의 창건은 중국공산당이 중국 인민을 이끌어 신민주주의혁명을 진행하여 전국적인 승리를 거둔 결과이며, 근대이래 중화민족의 위대한 부흥을 실현한 이정표로서 이때부터 중국 인민은 자신이 주인이 된 새로운 시대에 들어서게 되엇던 것이다. 파란만장한 신민주주의혁명에서 중국공산당은 중국 인민을 이끌고 "농촌으로부터 도시를 포위하고, 무력으로 정권을 탈취하는 길"을 찾아냈으며, 28년간 비할 데 없이 힘겹고 어려운 혁명투쟁을 거쳐 최종적으로 제국주의와 봉건주의 및 관료자본주의 통치를 뒤엎고 반식민지·반봉건 사회의 역사를 끝나게 했으며, 중국에서 수천 년간 이어온 봉건전제정치에서 인민민주주의로의 위대한 도약을 실현하였으며, 중화민족의 발전과 진보의 새로운 기원을 열었던 것이다.

제6장
사회주의로의 과도를 실현

1949년 10월에 중화인민공화국이 창건되어서부터 1956년까지 우리 당은 전국 여러 민족 인민을 인솔하여 신민주주의에서 사회주의로의 전환을 한 걸음 한 걸음 단계적으로 실현하였으며, 국민경제를 빠르게 회복시키고 계획적인 경제건설을 전개하였으며, 전국 대다수 지역에서 생산수단의 소유제에 대한 사회주의개조를 기본적으로 완성하였다. 이 역사 단계에 당이 확정한 지도방침과 기본정책은 정확하였으며, 빛나는 승리를 거두었다.

중국공산당 제11기 제6차 전원회의 : 「건국 이래 당의
몇 가지 역사문제 관련 결의」 (1981년 6월 27일)

1.
공산주의자의 참신한 사업

신 중국의 사회성격과 기본방침에 대하여 「중국인민정치협상회의 공동 강령」에는 다음과 같이 명확히 규정하였다. 중화인민공화국은 신민주주의 즉 인민민주주의 국가로서 노동자계급이 이끄는, 노동자와 농민의 연맹을 토대로 하는, 여러 민주 계급과 국내 여러 민족 인민이 단합하여 인민민주주의독재를 실행한다. 신 중국은 공과 사를 고루 돌보고, 노동자와 자본가 쌍방에게 모두 이익이 돌아가도록 하며, 도시와 농촌이 서로 돕고, 내외국 간에 서로 교류하는 정책을 실행하여, 생산을 발전시키고 경제를 번영시키는 목적을 이룰 것이다. 민족적·과학적·대중적 문화교육을 실행하며, 경내의 여러 민족은 일률적으로 평등하며, 민족의 지역자치를 실행한다는 것 등이다.

신 중국이 창건될 때 중국공산당과 중국 인민은 두 가지 중대한 과업에 직면하였다. 하나는 신민주주의혁명을 철저히 완성하는 것이고, 다른 하나는 전쟁의 상처를 치유하고 형편없이 퇴락한 국민경제를 회복하는 것이었다.

그때 당시 화남, 서남, 연해 지역에는 여전히 약 백만 명에 이르는 국민당 무장 세력이 남아 완강하게 저항하고 있었다. 인민해방군은 대규모 우회, 대규모 돌진, 대규모 포위의 작전방침을 취하면서 국민당 잔여 군대를 계속 추격·섬멸하였다. 화남지역에서는 화남의 최대 도시인 광쩌우가 10월 14일 해방되었다. 12월 11일 인민해방군이 중국-베트남 국경의 전난관(鎭南關, 오늘날 유이관[友誼關])을 점령, 이는 광시(廣西) 전역이 해방되었음을 의미한다. 서남지역에서는 11월 15일 꿰이양(貴陽)이 해방되고, 11월 30일 서남의 최대 중심도시인 총칭이 해방되었으며, 12월 초 인민해방군이 청두(成都)전투를 벌여 중국대륙에서 국민당 군의 마지막 기간부대인 후쫑난 집단을 섬멸함에 따라 쓰촨·시캉(西康)³ 두 개 성이 해방되었다. 12월 9일 국민당 윈난(雲南)성 정부 주석이자 윈난 성 수이징(綏靖) 공서(公署) 주임인 루한(盧漢)이 부대를 이끌고 봉기를 일으켰으며, 1950년 2월 20일 인민해방군이 쿤밍(昆明)에서 입성식을 거행하였다. 1950년 5월 1일 하이난다오(海南島) 전역이 해방되었다. 1949년 9월부터 1950년 10월까지 인민해방군은 국민당 정규군 잔존세력 약 130만 명을 섬멸하고, 봉기를 일으켜 귀순한 국민당 장병 170여만 명을 받아들여 재편성하고 개조하였으며, 시짱(西藏)을 제외한 중국대륙 전역을 해방시켰다. 1951년 5월 중앙인민정부와 시짱지방정부가 시짱을 평화적으로 해방시키는 데에 관한 17조항의 협의를 달성하였다. 10월 인민해방군이 라싸(拉薩)에 입주하면서 시짱이 평화적으로 해방되었다. 이러서 조국 대륙은 인민들이 오랜 세월 동안 오매불망 갈망하던 완전 통일을 이루었다. 새로 해방된 이들 지역은 역사적으로 비적의 난이 심각하였던 곳

---

3) 시캉(西康) : 중국 남서부의 한 성(省)으로 티베트고원의 남동부에 있었으며, 1928년에 성(省)으로 신설되었다. 성도(省都)는 캉띵(康定)이었으나, 55년에 성(省)이 폐지되었다.

인데, 국민당이 중국대륙에서의 통치에 실패한 것을 받아들이지 못하고 의도적으로 해산시킨 특무와 군대를 토비로 돌려보내기까지 하다 보니 신 중국 창건 초기에 곳곳에서 토비들의 활동이 매우 창궐하였다. 새로 태어난 인민정권을 공고히 하기 위하여 중국공산당 중앙위원회가 제기한 군대를 움직여 토비를 숙청하고, 정치적으로 와해시키며, 대중을 동원하여 자위하도록 하는 것을 병행하는 방침에 따라 "진압과 관용을 병행하고" "우두머리는 반드시 징벌하고 협박에 못 이겨 복종한 자는 책임을 추공하지 않으며, 공을 세운 자는 표상(褒賞)하는" 정책을 실행하여 대규모의 토비숙청투쟁을 전개하였다. 1949년 5월부터 1950년 5월까지 한 해 동안 토비숙청작전에서 총 98만 명의 여러 유형의 토비를 섬멸하고 새로 설립된 해방구의 사회 정세를 기본적으로 안정시켰다. 1952년 말에 이르러 대규모의 토비숙청 투쟁이 기본상 마무리되었다. 2년 남짓한 시간 동안에 전국적으로 총 267만 5,900명의 토비를 궤멸시켰는데, 그중 화동지역에서 24만 6천 명을, 중남지역에서 115만 명을, 서남지역에서 116만 명을, 서북지역에서 9만 900명을, 화북지역에서 2만 9천 명을 궤멸시켰다. 토비숙청투쟁의 승리는 장기간 인민에게 해를 끼치던 비적의 난을 해결하여 신생 인민정권을 공고히 하였을 뿐만 아니라 토지개혁을 위한 조건을 마련하여주었다.

사회질서를 안정시키기 위하여 인민해방군의 성공적인 진군에 따라 새로 해방된 지역에 임시 과도 정권의 군사관제위원회를 속속 설립하여 반혁명의 파괴활동을 진압하는 한편 국민당의 모든 공공기관을 접수 관리하여 사회질서를 유지하였으며, 여러 지역 각계에서 인민대표회의를 열어 지방 인민정부를 선거하는 것을 도왔다. 1951년 9월말에 이르러 전국의 대행정구, 성, 직할시, 성 산하 시와 현, 그리고 기층에 이르는 정권기구가 기본적으로 설립되었다. 이와 동시에 각급 당 기구와 당 조직도 잇달아 창립되었다.

관료자본을 몰수하여 국가소유로 하는 것은 신민주주의 3대 경제 강령 내용 중의 하나였다. 신 중국의 국영경제는 도시를 접수하여 관리하는 과정에서 관료자본기업을 몰수하면서 점차 형성되었다. 1950년 초에 이르러 관료자본 광공업 기업 총 2,800여 개와 금융기업 2,400여 개를 접수하여 인민공화국 창건 초기 국영경제의 주요 부분을 구성하였다. 이와 동시에 인민정부는 제국주의가 불평등조약을 이용하여 중국에서 얻어갔던 경제특권을 폐지하고 대외무역관제와 외환관리를 실행하면서 국가의 독립·주권·경제 등 방면의 이익을 수호하였다.

근대이래 중국은 줄곧 전란이 끊이지 않았다. 장기간의 전쟁으로 경제가 심각하게 파괴되었기 때문에 신 중국이 물려받은 것은 만신창이가 되어 수습하기 어려운 국면이었다. 그때 당시 상황을 보면 생산이 위축되고 교통이 정체되었으며, 민생이 고달프고 실업자가 많았다. 특히 국민당 정부가 장기간 지폐를 과다 발행하는 바람에 물가가 치솟고, 투기가 극심하며, 시장질서가 어지러운 실정이었다. 항일전쟁이 발발하고부터 1949년 5월까지 짧디 짧은 12년 사이에 국민당정부의 통화 발행량이 1,400여 억 배나 늘어났다. 1948년 8월에 발행되기 시작한 금원권(金圓券)은 1년도 채 안 돼 휴지조각이 돼버렸다. 그래서 신 중국이 창건되자 국민경제를 회복시켜야 하는 막중한 임무에 직면하였다.

1949년 3월에 열린 중국공산당 제7기 제2차 전원회의에서 마오쩌둥은 다음과 같이 명확하게 지적한 바 있다. "만약 우리가 생산 업무에 있어서 무지한데다가 생산 업무를 빠르게 배우지 못하여 생산 사업을 하루 빨리 회복시키고 발전시키지 못하여 확실한 성적을 거두지 못한다면, 그래서 먼저 노동자들의 생활을 개선하고 아울러 일반 인민의 생활을 개선하지 못한다면, 우리는 정권을 유지할 수 없고 발을 붙일 수 없으며, 그러면 우리는 실패하게 될 것이다." 중국공산당과 인민정부가 악성 통화팽창을 제지하고 경제 형세를 안정시키며, 생산을 회복시킬 수 있는 능력이 있는지 없는지, 그래서 경제적으로, 나아가 정치적으로 스스로 확실하게 바로 설 수 있을지 여부가 그때 당시에는 매우 준엄한 시련이었다.

1949년 4월, 7월, 11월과 1950년 2월 전국적으로 네 차례 물가폭등 현상이 나타났었다. 1949년에 있었던 세 차례의 물가폭등 과정에서 전국 13개 대도시의 도매물가지수를 보면 1948년 12월에는 100이던 데서 1949년 4월에는 287, 7월에는 1059, 11월에는 5,376로 치솟았다. 다시 말하면 1년 사이에 물가가 50배 이상 오른 셈이었다.

그때 당시 물가가 대폭적으로 오른 원인은 한편으로는 국민당 통치 시기의 통화팽창의 관성에서 비롯된 것이고, 다른 한편으로는 불법 투기상들이 혼란한 틈을 타서 한몫 챙기려는 목적으로 소동을 일으킨 것과 관련된다. 투기자본의 조작으로 가중된 시장의 혼란을 제지하기 위하여 당과 정부는 국영경제의 힘과 오랜 해방구 농민의 지원에 의지하여 유력한 경제조치와 필요한 행정수단을 취하여 투기자본과 두 차례의 '전투'를 잇달아 조직하였다. 그 두 차례의 '전투'는 '은화의 전쟁(銀圓之戰)'과 '쌀과 솜의 전쟁(米棉之戰)'이었다.

금융질서를 안정시키기 위해 여러 대도시 군사관리부서와 인민정부는 그때 당시 창궐하던 은화(銀圓) 투기에 대비해 시장에서 금괴, 은화, 외화의 자유 유통을 엄히 금하고 일률적으로 인민은행에서만 태환이 가능하다고 명문화하였으며, 인민폐만이 유일한 합법적인 화폐라고 규정지었다. 중국 최대 상공업도시 상하이는 해방 초기에 불법금융투기세력이 매우 창궐하였다. 그들은 "해방군은 상하이에 들어올 수 있어도 인민폐는 상하이에 들어올 수 없다"고 오만방자하게 선언하면서 정부의 법령을 무시하고 계속 금융시장을 교란시켰다. 1949년 6월 10일 상하이가 해방된 지 겨우 보름 만에 상하이시 군사관제위원회가 금융투기의 본거지인 '증권청사'를 단호히 폐쇄함으로써 금융안정을 해치는 불법 활동에 큰 타격을 입혔다. 이에 따라 은화 가격이 급락하였으며, 이어 식량·기름가격도 반으로 하락하였다.

'은원(銀圓)의 전쟁'이 있은 뒤, 투기꾼들은 또 식량·무명실·면포·석탄 사재기에 나서 가격을 마구 올리고 시장을 교란시켰다. 이에 인민정부는 전국적으로 이들 물자를 대규모로 집중 조달하였다. 11월 25일 물가가 가장 많이 치솟았을 때 전국의 여러 대도시들에서는 중앙의 통일적인 배치에 따라 일제히 행동하여 상품을 대대적으로 투내함으로써 물가가 빠르게 만으로 전락하였다. 동시에 또 통화긴축 조치를 취하여 투기꾼들의 원활한 자금 유통을 막아 무더기로 파산을 맞게 하였다. 이에 따라 투기자본이 심각한 타격을 받게 되었다. 따라서 국영경제시장 안정의 자주권을 기본적으로 장악하게 되었다.

1950년 6월 중국공산당 중앙위원회 제7기 제3차 전원회의가 베이징에서 열렸다. 전원회의의 핵심 의제는 국민경제 복구시기 당의 기본 임무를 확정짓고 이를 위해 반드시 진행하여야 할 제반 업무와 정해야 할 전략·책략·방침을 확정짓는 일이었다. 이번 회의에서는 국제와 국내 정세에 대해 분석하고 당의 제7기 제2차 전원회의 이래, 즉 신 중국 창건 전과 후 1년 남짓한 동안의 업무를 종합한 것이었다. 마오쩌둥은 전원회의에서 「국가 재정 경제 상황의 기본 호전을 쟁취하기 위하여 투쟁하자」라는 제목으로 서면보고를 하였다. 그 보고는 중앙위원회가 전 당과 전국 인민에게 제기한 현 단계의 핵심 임무이기도 하였다. 회의는 다음과 같이 지적하였다.

"현재 경제전선에서 이미 달성한 일련의 승리들, 예를 들면 재정수지가 기본상 균형이 잡히고 통화팽창이 완화되고 물가가 안정되어 가고 있는 등의 성과를 이루었다. 이는 재정경제 상황이 호전되어가고 있음을 보여주고 있지만 아직 근본적으로 호전되었다고는 할 수 없다. 재정경제 상황의 근본적 호전을 이루려면 3년 정도의 시간을 들여 다음과 같은 세 가지 조건을 마련하여야 한다. 토지개혁을 완성하

여야 하고, 기존의 상공업에 대한 합리적인 조정을 거쳐야
하며, 국가기구에 소요되는 경비를 대폭 절감하여야 한다.

당의 제7기 제3차 전원회의는 당이 전국에서 집권한 후 열린 첫 중
앙 전원회의였다. 회의 결의에서는 3년간의 경제복구시기 당의 업무
를 위한 명확한 책략노선과 행동강령을 규정지었다.

새로운 사회는 반드시 새로운 기상이 있어야 한다. 사회 환경을 정
화하기 위하여 당과 정부의 지도 아래 여러 지역에서 매음·매춘, 마
약판매와 흡입, 집단 도박 등 여러 가지 추악한 현상을 금지시키는
투쟁을 전면적으로 전개하였다. 2~3년간의 노력 끝에 옛날 중국에서
아무리 금지시켜도 근절되지 않았고, 서양 사회에서도 불치병으로 간
주되어오던 사회악이 공산당과 인민정부의 영도 아래 거의 근절되어
버렸다. 이에 전 세계가 경탄과 찬양을 금치 못하였다.

중국공산당은 예로부터 남녀평등과 여성해방을 중시하여 왔다.
1924년에 중국공산당 중앙위원회는 여성부를 설치하였으며, 제6차
당 대회에서는 또 중앙여성운동위원회를 설립하기로 결정짓기도 하
였다. 신 중국이 창건되기 전에 중앙여성위원회는 혼인법 제정업무를
시작하였으며, 초고를 작성하였다. 1950년 5월 1일 중앙인민정부가
「중화인민공화국 혼인법」을 반포하였다. 이는 신 중국의 첫 기본 법률
이었다. 「혼인법」에는 다음과 같이 규정하였다. "강제 혼인, 남존여비,
자녀의 이익을 무시하는 봉건주의적인 혼인제도를 폐지한다. 남녀 혼
인의 자유, 일부일처제, 남녀 권리 평등, 여성과 자녀의 합법적 이익

을 보호하는 신민주주의 혼인 제도를 실행한다." 이는 수천년래 중국
사회 가정생활에 대한 위대한 변혁이며, 중국 인민의 반봉건투쟁이
한층 더 깊이 전개되고 있음을 설명했다. 당과 정부는 「혼인법」을 널
리 선전하고 관철 이행하기 위하여 대대적인 사상업무 조직업무를 전
개하여 중국 여성 해방을 효과적으로 추진하였다.

중화인민공화국 창건을 앞두고 중국공산당 중앙위원회는 '일변도'
'의견 창립' "집안을 깨끗이 청소한 뒤 손님을 초대한다"라는 외교방
침을 정하였다. 신 중국이 창건된 이튿날 소련은 중화인민공화국과
외교관계를 수립하였다. 이어서 유라시아의 일부 인민민주주의국가
들이 잇달아 신 중국과 수교하였다. 1950년 10월에 이르러 신 중국과
수교한 나라가 이미 17개국에 달하였다. 1950년 2월 14일 중-소 양국
은 「중-소우호동맹호조조약」을 체결하였다. 이는 중-소 양국과 그때
당시의 국제관계에 있어서 모두 중대한 사건이었으며, 극동과 세계 평
화를 수호하는데 중요한 역할을 하였다.

신 중국이 창건된 후 한동안 대외정책에서 가장 중요한 것은 '일변
도', 즉 소련을 비롯한 사회주의 진영과의 관계를 중점적으로 발전시
키는 것이었다. 이는 그때 당시에 매우 필요한 것이었다. 이데올로기
적인 견지에서 볼 때, 해방전쟁시기에 미국정부는 장제스를 지원하여
공산당에 대항하는 정책을 취하여 백방으로 중국혁명의 승리를 저해
하였다. 신 중국이 창건 된 후에는 중국이 평등한 자세로 미국을 위
수로 하는 서양의 발달한 자본주의국가들과의 관계를 발전시킬 의향
이 없었던 것이 아니라, 그들이 중국에 대한 적대시정책을 계속 실행

하여 신 중국을 정치적으로 고립시키고 경제적으로 봉쇄하였으며, 인적 교류는 거의 단절되어버렸다. 이런 상황에서 전적으로 중립을 지키는 외교 노선을 시도하면서 소련·미국과 동시에 평행 발전 관계를 유지하는 것은 불가능한 일임에 틀림없었다. 만약 '일변도 정책'을 실행하지 않을 경우 전적으로 자아폐쇄의 쇄국상태로 돌아가는 수밖에 없었다.

2.
3대 운동의 위대한 성과

중국 인민이 신생 인민정권을 공고히 하고, 전쟁의 상처를 치유하고, 국민경제를 회복시키고 발전시키는 데 주력하고 있을 때, 1950년 6월 25일 항미원조(중국에서 한국전쟁을 칭하는 말-역자 주)이 발발하였다. 이틀 뒤 미국정부가 남조선에 대한 무력 지원을 선포함과 아울러 제7함대를 대만해협에 진군시켜 중국 영토인 대만을 강점할 것을 명령하였다.

입술이 없으면 이가 시린 법이다. 조선의 생사존망은 중국의 안전과 직결돼 있었다. 중국공산당은 여러 가지 이점과 불리한 형세에 대한 신중한 분석을 거친 뒤, 1950년 10월 18일 저녁 마오쩌동은 중국인민지원군에게 조선으로 출전할 것을 정식으로 명령하였다.

1951년 7월 쌍방은 정전담판을 시작하였다. 그러나 담판에 대한 서로의 이해관계가 달라 쌍방은 전투와 담판을 병행하였다. 그러는 와중에 전선에서의 상호 피해가 가중되고, 그에 따른 국제적인 정전 요구는 마침내 1953년 7월 27일 정전협정에 서명하도록 하였다.

그럼에도 불구하고 이 전쟁을 통해 중국 인민의 민족적 자신감과 민족적 자부심은 크게 향상되었다. 이는 중국 인민의 마음속에서 중국공산당의 위망을 높였으며, 중화민족의 결집력을 크게 증강시켰고,

중국의 국제 위상과 국제적 지위를 높였다. 나아가 이 전쟁은 현대화 전쟁의 초보적인 경험을 얻게 하였고, 무기 등의 장비를 발전시키는 데 큰 계기를 부여했으며, 인민군대의 정규화와 현대화 건설을 촉진시켰다.

새로 수립된 인민정권을 공고히 하는 데에는 국민경제를 회복시키는 것 외에도 인민대중의 폭넓은 지지와 협력을 떠나서는 있을 수 없는 일이었다. 특히 중국 총 인구의 80%를 차지하는 농민의 전폭적인 지지를 떠날 수는 없었다. 그리고 또 국가의 공업화를 실현함에 있어서도 반드시 봉건토지제도를 철저히 폐지하고, 농민을 봉건토지제도의 속박에서 해방시켜야 하였다. 그래서 신 중국이 창건된 후 중국공산당은 억만 농민을 이끌어 오랜 해방구의 토지개혁 임무를 이미 완수한 토대 위에서, 전국 인구의 태반을 차지하는 신 해방구의 농촌에서 토지제도개혁을 진행하기로 결정하였다. 1950년 6월 중앙인민정부는 「중화인민공화국 토지개혁법」을 반포하였다. 이 법률은 당이 지난날 토지개혁을 이끌었던 경험을 종합하고 또 당이 전국적으로 집권한 후에 새로운 정세에 적응하여 새로운 정책을 확정한 것으로서 토지개혁을 지도하는 기본 법률적 근거가 되게 하였다.

신 중국 건국 후의 토지개혁운동은 인민혁명전쟁이 전국적인 승리를 거두고 통일된 인민 정권이 수립된 조건하에서 진행되었던 것이다. 그 시기 당이 직면한 가장 큰 과제는 더 이상 "어떻게 혁명전쟁의 승리를 쟁취할 것이냐?"가 아니라, "어떻게 국민경제를 회복시키고 발전시킬 것이냐?" 하는 것이었다. 당이 전개한 여러 사업은 다이 중심 임무를 둘러싸고 전개되어야 하며, 또 그 중심 임무를 위한 것이어야 했다. 토지개혁의 기본 목적도 바로 여기에 있었다. 「중화인민공화국 토지개혁법」 제1조 총칙에는 "지주계급이 봉건적 착취를 행하던 토지소유제를 폐지하고, 농민의 토지소유제를 실시함으로써 농촌의 생산력을 해방시키고 농업생산을 발전시켜 신 중국의 공업화를 위한 길을 개척해야 한다."고 명확하게 규정하였다. 따라서 신 해방구의 토지개혁과 오랜 해방구의 토지개혁이 구별되는 점은 지난날 부농에게서 여분의 토지재산을 거둬들이던 데로부터 부농경제를 보존하는 데로 바뀌었다는 점이다. 그런 정책을 실행한 것은 중농(中農)을 더 잘 보호하여 지주계급을 분화시키는데 유리하도록 해 토지개혁의 장애를 줄이는데 도움이 되도록 하기 위해서이며, 또 민족자산계급을 안정시키는데도 이롭게 하기 위해서였다. 결국은 생산력의 회복과 발전에 이롭게 하기 위한 것이었다.

「중화인민공화국 토지개혁법」이 반포된 후 신 해방구에서는 기세드높은 토지개혁운동이 전개되었다. 1952년 봄에 이르러 전국적으로 일부 소수민족지구를 제외하고 모두 토지개혁을 완수하였다. 전국적으로 땅이 없거나 땅이 적은 3억이 넘는 농민(오랜 해방구의 농민 포함)이 약 7억 무(畝)의 토지와 대량의 생산수단을 무상으로 얻었으며, 지난날 해마다 지주에게 납부하던 약 700억 근(斤, 350억kg)의 식량에 매기던 가혹한 소작료가 면제되었다. 중국에서 수천년래 지속되어 온 봉건제도의 바탕이 되던 지주계급의 토지소유제는 이로써 철저히 소멸되었다. 중국농민이 진정한 토지의 주인이 되어 진정한 의미에서의 해방을 실현했던 것이다. 이는 위대한 역사적 승리였다.

어떠한 반동통치계급이건 자신의 통치지위를 잃는다는 것을 흔쾌히 받아들이기는 쉽지 않은 것이다. 국민당 반동파는 대륙에서 도주할 때, 많은 특무분자, 반동정당그룹의 골간 및 기타 반혁명분자들을 남겨 신생 인민정권을 교란하고 파괴하게 하였다. 한국전쟁이 발발한 후 그들은 제3차 세계대전이 일어날 것, 장제스 집단이 "대륙을 역습할 것"이라는 환상을 품고 있었기에 반혁명 활동은 더욱 창궐하였다. 1950년 봄부터 가을까지의 반년 사이에만 새로 해방된 지역에서 4만여 명의 간부와 대중이 반혁명분자들에게 살해되었다. 그중에서 광시성 한 성에서만 살해된 이가 무려 7,000명이나 되었다. 옛날 중국에서 다년간 형성된 '일관도(一貫道, 옛날 종교로 가장한 비밀단체)'와 같은 반동적인 조직들도 이 기회를 틈타서 소동을 일으키고 요언을 날조하여 대중을 미혹시키면서 사회불안을 조성하였다.

이러한 반혁명분자들의 기염을 꺾어놓고 신생의 인민정권을 공고히 하기 위하여 1950년 10월 10일 중국공산당 중앙위원회는 "반혁명 활동 진압과 관련된 지시"를 내려 반혁명을 진압하는 과정에서 "한도 끝도 없이 관용을 베푸는 데"로 치우치던 편향을 단호히 바로잡고, "진압과 관용을 서로 결합하는 방침"을 전면적으로 관철시킬 것을 요구하였다. 이에 따라 반혁명을 진압하는 대규모의 대중운동이 전국으로 빠르게 확산되었다. 1951년 2월 21일 중앙인민정부는 「중화인민공화국 반혁명징벌조례」를 공표하였다. 이로써 반혁명 진압투쟁을 위한 법적 무기와 양형기준이 생겼으며, 운동의 폭넓고 깊이 있는 발전을 추진하게 되었다. 반혁명 진압운동은 1952년 말에 이르러 끝이 났다. 반혁명 진압운동은 거대한 성과를 거두어 많은 반혁명분자를 처단하였거나 옥에 가두었거나 관제함으로써 사회의 정의를 보여주었다. 광범위한 인민대중의 입장에서 보면 주변에 있는 반혁명분자들 한 명 한 명이 작은 '장제스'이고 수시로 폭발할 수 있는 하나하나의 폭탄들이었다. 그래서 그들을 철저히 제거하지 않고서는 진정한 해방을 실현할 수가 없었으며, 인민들도 즐겁게 일하면서 편안이 살 수 있는 삶을 살 수가 없었다. 반혁명 진압은 광범위한 인민대중들의 높은 찬성과 인정을 받았다. 그들은 "이제야 제대로 해방이 되었다." "소나기가 한바탕 쏟아진 것보다 더 시원하다." "이전에는 돈을 써도 원수를 갚을 수 없었지만, 이제는 돈을 쓰지 않아도 원수를 갚을 수 있다" 라고들 말하였다. 이는 반혁명 진압이 인민의 요구를 확실히 반영하였다는 것을 말해준다. 마오쩌둥도 "반혁명을 진압하지 않으면, 노동인민들이 기뻐하지 않을 것이고, 소도 기뻐하지 않을 것이며, 호미도 기뻐하지 않을 것이고, 농토도 편하지 않을 것이다. 그것은 소를 부려서 농토를 가꾸는 농민들이 기뻐하지 않기 때문이다."라고 말하였다. 반혁명 진압운동의 승리는 당과 정부와 인민대중 간의 관계를 밀접히 하였고, 인민민주주의 독재를 공고히 하였으며, 토지개혁 및 국민경제 복구의 순조로운 진행을 보장해 주었던 것이다.

3.
'3반(三反)' '5반(五反)' 운동

1949년 3월에 열린 중국공산당 중앙위원회 제7기 제2차 전원회의에서 마오쩌둥은 "두 가지 반드시"라는 중요한 사상을 제기하여 혁명전쟁 연대의 활기찬 기세와 그러한 정신상태를 계속 유지할 것을 요구하면서 자산계급의 '사탕폭탄'에 무너지지 말 것을 강조하였다. 제7기 제2차 전원회의 후 마오쩌둥은 중국공산당 중앙위원회 기관을 거느리고 허베이성 시바이퍼(西伯坡)를 떠나 베이핑(베이징의 옛 이름-역자 주)으로 갔다. 떠나기 전에 마오쩌둥은 저우언라이에게 오늘은 "과거시험을 보려고 상경하는 날"이라고 말하였다. 그 말에 저우언라이는 "우리 모두 시험에 급제할 수 있을 것"이라며 되돌아와서는 안된다고 말하였다. 이에 마오쩌둥은 되돌아오는 것은 실패를 의미하는 것이므로 우리는 절대 이자성(李自成)이 되지 않을 것이며, 모두 좋은 성적을 따낼 수 있기를 바란다고 말하였다. 그렇기 때문에 전국애서의 혁명이 승리한 후 어떻게 당의 우수한 전통을 유지하고, 당 대오의 선진성과 순수성을 보장할 것인가 하는 것은 당이 전국적으로 집권한 후 직면한 중대한 과제라고 덧붙였다.

1951년 하반기에 한국전쟁은 전투와 담판을 병행하는 단계에 진입했다. 이는 중국이 세계 최고의 공업화 수준과 가장 선진적인 무기장비를 갖춘 제국주의 국가와 진행한 현대화 전쟁으로서 재정 공급과 인력·물력 소모에서 국가에 막중한 부담을 가져다주었다. 1951년의 재정지출 중 군사비용의 지출이 차지하는 비중이 55%를 차지하였다. 한국전쟁을 지원하고 국민경제의 복구와 국가중점건설의 진행을 보장하기 위하여 1951년 10월 중국공산당 중앙정치국은 확대회의를 열고 한국전쟁 국면의 발전추이와 대책에 대해 집중적으로 분석 연구하였으며, 전국 각지에서 애국증산 절약운동을 폭넓게 전개하기로 결정하였다.

이어 전국 인민이 중국공산당 중앙위원회와 인민정부의 호소에 적극 호응하면서 대규모의 애국증산 절약운동이 신속하게 전국 도시와 농촌에서 퍼져나갔다. 이 운동이 깊이 있게 전개됨에 따라 각지에서는 탐오와 낭비 및 관료주의 문제가 적잖게 불거지기 시작하였다.

1951년 10월 톈진 특파원공서(專署, 성·자치구에서 몇몇 현이나 시를 관할하기 위해서 설치했던 파견기구─역자 주)의 한 부(副) 특파원이 톈진(天津)지구위원회 전 서기이자 스자좡(石家庄)시 당위원회 전 부서기 류칭산(劉靑山)과 톈진지구 특파원(專員. 성·자치구의 인민위원회가 파견한 '특파원공서'의 책임자)이자 톈진지구 당위원회 서기 장쯔산(張子善)의 일련의 불법 비리사실을 허뻬이 성 당위원회 조직부에 고발하면서 허뻬이 성 당위원회와 중국공산당 중앙위원회 화북국(華北局)의 중시를 불러일으켜 조사가 진행되었다. 류칭산·장쯔산은 각각 1931년과 1933년에 입당하여 토지혁명과 항일전쟁, 그리고 해방전쟁의 혹독한 시련을 겪었지만 그들은 도시에 입성한 후 색다른 도시

생활의 유혹에 넘어가 공산주의자의 초심과 사명을 잊고 부패 타락하고 변질되어 직권을 이용하면서 공금을 도용해 불법 경영활동에 종사하였다. 도용한 공금 규모가 총 150여 억원(예전에 사용하던 화폐로 1만원은 신 위안화 1위안에 해당하였다.)에 달하며, 도용한 국가의 재산 중 3억 7천만 원 이상이나 횡령하였거나 써버렸다. 그중 류칭산이 1억 8천만 원을, 장쯔산이 1억 9천만 원을 횡령하였다. 결국 혁명의 공신에서 인민의 죄인으로 타락해 버린 것이다. 11월 29일 화북국은 허뻬이 성에서 적발된 류칭산·장쯔산이 대형 횡령범으로 타락한 심각한 상황을 중국공산당 중앙위원회에 보고하였으며, 중국공산당 중앙위원회의 큰 중시를 불러일으켰다.

1951년 12월 1일 중국공산당 중앙위원회는 「군대의 정예화와 행정기구의 간소화, 생산증대와 절약, 탐오 반대, 낭비 반대, 관료주의 반대를 실행하는 데에 관한 결정」을 내려 다음과 같이 지적하였다. "우리가 도시를 점령한 지 2~3년이 되는 사이에 심각한 횡령사건이 끊임없이 발생하고 있다. 이로부터 1949년 봄에 열린 당의 제2차 전원회의에서 당에 대한 자산계급 침식의 필연성 및 그런 막대한 위험을 방지하고 극복하여야 하는 필요성에 대해 엄중하게 지적한 것은 전적으로 옳은 일이었음을 증명하였다. 이제는 전 당이 동원되어 그 결의를 확실하게 이행해야 하는 요긴한 시기이다. 그 결의를 계속 확실히 이행하지 않는다면 우리는 큰 실수를 하게 될 것이다." 모든 탐오행위에 대해서 반드시 고발할 것을 강조하면서 그 정상의 경중에 따라 각기 다른 정도의 처분을 할 것을 지시하였다. 처분은 경고, 전출, 철직

(撤職), 출낭, 징역 심시어 총살형에까지 처할 것을 지시하였다. 전형적인 횡령범죄자에 대해서는 반드시 대중을 동원하여 공판을 진행하고 법에 따라 치죄할 것을 지시하였다. 이 같은 지시를 내린 것은 '3반(반 탐오, 반 낭비, 반 관료주의)'운동이 정식 가동되었음을 상징하였다.

'3반'운동은 세 단계로 나뉘었다. 첫 번째 단계는 고발 폭로 단계이다. 각급 지도자들이 대중들에게 주인공다운 책임감을 가지고 모든 탐오·낭비·관료주의 행위를 대담하게 고발 폭로할 것을 호소함과 동시에 탐오행위를 저질렀다면 기한 내에 자신의 문제를 자백하도록 엄명을 내렸으며, 또 다른 횡령분자들의 죄행을 고발할 것을 호소하였다. 1952년 3월 '3반'운동이 두 번째 단계인 처리단계에 접어들었다. 운동을 통해 발견된 탐오·낭비·관료주의 문제에 대해 통일적으로 처리하기 위하여 중앙인민정부 정무원은 「탐오와 낭비 및 관료주의 극복에서의 실수에 대해 처리하는데 관한 몇 가지 규정」 등의 문건을 발표하여 '3반'운동 과정에서 적발된 탐오분자에 대한 처리과정에서 반드시 개조와 징벌을 결합하는 방침을 취하여 정상이 경하거나 혹은 철저히 고백하고 공을 세우거나 속죄하는 대다수에 대해서는 관대하게 처리하고, 정상이 엄중하고 또 자백을 거부하는 소수에 대해서는 엄벌을 가하도록 규정지었다. '3반'운동의 발전을 추진하기 위하여 중국공산당 중앙위원회는 신중한 검토 끝에 허뻬이성 당위위원회의 제안을 받아들여 허뻬이성 인민법원이 판결하고 최고인민법원의 비준을 거쳐 류칭산·장쯔산에게 사형을 선고하고 즉각 집행하기로 결정하였다. 제반 '3반'운동과정에서 전국적으로 사형판결을 받은 자는 42명, 사형집행유예를 선고받은 자는 9명이었다.

1952년 6월에 이르러 '3반'운동은 세 번째 단계, 즉 사상건설과 조직건설 단계에 들어섰다. 사상건설은 주로 종합적인 학습을 통하여 전체 업무인원들에게 전심전력으로 인민을 위해 봉사하는 사상을 수립하게 하는 것이며, 조직건설은 경험을 종합한 토대 위에서 필요한 학습·업무 제도를 세우는 것이었다.

'3반'운동의 전개를 통하여 당의 대오에 존재하는 부패 변질분자들을 제때에 제거하여 광범위한 간부들에게 폭넓고 인상 깊은 부패척결 경고교육을 진행함으로써 청렴결백한 당풍과 정치풍조의 형성을 촉진시켰으며, 대중을 위해 당을 세우고 인민을 위해 집권하는 중국공산당의 양호한 형상을 수립하여 커다란 사회적 영향을 일으켰다.

'3반'운동이 심화됨에 따라, 탐오분자들을 고발하고 조사하는 과정에서, 여러 곳에서 숱한 탐오분자들의 부정부패 행위가 사회 불법 자본가들의 불법 활동과 밀접한 관계가 있다는 사실이 끊임없이 드러났다. 1952년 연초 '3반'운동의 고조 속에서 마오쩌둥의 제안으로 중국공산당 중앙위원회는 또 대도시와 중등 도시에서 자산계급의 뇌물행위 반대, 탈세와 세금 누락 반대, 국가 재산 빼돌리기 반대, 부실공사 반대, 국가경제정보 빼내기 반대 등의 '5반'운동을 전개하기로 결정하였다.

1952년 1월 26일 마오쩌둥이 작성한 중국공산당 중앙위원회 「대도시와 중등도시에서 '5반'투쟁을 우선 전개하는 것에 관한 지시」에서

"전국의 모든 도시, 먼저 대도시와 중등도시들에서 노동계급에 의지하고 법을 지키는 자산계급 및 기타 시민을 단합시켜 불법 자산계급을 상대로 대규모의 단호하고 철저한 뇌물행위 반대, 탈세와 세금 누락 반대, 국가 재산 빼돌리기 반대, 부실공사 반대, 국가경제 정보 빼내기 반대투쟁을 전개할 것"을 요구하면서 "당과 정부, 군대와 인민 내부에서 전개되고 있는 반 탐오, 반 낭비, 반 관료주의 투쟁에 보조를 맞추는 것이 현 시점에 지극히 필요하고 지극히 적시적인 것"이라고 강조하였다. 그 지시가 내려짐에 따라 '5반'운동이 전국적으로 빠르게 퍼져나갔다.

전국적인 '5반'운동은 1952년 6월에 기본적으로 마무리되었다. '5반' 운동을 통해 불법 자본가들의 심각한 '5독(五毒)'행위를 단속하였고, 상공업자들 가운데서 한 차례 보편적인 준법경영에 대한 교육을 진행하였으며, 사영기업에서 노동자가 감독하고 실행하는 민주개혁을 실시하도록 추진하였다. 이는 자산계급에 대한 제한과 반 제한의 투쟁에서 당이 거둔 또 한 차례의 승리였다.

운동이 끝난 뒤 당과 정부는 새롭게 나타난 공사(公私)관계와 노사 관계가 심각하고 시장이 침체된 상황에 비추어 진일보적인 조치를 취해 새로운 바탕 위에서 관계를 조정하고, 가공(加工) 주문 및 예약 수매를 확대하여 합리적인 이윤을 보장함으로써 자본주의 상공업이 어느 정도 지속적인 발전을 이룰 수 있었다. 1952년은 1949년에 비해 자본주의 공업 총생산액은 54%나 성장하였다.

3년간의 노력을 거쳐 국민경제는 전면적으로 회복되고 비교적 빠른 발전을 가져왔다. 1952년 공업과 농업 총생산액이 810억 위안에 달하였으며, 불변가격으로 계산하면 1949년에 비해 77.6% 성장, 연간 평균 20% 정도 성장한 것이다. 1952년 중국의 공업생산은 옛 중국 사상 최고 수준의 23%를 초과하였으며, 농업 총생산액은 1949년에 비해 48.4% 성장하였다. 국가의 재정경제 상황도 근본적으로 호전되었다. 1951년부터 국가 재정수지가 적자에서 흑자로 돌아섰으며, 1952년 재정수입은 1950년보다 181.7% 성장하여 2년 연속 수입이 지출을 초과하였다.

4.
인민대표대회 등 제도의 확립

1952년 11월 중국공산당 중앙위원회는 빠른 시일 내에 전국인민대표대회를 열고 헌법을 제정할 것을 결정하였으며, 또 규정에 따라 전국정치협상회의에 제의하여 중앙인민정부위원회에 정기적으로 전국인민대표대회를 열 것을 제안하도록 결정하였다.

1953년 1월 13일 중앙인민정부위원회가 회의를 열어 「전국 인민대표대회 및 지방 각급 인민대표대회를 소집할하는 데에 관한 결의」를 만장일치로 채택하여 "1953년에 인민의 보통선거 방법을 통해 탄생된 향(鄕)·현(縣)·성(省)(직할시) 등 각급인민대표들의 대회를 소집하고 그 토대 위에 이어서 전국인민대표대회를 소집하기로 결의하였다."

1953년 1월 13일 중앙인민정부위원회 제20차 회의에서는 「전국인민대표대회 및 지방 각급 인민대표대회를 소집하는 데에 관한 결의」를 채택하였으며, 마오쩌동을 주석으로 하고 주더(朱德)·쏭칭링·리지선(李濟深)·덩샤오핑·리웨이한(李維漢) 등 32명을 위원으로 하는 헌법 초안 작성위원회를 설립하기로 결정하였다. 이와 동시에 저우언라이를 주석으로 하는 중화인민공화국 선거법 초안 작성위원회를 설립하기로 결정하였다. 1953년 12월 11일 중앙인민정부위원회는 제22차 회의를 열고 「중화인민공화국 전국인민대표대회 및 지방 각급인민대표대회 선거법」(이하 「선거법」으로 약칭)을 채택하였다. 이어 각지에서는 「선거법」에 따라 각급 인민대표대회 대표 선거업무를 전개하기 시작하였다. 1년 남짓한 동안의 업무과정을 거쳐 기층선거를 잠시 치르지 않기로 한 소수의 지역을 제외하고 전국적으로 기층선거를 진행한 단위가 총 21만여 개에 달했으며, 투표에 참가한 선거인이 2억 7,800만 명으로 선거인 등록 총수의 85.88%를 차지하였다. 전국의 기층선거가 거의 마무리 되어가는 토대 위에서 현·시·성에서 잇달아 인민대표대회를 열어 제1기 전국인민대표대회에 참가할 대표 1,226명을 선출하였다.

제1기 전국인민대표대회에서 완성해야 할 최우선 임무는 헌법을 제정하는 것이었다. 중국공산당 중앙위원회는 이를 크게 중시하여 헌법 초안 작성 팀을 지정하여 마오쩌둥의 직접적인 영도 아래 정무원 내무부를 위수로 한 헌법초안 작성 사무실을 구성하고 관련 자료를 수집하기 시작하였다. 1953년 12월 하순 마오쩌둥은 헌법초안 작성팀 몇몇 팀원을 거느리고 남하하는 열차에 탑승하여 베이징을 떠나 항쩌우로 향하였다. 그 후 3개월 동안 헌법초안 작성팀은 잇달아 4차례에 걸쳐 초안을 작성하고 수정하였다. 1954년 3월 상순 중앙정치국 확대회의에서 제4차 초안을 토론하여 채택한 뒤 헌법초안 작성위원회에 헌법초안 초고를 제출하였다. 헌법초안 작성위원회는 중국공산당 중앙위원회의 헌법초안 초고를 전달받고 잇달아 7차례나 회의를 열어 토론과 수정을 거친 뒤 최종적으로 헌법초안을 만들었다.

1954년 6월 14일 중앙인민정부위원회 제30차 회의에서는 「중화인민공화국 헌법초안」과 헌법초안을 공표하는 데에 관한 결의」를 채택하고, 광범위한 토론을 전개할 것과 인민대중을 동원하여 수정의견을 제기할 것을 요구하였다. 대대적인 선전을 토대로 토론은 두 달 남짓 계속되었으며, 토론에 참가한 인원수는 1억 5천만 명이 넘어 그때 당시 전국 인구의 4분의 1을 차지하였다. 광범위한 인민대중이 헌법초안에 대해 뜨거운 지지를 보내는 동시에 많은 수정 의견과 보충 의견을 제기하였다. 통계에 따르면 여러 분야에서 올라온 의견이 총 118만여 건에 달했다.

1954년 9월 15일 제1기 전국인민대표대회 제1차 회의가 베이징 중난하이(中南海) 화이런탕(懷仁堂)에서 성황리에 개막되었다. 대회에서 마오쩌둥이 「위대한 사회주의 국가를 건설하기 위하여 분투하자」라는 제목으로 개막사 연설을 하고, 류사오치가 헌법초안 작성위원회를 대표하여 「중화인민공화국 헌법초안에 관한 보고」를 하였으며, 대회 전체 대표가 헌법초안에 대해 진지하고도 충분하게 토론을 벌였다. 9월 20일 대회는 무기명투표 방식으로 「중화인민공화국 헌법」을 채택했다. 이로써 신 중국의 첫 헌법이 정식으로 탄생되었던 것이다. 대회에서는 마오쩌둥을 중화인민공화국 주석으로, 주더를 부주석으로, 류사오치를 전국인민대표대회 상무위원회 위원장으로 선출하고, 저우언라이를 국무원 총리로 결정하였다. 제1기 전국인민대표대회 제1차 회의가 열림에 따라 중국의 근본적인 정치제도인 인민대표대회제도가 정식으로 확립되었다.

제1기 전국인민대표대회 제1차 회의가 열림에 따라 중국 인민정치협상회의의 전국인민대표대회 직권대행의 임무가 끝났다. 1954년 12월 전국정치협상회의 제2기 제1차 회의가 베이징에서 열렸다. 회의에서 채택된 「중국 인민정치협상회의 규약」에는 "앞으로 인민정치협상회의는 전국의 여러 민족, 여러 민주계급, 여러 민주당파, 여러 인민단체, 국외 화교 및 기타 애국 민주인사들이 단합하여 결성한 인민민주 통일전선 조직이다. 인민정치협상회의 기본 임무는 중국공산당의 영도 아래 여러 민주당파, 여러 인민단체의 단합을 통해 더욱 광범위하게 여러 민족 인민을 단합시켜 공동으로 노력하고 어려움을 극복하며 위대한 사회주의국가를 건설하기 위해 분투하는 것이다."라고 명확하게 선포하였다. 이로써 중국공산당이 영도하는 다당 합작과 정치협상 제도가 공고해지고 발전하였음을 표명했다.

중국은 통일된 다민족국가로서 신 중국이 창건될 때, 소련식의 연방제를 채용하지 않고 민족구역자치제도를 실시하기로 결정하였다. 1952년 8월 중앙인민정부가 「중화인민공화국 민족 구역 자치 실시 요강」을 반포하여 여러 민족의 자치구를 중화인민공화국 영토와 떼어놓을 수 없는 일부라고 규정짓고, 여러 민족 자치구의 자치 기관을 중앙인민정부의 통일적인 영도 아래의 1급 지방정권으로 통일시키고, 상급 인민정부의 영도를 받도록 하며, 여러 민족자치구의 인민이 본 민족의 내부 사무를 스스로 관리하도록 한다고 규정지었다. 민족구역자치제도는 중국의 기본 정치제도 중 하나로 1954년에 헌법에 기록되었다.

5.
사회주의 개조의 완성

중국공산당은 사회주의를 실현하기 위하여, 최종적으로 공산주의를 실현하기 위하여 분투하는 정당이다. 중국은 원래 반식민지·반봉건사회였기 때문에, 중국혁명은 반드시 두 단계로 나누어 진행하여야 한다. 첫 번째 단계에서는 신민주주의 혁명을 진행하는 것이고, 두 번째 단계에 가서야 사회주의 혁명을 진행하는 것이다. 그러므로 신 중국이 창건되었을 때 당시의 사회성격은 신민주주의 사회에 속하는 것이었다. 따라서 중국의 공산주의자들은 신민주주의 혁명의 승리를 거둔 후 국민경제를 복구하고 발전시켜야 하였을 뿐만 아니라, 반드시 신민주주의에서 사회주의로 전환할 수 있는 조건을 창조하여야만 하였다. 1953년에 이르러 한국전쟁이 끝났을 때, 신 해방구 토지 개혁은 이미 완성되어 있었으며, 3년 남짓한 기간의 노력을 거쳐 국민경제가 회복되고, 국영경제가 이미 형성되었고, 지도역할을 발휘하고 있었으며, 개인 자본주의에 대한 제한 정책이 큰 성공을 거두었고, 인민민주주의 정권이 더욱 공고해졌다. 이러한 성과를 거둠으로써 중국 공산주의자들은 "어떻게 하여야 신민주주의에서 사회주의로의 전환을 실현할 수 있을까?" 하는 문제에 대해 사고하기 시작하였다.

반복적인 준비과정을 거쳐 1953년 하반기에 중국공산당 중앙위원회는 과도기 당의 총체적 노선을 제기하였다. 즉 중화인민공화국이 창건되어서부터 사회주의 개조가 기본적으로 완성될 때까지가 하나의 과도기라는 것이었다. 이 과도기에 당의 총체적 노선과 총 임무는 상당히 긴 기간 동안에 국가의 사회주의 공업화를 점차 실현하는 것이며, 아울러 농업과 수공업 및 자본주의 상공업에 대한 국가의 사회주의 개조를 점차 실현하는 것이었다.

사회주의 공업화를 실현하는 것은 과도기 총체적 노선의 중요한 내용이었다. 1953년부터 국가에서는 제1차 5개년 계획(이하 '1.5'계획)을 실시하기 시작하였다. 5년 동안 한도액을 초과하는 대형·중형기업 총 694개를 설립하였는데, 그중 156개 공정은 소련의 지원으로 설립된 것이었다. 이는 '1.5'계획은 공업건설의 중심이었다. '1.5' 계획이 실시된 후, 전국적으로 공업화 건설의 붐을 일으키면서 중대한 성과를 거두었다. 그 기간에 일련의 중요한 공업기지와 광공업기업들이 설립되었으며, 신 중국의 첫 비행기, 첫 자동차를 생산해내면서 신 중국 공업화의 첫발을 내디뎠다. 국가 공업화에 필요한 농산물 공급을 위하여 1953년 10월부터 전국적으로 계획적인 식량수매와 계획적인 공급, 즉 "통일 수매와 통일 판매"를 실시하기 시작하였다. 이어 통일 수매와 통일 판매의 범위를 유료작물과 목화, 면직물에까지 확대하였다.

국가 공업화가 시작됨과 아울러 사회주의 개조도 순조롭게 추진되었다. 당시 계획은 3개의 5년 계획기간에 국민경제 복구시기 3년을 합쳐 총 18년의 시간을 이용하여 신민주주의에서 사회주의로의 과도를 실현하는 것이었다. 그 후 실천과정에서 그 시간은 훨씬 많이 앞당겨졌다. 사회주의 개조는 사실상 과도기의 총체적 노선이 제기되기 이전에 이미 가동되고 있었다. 1951년 9월에 중국공산당 중앙위원회는 제1차 전국호조합작회의를 열고 마오쩌동의 주재로 「농업생산 호조합작에 관한 중국공산당 중앙위원회의 결의(초안)」을 제정하였다. 「결의」에서는 토지개혁 후 농민들 가운데 개인경제발전과 호조합작실시 두 가지 적극성이 존재한다고 지적하면서 중국공산당은 한편으로는 농민의 개인경제 발전의 적극성을 소홀히 하거나 다짜고짜로 꺾어 놓아서는 안 되며, 다른 한편으로는 농민들 속에서 "조직할 것"을 제창하여야 한다고 지적하였다. 호조합작운동은 생산발전의 수요와 가능한 조건에 따라 안정적으로 앞으로 나아가는 방침을 취하여야 했다. 초급사(初級社)[4]는 사회주의 농업으로 넘어가는 과도형태였다. 호조조(互助組)와 생산합작사는 반드시 자원과 서로에 이득이 되는 원칙에 따라야 하며, 반드시 먼저 대표성을 띤 모범적인 시범대상을 선정하여 선진적인 경험을 쌓은 뒤 단계적으로 널리 보급시키는 방법을 채택하여 농민을 이끌어 호조 합작의 길을 걷도록 해야 했다.

과도기의 총체적 노선을 제기하기 전까지 농촌 호조합작의 중점은 호조조를 발전시키는 것이었다. 1953년 하반기부터 농업생산합작사를 중점적으로 발전시키는 방향으로 바뀌었다. 중국의 농업합작화운동 초기 몇 년간은 총체적으로 발전 템포가 안정적이었다. 1955년 하반기에 이르러 이른바 '전족한 여인', 즉 '우'경 보수주의 사상을 비판

---

4) 초급사(初級社) : 중국공산당이 농업 합작화(合作化) 과정에서 건립한 반(半) 사회주의 성질의 집체(集體)경제 조직. '초급농업생산합작사(初級農業生産合作社)' 의 준말.

하는 부적절한 상황이 전개됨에 따라 농업합작화운동은 속도가 빨라지기 시작하였다. 1956년 4월 30일『인민일보』는 "중국 농촌이 초급 농업 합작화를 기본적으로 실현하였다"라고 전 세계에 선포하였다.

그때 전국적으로 농업생산합작사가 총 100만 8천 개에 이르렀고, 합작사에 가입한 농민가구가 총 1억 668만 가구로 전국 농민가구 총수의 90%를 차지하였으며, 농업 사회주의 개조가 기본적으로 완성되었다.

수공업 사회주의 개조의 조직형태는 수공업 생산합작소조, 공급판매합작사, 생산합작사 등이었으며, 절차는 공급판매에서 시작하여 작은 것에서부터 큰 것으로, 낮던 데서부터 높은 데로 점차 진행되었다. 1955년 하반기 농업합작화의 급격한 발전은 수공업의 합작화 속도에도 영향을 주었다. 1955년 말에 이르러 중국공산당 중앙위원회가 "2년 안에 수공업의 합작화를 기본상 완성하여야 한다."라는 요구를 제기하였다. 실제로 과거의 업종별, 분기별, 차례별, 지역별 개조 방법을 바꾸어 수공업 전 업종을 통틀어 합작하는 방법을 취하였기 때문에, 1956년 말에 이르러 합작사에 가입한 수공업자 인원수는 이미 전국 수공업자 총 인원수의 91.7%를 차지하였다.

자본주의 상공업에 대한 사회주의 개조는 주로 국가 자본주의 형태를 통하여 자산계급에 대한 평화적인 국유화를 실현하였다. 이른바 국가 자본주의란 다양한 형태로 국영 사회주의 경제와 연결돼 있으면서 또 노동자의 감독을 받는 자본주의 경제를 가리킨다. 다시 말하면 이는 국가 정권이 통제하는 자본주의의 일종이었다. 국가 자본주의 형태는 다양할 수가 있다. 그 초급형태에는 공업영역의 가공주문·통일수매·일수판매, 상업 영역의 위탁판매·대리판매가 있고, 고급형태에는 공사합영(중화인민공화국이 자본주의에서 사회주의로 과도하는 시기의 경제제도로서 취한 반관반민[半官半民]의 기업형태)이었다. 실천적으로 보면 1953년 이전에 국가 자본주의 형태는 공업 영역에서의 위탁 가공, 계획 주문, 일괄 수매·예약판매에, 상업 영역에서의 위탁 판매·대리 판매 등 초급 형태에 중점을 두고 있었다. 1954년부터 1955년 말까지는 단일기업의 공사합영(公私合營) 발전단계였다. 단일 기업은 공사합영을 실행한 후 기업의 이윤 분배에서 '4등분'의 방식을 취하였다. 즉 합영 후 기업의 이윤은 국가 소득세·공동 적립금·종업원 복지비용·자본가 측 이익배당금의 4개 부분으로 나뉘었으며, 자본가 측 이익 배당금은 대체로 5분의 1밖에 안 되었다. 기업 이윤의 대부분은 국가와 노동자에게 돌아갔으며, 기본상 국가경제와 국민생활에 쓰였다.

1955년 11월 중국공산당 중앙위원회는 자본주의 상공업 개조문제 업무회의를 열고 사영 상공업에 대한 사회주의 개조를 단일기업의 공사합영에서 전 업종의 공사합영 단계로 추진시키기로 확정하였다. 전 업종별 공사합영을 실행한 후 기업의 이윤분배에서 더 이상 '4등분'방식을 실행하지 않고, 고정이자(중화인민공화국의 1956년의 업종별 공사합영화 후에 취해진 개인출자자본에 대한 고정이자) 방법을 취하였다. 즉, 사영기업의 자산을 사정하여 그 자산총액에 대해 그때 당시의 은행금리에 따라 매년 일정한 이자를 지급하며, 이자 지급 기간은

10년으로 하였다. 전 업종별 공사합영을 실시한 후, 기업의 생산수단은 원래 단일기업 공사합영 시 실행하던 공사 공동소유에서 국가지배로 바뀌었다. 자본가들은 생산수단에 대한 지배권, 관리권, 인사조정권 등 '3권'을 상실하게 된 것이다. 자본가는 비록 생산수단에 대한 소유권을 여전히 가지고 있기는 했지만 이미 매매할 수 없었으며, 다만 일정한 기간 내에 고정이자를 수령할 수 있는 증빙수단의 역할만 할 뿐이었다. 그 시기의 기업은 기본상 사회주의 성격을 띠고 있었던 것이다.

1955년 말과 1956년 초에 각지에서는 자본주의 상공업 개조의 고조가 일어났다. 1956년 1분기 말에 이르러 티베트 등 소수민족지역을 제외한 전국 각지에서는 전 업종별 공사합영이 기본적으로 실현되었다. 1956년 말에 이르러 전국적으로 사영 공업기업이 8만 8천 개, 종업원이 131만 명, 총생산액이 72억 6,600만 위안에 달하였는데, 99%의 기업, 98.9%의 종업원, 99%의 총자산, 그리고 사영 상업기업 82.2%가 소유제 개조를 실현하였다.

그때 당시 사람들의 인식은 "사회주의 소유제는 반드시 공유제여야 하고, 게다가 공유화 정도가 높을수록 좋다", "사회주의도 노동에 따른 이윤분배를 실행하여야만 하고, 다른 분배방식이 있어서는 안 된다", "그렇지 않으면 불로 소득에 따른 착취현상이 나타나게 되며, 착취현상이 존재하는 것은 사회주의 근본 원칙에 어긋난다", "사회주의는 오로지 계획경제만 실시하여야 하며, 자유경쟁은 사회생산의 무질서와 사회자원의 거대한 낭비를 초래하게 된다"는 것이었다.

그때 당시 사람들은 사회주의에 대한 이러한 인식과 이해를 바탕으로 대규모적인 사회주의 개조를 전개하였다. 그 목적은 신 중국 창건 초기 다양한 소유제 중의 비공유제를 단일공유제로 개조하여 착취를 없애고, 노동에 따라 분배를 실현함으로써 사회의 공평과 정의를 구현하려는 것이었다. 대규모의 사회주의 개조가 진행됨과 동시에 제1차 5개년계획도 실시되기 시작하였으며, 국민경제의 계획체제가 형성되기 시작하였다.

  그해 사회주의 개조를 진행할 때, 사람들은 사회주의도 다양한 소유제가 허용되어야 하고, 다양한 분배방식이 허용되어야 한다는 사실을 미처 알지 못하였으며, 계획과 시장은 모두 자원 배치의 수단이라는 사실을, 더욱이 소유제 개조를 거쳐 사회주의 제도를 수립하였어도 초급단계의 사회주의에 불과하다는 사실을 미처 인식하지 못하였다. 중국공산당 중앙위원회 제11기 제3차 전원회의 이후 농촌에서 가정단위 생산량 연동 도급책임제를 실행하며 공유제를 주체로 하는 것을 견지하는 전제하에서 개인경제·민영경제를 포함한 다양한 소유제의 공동 발전을 허용하고 나아가 격려하였으며, 시장경제체제로써 계획경제체제를 점차 대체하였던 것은 바로 사회주의 개조를 완성한 후 "사회주의를 어떻게 건설할 것이냐?"하는 문제에서 풍부한 경험과 교훈을 쌓고 사회주의란 무엇이며, 사회주의를 "어떻게 건설할 것이냐?"에 대한 인식이 깊어진 결과라고 할 수 있다. 이런 견지에서 볼 때 사람들의 인식은 어디까지나 시대적 조건의 제한을 받는다는 사실을 알 수 있다. 따라서 역사적 경험을 종합할 때 관련된 사람과 일을 그때 당시 특정된 역사적 조건에서 고찰하여야만 역사현상에 대한 합리적인 해석과 객관적인 평가를 진행할 수 있는 것이다.

1956년에 이르러 농업, 수공업, 자본주의 상공업에 대한 사회주의 개조가 기본쩍으로 완성되었고, 이로써 사회주의 기본 경제제도에서 공유제의 주체적 지위가 확립되었으며, 이 또한 중국이 사회주의단계에 들어섰음을 의미하는 중요한 상징이기도 했다. 사회주의 개조과정에서도 개조에 대한 요구가 너무 성급하고, 업무진행에서 거칠며, 변화가 너무 빠르고, 형태가 너무 단일하다는 등의 일부 부족한 부분이 존재하였지만, 그처럼 복잡하고 어려우며 심각한 사회 변혁과정에서도 사회 혼란은 일어나지 않았고, 경제적으로도 하락하지 않았을 뿐만 아니라 오히려 큰 성장을 이룬 것은 위대한 창조이며, 대단한 기적이라고 하지 않을 수 없다.

제7장
사회주의 건설의 굴곡적인 발전

사회주의 개조가 기본적으로 완성된 후 우리 당은 전국 여러 민족 인민들을 이끌어 전면적이고 대규모적인 사회주의 건설에 접어들기 시작하였다. '문화대혁명' 전야까지의 10년 동안 우리는 비록 심각한 좌절을 겪기도 하였지만, 여전히 매우 큰 성과를 거두었다. 우리가 현재 현대화 건설을 진행할 수 있는 물질적·기술적 토대 대부분은 그 기간에 건설된 것이다. 전국의 경제·문화건설 등 분야의 골간세력과 그들의 업무경험도 대부분 그 기간에 양성되고 쌓아올린 것이다. 이는 그 시기 당 업무의 주도적인 측면이었다. 그 10년간 당의 업무가 지도방침에서 엄중한 실수를 저질렀으며, 굴곡적인 발전과정을 겪었다.

중국공산당 제11기 제6차 전원회의에서의 「건국 이래 당의
몇 가지 역사문제 관련 결의」 (1981년 6월 27일)

1.
사회주의 건설의 길 탐색

1956년은 중국 사회주의 개조가 중대한 승리를 거둔 한해이자 중국 공산주의자들이 자신의 사회주의 건설의 길을 탐색하기 시작한 중요한 기점이기도 했다. 당은 그 한해의 탐색과정에서 많은 중요한 성과를 거두었고, 정확하거나 비교적 정확한 이론과 주장을 많이 제기함으로써 그 후의 사회주의 건설에 긍정적인 영향을 주었다.

사회주의 건설은 과학기술을 떠날 수 없는 것이다. 따라서 반드시 지식인의 역할을 충분히 살려야 했다. 1956년 1월 중국공산당 중앙위원회가 지식인 문제 회의를 열었다. 회의에서 저우언라이가 중국공산당 중앙위원회를 대표하여 다년간의 사상개조를 거쳐 지식계의 면모에 근본적인 변화가 일어났고, 지식인은 이미 노동자계급의 일부가 되었다고 선포하였다. 중국공산당 중앙위원회는 "현대 과학을 향해 진군할 것"을 호소하였다. 저우언라이·천이·리푸춘(李富春)·녜룽전 등의 지도 아래 600여 명의 과학자들이 모여 「1956~1967년 과학기술발전 전망 계획요강」을 제정하였다. 이어 전국적으로 과학을 향해 진군하는 열풍이 불었다. 사회주의 과학문화의 발전을 촉진시키기 위하여 중국공산당 중앙위원회는 또 문화예술 방면에서 '백화제방(百花齊放)'을 실행하고, 학술연구에서 '백가쟁명(百家爭鳴)'을 전개하는 즉

'쌍백(双百)방침'(1956년 중국공산당이 제출한 예술발전·과학진보와 사회주의 문화번영을 촉진시키는 방침—역자 주)을 실시하여 과학·문화·예술 등 여러 분야에서 활기찬 양상이 나타났다.

1956년 2월 소련공산당 제20차 전국대표대회가 열렸다. 그 회의에서 소련의 사회주의 건설에 존재하는 많은 문제들이 드러났다. 이는 중국공산당 중앙위원회와 마오쩌둥의 큰 중시를 불러일으켰으며, 마땅히 소련의 교훈을 거울삼아 중국 자체의 사회주의를 건설하는 길을 개척할 것을 주장하였다. 그해 2월부터 4월까지 사이에 마오쩌둥은 30여 개 경제부서의 책임자들을 불러 모아 좌담회를 갖고 사회주의 건설에 존재하는 여러 가지 문제들에 대해 토론하였다. 그는 여러 사람들의 의견을 모아 4월에 열린 중국공산당 중앙정치국 확대회의에서 「10대 관계에 대하여」라는 보고를 하였다. 그 보고에서 논술한 10가지 문제는 중국 경제건설의 경험을 종합하고, 소련의 경험을 거울로 삼은 토대 위에서 제기한 것이었다. 앞의 다섯 가지 문제는 경제건설 방면에 관한 것으로 보고의 중점이었다. 보고서는 농업·경공업을 소홀히 하고 중공업만 일방적으로 강조함으로써 농업·경공업·중공업 발전의 불균형을 초래한 소련의 교훈을 거울삼아 앞으로 중국의 경제계획에 대해 알맞게 조정하여 농업·경공업을 더 많이 발전시키고, 연해 공업을 더 많이 이용하고 발전시키며, 군정(軍政)비용의 비중을 가급적 줄이고, 경제건설을 더욱 중요시해야 한다고 지적하였다. 이런 사상들은 사실상 중국이 공업화의 길을 가야 하는 문제와 관련된 것이었다. 보고에서는 국가·생산단위와 생산자 개인의 관계, 중앙과 지방의 관계에 대해 논하였으며, 경제체제 개혁에 대해 언급하기 시작했다. 보고에서 뒤의 다섯 가지 문제는 한족과 소수민족, 당원과 비당원, 혁명과 반혁명, 옳은 것과 그른 것, 중국과 외국 등 정치생활 방면에 속하는 관계에 대하여 논술하였고, 중국 사회주의 경제·정치건설과 관련한 몇 가지 새로운 방침을 초보적으로 제기하였다. 보고는 반드시 당 내와 당 외, 국내와 국외의 모든 적극적인 요소와 직접적·간접적인 요소를 모두 동원하여 중국을 강대한 사회주의 국가로 건설하기 위해 힘써야 한다고 강조하였다.

사회주의 개조과정에서 '전족한 여인'을 비판했던 영향을 받아 1956년 봄 일부 지역과 부서에서 실제 조건을 고려하지 않고 계획지표를 높이고, 기반건설 항목을 추가하면서 경제건설을 조급하게 서두르는 급진적 경향이 나타났다. 이러한 상황에 대해 저우언라이·천윈 등은 생산의 균형, 물자의 균형, 재정의 균형을 잡아야 한다고 강조하였다. 그해 6월 4일 류사오치 주재로 열린 중국공산당 중앙위원회 회의에서 보수주의도 반대하고 모험적 급진주의도 반대하며, 종합적 균형을 유지하면서 안정되게 전진하는 경제건설 방침을 정식으로 확정함으로써 1956년 국민경제의 건전한 발전을 확보하였다.

1956년 9월 15일부터 27일까지 중국공산당 제8차 전국대표대회(제8차 당 대회)가 베이징에서 열렸다. 이는 당이 전국적으로 집권한 후 열린 첫 대표대회로서 대회에 참석한 대표 1,021명이 전국 1,073만 명의 당원을 대표하였다. 마오쩌둥이 개회사 연설을 하고, 류사오치가 제7기 중앙위원회를 대표하여 정치보고를 하였으며, 덩샤오핑이 당

규약 개정에 관한 보고를 하고, 저우언라이가 국민경제발전 제2차 5개년 계획 건의에 대한 보고를 하였으며, 주더·천윈 등 100여 명의 대표가 대회에서 발언하였거나 혹은 서면으로 자신의 견해를 제출하였다.

대회에서는 국내외 정세와 국내 주요 모순의 변화에 대해 정확하게 분석하고 다음과 같이 명확하게 지적하였다. "사회주의 개조가 이미 결정적인 승리를 거두었고, 중국 무산계급과 자산계급 간의 모순이 기본적으로 해결되었기 때문에, 이제 국내의 주요 모순은 선진적인 공업국 건설에 대한 인민의 요구와 낙후한 농업국 현실 사이의 모순이며, 경제·문화의 빠른 발전에 대한 인민의 수요와 당면한 경제·문화가 인민의 요구를 만족시킬 수 없는 상황 사이의 모순이다."

당과 전국 인민의 당면한 주요 과업은 역량을 집중하여 이들 모순을 해결함으로써 하루 빨리 중국을 낙후한 농업국에서 선진적인 공업국으로 전환시키는 것이었다. 이러한 논술은 중국에서 사회주의제도가 수립된 후 당이 정확한 노선을 확정하는 기본 근거가 되었다. 대회에서는 또 경제·정치·문화·외교 및 자체건설 등 여러 분야에서 마땅히 따라야 할 당의 기본 방침을 확정지었다.

역사가 증명하다시피 제8차 당 대회에서 제정한 노선은 정확하였고, 제출된 많은 새로운 방침과 구상은 풍부한 창조정신을 보여주었다. 이번 회의는 중국 사회주의 건설의 길에 대한 탐색이었고, 초보적이고 깊은 역사적 의미가 있는 성과를 거두었으며, 사회주의 사업의 발전과 당 건설을 위한 방향을 제시해 주었다.

2.
정풍운동과 반 우파투쟁

사회주의 사업에 대해 말하면, 1956년은 평범하지 않은 한 해였다. 소련공산당 제20차 대표대회의 영향을 받아 처음에는 폴란드에서, 이어 헝가리에서 집권당의 지위를 위협하는 대규모적인 집단적인 사건이 발생하였다. 국내 상황을 보면 한편으로는 사회주의 개조를 순조롭게 완성하였고, 다른 한편으로는 새로운 제도가 수립됨에 따라 일부 새로운 상황과 새로운 문제들이 나타나는 것은 불가피한 일이었다. 예를 들면, 농업합작사와 관련하여 농민들이 개인 생산에서 집단 생산으로 전환하면서 이에 대한 적응과정이 필요하였고, 기층 간부의 경영관리 능력도 향상시키는 과정이 필요하였다. 개별적인 지역에서는 합작화로 전환한 후 생산이 향상되지 않고, 생활이 개선되지 않았기 때문에, 농민들이 퇴사(합작사)소동을 벌이고, 식량부족으로 소동을 벌이는 사건이 일어났다. 일부 학생·노동자·제대군인들은 진학·취업·안정된 배치 등 방면에서 어려움을 겪거나 혹은 학습·사업 조건에서 만족을 느낄 수 없자, 소수자들이 파업·동맹휴학·소동을 일으키는 사건이 발생하기도 하였다. 이러한 사건들은 비록 참여자가 많지는 않았지만, 어느 정도 선에서는 사회 안정에 악영향을 미쳤다. 이에 따라 사회주의사회에 존재하는 모순을 "어떻게 분석하고 해결할 것인지?"가 국가 정치생활에서 중요한 문제로 떠올랐다.

사회주의 사회의 모순문제는 중국공산당 중앙위원회의 큰 중시를 불러일으켰다. 1957년 2월 마오쩌둥이 최고국무회의에서 「인민 내부의 모순을 어떻게 처리할 것인가?」(정식으로 발표할 때는 「인민 내부의 모순을 정확히 처리하는 데에 관한 문제」라고 고침)라는 제목으로 연설을 하였다. 그는 다음과 같이 지적하였다. "사회주의 사회는 모순으로 가득 찼다. 사회주의 사회의 기본 모순은 여전히 생산관계와 생산력의 모순, 상부구조와 경제 토대의 모순이다. 다만 사회주의 사회에서 이런 모순들은 구 사회의 이러한 모순과는 근본적으로 다른 성질과 상황으로 사회주의제도 자체의 자가 조절과 보완을 통해 꾸준히 해결해나갈 수 있다." 그는 또 다음과 같이 지적하였다. "사회주의 사회에는 적아 간의 모순과 인민 내부의 모순이라는 근본적으로 다른 두 가지 성격의 모순이 존재한다. 전자는 강제적·독재적인 방법으로 해결해야 하고, 후자는 오직 민주적이고 설득하는 교육방법으로, 즉 '단합-비판-단합'의 방법으로 해결해야만 한다. 적아의 모순을 해결하는 방법으로 인민 내부의 모순을 해결해서는 절대 안 된다." 마오쩌둥의 이 연설은 사회주의 사업의 발전과정에서 얻은 역사적 경험을 종합한 것이었고, 중국 사회주의 개조를 기본적으로 완성한 후에 나타난 새로운 문제에 대해 연구하고 대답하였으며, 성격이 다른 두 가지 모순을 엄격히 구분하고, 인민 내부의 모순을 정확히 처리하는 데에 대한 이론을 제기하였으며, 사회주의 사회의 모순문제에 대해 과학적으로 명확히 논술하였다. 따라서 그 연설은 과학적 사회주의 이론의 중요한 발전이라고 할 수 있다.

　인민 내부의 모순을 정확히 처리하려면 반드시 간부의 기풍을 바로잡고, 성격이 서로 다른 두 가지 모순을 구분하고 처리할 수 있는 간부의 능력을 높여야 하였다. 당이 전국적 범위에서 집권하는 지위에 처하여 있으면서 광범위한 대중의 지지를 받고 있었기 때문에, 일부 사람들은 단순하게 행정명령을 내리는 방법으로 문제를 처리하는 것이 쉬웠다. 이로 인해 관료주의와 같은 부정기풍이 나타날 수 있었다. 그때 당시 당 내에 존재하는 관료주의·종파주의·주관주의 등 현상에 비추어 제8차 당 대회 정신에 따라 중국공산당 중앙위원회는 전 당의 범위에서 정풍운동을 전개하기로 결정하였다. 1957년 4월 27일 중국공산당 중앙위원회가 「정풍운동에 관한 지시」를 정식 발표하여 정풍운동을 통해 각급 간부들의 기풍을 개선하고, 당과 대중의 관계를 밀접히 하며, 중앙집권도 있고 민주주의도 있으며, 규율도 있고 자유도 있으며, 통일된 의지도 있고, 개인적인 유쾌한 심정과 생기발랄함도 있는 그런 정치적 국면을 형성할 수 있기를 희망하였다.

　중국공산당 중앙위원회와 마오쩌둥은 정풍운동이 가동된 후, 당내에 드러난 실제상황에서 이탈하고 대중을 이탈하는 현상과 문제를 매우 중시하였다. 사실이 증명하다시피 새로운 정세에서 전 당 내에서 정풍운동을 전개하는 것은 매우 필요한 것이었다. 당은 정풍운동을 통해, 그리고 당 외 인사들의 비판 의견을 듣는 것을 통해 자체 업무태도를 개진할 수 있기를 희망하였다. 만일 엄격히 지시에 따라 정풍운동을 전개하였더라면, 이번 정풍운동은 당의 업무와 당의 영도를 개선하고, 집권당의 새로운 기풍을 수립하며, 사회주의 건설의 예기된 효과를 거두었을 것임은 의심할 나위가 없었다. 그런데 전혀 예상치 못하였던 상황이 발생하고 말았다. 정풍운동은 역전되어 당 내의 기풍문제를 해결하려던 데서 반(反)우파투쟁을 전개하는 데로 흘러갔던 것이다.

  정풍운동의 전개가 간부의 기풍을 개선하는데 이로운 것임은 의심할 나위가 없었다. 이 또한 지난날 당내의 기풍문제를 해결하는 효과적인 방식이기도 하였다. 옌안 정풍은 주로 당내 문건 학습을 통하여 사상인식을 높이고, 당내 비판 특히 자기비판을 전개하는 방식으로 진행하였기에 내부 정풍이라고 할 수 있었다. 그런데 1957년의 정풍운동은 기세 드높게 공개적인 방식을 취하여 당 외 인사들을 동원하여 당의 업무에 대해 비판하게 하였다. 정풍운동 초기에 자신의 결함과 잘못을 시정하고, 주관주의·관료주의·종파주의를 극복하기 위하여 중국공산당 중앙위원회와 각급 조직들은 당 외 인사들이 정풍에 도움을 줄 것을 성심성의껏 환영하였으며, 그들의 여러 가지 비판과 의견을 진지하게 받아들였다. 당 외 인사들이 제기한 의견 중 대부분은 옳은 것이었으며, 선의적인 것이었다는 점은 마땅히 인정해야 한다. 그러나 일부 의견은 신 중국 건국 이래 역대 정치운동 등 민감한 문제와 관련되거나 심지어 당의 국정방침과 관련되는 것도 있었다. 정풍운동의 목적은 당의 영도를 개선하고 강화하기 위한 것이었지 당의 영도를 부정하려는 것은 아니었다. 따라서 당의 영도와 신생의 사회주의제도를 공고히 하는데 불리한 일부 언론이 나타나자 필연적으로 중국공산당 중앙위원회와 마오쩌둥의 경계심을 불러일으켰다.

정풍운동이 시작된 후 그때 당시 신문 등 간행물에는 여러 지역의 정풍운동 전개 소식과 다양한 비판 의견들이 대량으로 실렸다. 물론 비판이 업무를 개선하는데 유익한 일면도 있지만, 공개적이고 임의적인 비판이 많으면 사회적으로 불만정서를 불러일으키기도 쉬운 것이었다. 정풍운동이 시작되기 전과 후에 도시와 농촌에서 모두 불안정한 현상이 나타났다. 일부 공장에서는 종업원들이 청원을 조직하거나 심지어 파업하는 현상까지 나타났다. 대학교는 더욱이 대자보가 천지를 뒤덮었고, 이른바 '민주의 벽'까지 형성되었다. 대자보의 언론 또한 이른바 다양하다고 할 수 있었다. 심지어 어떤 사람은 당위원회 책임제를 취소해야 한다는 둥 필수사항인 정치이론과 학습에 반대한다는 의견까지 제기하였다. 학교 곳곳에서는 여러 가지 강연회·웅변 대회가 열렸는데 수백 수천 명이 참가하는 건 예사였고, 어떤 학교에서는 심지어 휴교하는 소동까지 일어났다.

이런 상황이 나타나리라는 것은 애초 정풍을 계획할 때 미처 예상치 못하였던 일이며, 당이 전국적으로 집권한 이래 한 번도 겪어보지 못했던 새로운 상황이기도 했다. 그러한 국면에 맞닥뜨린 사람들은 헝가리사건이 중국에서 재연되는 것은 아닐까 하는 의문을 자연스럽게 갖게 되었다. 덩샤오핑은 그해 5월 23일 중앙정치국 확대회의에서 이렇게 말하였다. "현재 우리가 맞닥뜨린 문제는 이번 운동이 무서우냐 아니냐 하는 것이다. 지금 우리는 확실히 걱정하고 있다. 예를 들면, 우리 당 학교에 상당수를 차지하는 고위급 간부들이 있는데, 그들은 다 성 당위원회, 지구 당위원회의 동지들이다. 그들은 몹시 걱정하고 있다. 그들이 걱정하는 것은 당연하다. 그렇게 함부로 욕지거리를 하는 것을 보고 마음을 졸이지 않을 공산당원이 어디 있겠는가? 상상도 할 수 없는 일이다. 나도 마음이 답답하다." 후에 마오쩌둥도 "작년 5월 말 우파의 공격을 받았을 때, 나는 침상에서 밥을 먹고 업무를 보았다. 하루에 보는 자료들은 온통 우리를 욕하는 내용뿐이었다."라고 말했다. 그는 또 "우파들이 미쳐 날뛰며 공격해올 때 어느 누가 마음을 졸이지 않겠는가? 내가 보기에는 모두가 초조해하는 것 같다. 나도 그 중의 한 사람이었다. 초조하니까 궁리를 짜낼 수 있는 것이 아니겠는가?" 바로 그런 배경에서 중국공산당 중앙위원회는 우파를 반격하는 문제에 대해 정식으로 조치를 취하였다.

사회주의 조건에서 장기간 집권해야 하는 당으로서 당의 영도와 사회주의제도를 고수하는 것은 흔들릴 수 없는 기본 원칙임에는 의심할 나위가 없었다. 그런 각도에서 출발하여 그 두 가지 원칙에 반대하는 언론은 '우파 언론'으로 분류하여 비판하고 반격한 것은 필요하고도 올바른 조치였다. 그러나 그때 당시 정세에 대해 지나치게 심각하게 평가한데다가 또 적아 모순과 인민 내부의 모순은 서로 성격이 모순되었다. 이 두 가지 모순에 대해 정확하게 구분하지 못하였기 때문에 결국 정상적이고 심지어는 선의적인 수많은 비평과 건의, 혹은 비록 정확하지는 않을 수 있으나 결코 당과 사회주의에 반대하는 것이 아닌 수많은 관점에 대해서 단순하게 '우파' 언론으로 판단하였으며, 일부 개별적인 당원 지도간부에 대한 비판을 당에 대한 '우파'의 공격으로 간주하는 우를 범하였다. 게다가 반(反)우파투쟁을 가동할 때 우파분자를 구분하는 구체적인 기준을 세우지도 않았고, 후에 기준을 내놓긴 하였지만 너무 원칙적인데다가 엄격하게 이행하지도 않았다. 그리고 "대명(大鳴, 대대적으로 의견을 내놓음)·대방(大放, 대대적으로 의논함)·대자보(大字報)·대변론(大辯論)"이라는 부적절한 방식을 취하고, 또 대중운동의 방식으로 반 우파투쟁을 전개하였기 때문에, 반 우파투쟁이 심각하게 확대되어 당에 대한 충성심과 절의(節義, 절개와 의리)를 가진 수많은 동지들, 당과 장기적으로 합작해온 역사를 가진 수많은 벗들, 재능을 갖춘 수많은 지식인들, 정치적인 열정은 있으나 아직 성숙되지 못한 수많은 청년들이 '우파 분자'로 잘못 분류되어 장기간 억울함과 억압을 당하는 바람에 사회주의 건설에서 응분의 역할을 발휘할 수 없게 되었다. 이는 그들 개인의 손실일 뿐만 아니라 국가와 당의 업무에 대해서도 손실이었다. 그러나 그때 다행스러웠던 것은 당시 비록 농촌에서도 사회교육운동을 전개하였지만, 중국공산당 중앙위원회가 노동자와 농민들 가운데서는 우파를 분류하지 말 것을 명확히 제기하였기에 총체적으로 볼 때 반 우파투쟁이 그해 경제건설에는 큰 영향을 미치지 않았다는 점이다.

3.
급히 먹는 밥에 체한 격:
'대약진(大躍進)'운동

구중국은 원래 경제·문화가 매우 낙후한 국가였다. 신 중국이 창건된 후, 다년간 전 당과 전국 인민의 노력을 거쳐 사회 면모가 천지개벽하는 변화가 일어나 모든 건설사업에서 거대한 성과를 거두었는데, 구중국의 말할 수 없이 가난하였던 상황에 비하면 확실히 거대한 진보를 가져온 것은 분명했다. 그러나 본래 기반이 너무 취약한데다가 신 중국이 창건된 지도 오래지 않기 때문에, 선진 자본주의국가, 심지어 소련과 동유럽의 일부 사회주의국가들과 비교해 봐도 생산력수준과 인민의 생활수준 면에서 여전히 매우 큰 차이가 존재하였다. 미래지향적인 견지에서 보면, 사회주의는 자본주의보다 생산력수준이 더 높아야 하고 인민의 생활이 더 부유해야 하는 것은 의심할 나위가 없는 일이었다. 그러나 생산력 수준과 인민생활의 수준 향상은 일정한 과정이 필요했다. 사회주의제도가 수립됨에 따라 중국에는 선진적인 사회제도와 낙후한 사회생산력 간의 강한 격차가 드러났다. 그때 당시 사람들은 사회주의 건설의 장기성과 어려움을 미처 의식하지 못하였고, 중국이 수립한 사회주의는 아직 초급단계에 불과하다는 것도 미처 의식하지 못하였다. 사회제도와 생산력수준 간의 모순을 해설하려면 생산력을 하루 빨리 발전시켜야 한다는 것은 아주 분명한 일이었다. 그래서 절차와 과정을 지켜가면서 건설해서는 안 되며, 안정적으로 발전하는 것은 너무 더디기 때문에 반드시 상식을 타파하고 생산력의 고속발전을 실현해야 한다고만 생각하였다.

그리하여 생산수단의 소유제에 대한 사회주의 개조를 진행함과 동시에 중국은 고도로 집중된 계획경제체제를 수립하였다. 그 체제는 국가의 자원을 집중 조달하고 역량을 집중시켜 큰일을 성사시키는데 이로우며, 또 중공업 특히 국가안보와 밀접히 관련되는 군사공업을 우선적으로 발전시키는데 이로운 것이었다.

그러나 그런 체제와 관련된 것은 물자공급의 결핍이었다. 엄격한 계획경제 관리를 실시하여 생산업체에게 필요한 물자공급은 상급부서의 조달에 의지하여야만 하였기 때문에 항상 공급이 수요를 만족시킬 수 없었다. 계획경제는 이론적으로는 생산의 무질서와 낭비를 막을 수는 있지만, 그 어떤 주밀한 계획이라도 모든 것을 다 포괄할 수는 없었기에, 필연적으로 일부 제품이 부족한 상황을 초래하게 되었다. 한편 계획경제 조건에서는 기업이 진정으로 독립적인 생산경영 업체가 아니어서 손익을 자체로 책임질 필요가 없었기 때문에, 기업 예산에 대한 구속력이 약할 수밖에 없었다. 따라서 기업의 충동적인 확장과 투자에 대한 갈망이 초래되었고, 빠른 속도와 기업규모의 확대를 맹목적으로 추구하는 상황이 나타나는 것은 필연적인 결과였다. 이런 상황에서는 자칫하면 조급하고 급진적인 정서와 생산계획에서 높은 지표가 나타날 수 있었다.

그때 당시 사람들은 반 우파투쟁을 거쳐 정치전선과 사상전선에 의해 사회주의 혁명이 이미 결정적인 승리를 거두었다고 여기고 있었기에 업무 중심을 경제건설로 옮기려고 다시 시도하였다. 그리고 우파들이 공산당과 사회주의를 공격한 것은 사회주의제도가 아직 공고하지 못하였기 때문이었다. 공고하지 못한 원인은 무엇보다 경제가 발달하지 않아 물질적 토대가 튼튼하지 못한 데 있었다. 오로지 사회생산력이 충분히 발전해야만 사회주의 경제제도와 정치제도의 구축을 위한 충분한 물질적 토대가 마련되었다고 할 수 있고, 생산력 발전을 통해 사회주의제도를 공고히 하는 것은 옳은 일이다.

그런데 그때 당내 일부 인사들은 사회주의 건설을 실현하려는 마음이 앞서 주관적 의지와 주관적 노력의 역할을 일방적으로 과대평가하여 급하게 '대약진'운동과 '인민공사화'운동을 일으켜 급진적인 실수를 저지르고 말았다.

'대약진'운동은 반(反)급진주의를 비판하는 과정에서 시작되었다. 1957년 9월에 열린 중국공산당 중앙위원회 제8기 제3차 전원 확대회의에서 마오쩌동이 최초로 1956년 급진주의에 반대한 행위에 대해 불만을 나타냈다. 1958년 1월과 3월 중국공산당 중앙위원회가 광시성 난닝(南寧)과 쓰촨성 청두(成都)에서 잇달아 업무회의를 개최하였다. 회의에서 마오쩌동은 반(反)급진주의에 대해 거듭 엄격히 비판하면서 반급진주의가 6억 인민의 사기를 꺾어버렸으며, 정치방향적인 실수를 범하였다고 말하였다. 반 급진주의를 비판함과 동시에 공·농업 생산과 사회발전에서 실제에 맞지 않는 일부 높은 지표들도 잇달아 제기되었다. 같은 해 5월 중국공산당 제8차 전국대표대회 제2차 회의에서 "사기를 진작시켜 앞장서서 더 많이, 더 빨리, 더 좋게, 더 절약하면서 사회주의를 건설하자"라는 총 노선이 정식으로 형성되었다. 이로써 '대약진'운동이 본격적으로 가동되기 시작하였던 것이다.

가난하고 낙후한 중국의 면모를 빨리 변화시켜 가급적 짧은 시일 내에 중국을 강대한 사회주의국가로 건설하는 것은 전국 인민의 공통된 염원이었다. '대약진' 과정에서 전국의 인민들은 건설에 대한 높은 열정을 보였으며, 전례 없는 열의를 발휘하였다. 그때 당시 사람들은 철강 생산량을 한 국가의 공업화 정도, 심지어 발전 수준을 가늠하는 주요한 근거로 삼았다. '대약진'의 중요한 목표는 "영국을 넘어서 미국을 따라잡는 것", 즉 짧은 기간 안에 주요 공업 제품, 특히 철강 생산량에서 영국과 미국 등 발달한 자본주의 국가를 따라잡거나 추월하는 것이었다. 그래서 "철강생산을 기간산업으로"라는 구호를 제기하고, 대중운동과 낙후한 민간 방식으로 전국의 힘을 동원하여 철강공업의 발전을 추진하는 길에 나섰다. 규모가 작은 민간 용광로가 대량으로 건설되고, 대량의 인력과 물력이 투입되었으며, 다른 업종은 모두 강철생산에 "길을 비켜주게" 하였다. 그 결과 엄청난 낭비를 초래하였을 뿐만 아니라, 국민경제의 균형이 심각하게 파괴되는 후과를 초래하고 말았다.

농업생산에서 '대약진운동'은 최초로 대규모의 농지 수리건설, 농토의 심경(深耕, 땅을 깊이 가는 것-역자 주), 농기구의 개혁 등으로 나타났다. 비록 나름대로 일정한 성과를 거두기는 하였지만, 심각한 형식주의와 마구잡이식 지휘, 강압적으로 명령하는 현상이 나타났다. 1958년 여름철에 접어든 뒤에는 여러 가지 놀라운 성과를 거두었다고 떠들어댐으로써 부풀려서 허위 보고하는 풍조가 성행하였다. 높은 지표와 부풀려진 보고의 영향으로 인해 중국의 생산력이 놀라운 발전을 이룬 줄로 착각하게 되었으며, 따라서 그에 어울리는 더욱 높은 형태의 생산관계의 형성을 요구하게 되었다. 시험과 시범단계를 거치지 않고, 폭넓은 조사 연구를 거치지 않은 상황에서, 전국 농촌에서는 무턱대고 인민공사화운동을 대대적으로 전개하여 이를 공산주의 사회로 넘어가는 구체적인 형태로 삼았다. 이른바 공급제와 임금제를 결합시킨 분배방식을 실행하면서 대중식당을 세우고, 평균주의와 무료조달의 '공산 풍'의 성행을 초래함에 따라 농민들의 적극성은 크게 꺾어지게 되었다.

1958년 10월 중순 마오쩌둥은 톈진으로 가서 허뻬이성 바오띵(保定) 지역의 일부 현 당위원회 서기를 만나 '대약진'과 '인민공사화'운동 상황에 대해 알아봤다. 그 후 그는 또 조사팀을 조직하여 쉬수이(徐水)현의 상황에 대해 파악할 것을 허뻬이성 당위원회에 지시하였으며, 허뻬이성 당위원회 조사팀의 업무보고를 들었다. 조사를 통해 그는 많은 사람들이 "앞만 보고 돌진하는 데만 급급할 뿐" 머릿속에는 온통 혼란스러운 사상이 가득 들어차 있음을 발견하게 되었으며, 각급 간부들이 마음을 차분히 가라앉힐 필요가 있다는 생각이 들게 되었다. 이로써 '좌'적인 경향을 바로잡는 작업이 시작되었던 것이다. 그 후 그는 제1차 정쩌우(鄭州)회의, 우창(武昌)회의, 중국공산당 중앙위원회 제8기 제6차 선원회의, 상하이(上海)회의, 중국공산당 중앙위원회 제8기 제7차 전원회의와 제2차 정쩌우회의를 잇달아 주재하고, 사회주의 상품생산과 상품교환을 발전시킬 것을 강조하면서, 집단 소유제와 전민 소유제의 경계를 반드시 구분할 것과 각급 간부들은 마땅히 대중의 생활에 관심을 두어야 한다고 강조하였다. 반년 남짓한 기간의 '좌'경 오류를 시정하는 과정을 거치면서 '공산 풍'이 어느 정도 수그러들게 되었으며, 일부 지나치게 높은 공·농업 생산지표가 하향 조정되면서 정세가 호전되기 시작하였다.

경험과 교훈을 진일보적으로 종합하기 위하여 1959년 7월에 중국공산당 중앙정치국은 루산(廬山)에서 확대회의를 열었다. 펑더화이(彭德怀) 중앙정치국 위원이 회의에서 이전 단계에 존재해오던 문제에 대해 철저히 해결하지 못한 것을 걱정하여, 마오쩌둥에게 편지를 한 통 썼다. 그는 편지에서 1958년에 거둔 성과에 대해 인정한 뒤 '대약진'운동이 전개된 이래 업무상에 존재하는 심각한 문제와 그 원인에 대해 지적하였다. 그런데 그 편지가 마오쩌둥의 불만을 자아낸 것이다. 그래서 중국공산당 중앙위원회 제8기 제8차 전원회의를 열어 '반(反)우경'운동을 전개하기로 결정하고, 펑더화이·황커청(黃克誠, 중국공산당 중앙위원회 서기처 서기, 중국인민해방군 총참모장)·장원톈(張聞天, 중국공산당 중앙정치국 위원 후보, 외교부 제1부부장)·쩌우샤오쩌우(周小舟, 중국공산당 후난성 위원회 제1서기) 등을 이른바 '반당집단'이라고 잘못 판단하게 되었고, 전 당 범위 내에서 '반우경'투쟁을 전개하기로 결정했던 것이다.

한동안의 실천을 거쳐 문제점이 많이 불거져 나오자 '대약진'과 '인민공사화'에 대한 많은 사람들의 태도도 최초의 찬송과 긍정에서 질의와 불만으로 바뀌게 되었다. 루산회의 기간에 마오쩌둥은 이 방면의 자료들을 적지 않게 접하게 되었다. 1958년 이래 마오쩌둥은 줄곧 '대약진'과 '인민공사'가 대단한 발명이라고 여겼으며, 영국을 추월해 미국을 따라잡고, 사회주의 건설을 가속하여 공산주의를 실현할 수 있는 효과적인 수단이라고 생각하였다. 이미 이룬 성적에 비해 단점과 부족은 고작 '한 손가락'에 지나지 않을 뿐이며, 성과가 '아홉 손가락'을 차지하는 주요한 부분이라고 생각하였다. 구체적인 오류는 반드시 바로 잡아야만 한다. 그러나 근본적으로 부정하여서는 안 된다. 분명한 것은 펑더화이의 편지에서 '대약진'에 대한 평가였다. 특히 그가 1958년의 대대적인 철강 제련에 대해 "잃은 것도 있고, 얻은 것도 있다"라고 주장한 것은 마오쩌둥이 허용할 수 있는 '한 손가락'의 한계를 훨씬 뛰어넘은 것이었다. 바로 이 때문에 마오쩌둥은 펑더화이의 편지가 반영한 것이 그 개인의 문제가 아니라 일종의 사회적 사조라고 생각하게 되었으며, 만약 그대로 방치해뒀다가는 '대약진'운동이 요절될 것이고, 인민공사가 붕괴될 것이라고 생각하게 되었다. 그래서 그런 우경 정서, 우경 사상, 우경 활동에 대해서는 반드시 반격해야만 한다고 주장하였다.

루산회의 주제는 원래 '좌'적인 경향을 바로잡는 것이었으나 후에 '반 우경'이라는 반전을 가져오게 되었던 것이다. 만약 펑더화이가 그 편지를 쓰지 않았더라면, 루산회의에서 '좌'적 경향에 대한 시정을 완성할 수 있었을까? 그리고 '대약진'의 오류를 바로잡을 수 있었을까? 역사의 발전은 그 자체의 필연성도 있고, 또한 우연성도 있다. 그러나 우연성은 필연성의 반영인 것이다. 만약 펑더화이의 편지가 없었다면, 루산회의에서 어쩌면 그처럼 강렬한 반전이 없었을지도 모른다. 그러나 루산회의 이전과 그 회의 초기의 '좌'적 경향에 대한 시정은 다만 일부 구체적인 업무과정에 나타난 '좌'적인 방법조치에 대해서 바로잡은 것일 뿐 매우 제한적이었으며, 게다가 '좌'적 오류를 바로잡는 목적은 '약진'을 더 잘하기 위한 것이어서 지도사상에 존재하는 '좌'적 오류는 바로잡지 못하였으며, '대약진'과 계획경제체제 간의 필연적 연계에 대해서는 더더욱 인식할 수 없었음을 마땅히 알아야할 것이다. 펑더화이가 그 편지를 쓰지 않았더라도 경제적 '대약진'은 멈추지 않았을 것이다. '좌'적 지도사상이 근본적으로 바뀌지 않았기 때문에, '좌'적 경향에 대한 시정이 어느 정도에 이르러 마오쩌둥이 허용할 수 있는 범위를 넘어서게 되면, 반 우경 문제가 제기될 것이기 때문에, 이런 측면에서 볼 때 루산회의에서 나타난 그런 결말은 어쩌면 필연적인 것이었을 지도 모른다.

　루산회의 이후에 또 새로운 '대약진'이 시작되었다. 1958년의 '대약진'이 영국을 넘어서 미국을 따라잡기 위한 것이었다면, 루산회의 이후의 새로운 '대약진'은 이른바 '우경기회주의자'의 공격에 반격을 가하기 위한 것이라고 할 수 있었다. 그것은 곧 '대약진'과 '인민공사'의 정확성을 증명하고자 하였던 것이다. 그 결과 루산회의 이전에 '좌'경을 바로잡으려던 노력이 물거품이 되고 말았을 뿐 아니라, 높은 지표 부풀리기 '공산 풍' 마구잡이 지휘가 주요 상징이었던 '좌'경 오류가 재차 확산되기 시작하였다. '대약진'과 '인민공사화' 운동 중의 '좌'경 오류에다 심각한 자연재해까지 겹치는 바람에 1959년부터 중국의 식량 생산량은 해마다 하락세를 보이며, 국민경제의 균형이 심각하게 파괴됨으로써 국민의 생활수준도 대폭 하락하게 되었다.

4.
국민경제의 조정과
일시적 어려움의 극복

1958년과 1960년 두 차례에 걸쳐 '대약진'운동을 일으킨 것은 모두 중국경제의 상규를 뛰어넘는 비약적인 발전을 이뤄내 사회주의 건설의 실현을 가속화할 수 있기를 바라는 의도에서였다. 그러나 의도한 바와는 달리 중국의 경제발전에서 '대약진'을 가져오기는커녕, 오히려 국민경제와 국민의 삶에 막대한 어려움을 가져다주었다. 준엄한 형세 앞에서 사람들은 중국 경제를 곤경에서 벗어나게 할 출로를 찾지 않을 수 없었으며, 당 전체가 '대약진'이래의 경험교훈에 대해 진지하게 반성하게 되었다.

1960년 6월 중국공산당 중앙정치국은 상하이에서 확대회의를 열고, 국제 정세와 제2차 5개년 계획 후 3년(1960~1962)에 대한 보충계획 문제를 위주로 토론하였다. 마오쩌둥은 회의 개막 시 다음과 같이 지적하였다. "건설시간이 너무 짧아 인식이 부족하므로 늘 종합하여야 한다. 우리가 범한 오류를 기피하지 말자. 오로지 하루 빨리 교훈을 종합함으로써 더욱 전면적인 인식을 갖추어야만 제때에 지도할 수 있다." 회의 마지막 날 마오쩌둥은 '10년 종합'이라는 글을 써서 '대약진'과 인민공사화 운동과정에 적잖은 문제가 생겼음을 인정하면서 한동안 사상방법이 올바르지 않았고, 실사구시의 원칙을 망각하였으며, 일부 일방적인 사상(형이상학사상)들도 있었다고 인정하였다. 그는 또 이렇게 강조하였다. "중국의 사회주의 혁명과 건설에서 우리는 이미 10년간 쌓아온 경험이 있으며, 적지 않은 것을 알게 되었다. 그러나 사회주의 시기의 혁명과 건설에 대하여 우리에게는 아직도 매우 큰 맹목성이 존재한다. 아직도 미처 인식하지 못한 매우 큰 필연왕국이 존재하는데, 우리는 그 필연왕국에 대해 아직 깊이 인식하지 못하고 있다. 우리는 제2의 10년이라는 시간을 이용하여 필연왕국에 대해 조사하고 연구하여 고유한 법칙을 찾아냄으로써 그 법칙들을 이용하여 사회주의 혁명과 사회주의 건설을 위해 봉사하여야 한다."

국민경제가 곤경에서 벗어나게 하려면 반드시 조정에 심혈을 기울여야 했다. 1960년 9월 30일, 중국공산당 중앙위원회가 국가계획위원회 당 조직의 「1961년 국민경제계획 수치 통제(統制) 관련 보고」를 비준하고 전달하도록 하였다. 그러면서 반드시 '두 다리로 걷기' 방침을 더욱 잘 관철시키고 농업을 최우선 자리에 놓아, 여러 분야의 생산·건설 사업이 발전 속에서 조정·공고·충실·향상되어 국민경제가 더욱 탄탄한 토대 위에서 더욱 충실히 '약진'을 계속할 수 있도록 쟁취할 것을 강조하였다. 그 보고서는 "조정·공고·충실·제고"라는 여덟 글자를 최초로 완정하게 제기하였으며, 이를 국민경제 조정의 중요한 지도사상으로 삼았다.

1960년 12월 24일부터 1961년 1월 13일까지 중국공산당 중앙위원회는 베이징에서 업무회의를 열고, 1961년의 국민경제계획에 대해 주로 토론함과 동시에 여러 지역 농촌인민공사의 정풍·정돈시범 경험을 종합하였다. 1월 13일 마오쩌둥이 중앙업무회의에서 연설을 통해 사회주의 건설을 진행함에 있어서 너무 성급하게 서두르지 말 것을 주장하였다. 그는 너무 서두르면 일을 성사시킬 수 없다면서 성급하게 서두를수록 더 성사시킬 수 없기 때문에 차라리 조금 늦춰서 파상적으로 발전하여야 한다고 말하였다. 그는 "헛된 명성만 좇다가 실제 재난을 당하는 일은 없어야 한다."라면서 "제품의 품질을 향상시키고, 품목·규격을 늘리며, 관리수준을 끌어올리고, 노동 생산율을 향상시킬 것"을 강조하였다. 마오쩌둥의 연설은 '대약진'운동의 교훈에 대해 깊이 있게 총결한 것이라고 할 수 있다. 이는 그때 당시나 지금이나 모두 지도적인 의미를 띠는 종합이었다. 그 중앙업무회의에서 마오쩌둥은 조사연구의 열풍을 크게 일으킬 것을 전 당에 호소하면서 1961년을 '조사연구의 해'로, '실사구시의 해'로 만들 것을 요구하였다. 중앙업무회의가 끝난 이튿날 중국공산당 중앙위원회 제8기 제9차 전원회의가 또 베이징에서 열렸다. 전원회의에서는 국민경제 '여덟 자 방침'을 실행할 것을 비준하였다. 아울러 "1961년에는 기본 건설의 규모를 적당히 축소하고, 발전 속도를 조정하며, 기존의 승리를 토대로 '공고·충실·제고'의 방침을 실행해야 한다고 했다. 다시 말하면 제품의 품질을 힘써 제고시키고, 제품의 품종을 늘리며, 생산에서 취약한 부분을 강화하고, 대중적인 기술혁신운동을 꾸준히 전개하며, 원자재를 절약하고, 원가를 낮추며, 노동생산율을 향상시켜야 한다."라고 지적하였다. 이때부터 국민경제는 조정기에 들어서게 되었다.

1958년~1960년 3년간 '대약진'은 농업분야에서 가장 먼저 시작되었고, 그때 당시 부풀리기 기풍 역시 식량생산에서 가장 뚜렷하게 나타났다. 1959년부터 국민경제가 심각한 어려움을 겪기 시작하였다. 가장 두드러진 표현은 역시 농업에서의 흉작과 식량부족이었다. 그래서 국민경제 조정과정에서 농업분야에서의 회복과 발전이 더욱 절박한 문제로 드러났던 것이다.

농업생산을 회복하고 발전시킴에 있어서 농민의 적극성을 동원하는 것은 떼어놓을 수 없는 일이었다. 이에 따라 정책조정이 필요하였다. 1960년 10월 중국공산당 중앙위원회는 대중의 반응이 강렬한 '공산풍' 등의 문제를 극복하고자 농촌에서 정풍 및 인민공사 정돈을 전개하기로 결정하였다. 1960년 가을 중국공산당 중앙위원회의 위탁을 받고 저우언라이의 주도 아래 「농촌인민공사의 당면한 정책문제에 관한 중공중앙의 긴급 지시 편지」를 작성하였다. 그해 11월 3일 마오쩌둥은 「긴급 지시 편지」에 대해 몇 군데 중요한 수정을 했다. 그날 중국공산당 중앙위원회는 「긴급 지시 편지」를 생산대대와 생산대 당 총지부와 당 지부 이상 각급 당 조직에 발송하였다. 「긴급 지시 편지」의 주요 내용에는 "생산대를 토대로 하여 3급 소유제를 실시하는 것은 현 단계 인민공사의 기본 제도로서 반드시 생산대의 기본 소유제를 강화하고, 생산소대의 소부분 소유제를 견지해야 한다는 것, '평균수의와 무상 소낼(一平二調)'⁵의 오류에 단호히 반대해 칠저히 바로 잡아야 한다는 것, 사원이 소량의 자류지(사회주의 국가에서 농업 집체화 이후에 농민 개인이 경영할 수 있도록 한 약간의 자유 경작지— 역자 주)와 소규모의 가정 부업을 경영하는 것을 허용하여야 한다는 것, 각자 능력에 따라 일하고 각자 노동에 따라 분배하는 원칙에 따른다는 것, 지도적·계획적으로 농촌의 자유시장을 회복하여 농촌경제가 활기를 띠게 한다는 것" 등이 포함되었다. 이는 루산회의 이래 농촌정책과 관련된 역사적 문건으로 문건의 제정은 농업분야에서의 '좌'경 오류를 바로잡는 실제적인 발걸음을 내디뎠음을 상징했다.

그해 1월의 중앙업무회의가 끝난 후 마오쩌둥은 3개의 조사팀을 직접 조직하여 각기 저장·후난·광동 등 3개 성의 농촌에 내려 보내 조사를 진행하게 하였으며, 또 각기 제일 우수한 생산대와 제일 낙후한 생산대를 조사하여 대비함으로써 문제에 대한 해결방법을 찾을 것을 요구하였다. 이어 마오쩌둥은 항쩌우·창사·광쩌우에서 각각 3개 조사팀의 보고를 받고 많은 진실한 상황을 파악하게 되었으며, 또 농촌정책에 대해 조정해야 한다는 결심도 굳힐 수 있었다. 1961년 3월 중국공산당 중앙위원회는 광쩌우와 베이징에서 각각 업무회의를 열었다. 얼마 뒤 마오쩌둥은 또 그 두 회의를 통합하여 광쩌우에서 열기로 결정하였다. 그 중앙업무회의에서는 진지한 토론을 거쳐 「농촌인

---

5) '평균주의와 무상 조달(一平二調) : 중국 농촌 인민공사화운동 초기에 나타난 정책조치로서 인민공사 범위 내에서 빈부의 차이를 무시하고 일률적으로 평균 분배하는 것(一平)과 생산대 생산수단·노동력·제품 및 기타 재산을 무상으로 상급기관에 조달하는 것(二調).

민공사업무조례(초안)」(「농업 60조」라고 약칭함)를 제정하고 채택하였다. '농업 60조'는 인민공사의 조직을 공사·대대·생산대 3개의 급으로 규정지어 공사의 관리 기구를 줄이고, 동시에 공사·대대·생산대의 책임·권한·이익을 명확히 규정하였다.

그리고 자류지를 사원들이 장기적으로 사용하게 하면서 자류지에서 나는 농산물은 집체로 분배하는 생산량과 식량에 포함시키지 않고, 국가가 공출로써 징수하지 않으며, 통일 수매에 포함시키지 않는다는 등의 규정도 포함되어 있었다.

광쩌우회의가 끝날 무렵 중국공산당 중앙위원회는 조사연구를 진지하게 진행하는 문제와 관련하여 여러 중앙국과 여러 성·시·자치구 당위원회에 편지를 보내, 당의 고위급 간부들에게 최근 몇 년간의 업무경험과 교훈을 연결시켜, 마오쩌둥의 「조사업무에 관하여」(즉 「교과서주의(本本主義)에 반대하자」)라는 글을 참답게 학습할 것을 요구하였다. 편지에서는 최근 몇 년간 농업과 공업 분야의 구체적 업무에서 드러난 결함과 오류는 주로 조사연구를 소홀히 하였기 때문이라고 지적하였다. 그리하여 중국공산당 중앙위원회는 지금부터 현(縣)급 이상 당위원회 지도자들은, 먼저 제1서기부터 시작하여 조사업무를 우선의 과업으로 삼고, 제도를 제정하여 기풍을 형성할 것을 요구하였다. 조사연구와 실사구시의 업무기풍만 견지한다면, 당면한 문제들은 확실히 순조롭게 해결될 수 있을 것이며, 여러 분야의 업무도 분명히 빠른 진보를 가져올 수 있을 것이라 믿었기 때문이었다. 이어 당 중앙의 지도자부터 시작하여 성·지구·현 각급 지도기관의 간부에 이르기까지 잇달아 기관을 나서서 농촌에 내려가 '농업 60조'를 선전하고, '농업 60조'를 관철하는 과정에서 부딪친 문제를 해결해나가도록 했으며, 전 당의 범위에서 조사연구의 열풍을 크게 일으켰다.

이번 전 당 대조사에서 중앙의 지도자들이 훌륭한 본보기역할을 하였다. 광쩌우회의가 끝나자마자 류사오치가 후난성 농촌에 내려가 닝샹(寧鄕)·창사의 여러 생산대를 잇달아 방문하여 공공식당·배급제·사원주택·산림 등의 문제에 대해 44일간에 걸친 조사를 진행하였다. 그중 30일간은 농촌에 묵었으며, 어떤 때는 심지어 생산대의 양돈장에서 지내기도 하였다. 4월말부터 5월초까지 저우언라이가 허뻬이성 한단(邯鄲)지구에 가서 우안(武安)현의 버옌(伯延)공사에 대해 중점적으로 조사하였다. 이와 동시에 주더는 허난·쓰촨·산시(陝西)·허뻬이 등 성에 가서 조사를 진행하였고, 천윈(陳雲)은 예전에 농민운동을 조직하였던 상하이 칭푸(靑浦)현으로 돌아가 조사를 진행하였으며, 덩샤오핑과 펑전(彭眞)은 5개 조사팀을 이끌고 베이징 외곽의 쉰이(順義)·화이러우(懷柔)에 대해 1개월간 조사를 진행하였다. 중국공산당 중앙위원회는 또 직접 10개 조사팀을 조직하여 부(部)급 이상 지도간부의 인솔 아래 여러 지역 농촌에 내려가 조사를 진행하였다. 중국공산당 중앙위원회의 인솔 아래 여러 중앙국, 여러 성·지구·현의 당위원회도 잇달아 조사팀을 조직하여 현지의 농촌에 깊이 파고들어가 '농업 60조'(초안)의 관철상황을 파악하였다.

오직 상황을 파악하여야만 목표를 갖고 정책조정을 진행할 수 있었다. 조사연구를 토대로 1961년 5월 21일부터 6월 12일까지 중국공산당 중앙위원회는 베이징에서 업무회의를 열었다. 회의의 중요한 성과 중의 하나가 '농업 60조'(초안)에서 공공식당과 배급제에 관한 내용에 대해 중대한 개정을 진행했다는 점이다. 실제로는 그 두 가지 규정을 취소하였다. 이와 동시에 생산대대의 산림과 사원의 가옥, 간부의 규율에 대한 명확한 규정을 정했으며, 마지막에 '농업 60조'(수정 초안)를 최종적으로 제정하여 각지에 내려 보내 관철 이행하도록 하였다. 그 이후 중국공산당 중앙위원회는 또 '농업 60조'의 실행상황을 근거로 하여 인민공사의 기본 채산단위를 원래의 생산대대에서 생산대로 권한을 이양할 것을 결정함으로써 대대 내부 생산대 간의 평균주의 문제를 해결할 수 있었다. 중대한 정책 조정을 거치면서 '농업 60조'는 광범위한 농촌 간부와 대중의 열렬한 환영을 받았으며, 그들의 열성을 크게 불러일으키면서 농촌의 정세가 점차 호전되었다. 1962년 연간 식량 총생산량이 1961년보다 125억 근(斤, 62억 5천만kg) 늘었고 기타 경제작물도 일정하게 증산되었으며, 전국적으로 이미 4분의 1을 차지하는 현의 농업 총생산액이 1957년의 수준까지 회복되었거나 초과하였다.

농촌정책을 조정하는 동시에 중국공산당 중앙위원회는 또 「국영공업기업 업무조례(초안)」('공업 70조'), 「상업 업무를 개진하는 데에 관한 몇 가지 규정(시행 초안)」('상업 40조'), 「교육부 직속 대학교 잠정 업무조례(초안)」('대학교육 60조'), 「자연과학연구 연구기관의 당면한 업무 관련 14조 의견」('과학연구 14조'), 「당면한 문학예술 업무 관련 몇 가지 문제에 대한 의견(초안)」('문예 8조') 등도 발부하여 상응한 분야에서 정책조정을 진행하였다.

전 당 특히 중고위급 간부들의 인식을 통일시키고 경험·교훈을 종합하여 전 당을 동원하여 조정방침을 더 확고하게 이행함으로써 직면한 경제적 어려움을 철저히 이겨내고자 중국공산당 중앙위원회는 1962년 1월 현급 이상 당위원회 주요 책임자 및 일부 중요한 공장과 광산, 부대 책임자들이 참가한 중앙업무확대회의를 열기로 결정하였다. 회의 참가자가 총 7천 명에 이르렀기 때문에 역사적으로 '7천인 대회'라고 불렀다. 회의에서는 1958년 이래의 경험·교훈을 깊이 있게 종합하고, 그때 당시 직면한 형세에 대해 객관적으로 분석하고 비판과 자기비판을 전개하였다. 그리고 민주 집중제를 건전히 하고, 당의 훌륭한 전통을 회복·발전시킬 것을 강조하였으며, 당의 중고위급 간부들에게 국민경제 조정의 필요성에 대해 더 한층 인식하도록 하였고, 일정한 정도에서 사상을 해방시키고 인식을 통일시켰다. 이로써 1962년의 국민경제 조정의 순조로운 진행을 위한 사상적 토대를 마련해 놓았다.

1962년 2월 21일 중국공산당 중앙정치국은 상무위원회 확대회의를 열었다. 이번 회의는 중난하이 시루(西樓, 서쪽 건물) 회의실에서 열렸기 때문에 역사적으로 '시루회의'라고 부른다. 1962년 5월 7일부터 11일까지 중국공산당 중앙위원회는 베이징에서 업무회의('5월 회의'라고 약칭함)를 열었다. 상기 두 차례 회의에서 당면한 형세에 대한 진일보적인 분석을 진행하고 국민경제계획 조정에 대한 조치를 실행하였다. 회의에서는 국민경제 면에서 식량공급이 달리고 종업원 수가 현재의 경제수준을 크게 초월하는 등 8개 방면의 문제가 존재한다고 분석하였으며, 전반적인 국민경제에 대한 대폭적인 조정이 필요하다고 판단하였다. 따라서 큰 결심을 내리고 쓸데없는 조직을 단호히 해체하고 쓸데없는 기업을 회수하며, 종업원 수를 더욱 감축하기로 결정하였다. 그래서 우선 단순 재생산을 유지하면서 다음 단계에 가서 확대 재생산을 실현하기로 하였다.

'시루회의'와 '5월회의' 이후 공업과 기본건설의 조정이 진정으로 실질적인 단계에 들어섰다. 생산 임무가 없거나 임무가 많이 부족한 기업에 대해서는 폐쇄·중단·합병·이전 조치를 취하고, 기본 건설항목은 대량으로 취소하였다. "절을 부수는" 한편 "중을 옮기는" 작업도 동시에 전개하여 종업원과 도시인구를 대대적으로 감축함으로써 국가의 재정 부담과 상품식량 공급을 경감시켰다. 따라서 전국의 종업원 수는 1961년 1월부터 1963년 6월까지의 2년 반 동안 총 1,887만 명이 줄어 총수가 1960년 말의 5,043만 8천 명에서 3,183만 명으로 줄어들었다. 1961년 1월부터 1963년 6월까지 전국의 도시인구는 총 2,600만 명으로 줄어들었다.

이처럼 과감한 조치를 취하였기 때문에 1962년 말에 이르러서는 국민경제가 호전되기 시작하였다. 그해 식량 총생산량은 3,200억 근(1,600억kg)에 달하여 전해보다 250억 근(125억 kg)이 증산되었다. 1962년에 국가재정이 수지균형을 이루어 83억 원의 흑자를 실현해 4년 연속 적자를 이어오던 상황에 마침표를 찍었다. 전 당과 전국 인민의 힘겨운 분투를 거쳐 신 중국은 마침내 심각한 경제난을 이겨내고 "3년간의 일시적 어려움" 그늘에서 벗어났다.

국민경제가 호전되기 시작한 토대 위에서 중국공산당 중앙위원회와 마오쩌동은 1963년부터 1965년까지 국민경제 조정을 이어가기로 결정하였다. 이 3년간의 조정이 이전 2년간의 조정에 비해 다른 점은, 이전 2년간이 주로 뒤로 충분히 되돌아가는 조정이었다면, 이후의 3년간은 뒤로 되돌리기도 하고 또 앞으로 나아가기도 하는 조정시간이었다는 점이다. 중점적으로 품종을 늘리고, 품질을 향상시키며, 부족한 부분을 보강하고, 체계화를 이루며, 설비를 갱신하고, 경영관리를 개선하며, 노동생산율을 높이는 방향으로 전환하였다. 1964년 말부터 1965년 초까지 열린 제3기 전국인민대표대회에서는 "국민경제 조정임무를 기본적으로 완수하여 국민경제가 새로운 발전기에 들어서게 될 것"이라면서 "우리나라를 현대 농업, 현대 공업, 현대 국방, 현대 과학기술을 갖춘 사회주의 강국으로 점차 건설하기 위해 노력할 것"이라고 선포하였다.

심각한 경제난을 극복해오던 특수했던 기간 동안, 당의 영도 아래 전국의 인민은 자력갱생정신과 악전고투하는 정신을 발양하여 일시적인 어려움을 극복하기 위하여 헌신적으로 일하였으며, 여러 업종에서 수많은 선진적인 사례들이 창출하였다. 예를 들면 공업전선에서 따칭(大慶), 농업전선에서 산시(山西)의 따자이(大寨)와 허난의 린(林)현의 홍치취(紅旗渠) 등이 전형적인 사례였다. 그리고 여러 전선에서 무수히 많은 영웅적인 모범 인물들이 창출하였다. 그들 중에는 '무쇠사람'으로 불린 석유노동자 왕진시(王進喜), 훌륭한 해방군 전사 레이펑

(雷鋒), 훌륭한 당 간부 쟈오위루(焦裕祿) 등이 포함되었다. 그들은 시대의 본보기일 뿐만 아니라 공산당원의 영원한 본보기이다. 그 시기는 영웅을 창출한 시대였으며, 또한 영웅을 숭상하는 시대였다.

1956년 사회주의 개조가 기본적으로 완성되고부터 1966년 '문화대혁명'이 일어나기 전까지의 10년은 중국 인민이 자신의 사회주의 건설의 길을 힘겹게 탐색해온 10년이었다. 그 10년간 비록 막심한 좌절을 겪은 적도 있었지만, 여전히 매우 큰 성과를 거두기도 하였다. 1966년에는 1956년에 비해 전국의 공업 고정자산이 불변 가격으로 계산해 3배의 성장을 이루었다. 면사·석탄·발전량·원유·철강·기계설비 등 주요 공업제품 생산량이 모두 대폭 성장하였다. 중국 석유노동자들은 자력갱생 정신과 악전고투의 정신을 발휘해 따칭 유전을 건설하여 원유와 석유제품의 자급을 이뤄냈다. 전자공업·석유화학공업 등 일련의 신흥 공업부서가 건설되었다. 공업구도도 개선되었다. 농업에 대한 기본 건설과 기술 개조가 대규모적으로 전개되기 시작하여 점차 성과를 거두기 시작하였다. 전국적으로 농업용 트랙터와 화학비료 사용량이 모두 6배 이상 성장하였으며, 농촌 전기 사용량이 70배나 성장하였다. 대학 졸업생 수가 이전 7년간의 4.9배에 이르렀다. 과학기술 분야에서도 뚜렷한 성과를 거두었다. 특히 중국 과학기술자들은 상상조차 하기 어려운 어려움을 극복하고 '2탄 1성(원자탄, 수소탄 및 인공위성)'의 연구제작에 나섰다. 1964년 10월 16일 중국 최초로 원자탄 실험에 성공함으로써 슈퍼대국의 핵 독점과 핵 위협을 타파해버리고 중국의 국제적 지위를 향상시켰다.

10년긴 당이 이끄는 인민군대는 국가안전을 수호하는 중임을 다하였다. 1958년 8월 인민해방군은 진먼(金門)을 포격하여 '두 개의 중국'을 조작하려던 미국의 음모를 분쇄해버렸다. 1959년 3월 인민해방군은 티베트 고위층의 반동집단이 발동한 무장반란을 평정하고, 조국의 통일을 수호하였다. 1962년 10월 인민해방군은 인도를 상대로 자위반격전을 벌여 인도군이 강점하였던 중국의 영토를 수복하였다. 이 기간에 중국공산당은 소련 지도자의 대국 쇼비니즘(배타적 애국주의)에 꿋꿋이 맞서 싸웠다. 중국 인민은 또 베트남 인민의 항미 구국 투쟁에 사심 없는 원조를 보내주기도 하였다.

5.
계급투쟁문제를
다시 제기하다

'대약진'과 인민공사화 운동이 초래한 극심한 경제난을 극복하기 위하여 정책조정이 불가피해졌다. 그러나 이와 동시에 일부 새로운 상황과 새로운 문제들도 나타났다. 예를 들면, 농촌의 일부 지방에서 가족도급제가 나타나 어떤 농민은 심지어 농토를 나눠 개인경영을 할 것까지 요구하는가 하면, 물자 결핍현상이 심각하여 장터무역(자유시장)을 회복할 때 도시와 농촌에 투기현상이 나타났으며, 또 경제난으로 인해 사회치안이 이전보다 못해지자 대만당국은 또 기회를 틈타 "대륙을 반격할 것"이라고 소문을 퍼트리는 등의 상황이 그것이었다. 이처럼 복잡한 정세에 직면하여 당은 정확한 분석과 판단을 내리고 올바른 방침과 대책을 강구해야만 했다.

'7천인 대회'가 끝난 후 마오쩌동은 외지에 가게 되어 '서루회의'와 '5월회의'에는 참가하지 않았다. '서루회의' 후, 류사오치·저우언라이·덩샤오핑이 우한으로 가서 그에게 상황을 보고하였다. 그러나 마오쩌동은 문제점이 이미 전부 다 드러났고, '7천인 대회' 이후 형세가 하루하루 나아지기 시작하였다면서 당면한 형세를 너무 어둡게 보아서는 안 된다고 생각하였다.

형세에 대한 견해가 서로 달랐기 때문에, 국민경제 조정에서 어떤 정책과 조치를 취하여야 하는지에 대한 견해도 조금 달랐다. 류사오치·덩샤오핑·천윈 등은 지금이 비상시기인만큼 비상조치를 취하여야 한다고 주장하였다. 예를 들면, 농촌에 가정단위 도급생산(包産到戶) 책임제를 도입하면 농업이 하루 빨리 회복될 수 있다고 주장하였다. 그러나 마오쩌둥은 공공식당 해체, 배급제 폐지, 사원들의 자류지와 가내부업의 회복, 기본 채산단위의 생산대 이양 등과 같은 관련 정책을 조정하는 과정에서 인민공사문제가 해결되었기 때문에 더 이상 이전상황으로 되돌려서는 안 된다고 여겼다.

가정단위 도급생산 책임제를 실행하는 것은 바로 개인경영을 의미하며, 그러면 착취와 피착취가 생기게 되어 일부 부유한 농민들은 이로 인해 "자본주의 길로 나가게 될 것"이라고 생각하였다. 마오쩌둥은 인민공사 내부의 평균주의에 대해서 반대하였다. 그래서 그는 기본 채산단위를 생산대대에서 생산대로 이양하였던 것이다. 그러나 그는 또 생산대 내부에 평균주의가 전혀 없이 철저히 노동에 따른 분배를 실시해서는 안 된다고 여겼다. 그렇지 않을 경우 가난한 농민들에 대한 적절한 배려가 이루어지지 못해 농촌에 양극 화 현상이 나타나는 건 불가피할 것이라고 생각하였다. 마오쩌둥은 농민 특히 가난하고 어렵게 살아가는 농민들에 대해 깊은 감정을 갖고 있었으며, 그들의 처지를 매우 동정하였다. 서로 돕고 서로 합작할 수 있는 정책 조치를 취해 농민들을 집단화의 길로 이끄는 것이 바로 농촌의 양극 분화를 막고, 공동 부유를 실현하기 위한 것이라고 여겼다. 만약 공산당의 영도 아래서 농민들이 여전히 가난한 자는 가난하고 부유한 자는 부유하게 살아간다면, 이는 농민을 이끌어 혁명을 진행할 때 당의 최초의 취지에 위배되는 것이었다. 가정단위 도급생산 책임제를 실시하게 되면, 그런 결과를 초래하게 될 것이라고 여겼던 것이다. 그러므로 가정단위 도급생산 책임제를 실시할 수 없다는 것이 농촌정책을 조정하는데 있어서 그의 마지노선이었다.

중국경제가 심각한 어려움에 봉착하여 어쩔 수 없이 국민경제에 대한 대대적인 조정을 진행하고 있을 때, 중·소 관계가 급격히 악화되었다. 중·소 양국은 이데올로기 영역에서 의견차이가 날로 심각해졌으며, 이 때문에 대대적인 논전을 벌이기까지 하였다. 중국공산당을 굴복시키기 위하여 소련의 지도자들은 양국 간에 이미 체결하였던 과학기술계약까지 파기하고, 중국에서 근무 중이던 소련 전문가들을 철수시켰다. 1962년 4~5월에는 이리(伊犁) 주재 소련영사관의 간섭으로 인해 수만 명의 중국 공민이 소련 경내로 건너가는 이리사건까지 발생하였다. 이로 하여 마오쩌둥은 다음과 같은 결론을 점차 얻어냈다. "소련 당 내에 심각한 수정주의가 나타났다. 당이 수정주의 길을 걷고 있고, 나라가 변색하고 있다. 레닌이 개척한 사회주의 길을 이미 이탈하였다. 그리고 소련에서 수정주의가 나타난 원인은 흐루시초프가 집권한 후 계급투쟁을 중시하지 않았기 때문이다. 따라서 중국은 반드시 소련의 교훈을 거울삼아 '수정주의에 반대하고 방비하여야 한다. 만약 계급투쟁을 중시하지 않으면, 자본주의가 복벽할 수 있으며, 사회주의와 자본주의 간에 누가 누구를 이기느냐 하는 문제를 해결하기 어려울 것이다."

국제와 국내 정세의 영향을 받아 1962년 여름부터 마오쩌둥은 국제
적으로는 수정주의에 반대하고, 국내적으로 수정주의를 방지하는 데
에 주의력과 정력을 점차 돌리기 시작하였으며, 계급투쟁 문제를 갈
수록 크게 중시했으며, 가정단위 도급생산책임제에 대해 거듭해서 엄
격히 비판하였다. 그해 7월 28일 마오쩌둥의 주재로 베이다이허(北戴
河)에서 중국공산당 중앙정치국 상무위원회 확대회의가 열렸다. 그는
"현 시기 국제와 국내적으로 모두 한 가지 공통성을 띠고 있는 문제
가 있는데, 바로 혁명을 무산계급이 이끌어야 하느냐, 아니면 자산계
급이 이끌어야 하느냐 하는 것"이라고 제기하였다. 또한 "중국에 있어
서는 무산계급독재를 실시하느냐, 아니면 자산계급독재를 실시하느
냐 하는 것"이라고 말하였다. 그는 또 "흐루시초프가 중국은 독특한
노선을 걷는다고 하는데, 우리는 독특하지 않으면 안 된다"며 "제국
주의·수정주의와 선을 긋지 않으면 안 된다"라고 제기하였다.

1962년 9월 중국공산당 중앙위원회 제8기 제10차 전원회의가 베이
징에서 열렸다. 회의가 시작되자마자 마오쩌둥은 계급·정세·모순 문
제를 제기하고, 회의에서 토론할 것을 요구하였다. 이 또한 그 회의의
주요한 의제가 되었다. 마오쩌둥은 사회주의사회의 일정한 범위 내에
존재하는 계급투쟁을 확대시키고, 절대화시켰으며, 1957년 반우파투
쟁 이래의 무산계급과 자산계급 간의 모순이 여전히 중국사회의 주
요 모순이라는 그의 관점을 발전시켜 사회주의 역사단계 전반에 걸
쳐 자산계급이 존재하고 복벽을 시도할 것이며, 당 내 수정주의가 나

타날 수 있는 근원이 될 것이라고 제기하였다. 그렇기 때문에 단계적 투쟁은 반드시 해마다 강조하여야 하며, 달마다 강조하여야 한다고 주장하였다. 회의에서는 또 이른바 '암흑풍조' '개인경영풍조' '번안풍조'에 대한 비판도 전개하였다. 그 회의는 계급투쟁 확대에 대한 관점을 한층 더 체계화함으로써 훗날 '좌'경 오류의 발전을 위한 이론적 준비를 해놓았던 것이다.

"수정주의에 반대하고 방비하기 위한 견지"에서 중국공산당 중앙위원회 제8기 제10차 전원회의 이후 중국공산당 중앙위원회는 전국의 도시와 농촌에서 보편적인 사회주의교육 운동을 진행하기로 결정하였다. 그 주요 내용은 다음과 같았다. 즉 "도시에서는 반(反)탐오·반(反)투기·반(反)낭비·반(反)분산주의·반(反)관료주의의 '5반(五反)운동'을 전개하고, 농촌에서는 장부 청산, 창고 청산, 재물 청산, 노동점수(工分) 청산의 '4청(四清)운동(후에 '4청'의 내용은 정치 숙청, 경제 숙청, 조직 숙청, 사상 숙청으로 바뀜)을 전개한다."는 것이었다.

그러나 '5반'과 '4청운동'이 비록 간부들의 기풍과 경제관리 면의 문제를 해결하는 데 어느 정도 긍정적인 역할을 발휘하기도 하였지만, "계급투쟁을 벼리로 삼을 것"을 강조함으로 인해 서로 다른 성질을 띤 문제들을 모두 계급투쟁 혹은 계급투쟁이 당내에서 반영된 것으로 간주하게 되었다. 이에 따라 일부 기층 간부들이 부당하게 투쟁 대상이 되었으며, 게다가 운동의 후반에 이르러서는 투쟁의 칼끝이 "당내에서 자본주의 길로 나가는 집권파"를 겨냥하면서 계급투쟁의 확대화 경향이 '좌'적인 방향으로 갈수록 깊이 빠져들어 갔다.

이와 동시에 이데올로기 영역에서도 과격한, 잘못된 비판과 투쟁이 벌어졌다. 처음에는 많은 문학예술작품에 대해 공개적으로 정치적 비판을 진행하였다. 이어 이런 비판은 학술계의 수많은 분야로 확대되면서 지식인문제, 교육·과학·문화 문제를 대함에 있어서 '좌'적인 편향이 갈수록 심각해졌으며, 후에는 '문화대혁명'을 일으키게 되는 도화선으로 발전하기에 이르렀다. 그러나 이러한 '좌'경 오류는 국부적인 성질을 띤 데 지나지 않아서, 아직 공업과 농업 생산에는 중대한 영향을 미치지 않았으며, 사회적으로 큰 동란은 일어나지 않고 있었다.

제8장
'문화대혁명'을 겪은 10년

1966년 5월부터 1976년 10월까지 이어진 '문화대혁명'은 당과 국가 그리고 인민에게 건국 이래 가장 심각한 좌절과 손해를 안겨주었다. 당과 인민이 '문화대혁명' 속에서 '좌'경 오류 및 린뱌오(林彪)·장칭(江靑) 반혁명집단과 치른 투쟁은 우여곡절이 많았으며 줄곧 멈춘 적이 없었다.

중국공산당 제11기 제6차 전원회의에서 결정한
「건국 이래 당의 몇 가지 역사문제 관련 결의」(1981년 6월 27일)

1.
'문화대혁명'의 폭발

1965년 11월 10일 상하이 『원훼이빠오(文匯報)』에 야오원위안(姚文元)의 「신편 역사극 '해서의 파직(海瑞罷官)'을 평함」이라는 제목의 글이 발표되었는데, 이 글에서 베이징시 부시장이며 저명한 명나라 역사학자 우한(吳晗)을 지명하여 비판하였다. 문장은 실제로 1961년 이래 중앙지도층의 많은 중대한 정책문제에서의 의견 차이에 대해 언급하면서 공격의 칼끝을 단지 우한 한 사람만을 겨냥한 것이 아니었다. 그 글은 장칭·장춴챠오(張春橋)·야오원위안이 극비리에 작성한 글로서 류사오치·저우언라이·덩샤오핑 등 중앙 지도자들은 사전에 알지도 못한 일이었다. 단지 마오쩌동의 지지를 받은 일이었다.

「신편 역사극 '해서의 파직(海瑞罷官)'을 평함」이라는 글이 발표되자 이데올로기 영역의 정치비판이 빠르게 달아오르기 시작하였으며, 비판의 범위도 해서를 소재로 한 연극과 문학예술작품에만 그치지 않고 역사학계·문학예술계·철학계 등 사회과학의 수많은 영역에까지 확대되었으며, 전국적으로 대대적인 정치비판 국면이 형성되었으며, 국내의 정치형세는 갈수록 긴장감이 높아 갔다.

「해서의 파직」을 비판함으로 인해 학술계·사상계에 큰 혼란을 조성하지 않도록 하기 위하여 1966년 2월 펑전을 팀장으로 하는 '문화혁명 5인 팀'이 중앙정치국 상무위원회에 바치는 보고서 「현 시기 학술 토론에 관한 보고서 제강」(「2월 제강」으로 약칭)을 작성하여 이미 나타난 '좌'적인 경향에 대해 적절하게 단속하고, 이번 비판의 성질·방침·요구를 명확히 하며, 운동이 당의 영도와 학술토론의 범위 안에서 진행되도록 유도하려고 시도하였으며, 운동이 한차례의 심각한 정치적 비판으로 바뀌는 것에 찬성하지 않았다. 「2월 제강」은 베이징의 중앙정치국 상무위원들의 토론을 거쳐 우한에 있는 마오쩌둥에게 보고되었다. 마오쩌둥은 이에 반대의견을 표시하지 않았다. 그 후 중국공산당 중앙위원회는 2월 12일에 「2월 제강」을 전 당에 공표하였다.

그러나 「2월 제강」은 장칭 등의 불만을 극도로 자아냈다. 린뱌오의 지지를 받은 장칭은 상하이로 가서 부대 문예업무좌담회를 주재하고 「린뱌오 동지의 위탁을 받고 장칭 동지가 소집한 문예업무좌담회 요록」을 작성하여 4월 10일 중국공산당 중앙위원회의 명의로 전 당에 공표하였다.

그 문건은 신 중국이 창건된 이래 당의 문예업무를 전면 부정하고 문예계가 "반(反)당·반사회주의 비밀노선의 독재를 받고 있다"는 요언을 날조하면서 "문화전선에서 사회주의 대혁명을 단호히 전개할 것"을 호소하였다. 이로써 사상문화 영역의 대 비판 범위가 갈수록 확대되었고, 정세도 갈수록 긴장이 고조되는 국면을 초래하였다.

1966년 5월 중국공산당 중앙정치국이 확대회의를 열었다. 회의 의제는 두 가지였는데, 한 가지는 펑전·뤄레이칭(羅瑞卿)·루띵이(陸定一)·양상쿤(楊尚昆) 등의 이른바 '반당 오류'를 고발하는 것이고, 다른 한 가지는 「중국공산당 중앙위원회 통지」(즉 '5.16통지')를 채택하는 것이었다. '5.16통지'는 '문화대혁명'을 전면 발동한 강령적인 역할을 한 문서였다. 그 통지에서는 그때 당시 당과 국가가 직면한 형세에 대하여 심각하게 잘못 평가하여 "수많은 자산계급의 대표인물, 반혁명적 수정주의분자들이 이미 당·정부·군대·문화영역 각 계에 섞여 들어왔기 때문에 상당수를 차지하는 단위의 영도권은 이미 마르크스주의자와 인민대중이 장악하고 있지 않다"라고 주장하였다. 그리고 "당내 자본주의 길로 나아가는 집권파가 중앙에 자산계급사령부를 형성하고, 수정주의의 정치노선과 조직노선을 따르고 있으며, 여러 성·시·자치구 및 중앙의 여러 부처에 모두 대리인을 두고 있다"라고 주장하였다. 아울러 "과거에 진행하였던 여러 투쟁으로는 모두 문제를 해결할 수 없으며, 오로지 '문화대혁명'을 실행하여 아래서부터 위로 광범위한 대중을 동원하여 상기 어두운 부분에 대해 공개적·전면적으로 적발하여야만 '주자파(走資派, 자본주의 길을 따라 나아가는 자)'에게 빼앗긴 권력을 도로 빼앗아 올 수 있다"라고 주장하였다. 또한 "실질적으로 이는 한 계급이 다른 한 계급을 뒤엎는 정치적 대혁명으로서 앞으로도 여러 차례 진행하여야 한다"라고도 주장하였다. 이런 관점들은 후에 "무산계급의 독재아래 혁명을 계속해야 한다는 이론"으로 요약되어 '문화대혁명'의 이론적 근거가 되었다.

그 회의의 소집과 '5.16통지'의 발부는 '문화대혁명'의 전면적인 발발을 상징한다. 5월 26일 중앙지도기구가 잘못된 개편을 진행, 이른바 '중앙문화혁명소조'('중앙문혁소조' 또는 '중앙문혁'으로 약칭함)를 설립하고 막강한 권력을 장악하게 하였다.

6월 1일 『인민일보(人民日報)』에는 "모든 잡귀신들을 쓸어버리자"라는 제목의 사설이 발표되었다. 사설은 신 중국이 창건된 이래 무산계급과 자산계급 간 이데올로기 영역에서의 계급투쟁이 줄곧 아주 치열하였다고 강조하면서 당면한 사회주의 문화대혁명이 바로 그 투쟁 발전의 연속이라고 지적하였다. 그날 저녁 중앙인민라디오 방송은 베이징대학의 녜위안쯔(聶元梓) 등 7명이 베이징대학 당위원회와 베이징시 당위원회를 공격한 대자보를 방송으로 내보냈다. 그 영향을 받아 전국 대학교와 중학교에서는 학교 지도자·교사를 투쟁대상으로 한 "깡패조직과의 전쟁" 열조가 일어났다.

'문화대혁명'이 초래한 대학교와 중학교에 나타난 혼란스러운 국면에 대해 류사오치·덩샤오핑의 주도 아래 중앙정치국 상무위원회는 대책반을 대학교와 중학교에 파견하여 운동을 이끌기로 결정하였다. 이는 이전부터 줄곧 실행해오던 관례이기도 했다. 그런데 장칭·천버다·캉성(康生)이 미리 학생들 속에서 분쟁을 일으킨 데 이어 또 마오쩌동에게 일방적으로 보고하였기 때문에, 마오쩌동은 대책반의 파견에 대해 이제 막 일어나기 시작한 '문화대혁명'을 억누르려 한다고 판단하고 매우 불만스럽게 생각하게 되었으며, '걸림돌'을 제거하기 위하여서는 반드시 또 한 차례 전면적으로 혁명을 발동해야 한다고 지적하였다. 8월 1일부터 12일까지 마오쩌동 주재로 중국공산당 중앙위원회 제8기 제11차 전원회의가 열렸다. 8월 7일 회의에서는 마오쩌동이 쓴 「사령부를 포격하라—나의 대자보」를 인쇄 발부하였다. 그 대자보에서는 비록 이름을 분명히 명시하지는 않았지만, 류사오치 등 중앙의 일상 업무를 주관하는 일부 지도자들을 겨냥한 것임은 분명히 알수 있었다. 회의에서는 또 마오쩌둥의 의견에 따라 작성한 「무산계급문화대혁명에 관한 중국공산당 중앙위원회의 결정」(즉 '16조')를 채택하였다. 이로써 '문화대혁명'을 전개하는 목적은 "자본주의 길로 나아가는 집권파를 철저히 쓸어버리고, 자산계급의 반동학술 '권위'에 대해 비판하며, 자산계급과 모든 착취계급의 이데올로기에 대해 비판하고, 교육을 개혁하고 문학예술을 개혁하며, 사회주의 경제 토대에 어울리지 않는 모든 상부구조를 개혁하여 사회주의 제도를 공고히하고, 발전시키는 데 유리하도록 하는 것"이라고 명확히 밝혔다. 전원회의에서는 중앙 지도기관에 대한 보선과 선거를 진행하였다.

전원회의에서 주석과 부주석을 선거하지는 않았다. 그러나 류사오치·저우언라이·주더·천윈 등 기존의 부주석 직무에 대해서는 그 이후 다시는 거론하지 않았다. 린뱌오는 당 내에서 서열 2위로 올라 마오쩌둥의 '후계자'가 되었다. 중국공산당 중앙위원회 제8기 제11차 전원회의와 그 회의에서 채택된 결정을 통해 당내에서 '문화대혁명'을 일으키기 위한 법적 절차를 완성하게 되었다. '문화대혁명'이 발생한데에는 심각한 사회역사적 근원이 있었다. 이에 대해 1981년 6월 중국공산당 중앙위원회 제11기 제6차 전원회의에서 채택된 「건국 이래 당의 몇 가지 역사문제 관련 결의」에서 이미 전적으로 논술한 바 있다. '문화대혁명'의 발생은 그 해 계획경제체제와도 모종의 내적 관계가 있다는 점도 알아야 한다. 계획경제체제는 경제건설에서의 급진 혹은 '약진'을 초래하기 쉽다. 급진이건 '약진'이건 모두 객관적인 경제 법칙에 어긋나는 것으로서 필연적으로 국민경제 비중의 불균형을 초래하게 되며, 경제적 어려움을 조성하게 된다. 급진 혹은 '약진'이 부른 실수를 바로잡기 위하여서는 어쩔 수 없이 정책조정을 진행하여야 했다. 그러나 정책조정은 어느 정도로 하여야 하느냐 하는 문제에 대해서 당내에서는 인식이 서로 엇갈릴 수 있고 의견차이가 생기기 쉬웠다. 그때 당시 중국은 사회주의 건설에서 아직 경험이 부족하였고, 전국을 집권하고 있는 상황에서 당의 자체 건설을 어떻게 강화해야 하는지, 특히 민주 집중제를 어떻게 건전히 할 것인지에 대해서도 마찬가지로 경험이 부족하였다. 비록 중국이 사회주의제도를 수립할 때부터 "중국에서 사회주의 건설의 길을 찾으려고" 시도하였지만, 소련 모델의 영향을 받았다는 사실을 분명히 알 수 있다. 소련 모델은 계획경제체제 외에 정치상에서의 한 가지 특점이 있었다. 그것은 즉 국내의 계급투쟁을 확대한 것이었다. 그리고 또 사회적인 계급투쟁을 당내까지 확장시켜 당내에서 일부 구체적인 업무에 대한 의견 차이를 노선투쟁, 즉 계급투쟁으로 간주하여 처리한 것이다. 그 영향을 받아 중국도 그러한 의견 차이를 노선투쟁, 즉 "사회주의 길을 갈 것이냐? 아니면 자본주의 길을 갈 것이냐?" 하는 투쟁으로 끌어올리기 쉬웠다. 따라서 '문화대혁명'이 일어난 데는 복잡한 원인이 있지만, 그때 당시 고도로 집중된 계획경제체제와 엄격한 민주 집중제를 수립하지 못한 것은 '문화대혁명'에 대한 연구와 분석에서 경시할 수 없는 중요한 요소이다.

2.
전면적인 동란과
원로 혁명가들의 항쟁

　중국공산당 중앙위원회 제8기 제11차 전원회의가 열린 날, 마오쩌동은 칭화대학(淸華大學) 부속 중학교의 홍위병(紅衛兵)들에게 편지를 보내 그들의 반란정신을 열렬히 지지한다고 표하였다. 그 이후 홍위병이 전국에서 빠르게 생겨나기 시작하였으며, 게다가 교정을 벗어나 사회로 뛰쳐나가 기세등등하게 "네 가지 낡은 것"(즉 낡은 사상, 낡은 문화, 낡은 풍속, 낡은 습관)을 타파하고 이른바 '봉·자·수'(즉 봉건주의·자본주의·수정주의)를 비판하기 시작하였다. 그리고 그 운동은 발전하여 집을 수색하고 사람을 때리고 물건을 부수는 지경에까지 이르렀다. 대량의 고전서적과 문화유물이 훼손되고, 간부와 지식인들이 '깡패세력' '반동 학술권위' 등의 모자를 쓰고 비판투쟁과 모욕을 당하였다. 8월 중순부터 홍위병들은 전국적인 대 교류를 시작하였다. 8월 18일부터 11월 26일까지 마오쩌동이 베이징에서 연속 8차례나 홍위병과 대중을 접견하였으며, 연인원수가 총 1,100만 명이 넘자 사회 질서는 어지러워지기 시작하였다.

　10월 9일부터 28일까지 중국공산당 중앙위원회가 베이징에서 업무회의를 열었다. 회의는 마오쩌동의 주재로 열렸으며, '문화대혁명' 과정에 나타난 "자산계급 반동노선"을 비판하는 것이 중심내용이었다. 회의에서 천버다(陳伯達)·린뱌오 등은 이름까지 지적하며 류사오치·덩샤오핑에 대해 최고로 높은 정치원칙에 준하여 비판하였다. 회의장 밖에서는 '중앙문화혁명소조'가 암암리에 조종하여 사회적으로 "자산계급 반동노선"을 비판하는 풍조가 날이 갈수록 거세져만 갔으며, 중앙에서 지방에 이르기까지의 수많은 간부들이 비판과 투쟁의 대상이 되었다. 1967년 초 '중앙문화혁명소조'의 기획 주도 아래 상하이 반란파 두목 왕훙원 등이 상하이 시 당위원회와 시 인민위원회의 지도권을 찬탈하였다. 왕훙원 등의 권력 찬탈 행동은 마오쩌둥의 지지를 얻었다. 마오쩌둥은 그 행동을 "한 계급이 다른 계급을 뒤엎는 대혁명"이라고 말하였으며, '문화대혁명' 방침을 관철시켜 각급 지도층을 철저히 개각하는 효과적인 방식이라고 간주하였다. 그로 인해 전국적으로 이른바 '주자파'에게서 권력을 탈취하는 풍조가 고조되었다. 한동안 학교가 휴교하고, 공장이 생산을 중지하였으며, 적지 않은 지방에서 심각한 무력투쟁이 발생하였고, 전국적으로 전면적인 동란이 일어났다. 이런 상황에 맞닥뜨리게 되자 마오쩌둥은 인민해방군을 파견해 '3지원 2군사'(좌경 지원, 노동자 지원, 농민 지원, 군사 관리, 군사 훈련)을 실시하기로 결정하였다. 이는 그때 당시 어지러운 상황에서 필요한 조치였으며, 정세를 안정시키는 역할을 하였다. 그러나 일부 소극적인 결과를 낳기도 하였다. '문화대혁명'과 "전면적인 권력 찬탈"의 토대 위에 각지에서는 잇달아 군인·간부·대중 '3자 결합', 노년·중년·청년 '3자 결합'을 이룬 혁명위원회가 설립되었으며, 사실상 각급 당위원회와 각급 인민정부를 대체해 비렀다. 1968년 9월 5일 시짱(西藏)자치구혁명위원회와 신장(新疆)위구르자치구혁명위원회가 설립되었다. 이로써 중국 대륙의 29개 성·시·자치구에 모두 혁명위원회가 설립되었다. 지방 각급 혁명위원회도 잇달아 설립되었다. 각급 혁명위원회의 설립은 '문화대혁명' 초기 형언할 수 없이 어지러웠던 국면을 어느 정도 마무리 지었으며, 당분간 국가와 지방권력에 나타났던 진공·반 진공 상태를 돌려세우는 역할을 하였다.

'문화대혁명'으로 초래된 당과 국가에 심각한 위해를 끼친 동란 앞에서 전 세대 혁명가들이 '문화대혁명'의 오류와 시대의 흐름을 거스르는 린뱌오·장칭 일당의 역행을 제지하려고 나섰다. 1967년 1월 19일에 열린 중앙군사위원회 확대회동에서 예젠잉·쉬샹첸·녜롱전 등이 군대도 지방과 마찬가지로 "대명(大鳴)·대방(大放)을 비롯한 이른바 '4대'를 전개해야 할 것이냐?" 하는 문제를 둘러싸고 장칭·천버다·캉성 등과 치열한 논쟁을 벌였다. 2월 11일과 16일 두 차례에 걸친 일부 정치국 위원들이 참가한 가운데 열린 예비회담에서 탄전린(譚震林)·천이·예젠잉·리푸춘·리셴녠·쉬샹첸·녜롱전 등이 '중앙문화혁명소조'의 여러 가지 잘못된 행위에 대해 강렬하게 비판하였다. 마오쩌둥은 '중앙문화혁명소조'의 일방적인 보고를 들은 뒤 상기 전 세대 동지들을 매우 불만스럽게 여기면서 호되게 질책하였다. 장칭·천버다·캉성 등은 이때다 생각하고 "자산계급 복벽 역류"라는 누명을 씌워 전 세대 동지들을 여러 차례 비판하고 집중 공격하면서 그들의 항쟁을 '2월의 역류'라고 비난하였다.

1968년 10월 13일부터 31일까지 중국공산당 중앙위원회 제8기 제12차 확대 전원회의가 베이징에서 열렸다. 전원회의에서는 당내 생활이 지극히 비정상적인 상황에서 자세한 확인과 토론을 거치지 않은 채 「반역자, 간첩, 노동자의 배신자 류사오치의 죄행에 대한 심사보고」를 비준하는 오류를 저질렀으며, 류사오치를 "영원히 당에서 제명하여 퇴당시키고 그의 당내외의 모든 직무를 해임한다"고 선포하였다. 전원회의에서 류사오치에게 덮어씌운 죄명들은 전적으로 장칭·캉성 등의 모함이었다. 회의기간에 린뱌오·장칭 등은 또 덩샤오핑의 당적을 박탈하자고 야단들이었지만 이는 마오쩌둥에게 제지당하였다.

1969년 4월 중국공산당 제9차 전국대표대회(제9차 당 대회)가 베이징에서 열렸다. 대회는 '문화대혁명'의 심각한 파괴를 받은 당내 대다수 당원들이 조직생활을 미처 회복하지 못한 비정상적인 상황에서 열린 것이며, 대회에 출석한 대표들도 각급 당 조직의 선거과정을 거쳐 선출된 것이 아니라, 이른바 '민주 협상'을 거쳐 '대중의 의견'을 수렴한 뒤 '추천'된 이들이었다. 대회에서 정치보고는 "무산계급 독재 아래 혁명을 계속해야 한다는 이론"을 핵심으로 '문화대혁명'의 준비와 과정에 대해 논하면서 '문화대혁명'의 이른바 경험에 대해 긍정적으로 평가하였다. 제9차 당 대회 결과 '문화대혁명'의 잘못된 이론과 실천을 합법화시켰으며, 중국공산당 중앙위원회에서 린뱌오·장칭·캉성 등의 지위를 강화시켰다. 제9차 당 대회는 사상적·정치적·조직적으로 그릇된 것이었으며, 당의 역사에서 아무런 적극적인 역할도 일으키지 못하였다. 중국공산당 중앙위원회 제9기 제1차 전원회의에서 린뱌오가 유일한 부주석으로 당선되었다. 제9차 당 대회에서 채택된 새로운 당 규약은 또 당의 조직원칙을 어기고 린뱌오를 "마오쩌둥 동지의 친밀한 전우의 후계자"로 총 강령에 써넣었다. 제9차 당 대회의 개최는 '문화대혁명' 제1단계가 마무리되었음을 의미했다.

3.
'좌'경 오류를 시정하기 위한 노력

제9차 당 대회에서부터 1973년 8월 중국공산당 제10차 전국대표대회(제10차 당 대회)까지는 '문화대혁명'의 제2단계였다.

제9차 당 대회 개막을 앞두고 중국 변방군이 전바오다오(珍寶島) 자위반격전의 승리를 거두었다. 대회에서의 정치보고는 전쟁이 일어날 가능성에 대하여 비정상적으로 엄중하게 예측하면서 전쟁을 일찍 그리고 대대적으로 치를 것과 핵전쟁을 치를 준비를 할 것을 제기하고, 이를 제반 업무의 지도방침으로 삼을 것을 제기하였다. 이에 따라 제9차 당 대회 이후 전국적으로 전쟁준비를 위한 고조된 분위기가 일어났으며, '3선' 건설도 본격적으로 전개되었다.

마오쩌둥의 구상에 따르면 제9차 당 대회 이후 '문화대혁명'이 "승리를 공고히 하는 단계"에 들어서서 한편으로는 "투쟁·비판·개혁"을 중시하면서 단합을 강화하여 국가의 정상적인 질서를 회복하고, 다른 한편으로는 "혁명을 중시하고 생산을 촉진시킨다"는 방침에 따라 생산발전에 힘써 인민의 생활을 개선하는 것이었다. 그래서 제9차 당 대회 이후에는 '문화대혁명' 초기의 혼란스러웠던 국면에 비해 정세가 상대적으로 안정되었으며, 국민경제가 서서히 회복되기 시작하였다. 1969년은 전국의 공업과 농업생산에서 1967년과 1968년의 2년 연속 이어졌던 하락세를 끝냈으며, 1970년은 1969년에 비해서 더 큰 성장을 거두어 '제3차 5개년' 계획에 원래 제정하였던 당해 년도의 주요 지표를 기본적으로 완수하였거나 초과 완수하였다. 지방의 '5소'(즉 소형 철강공장, 소형 탄광, 소형 발전소, 소형 화학비료공장, 소형 기계공장, 후에는 또 소형 시멘트공장까지 포함됨)와 인민공사, 생산대대, 생산대의 기업들도 어느 정도 발전을 이루었다.

제9차 당 대회 이후 당내와 군내의 매우 큰 부분의 권력을 이미 장악하였음에도 불구하고 린뱌오 일당은 만족하지 않고, 오히려 권세가 커짐에 따라 개인의 야심이 더욱 팽창하여 국가주석을 둔다는 명분을 이용하여 더욱 많은 권력을 찬탈하려고 시도하였다.

1970년 8월 중국공산당 중앙위원회 제9기 제2차 전원회의가 루산에서 열렸으며, 중심 의제는 헌법개정문제에 대해 토론하는 것이었다. 회의에서 린뱌오가 제일 먼저 발언하면서 마오쩌동을 찬양하는 것을 구실로 삼아 이른바 '천재론'을 크게 떠벌렸다. 린뱌오 일당은 마오쩌동이 국가주석을 두는 것에 반대하는 것을 뻔히 알고 있었지만, 다른 마음을 품고 국가주석을 둘 것을 고집하였다. 마오쩌동은 린뱌오 일당이 개인권력을 쟁탈하기 위해 진행하는 종파활동을 눈치채고 「나의 몇 가지 의견」이라는 글을 써서 천버다 등을 엄하게 비판하였다. 그 후 중국공산당 중앙위원회는 또 천버다를 비판하고 정풍활동을 전개하기로 결정한 후 일련의 조치를 취하여 린뱌오 집단의 권세를 약화시켰다. 그러나 린뱌오 일당은 여전히 정신을 못 차리지 오히려 위험을 무릅쓰고 무장정변을 획책하여 마오쩌동을 살해하려고 시도하였다. 그들의 음모가 드러나자 린뱌오·예췬(葉群)·린리귀(林立果) 등은 비행기를 타고 외국으로 도망을 쳤다. 결국 몽골의 은드르항 부근에서 비행기가 추락하여 비행기에 탔던 사람들은 모두 사망하였다. 이것이 바로 국내외를 들썩인 '9.13사건'이다. 이 사건은 '문화대혁명'의 이론과 실천의 실패를 객관적으로 선고한 것이었다.

'9.13사건' 이후, 저우언라이가 마오쩌둥의 지지 아래 중국공산당 중앙위원회의 일상 업무를 주관하면서, 여러 분야의 업무가 호전 세를 보이기 시작하였다. 정세가 안정됨에 따라 공업 기업의 노동생산 능률이 다소 높아지고, 생산량과 품질이 떨어지던 국면이 다소 바뀌었으며, 식량과 목화의 생산량이 대폭 늘어나 1973년의 농업 총생산액이 전해에 비해 8.4%성장하였다. 누명을 쓰고 잘못 비판 받고 투쟁을 받았던 많은 원로 간부들이 해방되어 업무에 복귀하였다. 일부 전문가·학자·교수들도 다시 근무처로 돌아갔다. 1973년 3월 10일 중국공산당 중앙위원회는 덩샤오핑의 당 조직 생활과 국무원 부총리의 직무를 회복한다는 결정을 내렸다. 1972년 저우언라이가 극좌적 사조를 비판하는 올바른 의견을 제기하였다. 이는 사실상 전 세대 원로 혁명가들이 1967년 '2월 항쟁' 과정에서 '문화대혁명'의 오류를 바로잡을 것을 요구했던 정확한 주장을 계승한 의견이었다.

그 과정에서 마오쩌둥과 저우언라이는 국제정세의 변화에 맞추어 시세를 살피고 판단하면서 외교사업의 새로운 지평을 열었다. 꾸준한 노력을 거쳐 많은 제3세계 국가 및 정의를 주장하는 기타 나라들의 지지를 받으며, 1971년 10월에 열린 제26차 유엔대회에서는 유엔에서 중화인민공화국의 합법적 지위와 권리를 회복하였다. 1971년 봄 제31회 세계탁구대회가 일본 나고야에서 개최되었다. 그때 미국의 탁구선수 한 명이 중국대표단의 차에 잘못 탔는데, 중국 선수가 먼저 다가가 인사를 건네며 선물까지 주었다. 마오쩌둥과 저우언라이가 그 일을 알게 되었고, 즉시 미국 탁구선수단을 중국으로 초청하기로 결정하였다. 이로부터 "작은 공이 큰 공을 떠미는" '핑퐁외교'가 시작되었다. 1972년 2월 닉슨 미국대통령이 중국을 방문하여 쌍방은 「공동성명」을 체결하였다. 이는 양국관계의 정상화 과정이 시작되었음을 의미했다. 같은 해 9월 다나카 가쿠에이(田中角榮) 일본 총리가 중국을 방문하여 쌍방은 중일공동성명을 체결하고 국교 정상화를 실현하였다. 이 기간에 중국은 많은 발달한 자본주의국가들과 잇달아 외교관계를 수립하였으며, 광범위한 개발도상국가들과의 관계도 진일보적인 발전을 이루었다. 이와 동시에 대외 경제기술교류와 대외무역이 큰 발전을 이루었다. 일본·미국·서독·프랑스 등 국가들로부터 일련의 선진기술을 도입한 설비의 완제품과 기계를 수입하여 중국의 공업생산능력을 강화하였으며, 중국의 현대화된 생산수준도 어느 정도 향상되었다.

　1973년 8월 24일부터 28일까지 중국공산당 제10차 전국대표대회가 베이징에서 열렸다. 그러나 이 대회는 제9차 당 대회의 '좌'경 오류를 이어갔으며, 게다가 왕훙원을 부주석으로 선거하는 바람에 장칭·장춘차오·야오원위안·왕훙원이 정치국 내에서 '4인방'을 결성하면서 장칭 집단의 세력이 강화되었다.

4.
'문화대혁명'의 마침표

제10차 당 대회에서부터 1976년 10월까지는 '문화대혁명'의 세 번째 단계였다. 린뱌오 집단이 무너진 후, 그 집단과 관련된 사람과 사건에 대한 자세한 조사가 진행하였으며, 린뱌오 반당·반혁명 사상에 대한 비판을 전개하였다. 제10차 당 대회 이후 마오쩌둥이 린뱌오를 비판하고 공자를 비판하는 운동을 일으키기로 결정하였다. 한편으로는 운동의 기회를 빌려 사상적으로 린뱌오 집단을 비판하려는 것이었고, 다른 한편으로는 이른바 역사상의 법가가 변혁을 고집하고 유가가 변혁을 반대한 것을 선전하는 기회를 비러 '문화대혁명'을 수호하려는 것이었다.

장칭 집단은 '문화대혁명' 과정에서 얻은 자신들의 권력을 공고히 하고 확대하기 위하여 린뱌오와 공자를 비판하는 기회를 이용하여 저우언라이를 위수로 하는 당·정·군 지도자들을 타도하고 그들의 최고 권력을 탈취하는 데 있어서의 걸림돌을 제거하려고 시도하였다. 그래서 저들의 통제를 받는 창작반을 시켜 공자를 '재상유(宰相儒)'라고 칭하면서 '재상유'를 비판하는 것을 통해 저우언라이를 빗대어 중상 모략하였다. 그들은 또 이른바 "복벽 되살리기"에 크게 반대하고, 이른바 "흐름을 거스르는 전형"을 수립하여 이제 막 호전되기 시작한 경제와 사회질서를 다시 어지럽히기 시작하였다.

마오쩌동은 비록 린뱌오를 비판하고 공자를 비판하는 운동을 지지하였지만 어쨌든 어지러운 국면이 다시 나타나는 것은 바라지 않았다. 장칭 등이 기회를 틈타 권력을 찬탈하려는 움직임을 발견한 마오쩌동은 그들을 호되게 비평하고 그들을 '4인방'이라고 선포하였다. 마오쩌동의 제의에 따라 1975년 1월 제4기 전국인민대표대회 제1차 회의에서 덩샤오핑이 국무원 제1부총리로 선출되었으며, '4인방'의 내각 구성 음모를 꺾어놓았다. 바로 그 회의에서 저우언라이가 병든 몸으로 「정부업무보고」를 하였으며, 4가지 현대화를 실현하는 것에 대한 웅대한 목표를 재차 제기함으로써 곤경에 처한 인민들을 크게 고무 격려하고 사람들에게 새 희망을 불어넣어 주었다.

제4기 전국인민대표대회 제1차 회의 이후 저우언라이는 병세가 악화되었으며, 덩샤오핑이 마오쩌동의 지지 아래 중국공산당 중앙위원회와 국무원의 일상 업무를 주관하였다. 덩샤오핑이 전면적인 정돈을 대대적으로 단행하면서 경제상황은 날로 호전되었고, 군대·과학기술·문화교육 등 분야에 대한 정돈도 뚜렷한 성과를 거두었다. 그러나 문제는 덩샤오핑이 여러 분야에서 진행한 정돈은 '문화대혁명' 과정에서 실행하던 많은 '좌'적인 정책과 이론을 반드시 건드리게 될 수밖에 없었고, 그것에 의해 체계적으로 시정하지 않으면 안 되게 되었다는 것이었다. 그러니 이는 마오쩌동이 도저히 용납할 수 없는 부분이었다. 그는 '4인방'의 무함을 곧이듣고 이른바 "우경 번안풍 반격운동"을 일으키자 전국은 재차 혼란에 빠지게 되었다. 1975년 덩샤오핑이 주관한 전면적 정돈은 '4인방'의 방해로 중단되고 말았지만, 실제로 그 정돈은 제11기 제3차 전원회의 이후 개혁개방의 전주곡이었다.

1976년 1월 8일 저우언라이가 서거하자 전국의 인민들은 여러 가지 방식으로 애도와 그리움을 표하였다. 그해 청명을 전후하여 전국적으로 톈안먼(天安門)사건을 대표로 하여 저우언라이를 추모했고, '4인방'에 반대하는 대규모 대중운동이 일어났다. 그때 당시 중앙정치국과 마오쩌둥은 톈안먼사건의 성격에 대해 잘못된 판단을 내리고, 당 내외에서 덩샤오핑의 모든 직무를 해임시킴과 아울러 화궈펑(華國鋒)을 중국공산당 중앙위원회 제1부주석 겸 국무원 총리로 임명하였다. 그러나 대중항의운동은 사실상 덩샤오핑을 대표로 하는 당의 정확한 영도를 옹호하는 것이었으며, 그 운동은 훗날 장칭 집단을 타도할 수 있는 강대한 대중적 토대를 마련해 주었다.

그해 7월 28일 허베이성 탕산(唐山)·펑난(豊南)지역에서 리히터 7.8급 규모의 강진이 발생하여 베이징·톈진 등지까지 파급되었으며, 24만여 명이 사망하고, 16만여 명이 중상을 입었다. 지진 발생 당일 중국공산당 중앙위원회는 재해지역 인민들에게 위문하는 전보를 발송하고 '지진피해구조지휘부'를 설립하였다. 8월 4일 화궈펑이 중앙위문단을 거느리고 재해지역으로 위문을 갔다. 중국공산당 중앙위원회와 국무원·중앙군사위원회의 영도와 전국 인민의 대대적인 지원 아래 인민해방군과 재해지역 인민들은 지진구조 활동에 총력을 기울였다.

1976년 9월 9일 마오쩌둥이 서거하였다. 수많은 인민들이 당·국가·군대의 주요 창시자인 그의 서거에 대해 더없는 비통함을 느꼈다.

마오쩌둥을 핵심으로 하는 당의 제1세대 중앙지도집단은 전 당과 전 국의 여러 민족 인민을 이끌고 신민주주의혁명의 위대한 승리를 거두 고, 신 중국을 창건하였으며, 사회주의 기본제도를 확립함으로써 고 루(固陋)한 중국이 새로운 자태로 세계의 동방에 우뚝 설 수 있게 하 였기에 마오쩌둥 등 전 세대 혁명가들의 역사적 공훈은 역사에 영원 히 기록될 것이다. 전 당과 전국의 인민이 마오쩌둥을 깊이 애도하고 있을 때, '4인방'은 당과 국가의 최고 지도권을 찬탈하기 위한 음모활 동을 서둘렀다. 그해 10월 상순 중앙정치국은 인민의 의지를 좇아 단 호히 '4인방'을 타도시켰으며, 드디어 '문화대혁명'이란 장장 10년에 걸 친 내란에 마침표를 짝게 했다.

「건국 이래 당의 몇 가지 역사문제에 관한 결의」에서는 다음과 같 이 문화대혁명에 대해 지적했다.

> "'문화대혁명'은 어떠한 의미에서 봐도 혁명이나 사회적 진 보가 아니며, 또한 그렇게 될 수도 없음을 실천이 증명해주 었다. '문화대혁명'은 '적을 혼란에 빠뜨린 것'이 아니라 스 스로를 혼란에 빠뜨린 것이었다. 그렇기 때문에 어디까지나 '천하대란'에서 '천하태평'에 이르지 못하였고, 또 이를 수 도 없었다. 우리나라에서 인민민주주의 독재의 국가정권이 수립된 이후, 특히 사회주의 개조가 기본적으로 완성되고, 계급으로서의 착취계급이 소멸된 이후, 비록 사회주의혁명 의 임무를 여전히 최종적으로 완성하지는 못했지만, 혁명

의 내용과 방법에서는 지난날과 근본적으로 달랐다. 당과 국가의 조직체에 확실히 존재하는 일부 어두운 부분에 대해 당연히 적절하게 평가해야 하고, 또 헌법·법률·당 규약에 부합하는 정확한 조치를 통해 해결해야 하지만, '문화대혁명'의 이론과 방법을 채택해서는 절대 안 되었다. 사회주의 조건 아래 이른바 '한 계급이 다른 한 계급을 뒤엎는' 대대적인 정치혁명은 경제적 기반도·정치적 기반도 없었다. 그 혁명은 필연적으로 아무런 건설적인 강령도 내놓을 수 없었으며, 오로지 심각한 혼란과 파괴 그리고 퇴보밖에 초래할 수 없었다. '문화대혁명'은 지도자의 실수로 발동되고, 반혁명집단에게 이용당해 당과 국가와 여러 민족 인민들에게 심각한 재앙을 가져다준 내란이었다는 사실은 역사가 판명해주고 있다. 그렇기 때문에 '문화대혁명'은 이론도 실천도 모두가 잘못된 것으로서 반드시 부정하여야 한다."

'문화대혁명'과 '문화대혁명'시기는 엄연히 두 개의 서로 다른 개념으로서 반드시 구분해야만 한다. 1966년부터 1976년까지의 10년은 당대 중국 역사상 '문화대혁명'시기였다. 그 시기의 가장 큰 특징은 바로 '문화대혁명'이라는 정치운동을 전개한 것이었다. 그러나 그 10년 동안 전 당과 전국의 인민이 '문화대혁명'만 했던 것은 아니다. 그 10년 동안 나라가 동란에 빠진 상황에서 광범위한 노동자와 농민은 여전히 생산의 제1선을 지켰고, 많은 지식인들은 어려움을 극복하며 과학

연구를 계속하였으며, 각급 간부들은 당과 정부기관에서 엄청난 충격을 받고 있는 상황에서도 여전히 국가정권의 안정을 수호하기 위하여 최선을 다하였고, 인민해방군은 여전히 용감하게 조국의 안전을 수호하였다. '문화대혁명'의 10년 동안, 전 당과 전국 인민이 '문화대혁명'의 오류에 대해 서로 다른 형태의 저항과 투쟁을 진행하였기 때문에 중국의 국민경제는 비록 막대한 손실을 입긴 하였지만 여전히 발전을 하고 있었다. 식량생산 분야에서는 비교적 안정적인 성장을 유지하였다. 공업과 교통, 기본건설과 과학기술 방면에서도 일련의 중요한 성과를 거두었는데, 그중에는 일부 새로운 철도건설과 난징의 창장대교 건설을 진행하였고, 일부 선진기술을 갖춘 대형 기업이 생산을 가동하고 있었으며, 수소탄 실험과 인공위성의 발사 및 여러 차례나 성공했고, 핵잠수함 진수에 성공하고 활용할 수 있도록 공식 납품되었으며, 교잡(交雜)을 통한 벼의 육성과 보급 등에도 상당한 성과가 있었다. 물론 이 모든 것은 '문화대혁명'의 성과는 절대 아니다. 만약 '문화대혁명'이 없었다면, 중국의 사회주의건설은 분명히 훨씬 더 큰 성과를 거두었을 것이다. 그렇기 때문에 '문화대혁명'이라는 정치운동에 대해서는 반드시 부정해야만 한다. 그러나 '문화대혁명' 시기에 대해서는 마땅히 구체적인 분석을 진행하여야 한다.

'문화대혁명'은 동기와 효과가 엄청나게 엇갈리는 결과를 초래하였다. 마오쩌둥이 '문화대혁명'을 일으킨 목적은 전 당과 전국의 인민이 "영혼을 자극한" 이번 '혁명' 속에서 단련을 받아 수정주의에 반대하고, 수정주의를 방비하며, 사회주의 길을 따라 확고하게 나아가는 문제를 근본적으로 해결하기 위한 데 있었다. 역사가 증명하였다시피 사회주의 길을 견지하려면 반드시 먼저 사회주의란 무엇이며, 사회주의를 어떻게 건설할 것인지 하는 근본적인 문제부터 분명히 인식하여야 한다. 수정주의에 반대하고 수정주의를 방비하는 것과 사회주의제도를 공고히 함에 있어서 가장 관건적인 것은 역시 사회생산력을 발전시키고, 국가의 종합 국력을 향상시키며, 인민의 생산 수준을 향상시켜야 하고, 이를 반드시 경제건설의 기초 및 중심으로 해야만 하는 것이었다.

5.
"두 가지 서로 부정하지 않는 원칙"을
견지해야 한다

　1956년부터 1976년까지의 20년간은 중국 공산주의자들에게 있어서 너무나도 평범하지 않은 경력이었다. 그 기간에 중국의 공산주의자들은 자신의 사회주의 건설의 길을 애써 모색해오면서 거대한 성과도 이루고, 또 오류도 범하였으며, 풍부한 경험도 쌓았고, 심각한 교훈도 남겼다. 역사발전의 기나긴 흐름을 놓고 볼 때, 이 기간의 탐색은 '중국 특색의 사회주의'를 형성하기 위한 중요한 준비과정이었다고 할 수 있다. 신 중국이 창건된 후 마오쩌둥을 핵심으로 하는 중국공산당 중앙위원회는 전국의 인민을 이끌고 전쟁으로 인한 상처를 하루빨리 치료하고, 국민경제를 복구하는 토대 위에서 시의적절하게 과도기의 총 노선을 제기하였으며, 창조적으로 신민주주의 혁명에서 사회주의 혁명으로의 전환을 완성함으로써 그때 당시 세계 인구의 4분의 1을 차지하는 동양의 대국인 중국이 사회주의 사회에 들어설 수 있었고, 중국역사에서 가장 심각하고 가장 위대한 사회변혁을 이룰 수 있었던 것이다. 그럼으로써 '중국 특색의 사회주의' 형성을 위한 기본적인 제도의 기반을 닦아 놓았던 것이다. 그러한 심각한 사회변혁을 거치지 않았더라면, 사회주의제도가 수립되지 않았더라면, 중국특색의 사회주의 또한 운운할 수 없었을 것이다.

신 중국이 창건되기 전에 중국은 경제적으로 가난하고 문화·과학 수준이 낙후한 반식민지·반봉건 국가였다. 30년 가까이 노력을 거쳐 중국은 독립된, 비교적 완전한 공업체계와 국민경제체계가 형성되었 다. 수리시설, 화학비료와 농약, 농촌의 전기사용, 농업기계 등이 대폭 증가하고, 농업의 생산조건이 뚜렷하게 개선되었으며, 경작제도와 경작방법이 크게 개선되었다. 전국의 식량 생산량이 1978년에는 1949 년에 비해 1.7배 성장하였으며, 목화의 생산량은 3.9배나 성장하였다. 철강·전력·석유·석탄·화학공업·기계·경공업과 방직공업 등 공업 분야도 크게 강화되었으며, 많은 새로운 공업분야가 무에서 유를 창조했고, 또 작던 데서 점차 장대해졌다. 국민경제 복구임무를 완수한 1952년부터 1978년까지 공업발전에서 몇 차례의 기복이 있었지만, 여전히 매년 평균 11.2%의 성장을 이루었다. 교통운수·체신업무도 새로운 발전을 이루어 교통이 불편한 수많은 지방의 낙후한 국면을 바꿔 놓았다. 과학·교육·문화·신문·출판·보건위생·체육 등 분야에서도 중요한 발전을 이루어 1978년에 이르러 중국은 대학교·고등학교·중학교·초등학교의 재학생수가 이미 2억 1천만 명을 넘어서 신 중국이 창건되기 전 최고 수준이었던 연도의 7배에 이르렀으며, 무에서 유를 창조하여 일련의 신흥 과학기술부서가 초보적으로 설립되었다. 원자탄·수소탄·유도탄의 실험에 성공하였고, 인공 지구위성의 발사와 회수에 성공하였으며, 소 인슐린의 인공 합성에 성공하였다. 이는 중국 과학기술의 성과를 집중적으로 보여주었다.

국비 의료제도와 합작 의료제도를 초보적으로 실행하게 되었고, 악성 전염병을 기본적으로 소멸시켰으며, 인구의 사망률이 크게 하락하였고, 인민의 건강수준도 크게 향상되었다. 이 모든 것은 '중국 특색의 사회주의' 형성을 위한 일정한 물질적 토대를 닦아놓은 것이었다.

사회주의는 중국 공산주의자들에게 있어서 완전히 새로운 사물인 것인 만큼 이를 정립하기 위한 실천경험이 너무 적었던 것이다. 그렇기 때문에 사회주의를 건설한 그날부터 중국 공산주의자들이 '중국 특색의 사회주의' 길을 찾아내고, '중국 특색의 사회주의' 이론을 형성하며, 중국의 사회주의 건설이 순풍에 돛 단 듯 순조롭게 진행되었다는 것은 사실 비현실적인 일이었다. 따라서 사회주의 혁명과 건설을 어떻게 진행할 것인지에 대해서는 조금씩 더듬어가면서 앞으로 나가는 수밖에 없었다. 그 과정에서 굽은 길도 걸었고 시행착오도 겪어야 했으며 돌아가는 것도 불가피한 일이었다. 바로 그렇기 때문에 당은 인민을 이끌어 사회주의혁명과 건설을 진행하는 과정에서 극히 풍부한 경험과 깊은 교훈을 쌓았다. 그러한 경험과 교훈들 가운데 가장 근본적인 것은 "사회주의가 무엇이며, 어떻게 사회주의를 건설해야 하는지?"에 대해 분명하게 인식하는 것이었다. 사회주의를 건설하려면 반드시 모든 것은 중국의 실제에서 출발해야 하는 실사구시의 원칙에 따라야 하고, 반드시 경제건설을 중심으로 하는 원칙을 고수하여야 하며, 반드시 객관적 경제법칙에 따라 행하여야 하고, 반드시 생산관계의 변화가 생산력 발전의 수준에 알맞게 하여야 하며, 반드시 성격이 다른 두 가지 모순을 정확히 처리하여 계급투쟁을 확대해서는 안 되고, 반드시 사회주의 민주와 법제건설을 강화해야 한다는 등의 경험과 교훈을 역사가 증명해주었다. 이에 대한 덩샤오핑의 견해는 다음과 같았다.

"여러 면에서 현재 우리는 마오쩌동 동지가 이미 제기했지만 미처 하지 못한 일을 시작하고, 그가 잘못 반대한 것을 바로잡고, 그가 잘하지 못한 일을 잘해야 한다. 앞으로 상당히 긴 시간 동안 그 일들을 계속하여야 한다. 물론 우리는 발전도 하여야 한다. 게다가 계속 발전하여야 한다."

이러한 견지에서 볼 때 당이 사회주의 혁명과 건설에 대하여 진행한 탐색은 비록 매우 큰 대가를 치르기는 하였지만, '중국 특색의 사회주의'의 형성에 너무나도 유익한 계시를 주었으며 거울이 되었다.

그 20여 년 동안 중국의 국정에 알맞고, 중국의 특색을 띤 사회주의 건설의 길을 줄곧 모색해왔으며, 또 이를 위해 많은 탐색을 하면서 힘겨운 노력을 해왔지만, 총체적으로 볼 때 '중국 특색의 사회주의'의 길과 이론을 아직 진정으로 형성하지는 못하였다. 중국의 공산주의자들은 개혁개방의 실천과정에서, 그리고 그 시기 사회주의 건설의 경험과 교훈을 총결하는 과정에서 '중국 특색의 사회주의'를 형성하고 발전시켰다. 오로지 사회주의만이 중국을 구할 수 있고, 오로지 '중국 특색의 사회주의'만이 중국을 발전시킬 수 있다는 것, 이는 역사를 통해 얻어낸 기본 결론이었다.

마찬가지로 중국공산당 중앙위원회 제11기 제3차 전원회의 이후 개혁개방 과정에서 일부 모순과 문제들이 쌓이게 되는 건 불가피한 일이었다. 이 또한 개혁은 끝날 줄 모르는 영원한 진행형일 수밖에 없는 이유이다. 중국의 발전은 끝이 없고 중국의 개혁도 끝이 없는 것이다. 이런 모순과 문제에 대하여 반드시 정확히 대하고 변증법적으로 분석하여야 한다. 예를 들면, 일부 지역, 일부 사람들이 먼저 부유해지는 것을 격려함에 따라 기존의 평균주의 분배방식을 타파함과 동시에, 지역 간 경제발전의 격차, 주민소득의 격차가 원래보다 더 확대되었다. 그런 격차는 개혁 심화과정에서 점차 줄어들어 결국 공동부유를 실현하는 목표를 달성해야 하는 것이지 지금 그런 격차가 존재한다고 하여 개혁개방 이전의 평균주의가 좋다고 생각하거나 심지어 개혁개방 이전의 낡은 방법으로 되돌아가자고 주장해서는 안 되는 것이다. 그렇기 때문에 종지를 바꾸는 그릇된 길을 걸어서도 안되고, 폐쇄적이고 경직된 옛길을 걸어서도 안 되는 것이며, 오로지 개혁개방의 과정에서 형성되고 발전하는 '중국 특색의 사회주의' 길만 걸어야 하는 것이다.

중국공산당이 인민을 이끌어 사회주의 건설을 진행하는 과정에는 개혁개방 전과 개혁개방 후 두 역사시기가 포함된다. 이는 서로 연결되고 또 크게 구별되는 두 시기이지만, 본질적으로는 모두 중국공산당이 인민을 이끌어 사회주의 건설을 진행하는 실천적인 탐색과정이다. '중국 특색의 사회주의'는 개혁개방의 새로운 역사시기에 개척한 것이지만, 신 중국이 사회주의 기본제도를 이미 수립하고, 또 20여

년간 건설을 진행한 토대 위에 개척한 것이기도 하다. 비록 이 두 역사시기가 사회주의 건설을 진행함에 있어서 사상지도·방침정책·실제 업무상에서 매우 큰 차이가 있기는 하지만, 두 시기가 절대 서로 분리되어 있는 것이 아니며, 근본적으로 대립되는 것은 더더욱 아니다. 그렇기 때문에 개혁개방 후의 역사시기로 개혁개방 이전의 역사시기를 부정하여서는 안 되며, 개혁개방 이전의 역사시기로 개혁개방 후의 역사시기를 부정해서도 안 되는 것이다.

제9장
'중국 특색의 사회주의' 길 개척

중국공산당 중앙위원회 제11기 제3차 전원회의 이후, 덩샤오핑 동지를 주요 대표로 하는 중국 공산주의자들은 전 당과 전국의 여러 민족 인민을 단합 인도하여 우리나라 사회주의건설에서의 긍정적 경험과 부정적 경험을 깊이 있게 종합하고 세계 사회주의 역사경험을 참고하여 덩샤오핑 이론을 창설하고, 당과 국가의 업무 중심을 경제건설로 옮기고, 개혁개방을 실행한다는 역사적인 정책결정을 내렸으며, 사회주의 본질을 명시하고 사회주의 초급단계의 기본 노선을 확립하였으며, 자신의 길을 걷고 중국 특색이 있는 사회주의를 건설해야 한다고 명확히 제기하고, '중국 특색의 사회주의'를 건설하는 것과 관련된 일련의 기본 문제에 과학적으로 대답하였으며, 21세기 중엽까지 3단계로 나누어 사회주의 현대화를 기본적으로 실현한다는 발전전략을 제정하고 '중국 특색의 사회주의'를 성공적으로 개척하였다.

시진핑(習近平), "개혁개방 40주년 경축대회에서 한 연설"
(2018년 12월 18일)

1.
진리의 기준문제에 대한 대토론

'4인방'을 타도한 후 광범위한 간부와 대중들이 '문화대혁명' 때문에 지체된 시간을 되찾기 위하여 드높은 열성으로 혁명과 건설의 제반 사업에 뛰어들었으며, 장칭 반혁명 집단의 죄행을 철저하게 적발하고, 그들의 파벌 체계를 철저히 조사하였으며, 일부 억울한 사건·허위로 조작된 사건·잘못 처리된 사건을 바로잡고, 우파분자들의 "직위를 해임하는 작업"이 시작됨에 따라 공업과 농업생산이 빠르게 발전하였다. 덩샤오핑의 추진 아래 10년간이나 중단되었던 대학입시제도가 다시 회복되어 1977년 겨울 570만 명의 다양한 연령대의 젊은이가 대학입시 시험장에 들어갔다. 대학입시의 회복은 거의 한 세대의 운명을 바꾸어 놓았을 뿐만 아니라, 전 사회의 가치 지향과 사회 기풍을 바꾸어 놓았다. 이는 지식을 존중하고 인재를 존중하는 시대가 도래했음을 예고한 것이었다. 1978년 3월 18일부터 31일까지 중국공산당 중앙위원회가 베이징에서 전국과학대회를 성대히 개최하였다. 총 5,586명의 대표가 대회에 참가하였으며 그중 과학기술인원이 3,478명이었다. 대회에서 지식인은 노동자계급의 일부임을 강조하였고, 과학기술은 생산력이라고 명확히 제기하였다. 총체적으로 사회생활이 정상적인 궤도에 들어서기 시작하였고, 제반 업무와 사회생활에서도 모두 새로운 기상이 나타나기 시작하였다.

어지러운 국면을 바로잡아 정상적인 질서를 회복하는 작업이 점차 깊이 전개됨에 따라 광범위한 인민대중들이 '문화대혁명'의 오류를 바로잡을 것을 강력하게 요구하였다. 그러나 사상의 해방은 일정한 과정이 필요하고, 사람마다 인식을 제고함에 있어서 선후의 차이가 있게 마련이다. 따라서 장장 10년에 걸친 '문화대혁명'으로 인한 정치적·사상적인 혼란이 단시일 내에 쉽게 사라질 수는 없는 일이었다. 1977년 2월 7일자 『인민일보』 잡지 『홍기(紅旗)』 『해방군보(解放軍報)』가 동시에 사설을 발표하여 '두 개의 무릇'이라는 지도방침을 제기하였다. 즉 "무릇 마오 주석이 내린 모든 정책 결정이라면 우리는 모두 단호히 옹호해야 하고, 무릇 마오 주석의 지시라면 우리는 모두 시종일관 따라야 한다."라는 내용이다. 마오쩌동 생전에 내린 정책결정과 지시에 대해 그 어떤 분석도 거부하는 그러한 관점이 나타난 것은 '좌'적인 지도사상이 여전히 근본적으로 바뀌지 않았음을 설명했다.

'두 개의 무릇' 관련 문제를 해결하지 않고서는 제반 분야에서 어지러운 국면을 바로잡아 정상으로 회복하는 것은 불가능한 일이고, 제반 업무에서도 급격한 진전을 이룰 수 없으며, 심지어는 '문화대혁명' 과정에서 억울하게 잘못된 처분을 받은 많은 원로 간부들도 정상적으로 업무에 복귀할 수가 없었다. 당과 국가발전의 전반적인 국면에 관계되는 중요한 시각에 덩샤오핑을 비롯한 전 세대 혁명가들은 기치를 분명히 한 자신의 입장을 표명하였다. '두 개의 무릇'이란 관점이 제기된 지 얼마 안 된 1977년 4월 지도자의 직무를 아직 회복하지 못한 덩샤오핑이 중국공산당 중앙위원회에 편지를 보내 "우리는 반드시 대대손손 정확하고 완전한 마오쩌동사상으로 우리 전 당과 전 군, 전국의 인민을 이끌어야 한다."라고 주장하였다.

그 후 그는 여러 차례 각기 다른 자리에서 '두 개의 무릇' 관점을 비판하였다. 천원·예젠잉·녜룽전·쉬샹첸 등 전 세대 동지들도 실사구시의 우월한 전통을 발양하여 '두 개의 무릇' 관점이 널리 퍼지는 것을 제지할 것을 거듭 강조하였다.

1977년 8월 중국공산당 제11차 전국대표대회(제11차 당 대회)가 열렸다. 대회는 '4인방'을 적발 비판하고 전 당을 동원하여 사회주의 현대화 강국을 건설하기 위한 적극적인 역할을 하기 시작했다. 그러나 역사적 조건의 제한으로 말미암아 그 대회에서는 '문화대혁명'의 그릇된 이론과 정책 및 구호에 대해서는 바로잡지 못하였으며, 오히려 "무산계급의 독재 아래 혁명을 계속하자"라는 이론을 인정하게 되었다. 그 무렵 경제업무 가운데서도 목적을 달성하기 위해 성급하게 서두르는 경향도 나타났다. 그런 원인으로 인해 '4인방'을 타도한 후의 2년 동안 당과 국가의 사업은 전진 속에서 배회하는 국면에 처하게 되었다. 그런 상황이 나타난 것은 '두 개의 무릇' 관점의 해결이 더 이상 미룰 수 없이 시급한 시점에 이르렀음을 보여주었다. 전 당과 전국의 인민은 '두 개의 무릇' 관점의 속박에서 해방되어야만 지도사상으로부터 어지러운 국면을 바로잡아 정상으로 회복할 수 있는 임무를 완성할 수 있고, 또 그래야만 진정으로 사회주의 현대화 건설의 새로운 지평을 열 수가 있었다. 1978년 5월부터 『광명일보(光明日報)』에 실린 특약 칼럼니스트의 글 한편을 기점으로 하여 전국적으로 진리의 기준문제에 대한 대대적인 토론이 유발되었으며, 이는 '두 개의 무릇' 관점을 타파하는 돌파구가 되었다.

「실천은 진리를 검증하는 유일한 기준이다」라는 제목의 이 글은 원래 그해 5월 10일에 출판된 중앙 당 학교의 내부간행물 『이론 동태』에 발표되었고, 5월 11일에는 『광명일보』에 공개 발표되었다. 그리고 5월 12일자 『인민일보』와 『해방군보』에 전문이 전재되었다. 그 글은 비록 마르크스주의 기본 상식에 대해서만 정면으로 서술하였을 뿐이지만, 실제로는 '두 개의 무릇' 관점에 대한 비판이었다. 그래서 글이 발표되자마자 '두 개의 무릇'과 실사구시 두 가지 관점 간의 치열한 격론이 벌어졌다. '좌'경적 관성(慣性)사유에 제동을 걸려면 과정이 필요하였으므로 '두 개의 무릇' 관점의 영향은 상당히 완강하였다. 그래서 그 글의 관점은 일부 사람들의 비난을 받았고, 진리의 기준에 관한 토론이 막대한 압력에 직면하게 되었다.

그러한 중요한 시각에 덩샤오핑이 발표한 발언은 적시적이고 유력한 지지가 되었다. 1978년 6월 2일 그는 전 군 정치업무회의에서 연설을 통해 실사구시에 관한 마오쩌동의 관점에 대해 중점적으로 논하면서 마오쩌동과 마오쩌동사상을 대하는 문제에 존재하는 '두개의 무릇'이라는 그릇된 태도에 대해 비판하였으며, 린뱌오 '4인방'이 남긴 여독을 반드시 숙청하여 어지러운 국면을 바로잡아 정상으로 회복해야 하며, 정신적 속박을 깨부숨으로써 대대적인 사상해방을 실현할 것을 호소하였다. 덩샤오핑은 다음과 같이 강조하였다.

"마르크스-레닌주의와 마오쩌둥사상의 기본 원칙을 우리
는 언제든지 어겨서는 안 된다. 이는 전혀 의심할 여지가
없다. 그러나 반드시 실제와 결부시키고 실제상황을 분석
연구하여 실제문제를 해결하여야 한다. 실제상황에 따라
업무방침을 정하여야 한다. 이는 모든 공산당원이 반드시
명심해야 할 가장 기본적인 사상방법·업무방법이다."

  그 뒤 『해방군보』『인민일보』『광명일보』 등 신문들에서 잇달아 글
을 발표하였다. 전 세대 혁명가들의 지지 아래 중앙 각 부처와 지방,
군대의 책임자들이 잇달아 연설이나 글을 발표하여 지지 의사를 밝
혔다. 이론계·학술계·언론계가 토론의 선두에 서서 활발하게 토론에
참가하였다.
  그 토론은 사회 각계의 주목을 받았다. 이로부터 진리의 기준문제
가 이제는 이론적 관점 문제일 뿐만 아니라, 당과 국가의 전도와 운
명에 관계되는 중대한 정치문제가 되었음을 보여주었다. 여러 가지
힘의 추진 아래 "경직된 사고방식을 타파하고" "사상을 해방시키자"
라는 목소리가 갈수록 높아졌으며, '두 개의 무릇' 관점과 다년간 성
행하였던 개인숭배의 속박을 타파하기 시작하였다. 진리의 기준에 대
한 토론은 당이 실사구시의 사상노선을 다시 확립하고 장기간의 '좌'
경 오류를 바로잡고, 역사적인 전환을 실현할 수 있는 사상의 이론적
토대를 닦아놓았다.

2.
심원한 의의가 있는
위대한 전환

　중국공산당이 개혁개방을 실시하는 역사적인 정책결정을 내린 것은 당과 국가의 전도와 운명에 대한 깊은 파악에 근거하고, 사회주의 혁명과 건설 실천에 대한 깊은 종합에 근거하였으며, 시대의 흐름에 대한 깊은 통찰을 토대로 하고, 인민대중의 기대와 수요에 대한 깊은 깨달음을 바탕으로 한 것이었다. 역사의 시계바늘이 1978년을 가리킬 때 개혁개방은 점차 사람들의 공통된 인식이 되었으며, '개혁'이라는 낱말이 그 한 해 동안 자주 등장하였다.

　1978년 7월 6일부터 9월 9일까지 리셴녠의 주재로 열린 국무원 이론 학습 토론회의 종합연설에서 그는 다음과 같이 지적하였다. "4가지 현대화를 실현하는 것은 위대한 혁명이다. 이번 혁명에서는 현 시기의 낙후된 생산력을 대폭적으로 변화시켜야 하는데 그러려면 반드시 생산관계를 전환시켜야 하고, 상부구조를 전환시켜야 하며, 농공 기업의 관리방식과 농공기업에 대한 국가의 관리방식을 전환시켜야 하고, 사람들의 활동방식과 사상방식을 전환시켜야 한다." 그는 또 이 혁명은 "과거 우리 당이 이끌어 온 그 어떤 혁명에도 뒤지지 않는다. 어떤 면에서는 오히려 초과한다."라고 말하였다. 그렇기 때문에 "생산력에 어울리지 않는 모든 생산관계를 개혁하고 경제직 도대에 어울리지 않는 모든 상부구조를 개혁하여야 한다."라고 말하였다. 그 해 9월말 중국공산당 중앙위원회는 리셴녠의 종합연설 정신을 하달하였다. 같은 해 9월 화궈펑도 국경 29주년 초대회의 축사에서 "사상을 조금 더 해방시키고, 조금 더 담대해지며, 방법을 조금 더 많이 생각하고, 걸음을 조금 더 빨리 하며, 사회주의제도의 우월성을 충분히 발휘케 하고, 자력갱생의 방침을 따르며, 외국의 선진적인 경험을 배우고 이용하여 우리나라 사회주의 건설의 속도를 대폭 가속시킬 것"을 제기하였다.

그 기간에 개혁의 중요성과 긴박성에 대해 가장 많이, 그리고 가장 투철하게 강조한 사람은 단연 덩샤오핑이었다. 같은 해 10월 11일 중국 공회 제9차 전국대표대회 연설을 통해 덩샤오핑은 다음과 같이 강조하였다. "현재 낙후된 생산력을 대폭적으로 전환시키려면 반드시 다방면으로 생산관계를 전환시켜야 하고, 상부구조를 전환시켜야 하며, 농공기업의 관리방식과 농공기업에 대한 국가의 관리방식을 전환시킴으로써 현대화된 대경제의 수요에 적응하도록 하여야 한다." "여러 경제 전선에서는 기술적 분야에서 중대한 개혁을 진행하여야 할 뿐 아니라 제도·조직 분야에서도 중대한 개혁이 필요하다. 이러한 개혁을 진행하는 것은 전국 인민의 장기적인 이익과 관련된다. 그렇지 않으면 우리는 현재 생산기술과 생산관리가 낙후해 있는 상태에서 벗어날 수 없다."

1978년 11월 10일부터 12월 15일까지 중국공산당 중앙위원회가 베이징에서 중앙업무회의를 열었다. 이번 회의는 원래 경제업무에 대해 토론하기로 되어 있었으며, 회의에서 정한 의사일정에는 이미 전개되기 시작한 진리의 기준에 대한 토론이 포함되어 있지 않았으며, 당 내와 당 외의 보편적인 관심사인 당의 사상노선을 바로잡고 억울한 사건·허위로 조작된 사건·잘못 처리된 사건을 바로잡는 등의 문제에 대해서도 제기하지 않았다. 이에 대해 사상노선의 시비와 중대한 역사적 시비에 대해 우선적으로 해결할 것을 바랐던 많은 회의 참가자들이 큰 불만을 드러냈다. 천윈이 제일 먼저 역사적으로 남아 내려온 문제를 체계적으로 해결하는 데에 관한 의견을 제기하였고, 이어 대다수 회의 참가자들의 강렬한 반향을 불러일으켰다. 이로써 회의 의사일정이 바뀌게 되었다. 회의 참가자들의 강력한 요구에 따라 11월 25일 중앙정치국은 드디어 '톈안먼사건'의 오류를 바로잡고 "보이보(薄一波)를 비롯한 61명의 반역자집단사건" 등 잘못 처리된 사건들을 바로잡기로 결정하고, 역사적으로 남아 내려온 일련의 중대한 문제들을 해결하였다.

12월 13일 덩샤오핑이 중앙업무회의 폐막식에서 「사상을 해방하고, 실사구시하며, 일치 단합하여 앞으로」라는 제목으로 연설을 발표하였다. 그는 "우선 사상을 해방하여야 한다. 사상을 해방하여야만 마르크스-레닌주의·마오쩌둥사상을 지침으로 삼아 과거로부터 남아 내려온 문제를 해결하고, 새로 나타난 일련의 문제들을 해결할 수 있다."라고 지적하였다. 그는 또 "당과 국가, 그리고 민족이 만약 모든 것을 교조주의에서 출발하여 사상이 경직되고 개인숭배주의만 성행한다면 앞으로 나아갈 수 없게 되고, 생명력이 멈추게 되며, 그러면 당도 망하고 나라도 망하게 될 것이다." 라고 말하였다. 그 연설은 회의 참가자들의 뜨거운 지지를 받았으며, 실제로 그 후 이어서 열린 중국공산당 중앙위원회 제11기 제3차 전원회의 주제보고가 되었다.

1978년 12월 18일부터 22일까지 중국공산당 중앙위원회 제11기 제3차 전원회의가 베이징에서 열렸다. 전원회의에서는 린뱌오 '4인방'의 죄를 적발하고 비판하는 대중운동을 끝내고, 전 당의 업무중점과 전국 인민의 주의력을 사회주의 현대화 건설로 옮기는 것을 만장일치로 찬성하였다. 전원회의에서는 현재 전 당은 반드시 하루 빨리 농업을 발전시키는 데 총력을 기울여야 한다고 주장하였으며, 「농업발전을 가속화하는 관련 몇 가지 문제에 대한 중국공산당 중앙위원회의 결정(초안)」과 「농촌인민공사 업무조례(수정초안)」를 여러 성·시·자치구에 발부하여 토론한 후 시행키로 하는데 동의하였다. 전원회의에서는 '문화대혁명' 과정에 발생한 일부 중대한 정치사건에 대하여 진지하게 토론하였으며, '문화대혁명' 이전부터 남아 내려온 일부 역사문제에 대하여서도 토론하였다. 그리고 '우경 번안 풍 반격운동'과 '톈안먼 사건'에 대한 중국공산당 중앙위원회의 그릇된 문건을 폐지하기로 결정하였다. 펑더화이·타오주(陶鑄)·보이보·양상쿤 등 이들에 대한 과거의 잘못된 결론을 심사하고 바로잡았다. 전원회의에서는 천원을 중앙위원회 부주석으로 추가 선출하였으며, 덩잉차오(鄧穎超)·후야오방(胡耀邦)·왕전(王震)을 중앙정치국 위원으로 추가 선출하였다. 그때부터 당의 정확한 지도사상을 구현하고 현대화 건설의 중대한 방침과 정책을 결정함에 있어서 덩샤오핑은 사실상 이미 중국공산당 중앙위원회 지도집단의 핵심이 되었다. 회의에서는 실천이 진리를 검증하는 유일한 기준이라는 문제에 대한 토론을 높이 평가하였으며, 이는 전당과 전국의 인민이 사상을 해방하고 올바른 사상노선을 견지하는 면에서 심대한 역사적 의의가 있다고 주장하였다. 전원회의에서는 선거를 거쳐 천원을 위수로 한 100명으로 구성된 중앙기율검사위원회를 설립하고, 당의 역사적 경험과 교훈에 근거하여 반드시 당의 민주집중제를 건전히 하고, 당의 법규를 건전히 하며, 당의 규율을 엄숙히 할 것을 강조하였다.

중국공산당 중앙위원회 제11기 제3차 전원회의는 1976년 10월 이후 당의 사업이 망설이고 비틀거리면서 앞으로 나아가던 국면을 끝내게 했고, '문화대혁명'시기와 그 이전의 '좌'경 오류를 본격적으로 확실하게 바로잡기 시작하였으며, '두 개의 무릇'의 오류를 비판하였고, 마오쩌둥사상의 과학체계를 반드시 완벽하고 정확하게 인식하여야 한다는 주장을 충분히 인정하였다. 회의는 또 "사상을 해방하고 머리를 쓰며 실사구시하고 일치 단합하여 앞을 내다봐야 한다."는 지도방침을 확정하고, 당의 실사구시 사상노선을 회복시켰다. "계급투쟁을 중점으로 삼아야 한다."라는 사회주의 사회에 어울리지 않는 구호의 사용을 과감하게 중지하고, 당과 국가의 업무중점을 사회주의 현대화 건설로 옮긴다는 전략적인 정책 결정을 내렸다. 그리고 회의는 당의 역사에서 일련의 중대한 억울한 사건, 허위 조작한 사건, 잘못 처리된 사건 및 일부 중요한 지도자들의 공로와 과실을 둘러싼 시비문제에 대해 심사하고 해결하였으며, 중앙 영도기구의 구성원을 추가로 선출하였다. 지도업무에서 중대한 의미를 가지는 이상의 전환은 당이 마르크스주의 사상노선·정치노선·조직노선을 다시 확립하였음을 의미하였다. 중국공산당 중앙위원회 제11기 제3차 전원회의에서 개혁개방을 실행한다는 위대한 정책결정을 내리고 중국은 "계급투쟁을 중점으로 삼아야 한다는 것"에서부터 경제건설을 중심으로, 경직·반경직 상태에서 전면적 개혁으로, 폐쇄·반 폐쇄 상태에서 대외개방으로의 역사적인 전환을 시작한 것이었다. 이는 '중국 특색의 사회주의'의 새 길이 정식 열렸다는 상징이었으며, 중국이 사회주의 사업발전의 새로운 시기에 들어섰다는 빛나는 상징이기도 했다.

3.
개혁개방의 첫걸음

진리의 기준문제에 대한 토론과 중국공산당 중앙위원회 제11기 제3차 전원회의를 거쳐 사람들의 사상이 엄청나게 해방될 수 있었다. 많은 간부와 대중들이 과거에 성행하였던 개인숭배주의와 교조주의의 정신적 속박에서 벗어났으며, 새로운 상황에 대해 연구하고, 새로운 문제를 해결하는 생생하고 활발한 정치적 국면이 나타났다. 사상해방이 정확한 궤도를 따라 나아갈 수 있게 하고자 1979년 3월 당의 이론업무 학습토론회의에서 덩샤오핑은 "반드시 사회주의 길을 견지하고, 무산계급 독재, 즉 인민민주주의 독재를 견지하며, 공산당의 영도를 견지하고, 마르크스-레닌주의와 마오쩌둥사상을 견지해야 한다."고 기치선명하게 제기하였다. 이것이 바로 유명한 '4가지 기본원칙'이다. 이 기본원칙으로 인해 중국의 개혁개방은 첫걸음을 떼고서부터 명확한 사회주의 방향을 갖게 되었으며, 개혁개방의 순조로운 진행을 위한 튼튼한 정치적 보장이 마련될 수 있었다.

중공업을 우선적으로 발전시키는 것은 계획경제체제의 중요한 특징 중의 하나였다. 신 중국이 창건된 후 중국은 공업, 특히 중공업 분야에서 큰 발전을 이루어 그리 길지 않은 기간에 비교적 완벽한 공업체계를 형성하였다. 그러나 농업발전은 상대적으로 더디었다. 국가는 또 공업제품과 농업생산품의 '협상 기격차' 방식으로 공업화를 위한 자금을 축적하였기 때문에 농민들의 생활개선에도 어느 정도 영향을 주었다. 따라서 농촌의 낙후된 면모를 어떻게 바꾸고 농민의 생활을 어떻게 개선하느냐가 매우 절박하고 시급하게 해결하여야 할 중대한 문제로 떠올랐다. 중국공산당 중앙위원회 제11기 제3차 전원회의에서는 "농업발전을 가속화시키는 데에 관한 결정"을 내리고 생산대의 자주권을 존중하고 농민들의 물질적 이익에 충분한 관심을 기울일 것을 제기함으로써 사실상 농촌개혁을 가동시켰던 것이다.

농업개혁의 돌파구는 가정단위도급생산(包産到戶)을 특징으로 하는 세대별 생산량 연동 도급책임제를 보급하는 것이었다. 1979년 봄부터 다양한 형태의 생산책임제가 전국 각지의 농촌에서 광범위하게 나타나기 시작하였다. 그때 당시 비교적 보편적인 것은 농사철을 단계별로 나누어 도급 맡은 집체나 개인이 일정시간 내에 품질 요구에 부합되는 작업임무를 완성하게 하여, 완성한 작업의 노동량에 따라 점수를 매기고 노동 수당을 계산하는 "단계별 도급·정량수당정산" 책임제를 회복 발전시킨 것이었다. 바로 그 과정에서 생산발전이 더딘 일부 생산대에서는 자발적으로 '조(組) 단위 도급생산제'와 '가정단위 도급생산제(包干到戶)'를 실시하기 시작하였다.

1980년 봄 안훼이·꿰이쩌우·간쑤·네이멍꾸(內蒙古) 등 성·자치구에서 잇달아 농업회의를 열어 가정단위 도급생산문제에 대해 논의하였다. 이들 성·자치구는 모두 식량은 환매에 의존하고, 생산은 대출에 의존하며, 생활은 구제에 의존해야 하는 '3의존' 지역들에 대해서

는 가정단위 도급생산을 허용해야만 한다고 주장하였다. 그 후 가정
단위 도급생산제가 일부 지방에서 빠르게 발전하였다. 1980년 초 신
화사의 조사에 따르면, 가정단위 도급생산제를 실시한 생산대가 안휘
이성에서는 23%에 달하였는데, 그중 페이시(肥西)·펑양(鳳陽)·라이안
(來安)·딩위안(定遠)·우후(蕪湖)·쉬안청(宣城) 등 현(縣)에 많았으며, 어
떤 현은 80%이상을 차지하는 곳도 있었다. 광동성에서는 10%에 달
하였는데 그중 훼이양(惠陽)지구가 많은 편이었으며 생산대 총수의 약
35%를 차지하였다. 네이멍꾸의 53개 현(縣)·기(旗, 네이멍꾸 자치구
내의 행정구역 단위로서 현에 해당함)의 4만 7,849개 생산대 중 가정
단위 도급생산제를 실행한 생산대가 1만 3,894개로서 29%를 차지하
였다. 허난성에서 가정단위 도급생산제를 실행한 생산대가 10%를 차
지하였다. 이 밖에 꿰이쩌우·윈난·간쑤·산동·허뻬이 및 기타 일부
성에서도 가정단위 도급생산제를 실시한 생산대가 일부 있었다.

가정단위 도급생산은 사실 새로 나타난 사물이 아니었다. 1956년
에 농업사회주의 개조를 완설하였을 때 저장·광시 등지의 일부 농촌
에서 가정단위 도급생산제가 이미 나타났었다. 그리고 1959년 상반기
인민공사를 정돈할 때와 1962년 '7천인대회'를 전후하여 농촌정책을
조정할 때도 거듭 나타났었다. 그런데 매번 가정단위 도급생산제가
나타나면 농지를 나누어 개인경영을 하면서 농촌에서 자본주의 길로
나아가려고 시도하는 것으로 간주되어 전부 시정되거나 제지당해야
했다. 제11기 제3차 전원회의 이후 농촌에서 가정단위 도급생산제가
나타나자 당내에서는 그 생산제의 성이 '자 씨(자본주의)'냐 '사 씨(사

회주의)'냐 하는 문제를 놓고 서로 엇갈리는 의견이 나티났었다.

1980년 5월 31일 덩샤오핑은

"농촌의 정책규제를 완화한 이후 가정단위 도급생산에 적
절한 지역에서 가정단위 도급생산제를 실시하였는데, 효과
가 매우 좋았으며 변화가 매우 빨랐다. 안훼이성 페이시현
에서는 절대다수 생산대가 가정단위 도급생산제를 실시하
였는데 증산 폭이 아주 컸다. '펑양화꾸(花鼓)'에서 노래한
그 펑양현에서도 절대다수 생산대가 가정단위 도급생산을
대대적으로 실시하여 1년 만에 크게 번신하고 면모를 일신
하였다. 일부 동지들은 그런 생산형태가 집체경제에 영향
을 미치지는 않을까 하고 걱정하고 있지만 그런 우려는 할
필요가 없다고 생각한다. 우리의 총체적인 방향은 집체경
제를 발전시키는 것이다. 가정단위 도급생산을 실시하는
곳들도 현재 경제의 주체는 여전히 생산대이다."

라고 명확히 밝혔다. 그는 또 "전반적으로 볼 때 현재 농촌사업의
주요 문제는 여전히 사상이 덜 해방된 것"이라고 판단하였다. 덩샤오
핑의 이런 태도표시가 가정단위 도급생산의 운명을 근본적으로 바꾸
어놓았다. 그 이후 '가정단위 도급생산(包産到戶)', '가구단위 도급생산
제(包干到戶)'를 기본 특징으로 하는 가정생산량 연동 도급경영책임제
가 전국 농촌에서 보편적으로 보급되게 되었다.

1982년 1월 1일 중국공산당 중앙위원회가 「전국농촌업무회의요록」 (이하 「요록」으로 약칭), 즉 1982년 '1호 문건'을 비준하여 하급기관에 전달하였다. 「요록」에는 다음과 같이 특별히 강조하였다. "가정단위 도급생산, 가구단위 생산도급제 등은 토지의 공유제를 토대로 수립 되었다. 농가는 집체와 도급관계를 유지하고, 집체가 토지·대형 농기 구·수리시설을 통일 관리하여 사용하고, 국가의 계획적인 지도를 받 으며, 일정한 공공 공제금을 떼어 군인가족과 열사가족, 다섯 부류의 생활 보호가구, 빈곤가정의 생활을 통일 배치하며 일부 농가는 통일 적인 계획 아래 농업에 대한 기본 건설을 진행한다. 그러므로 그러한 생산제도는 합작화 이전의 소규모 사유의 개인경제와는 다른 사회주 의 농업경제의 구성부분이다." 이는 당이 농촌개혁에서 가정단위 도 급생산이 지니는 역할에 대해 충분히 인정한 것이었다.

농촌개혁이 시작됨과 동시에 도시경제체제 개혁도 시험 단계에 들 어섰다. 예를 들어 기업의 자주권을 점차 확대한 것, 중앙과 성·자치 구 직속기업의 일부를 지방에 이관하여 관리하게 한 것, 정경분리(행 정과 기업을 분리함)부를 실행한 것, 도시경제체제 종합개혁 시행업 무를 전개한 것 등이다. 쓰촨성에서는 1978년 10월에 기업 자주권 확 대를 시행하였다. 그리고 얼마 지나지 않아 시행 범위를 더 확대하여 자주권 확대 개혁을 시행하는 기업이 빠르게 늘어났다. 과거 기업들 이 계획에 따라서만 생산하면서 시장의 수요에 대해 알지 못하고 제 품의 판로와 이윤·결손 등 상황에 관심이 없었던 상황이 초보적으로 호전되었다. 기업 자주권의 확대를 위한 개혁의 시행과 농촌생산책임제의 영향을 받아 적지 않은 기업들이 또 국가와 기업, 기업과 직원 간의 책임·권리·이익 관계를 둘러싸고 경제책임제를 실행하였고, 공장장 책임제를 시행하여 국가적 '평균주의'와 기업 내부의 '평균주의' 현상을 극복하였다. 경제책임제는 공업기업들 가운데서 아주 빨리 확산되었다.

기업개혁을 추진함과 동시에 소유제구조의 개혁도 시작되어 단일 소유제 형태를 타파하였으며, 1979년에 제1진 개체 상공업자들이 나타났다. 1981년 7월 7일 국무원이 「도시 비농업 개인경제에 관한 몇 가지 정책성 규정」을 제정하였다. 10월 17일 중국공산당 중앙위원회와 국무원은 진일보적으로 「방법을 널리 강구해 경제를 활성화시키고, 도시의 취업문제를 해결하는 것에 관한 몇 가지 결정」을 내리고 "다양한 경제 형태와 다양한 경영방식이 장기적으로 공존하는 것을 허용하는 것은 절대 임시방편이 아닌 우리 당의 전략적인 정책결정"이라고 강조하였다.

개혁과 개방은 서로 의존하고 서로 촉진하는 관계이다. 개혁이 추진됨에 따라 대외개방도 중대한 돌파 국면을 가져오게 되었다. 1979년 7월 15일 중국공산당 중앙위원회와 국무원은 "대외경제활동에서 특수정책과 신축성 있는 조치를 실행하는 것과 관련한 광동·푸젠 두 성 당위원회의 보고"를 비준하고 하급기관에 전달하여 광동·푸젠 두 성의 대외경제활동에 더 많은 자주권을 부여하기로 결정하였다. 이와 함께 먼저 선쩐(深圳)·주하이(珠海) 등 2개 시에서 일부지역을 떼어 수출특구로 시험 운영키로 하고, 경험을 쌓은 뒤 산터우(汕頭)·샤먼(廈門)에 특구를 설립하는 방안을 검토하기로 결정하였다. 1980년 5월 중국공산당 중앙위원회와 국무원은 광동성의 선전·주하이·산터우, 푸젠성의 샤먼에 경제특구를 설치하기로 결정하였다. 그 해 8월 제5기 전국인민대표대회 상무위원회 제15차 회의는 선전·주하이·산터우·샤먼에 경제특구를 설치하는 사안에 대해 심의 비준하고, 「광동성 경제특구조례」를 채택하였다. 이는 중국 경제특구의 정식 탄생을 의미했다. 그 후 전국 각지에서 모여든 건설 대군의 열성적인 노력 하에 선전·주하이와 같이 이전에 낙후돼 있던 국경 소도시와 황량하던 어촌마을은 불과 몇 년 사이에 빌딩이 숲을 이루며 일정한 규모를 갖춘 현대화한 도시의 모습으로 탈바꿈하였고, 외자와 선진기술이 도입된 선두지역이 되었으며, 중국 대외개방의 창구가 되었다.

신 중국 창건 이래의 역사경험을 정확하게 총결하기 위해 한 해 남짓한 시간을 들여 충분한 준비를 거쳐 의견을 널리 수렴한 토대 위에서 덩샤오핑의 주관 아래 중국공산당 중앙위원회는 「건국 이래 당의 몇 가지 역사문제에 관련한 결의」(이하 「결의」)를 작성하였으며, 1981년 6월 중국공산당 중앙위원회 제11기 제6차 전원회의에서 채택하였다. 「결의」는 신 중국이 창건된 이후 32년간의 경험과 교훈을 종합하고, 마오쩌둥의 역사적 지위를 실사구시적으로 평가하였으며, 마오쩌둥사상을 당의 지도사상으로 삼는 위대한 의의에 대해 충분히 논술하고, 마오쩌둥 만년의 오류와 그 원인에 대하여 과학적으로 분석하여 시비를 분명히 갈랐고, 전 당과 전국 인민의 사상을 통일시켰다. 「결의」의 채택은 당이 지도사상 면에서 어지러운 국면을 바로잡아 정상으로 회복시키는 임무를 성공적으로 완성하였음을 의미한다.

중국공산당 중앙위원회 제11기 제3차 전원회의 이후 당은 억울한 사건, 허위 조작한 사건, 잘못 처리된 사건을 바로잡는 작업을 대대적으로 전개하여 실사구시의 영광스러운 전통을 회복하고 발양토록 하였다. 그리고 여러 가지 사회관계를 조절하고 애국통일전선을 공고히 하고 발전시켰다. 1980년 2월에 열린 중국공산당 중앙위원회 제11기 제5차 전원회의에서는 「당 내 정치생활에 대한 몇 가지 준칙」을 채택하고, 당의 기풍건설을 당의 생사존망과 관련되는 차원으로 끌어올렸다. 중앙서기처를 다시 설립하여 중국공산당 중앙정치국과 상무위원회 영도 아래의 일상적 업무기구로 삼기로 결정하였다. 류사오치의 억울한 누명을 벗겨주고 명예를 회복시키기 위한 결정을 내려 류사오치에게 덮어씌워졌던 사실과 어긋나는 모든 그릇된 언사들을 철회시키고 위대한 마르크스주의자·무산계급혁명가·당과 국가의 주요 지도자 중의 한 사람으로서의 명예를 회복시켜 주었다. 1982년 1월 13일 덩샤오핑이 중국공산당 중앙정치국회의에서 간부대오의 혁명화·연소화·지식화·전문화의 '4화 방침'을 제기하였으며, 그 후 중국공산당 중앙위원회는 일련의 조치를 취해 젊은 간부에 대한 양성과 선발 등용을 강화하였다. 따라서 1982년 6월말에 이르러 중국공산당 중앙위원회와 국무원 여러 부처의 새로운 지도부에 새로 선발 등용된 청장년 간부가 66%를 차지하였다. 1982년 2월 20일 중국공산당 중앙위원회는 「원로 간부 정년퇴직제도 수립에 관한 결정」을 발부하여 지도간부 직무의 종신제를 폐지하는 정책적 근거를 마련하였다.

4.
개혁개방의 본격적 전개

　중국공산당 중앙위원회 제11기 제3차 전원회의에서 당과 국가의 업무 중점을 사회주의 현대화 건설로 옮긴 후 개혁개방에서 거대한 성과를 이룩하게 되었다. 이와 함께 실천을 거쳐 당은 진일보적으로 해결하여야 할 일련의 문제들에 직면하게 되었다. 이런 배경에서 중국공산당은 1982년 9월에 제12차 전국대표대회를 개최하였다.

　덩샤오핑이 대회 개회사를 통해

　　　"마르크스주의 보편적 진리를 우리나라의 구체적 실제상황
　　　과 결부시켜 자신의 길을 걸어야 하며 '중국 특색의 사회주
　　　의'를 건설하여야 한다. 이것이 바로 우리가 오랜 역사경험
　　　을 종합해서 얻어낸 기본 결론이다."

　라고 지적하였다. 덩샤오핑이 제기한 '중국 특색의 사회주의' 건설에 관한 사상은 대회의 지도사상이었을 뿐만 아니라 새로운 역사시기에 개혁개방과 현대화건설에 있어서 중국공산당의 지도사상이기도 하다. 대회에서는 새로운 역사시기 당의 총체적 과업은 "전국의 여러 민족 인민들을 단합시켜 자력갱생하고 노력 분투하여 공업·농업·국

방·과학기술의 현대화를 점차 실현하여 우리나라를 고도로 문명되고 고도로 민주주의적인 사회주의 국가로 건설하는 것"이라고 제기하였다. 대회에서는 또 중국 사회주의 현대화 건설의 새로운 국면을 전면적으로 개척하자는 분투목표·전략적 중점·실시절차·일련의 방침과 정책을 제기하였다. 그중 경제건설 방면의 분투목표는 1981년부터 20세기 말까지의 20년간 경제적 효과와 수익을 꾸준히 향상시키는 전제 아래 전국의 공업·농업 연간 총생산액을 4배로 늘리고, 전국 인민의 물질문화생활이 샤오캉(小康)수준에 도달할 수 있도록 한다는 것이었다. 중국공산당 제12차 전국대표대회(제12차 당 대회)에서는 어지러운 국면을 바로잡아 정상으로 회복한 경험을 종합하고, 사회주의 현대화건설의 새로운 국면을 전면적으로 개척하기 위한 올바른 강령을 제정하였으며, '중국 특색의 사회주의' 건설사상을 명확히 제시함으로써 중국 사회주의 현대화 건설의 새로운 장을 열어놓았다.

제12차 당 대회 이후 중국은 개혁개방이 전면적으로 전개되었다. 농촌개혁에서는 1982년에 중앙 '1호 문건'을 발표하여 '가정단위 생산량 연동 도급책임제'를 인정한 토대 위에서 중국공산당 중앙위원회는 농촌업무 관련 '1호 문건'을 몇 년 동안 연속 발표하여 '가정단위 생산량 연동 도급책임제'를 안정시키고 보완하였으며, 합당한 조치를 취해 농촌경제를 한층 더 활성화시켰다. 농촌개혁이 심화됨에 따라 기존의 인민공사 '정사합일(政社合一)'[6]체제는 이미 새로운 형세에 어울릴

---

6) 정사합일(政社合一) : 정치권력으로서의 역할인 '정(政)' 과 집단소유제(集團所有制)에 근거한 경제조직으로서의 역할인 '사(社)' 를 일체화(一體化)하는 것.

수 없게 되었다. 1983년 10월 중국공산당 중앙위원회와 국무원은 「정(政)사(社) 분리를 실행하여 향(鄕)정부를 수립하는 데에 관한 통지」를 발부하여 인민공사를 폐지하고 기층정권으로서의 향(진[鎭]) 정부를 수립하며, 원래 행정기구로서의 생산대대를 폐지하고, 대중성 자치조직으로서의 촌민위원회를 설립한다고 선포하였다. 1985년 5월에 이르러 농촌에서 인민공사를 폐지하고, 향(진)정부를 설립하는 작업이 기본적으로 완성되었으며, 촌민 자치가 보편적으로 보급되었다.

농촌경제가 전문화·상품화·사회화의 방향으로 나아가기 시작함에 따라 대량의 잉여노동력이 점차 토지에서 해방되어 공업과 가공업에 종사하게 되었다. 이로 인해 갑자기 향진(鄕鎭)기업이 새롭게 등장하게 되었으며, 이에 따라 많은 신형 중소도시들이 나타나게 되었다. 1987년에 이르러 향진기업의 종업원 수가 8,805만 명에 달하였고, 생산액은 4,764억 원에 달하여 처음으로 농업총생산액을 초과하였다. 향진기업은 국민경제에서 천하를 3등분하여 그중의 한 몫을 차지하는 국면을 형성하였으며, 일부지역에서는 심지어 절반의 강산을 차지하기도 하였다. 향진기업의 급속한 발전에 따라 억을 헤아리는 농업 유휴노동력을 이동시켰으며, 농촌은 전례 없는 공업화 행정을 시작하였다. 이는 농촌경제의 역사적인 변화였다. 광범위한 농민들이 당의 영도 아래 자신의 위대한 창조와 개혁 실천으로 농촌의 치부와 현대화의 점차적 실현을 위한 새로운 길을 개척하였다.

농촌개혁의 촉진 아래 도시의 경제체제 개혁시행 범위도 점차 확대되었으며, 따라서 전면적인 개혁을 요구하는 목소리가 갈수록 높아져

갔다. 대외개방이 확대됨에 따라 사람들은 세계적 범위에서 일어나고 있는 신기술혁명이 중국 경제발전에는 일종의 새로운 기회이자 도전이 되고 있다는 사실을 진일보적으로 느낄 수 있었다. 이러한 정세에서 경제체제의 전면적인 개혁을 진행함으로써 중국 경제발전에 생기와 활력이 넘치도록 하는 것이 더욱 절박하게 느껴졌다.

1984년 10월 중국공산당 중앙위원회 제12기 제3차 전원회의에서는 「경제체제개혁에 관 한 중국공산당 중앙위원회의 결정」이 채택되었으며, 문건에서는 계획경제와 상품경제를 대립시켜왔던 전통 관념을 허물고, 사회주의경제는 공유제를 토대로 한 계획적인 상품경제이며, 기업의 활력을 증강하는 것은 경제체제개혁의 중심 내용이라고 제기하였다. 그 문건은 덩샤오핑으로부터 "마르크스주의 기본원리와 중국의 사회주의 실천이 결합된 정치경제학"으로서 "중국의 역사발전에 아주 중요한 한 획을 그을 것"이라는 높은 평가를 받았다. 「경제체제개혁에 관한 중국공산당 중앙위원회의 결정」의 정신에 따라 도시를 중점으로 하는 경제체제개혁이 점차 깊이 전개되기 시작하였다.

사회주의 계획적 상품경제를 발전시키는 데에 대한 요구에 따라 국가의 경제에 대한 계획관리 권한을 점차 하부로 이양하여 지령성 계획을 축소시키고 지도성 계획을 확대하였다. 따라서 1987년에 이르러 생산영역에서 국가 지령성 계획의 공업제품이 개혁 이전의 120종에서 60종으로 줄었다. 유통분야에서 국가가 계획적으로 관리하는 상품은 개혁 전의 188종에서 23종으로 줄어들었다. 국가 거시적 조정의 범위와 방식이 조정되고 개진되었으며, 소상품과 계획 이외의 상품은 모두 시장에 의하여 조절되었다. 거시적 조정에서 가격·세수·금융 등 경제수단의 역할이 날이 갈수록 강화되어 상품경제의 발전을 촉진시켰다. 제12차 당 대회 이후 대외개방의 발걸음도 눈에 띄게 빨라졌다. 1984년 5월 중국공산당 중앙위원회는 샤먼 경제특구를 섬 전역으로 확대하고, 자유항의 일부 정책을 실시하기로 결정함과 동시에 북으로 따롄(大連)까지, 남으로 베이하이(北海)까지 이르는 14개 연해항구도시를 개방하기로 결정하였다. 그 후 중국공산당 중앙위원회는 또 창장삼각주·주장삼각주·민난(閩南, 푸젠성 남부)지역 샤장취안(샤먼-장쩌우[漳州]-취찬쩌우[泉州])삼각주·랴오동(遼東)반도·쟈오동(膠東)반도를 연해경제개방구로 개척하고, 경제기술 개발구를 건립하기로 결정하였다. 중국은 다차원적이고 중점적이며, 개별적인 경험성과를 "경제특구─연해개방도시─연해경제개발구─내륙" 등으로 점차 확대해가는 대외개방구도를 형성하였다.

개혁개방을 적극 추진하는 동시에 당은 또 자체 건설도 매우 중시하였다. 1983년 10월 중국공산당 중앙위원회 제12기 제2차 전원회의에서는 「당 정돈에 관한 중국공산당 중앙위원회의 결정」을 채택하고 3년 시간을 들여 단계별로 몇 차례에 나누어 당 기풍과 당 조직을 전면적으로 정돈하기로 결정하였다. 당 정돈은 1987년 5월에 끝났다. 정당을 통해 중국공산당 중앙위원회 제11기 제3차 전원회의 이래의 당의 노선·방침·정책에 대한 광범위한 당원들의 인식과 이해를 심화시키고, 사상적·정치적으로 당 중앙과 같이할 것이라는 자발성을 향상시켰으며, 일련의 당원 영도간부들의 반혁명적인 비리사건들을 조사 처리하고, '세 부류(즉 린뱌오·장칭 집단의 추종자로서 빈린으로 출세한 자, 파벌사상이 심각한 자, 폭행·파괴·약탈을 일삼는 폭력배)'를 숙청하는 과정을 통해 당의 대오를 정화하였다. 간부의 혁명화·연소화·지식화·전문화의 요구에 따라 청장년 간부들을 대거 선발하여 현(縣)급 이상 영도 직위에 투입시킴으로써 간부의 신구 교체와 간부대오의 구조 변화를 힘 있게 추진하였다.

제12차 당 대회에서는 사회주의 정신문명이 사회주의의 중요한 특징이며, 사회주의제도의 우월성의 중요한 표현이라고 강조하였다. 사회주의 정신문명을 건설하는 것은 전 당의 과업이며, 여러 전선의 공동과업이었다. 1983년 10월 중국공산당 중앙위원회 제12기 제2차 전원회의에서 덩샤오핑이 "사상전선에서 정신적 오염을 퍼뜨려서는 안 된다"라고 기치선명하게 지적하였다. 1986년 9월 중국공산당 중앙위원회 제12기 제6차 전원회의에서는 "사회주의 정신 문명건설의 지도방침에 관한 중국공산당 중앙위원회의 결의"를 채택하여 사회주의 정신문명건설의 중요한 지위와 기본 임무 및 지도방침에 대해 분명하게 논술하였다. 1986년 말에 당은 또 자산계급 자유화에 반대하는 투쟁을 벌였다.

중국공산당 중앙위원회 제11기 제3차 전원회의 이후 덩샤오핑이 제기한 국방과 군대건설에서 모두 역량을 빼내서 국민경제발전을 지원해야 한다는 요구에 따라, 그리고 강대한 현대화·정규화한 혁명군대를 건설한다는 지도방침에 따라 군대건설 면에서 일련의 중대한 개혁을 진행하였다. 1982년 군사위원회의 여러 기술병과를 삭감하여 총참

모부의 병과부로 합병시켰으며, 철도병 부대는 철도부로 집단 제대시켰다. 지휘기관을 대량으로 폐지함과 동시에 전자대항부대를 증설하고 국방과학기술공업위원회를 설립하여 국방 현대화의 필요에 부응할 수 있도록 하였다. 1983년 4월 중국인민무장경찰부대의 결성은 중국 무장력체제의 중대한 변화였다. 1985년 6월 중앙군사위원회는 군대정원 100만 명 감축이라는 전략적 정책결정을 내리고 「군대 체제 개혁·간소화·재편 방안」을 채택하였다. 이어 군대의 간소화와 재편을 전면적으로 전개하여 대 군구(大軍區)를 원래의 11개로부터 7개로 줄였고, 중앙군사위원회 여러 본부와 여러 대 군구기관은 원 정원의 토대 위에서 약 반으로 줄였으며, 1987년에 이르러 인민해방군은 100만 명 감축을 완성하였다. 체제개혁과 간소화·재편을 거쳐 인민해방군은 정예화한 조직, 민첩하고 영활한 지휘, 빠른 반응, 향상된 효율, 증강된 전투력의 목표를 향해 힘찬 한걸음을 내디디게 되었다.

조국의 통일을 하루 빨리 실현하기 위하여 중국공산당은 "한 나라, 두 가지 제도"라는 창조적인 구상을 제기하였다.

1979년 양력설날(元旦) 전국인민대표대회 상무위원회가 「대만동포에게 알리는 글」을 발표하여 중국공산당과 중국정부가 평화적 해법으로 대만문제를 해결하고, 국가통일을 실현할 것이라는 방침을 선포하였다. 그해 1월 30일 덩샤오핑은 "대만이 조국의 품속으로 돌아오기만 한다면 그 곳의 현실과 현행제도를 존중할 것"이라고 명확히 밝혔다. 1981년 9월 30일 예젠잉 전국인민대표대회 상무위원회 위원장이 신화사(新華社) 기자와의 인터뷰를 통해 평화적 통일을 실현할 9가지 방침을 제시하였다. 1984년 2월 덩샤오핑이 최초로 중국의 통일문제를 해결하는 데에 대한 구상을 "하나의 중국, 두 가지 제도"로 명확히 요약하였다. 그는 "통일이 된 후 대만은 여전히 기존의 자본주의제도를 실행하고, 대륙은 사회주의제도를 실행하지만 하나의 통일된 중국이다. 하나의 중국, 두 가지 제도인 것이다. 홍콩문제도 마찬가지로 하나의 중국, 두 가지 제도를 실행한다."라고 강조하였다. "한나라, 두 가지 제도"가 제기됨에 따라 해협 양안(중국대륙과 대만)의 관계에 긍정적인 변화가 나타났다. 1987년 11월 대만 민중의 강력한 요구에 따라 대만 민중의 대륙 친지방문을 할 수 있는 길을 개방하면서 장장 38년간 지속되어오던 양안의 단절상태를 마침내 끝내게 되었다. 2년 남짓한 기간의 담판을 거쳐 1984년 12월 중국과 영국 양국 정부는 「홍콩문제에 관한 공동성명」을 공식 체결하고, 중국 정부가 1997년 7월 1일 홍콩에 대한 주권행사를 회복하기로 확정하였다. 1987년 4월 중국 정부와 포르투갈 정부는 「마카오 문제에 관한 공동성명」을 체결하고, 중국정부가 1999년 12월 20일부터 마카오에 대한 주권행사를 회복하기로 한다고 선포하였다. 홍콩·마카오 문제의 성공적인 해결은 조국의 완전 통일을 실현하기 위한 중요한 한 걸음을 내디뎠던 것이다.

5.
사회주의 초급단계 이론의 제기

1987년 10월 25일부터 11월 1일까지 중국공산당 제13차 전국대표대회가 베이징에서 개최되었다. 대회의 뚜렷한 공헌은 사회주의 초급단계에 관한 이론과 사회주의 초급단계의 당의 기본노선에 대해 체계적으로 논술한 것이었다. 대회는 다음과 같이 지적하였다.

> "중국이 사회주의 초급단계에 처해 있다는 논단에는 두 가지 의미가 포함된다. 첫째, 중국사회는 이미 사회주의 사회에 들어섰으며, 반드시 견지하여야 하고 사회주의를 떠날 수 없다. 둘째, 중국의 사회주의는 아직 초급단계에 처해 있다. 반드시 이 실제상황에서 출발해야지 이 단계를 뛰어넘어서는 안 된다.

이러한 사회주의 초급단계 이론의 제기는 중국 공산주의자들의 과학적 사회주의 이론에 대한 중대한 발전이었다.

중국공산당 제13차 전국대표대회(제13차 당 대회)에서는 사회주의 초급단계에서 당의 기본 노선은 "전국 여러 민족 인민들을 영도하고 단합하여 경제건설을 중심으로 하여 4가지 기본 원칙을 견지하고, 개혁개방을 견지하며, 자력갱생하고 긴고히게 창업함으로써 우리나라를 부강하고 민주적이며, 문명된 사회주의 현대화 국가로 건설하기 위하여 분투하는 것"이라고 체계적으로 논술하였다. 그 기본 노선을 "하나의 중심, 2개의 기본점"으로 약칭하였다. 대회에서는 중국 경제 발전의 3단계 전략적 배치를 확정지었다. 즉 제1단계는 1990년에 가서 국민총생산액을 1980년의 4배로 늘려 인민들의 먹고 입는 문제를 해결하는 것이고, 제2단계는 20세기말에 이르러 국민총생산액을 다시 2배로 늘려 인민의 생활을 샤오캉(小康)사회 수준에 이르게 하는 것이며, 제3단계는 21세기 중엽에 이르러 1인당 국민총생산액이 중등의 발전국가 수준에 도달하고, 인민의 생활이 비교적 부유해지며 현대화를 기본적으로 실현하겠다는 것이었다.

제13차 당 대회 이후 계속적으로 개혁개방을 추진하였다. 1987년 9월 선전(深圳)에서 먼저 토지사용 유상양도를 시험적으로 실시하였다. 그 해 11월 국무원은 선전·상하이·텐진·광쩌우·샤먼·푸쩌우 등지에서 토지사용제도 개혁시행방안을 실행하도록 허용하였다. 1988년 2월 25일 국무원은 「전국 도시와 진에서 주택제도개혁을 단계별로 실시하는 데에 관한 방안」을 인쇄 발부하고, 1988년부터 3~5년 사이에 전국 도시와 진에서 몇 단계로 나누어 주택제도개혁을 보급하기로 결정하였다. 그 해 3월 18일 국무원은 「연해지역 경제개방구 범위를 확대하는 데에 관한 통지」를 발부하여 항쩌우(杭州)·난징(南京)·선양(沈陽) 3개의 성소재지 도시를 포함한 140개 시·현을 연해지역 경제개방구에 포함시키기로 결정지었다. 1988년 2월 중국공산당 중앙위원회는 중국공산당 하이난성(설립준비) 업무위원회를 설립하고, 중국공산당 광동성 하이난 행정구위원회를 폐지하였다. 그 해 4월 하이난성을 정식 설립하고 전 성을 경제특별구로 지정하였다.

개혁개방 후 중국의 소유제 구조에는 매우 큰 변화가 일어났다. 특히 개인경영경제와 사영경제가 매우 큰 발전을 가져왔다. 1987년 1월 23일 중국공산당 중앙정치국은 「농촌개혁을 심화시킬 것」(즉 1987년의 '1호 문건')을 채택하여 "개인경영업자가 고용인원을 한두 명 둘 수 있고, 기술자는 3~5명의 견습공을 고용할 수 있다"라는 원래의 규정을 없애고 "고용 인원수가 그 한도를 넘긴 개인기업의 존재를 허용하고, 관리를 강화하며, 이익을 꾀하고, 병폐를 제거하도록 점차적으로 유도한다"는 방침을 제시하였다. 1988년 3월 25일부터 4월 13일까지 열린 제7기 전국인민대표대회 제1차 회의에서 채택된 「헌법개정안」에는 "국가는 법률이 정한 범위 안에서 사영경제의 존재와 발전을 허용한다. 사영경제는 사회주의 공유제경제의 보충이다. 국가는 사영경제의 합법적 권리와 이익을 보호하고, 사영경제에 대해 인도·감독·관리를 실행한다."라고 규정하였다. 이로써 사영경제의 법적지위가 확립되었던 것이다. 1988년 6월 25일 국무원은 「중화인민공화국 사영기업 잠정조례」를 반포하여 사영경제의 발전을 위한 법률과 정책직 지원을 마련하였다.

1984년 하반기부터 나타나기 시작한 경제과열에 대한 효과적인 억제조치가 따라가지 못하였기 때문에, 제13차 당 대회 이후 한동안 중국에는 비교적 심각한 인플레이션 현상이 나타났다. 1988년 여름 또 가격개혁 전면 주진이라는 부적질한 결정으로 인해 1988년 하반기에 전국적인 수매풍조가 일어났다. 그 때문에 그 해 9월에 열린 중국공산당 중앙위원회 제13기 제3차 전원회의에서는 1989년과 1990년 2년간의 개혁과 건설 중점을 경제환경에 대한 정비와 경제질서의 정돈에 두기로 결정하였다.

경제 분야에서 일부 문제들이 나타남과 동시에 중국 정치생활에서도 심각한 문제들이 나타났다. 그때 당시 자오쯔양(趙紫陽) 당 총서기가 자산계급의 자유화에 반대하는 면에서 소극적으로 대처한데다가 또 당 건설, 정신문명 건설, 사상정치업무에 대해서도 소홀히 하였으며, 일부 당원 지도간부들 사이에서 나타난 심각한 부패현상에 대해 억제하고 해결할 수 있는 효과적인 조치를 취하지 못하였기 때문에, 한때 대중들 속에서 당의 위망이 떨어지는 상황이 나타났다. 이때 서방의 적대세력들도 사회주의국가에 대한 평화적 이행전략을 다그치고 있었다. 바로 그런 상황에서 1989년 봄과 여름 사이에 전국의 일부지방에서 비교적 심각한 동란이 일어났으며, 베이징에서는 반혁명 폭동까지 일어났다. 매우 위험한 정세에서 중앙정치국 상무위원회는 베이징의 일부지역에 계엄령을 발동하기로 결정했고, 이어서 또 베이징의 반혁명 폭란을 단호히 평정하였다. 다른 대중도시들도 아주 빠른 시일 내에 정상적인 질서를 회복하였다.

1989년 6월 9일, 덩샤오핑이 수도 계엄부대 군단장급 이상 간부들을 접견하고 중요한 연설을 발표하면서 제13차 당 대회에서 개괄한 "하나의 중심, 2개의 기본점"의 노선은 틀리지 않았다고 지적하였다.

그는 "4가지 기본원칙을 견지하는 그 자체도 틀리지 않았고, 개혁개방이라는 기본점도 틀리지 않았다. 우리는 이미 제정한 기본노선·방침·정책에 따라 계속 실행하여야 하며, 확고하게 실행해나가야 한다."라고 강조하였다. 1989년 6월 23일부터 24일까지 중국공산당 중앙위원회 제13기 제4차 전원회의가 베이징에서 열렸다. 전원회의에서는 자오쯔양의 중앙위원회 총서기 직무와 중앙군사위원회 제1부주석 직무를 해제하고, 중앙 영도기구에 대한 필요한 조정을 거쳐 장쩌민(江澤民)을 중앙위원회 총서기로 선출하여 장쩌민을 핵심으로 하는 당의 제3세대 중앙지도집단을 구성하였다. 중국공산당 중앙위원회 제13기 제4차 전원회의에서는 "당 중앙위원회 제11기 제3차 전원회의 이래의 노선·방침·정책을 계속 군건히 이행하고, 제13차 당 대회에서 확정한 '하나의 중심, 2개의 기본점'이라는 기본노선을 계속 군건히 이행할 것"을 강조하면서 "4가지 기본원칙은 입국의 근본으로서 반드시 흔들림 없이 시종일관 확고히 견지해야 하고, 개혁개방은 강국의 길로써 반드시 일관되게 관철 이행해야 한다. 절대 쇄국의 길로 돌아가서는 안 된다."고 강조하였다.

6.
관리 정돈하는
과정 속에서 계속 전진

중국공산당 제3세대 중앙 지도집단이 구성된 후, 덩샤오핑이 제기한 "새로운 중앙 지도집단의 급선무는 인민이 만족할 수 있는 몇 가지 일을 해야 한다"라는 요구에 따라 1989년 7월 중국공산당 중앙위원회와 국무원은 「가까운 시일 내에 대중이 관심을 갖고 있는 몇 가지 일을 행하는 데에 관한 결정」을 내리고 고위급 간부 자녀의 상업경영 등 대중들의 반응이 강한 7가지 사항을 중점적으로 해결하기로 하였다. 8월 중국공산당 중앙위원회는 「당 건설을 강화하는 데에 관한 통지」를 인쇄 발부하고, 「통지」의 정신에 따라 1989년 가을과 겨울, 그리고 1990년 봄에 각급 당 조직은 정치풍파를 일으키는데 중점역할을 한 사람과 사건에 대해 낱낱이 조사 정리하였다. 1990년 3월 중국공산당 중앙위원회 제13기 제6차 전원회의에서는 「당과 인민대중의 연계를 강화하는 데에 관한 중국공산당 중앙위원회의 결정」을 채택하고 당과 인민대중 간의 혈연적 연계를 시종일관 유지하고 발전시킬 수 있느냐의 여부는 당과 국가의 흥망성쇠와 직결된다고 강조하였다. 같은 해 11월 중국공산당 중앙위원회는 또 중앙기율검사위원회가 제기한 「당 기풍과 청렴건설을 강화하는 데에 관한 의견」을 비준하고 하급기관에 전달하였다. 이런 결정과 조치들은 부패현상을 어느 정도 억제시켰으며, 당 기풍과 사회기풍의 호전시키는 일을 촉진케 하였다.

대중단체 조직에 대한 당의 영도를 강화하기 위해 1989년 12월 「공회·공청단·여성연합회 업무에 대한 당의 영도를 강화하고 개선하는 데에 관한 중국공산당 중앙위원회의 통지」를 발부하여 당의 영도를 견지하는 것은 공회·공청단·여성연합회 업무를 잘할 수 있는 근본적 보장이라고 강조하였으며, 공회·공청단·여성연합회는 동급 당위원회와 상급조직의 이중 영도를 받으며 동급 당위원회의 영도를 위주로 해야 한다고 강조하였다. 같은 달 「중국공산당 영도하의 다당 합작과 정치협상제도를 견지하고 보완하는 데에 관한 중국공산당 중앙위원회의 의견」을 채택하여 "장기적으로 공존하고, 서로 감독하며, 서로 진심으로 대하고, 영욕을 함께 하는 것"은 당과 여러 민주당파가 서로 협력하며 함께 일하는 기본방침이라고 재천명하였다. 1990년 7월에는 또 「통일전선사업을 강화하는 데에 관한 중국공산당 중앙위원회의 통지」를 발부하여 "통일전선은 과거에도, 현재도, 앞으로도 언제나 중국공산당의 큰 보물로서 약화시켜서는 안 되고 반드시 강화시켜야만 하며, 축소시켜서는 안 되고 반드시 확대시켜야만 한다."라고 명확하게 지적하였다.

당은 인민을 인도하여 경제 환경을 다스리고 개혁을 심화시키는 업무를 진행하였다. 1989년 11월 중국공산당 중앙위원회 제13기 제5차 전원회의에서는 「진일보적인 관리정돈과 개혁심화에 관한 중국공산당 중앙위원회의 결정」을 채택하였다. 1991년에 이르러 관리정돈 임무를 기본적으로 완수하여 인플레이션을 효과적으로 억제시킴으로써 경제과열 현상이 뚜렷이 완화되고 경제가 기본적으로 정상적인 성장을 하도록 회복하였으며, 산업구조 조정이 첫 걸음을 떼기 시작하였다. 관리정돈과 동시에 제반 사항에 대한 개혁도 점차 심화되었다.

1990년 4월 중국공산당 중앙위원회와 국무원이 상하이 푸동(浦東)지역을 개발·개방한다는 정책결정을 내리고, 푸동에서 경제기술개발구와 일부 경제특구에 대한 정책을 실행키로 하였다. 1990년 9월 국무원이 상하이시정부의 푸동 신구 개발과 개방에 관련한 구체적인 정책 규정을 비준함에 따라 푸동의 개발은 실질적인 가동단계에 들어섰다. 푸동의 개방과 개발에 따라 개방적이고, 다기능 적이며, 현대화한 신도시구역이 기적같이 일어나기 시작하였으며, 이로써 푸동은 1990년대 중국이 개혁개방을 통해 눈부신 성과를 이룩한 중요한 상징이 되었다.

1990년 11월 26일 상하이증권거래소가 설립되었고, 같은 해 12월 1일 선쩐증권거래소가 설립되었으며, 주식제로의 개혁과 자본시장의 개혁이 중요한 발걸음을 내딛었으며, 주식제도의 발전을 강력하게 추진하였다. 1990년 10월에는 정쩌우(鄭州)식량도매시장이 설립되었다. 1993년 5월에는 정쩌우상품거래소가 정식으로 설립되어 전국에서 제일 처음으로 농산물 선물거래를 출범시키면서 중국선물시장의 시행 단계가 가동되었다.

1991년 3월 6일 국무원은 「국가 고급 신기술 산업개발구와 관련 정책규정을 비준하는 데에 관한 통지」를 발부하여 1988년에 베이징시 신기술산업개발시험구를 비준한데 이어 또 21개 고급 신기술산업개발구를 국가 고급 신기술산업개발구로 비준하기로 결정하였다.

1991년 6월 26일 국무원은 「기업 종업원 양로보험제도 개혁에 관한 결정」을 발표하여 양로보험을 국가와 기업이 전부 책임지던 방법을 개혁하여 기본 양로보험, 기업 보충 양로보험, 종업원 개인 저축성 양로보험을 결합하는 제도를 점차적으로 수립하였다.

1989년 6월 정치풍파가 평정되기 바쁘게 미국정부와 국회는 잇달아 성명을 발표하여 중국이 동란을 제지한 사실을 왜곡하고, 중국정부를 중상모략하고 공격하면서 '제재조치'를 취한다고 선포하였다. 7월 15일 서양 7개국 정상과 유럽공동체회의도 중국에 대한 '제재'를 선포하였다. 그 정치풍파를 전후하여 소련과 동유럽의 사회주의국가들에서는 잇달아 집권당이 무너지고 정권이 교체되는 상황이 나타났다. 그런 복잡한 상황 앞에서 덩샤오핑은 다음과 같이 강조하였다.

"중국은 진정으로 자신이 선택한 사회주의 길을 따라 끝까지 나갈 것이다. 그 누구도 우리를 억눌러 무너뜨릴 수는 없다. 중국이 무너지지 않는 한 세계적으로 5분의 1의 인구가 사회주의를 견지해 나갈 것이다. 우리는 사회주의 앞날에 대한 자신감으로 가득 차있다."

중국공산당 중앙위원회는 적시에 "냉철하게 관찰하고, 확고한 발판을 마련하며, 침착하게 대저하고, 때를 기나리먼서 우직힘을 잃지 않고, 절대 정면으로 부딪치지 않으며, 성과를 이루기 위해 적극 노력하자"고 하는 방침을 제기하고, 선린외교를 적극 전개하여 주변 국가들과의 관계를 개선하였으며, 많은 개발도상국가와의 협력을 더 한층 강화하였다.

1990년 일본이 제일 먼저 대 중국 '제재'를 철회하였다. 1991년 말에 이르러 중국과 대다수 서양국가와의 관계가 기본적으로 정상궤도에 들어서게 되었다. 1992년 1월 18일부터 2월 21일까지 중국 개혁개방의 총설계사인 덩샤오핑이 우창, 선쩐, 주하이, 상하이 등지를 잇달아 시찰하고 조사연구를 진행하면서 일련의 중요한 담화를 발표하였다. 덩샤오핑의 남방담화의 중심 내용은 다음과 같았다.

"당의 기본 노선은 100년 동안 계속되어야 한다. 절대 흔들려서는 안 된다. 개혁과 개방을 좀 더 대담하게 전개하여야 한다. 과감하게 혁신하고 대담하게 시험하여야 한다. 모든 사업의 시비득실을 판단하는 기준은 주로 '사회주의 사회의 생산력 발전에 유리한가?', '사회주의 국가의 종합 국력을 증강시키는데 유리한가?', '인민의 생활수준을 향상시키는데 유리한가?'를 보아야 한다. '계획적인 요소가 더 많으냐?' 아니면 '시장적인 요소가 더 많으냐?' 하는 것은 사회주의와 자본주의의 본질적인 구별이 아니다. 사회주의의 본질은 생산력을 해방시키고 발전시키며 착취를 없애고,

양극분화를 없애며, 종국적으로 공동으로 부유해지는 것
이다."

이 같은 담화내용은 중국공산당 중앙위원회 제11기 제3차 전원회
의 이래의 기본실천과 기본경험을 과학적으로 종합하고, 사람들의
사상을 오랫동안 곤혹스럽게 하고 속박해오던 많은 중대한 인식문제
에 대해 이론적으로 깊이 있게 대답한 것으로, 개혁개방과 현대화 건
설을 새로운 단계로 끌어올리기 위한 또 한 차례의 사상해방과 실사
구시의 선언서였다.

제10장
21세기는 중국 특색 사회주의의 시기

중국공산당 중앙위원회 제13기 제4차 전원회의 이후, 장쩌민 동지를 주요 대표로 하는 중국 공산주의자들은 전 당과 전국의 여러 민족 인민을 단합 인도하여 당의 기본이론과 기본노선을 견지하면서 사회주의란 무엇이고, 사회주의를 어떻게 건설해야 하며, 어떤 당을 건설해야 하고, 당을 어떻게 건설하여야 하는지에 대한 인식을 심화시켰고, 당을 다스리고 나라를 다스림에 있어서 새로운 소중한 경험을 쌓았으며 '세 가지 대표'의 중요사상을 수립하였다.

국내외 정세가 매우 복잡하고 세계적으로 사회주의가 심각한 우여곡절을 겪고 있는 준엄한 시련 앞에서 '중국 특색의 사회주의'를 수호하고, 사회주의 시장경제체제의 개혁목표와 기본 틀을 확립하였으며, 사회주의 초급단계의 기본 경제제도와 분배제도를 확립하였고, 전면적으로 개혁개방의 새로운 국면을 열어놓았으며, 당 건설의 새로운 위대한 공정을 추진하고, '중국 특색의 사회주의'를 21세기로 끌어올리는 데 성공하였다.

시진핑, 「개혁개방 40주년 경축대회에서 한 연설」
(2018년 12월 18일)

1.
사회주의 시장경제체제의 수립

1992년 10월 12일부터 18일까지 중국공산당은 베이징에서 제14차 전국대표대회(제14차 당 대회)를 열었다. 장쩌민이 중국공산당 제13기 중앙위원회를 대표하여 「개혁개방과 현대화 건설에 박차를 가하여 중국 특색이 있는 사회주의 위업의 더 큰 승리를 거두자」라는 제목으로 보고를 하였다. 그리고 제14차 당 대회에서는 중국공산당 중앙위원회 제11기 제3차 전원회의 이후에 이룩한 위대한 성과에 대하여 기본적으로 종합하고 1990년대에 중국의 개혁개방과 건설 면에서 해야할 제반 임무를 제시하였으며, 중국 특색이 있는 사회주의 건설 관련 이론에 대하여 새롭게 과학적으로 종합하였다. 회의에서는 기회를 잘 포착하고 발전에 박차를 가해 경제건설에 주력하여야 한다고 명확히 제시하였다. 또한 중국 경제체제 개혁의 목표는 사회주의 시장경제체제를 구축하여 생산력을 더 한층 해방시키고 발전시키는데 유리하도록 하는 것이라고 명확히 제기하였다. 아울러 전 당에서 덩샤오핑의 중국 특색이 있는 사회주의 건설이론의 지도적 지위를 확립하였다.

중국공산당 중앙위원회 제11기 제3차 전원회의 이후 중국의 공산주의자들은 계획과 시장 문제 및 그 상호관계에 대한 인식 면에서 발전 변화하는 과정을 거쳤다. 제12차 당 대회에서는 계획경제를 위주로 하고, 시장의 조정을 보조수단으로 한다고 제기하였고, 중국공산당 중앙위원회 제12기 제3차 전원회의에서는 「경제체제 개혁에 관한 결정」을 내려 중국의 사회주의경제는 공유제를 토대로 하는 계획적 상품경제라는 새로운 개념을 제시하였으며, 제13차 당 대회에서는 사회주의의 계획적 상품경제체제가 계획과 시장의 내적 통일을 이룬 체제여야 한다고 제시하였고, 중국공산당 중앙위원회 제13기 제4차 전원회의 이후에는 계획적 상품경제의 발전에 부응하는 계획경제와 시장의 조정을 결합시킨 경제체제와 운행체제를 수립할 것을 제시하였다. 중국 경제체제 개혁의 목표를 사회주의 시장경제체제의 수립으로 확정한 것은 중국 공산주의자들이 내놓은 대담한 조치로서, 중국의 개혁과 발전을 위한 관건적인 문제를 해결하였고, 마르크스주의 경제이론에 대한 창조적 발전이며, 제14차 당 대회의 중대한 기여이기도 하였다.

1992년 이후 중국은 경제발전 속도가 뚜렷하게 빨라짐과 동시에 일부 새로운 상황과 문제도 나타났다. 주로 경제과열, 특히 적지 않은 지방에서 '개발구의 붐'과 '부동산 붐'이 나타났으며, 게다가 갈수록 심각해지는 추세를 보였던 것이다. 이러한 문제들에 대하여 중국공산당 중앙위원회는 크게 중시하여 거시적 조정의 강도를 높이기로 결정하였다. 3년 남짓한 동안의 노력을 거쳐 1996년에 이르러 중국경제는 '연착륙'에 성공하여 인플레이션을 통제하였을 뿐만 아니라, 빠른 경제성장을 유지하여 경제의 대폭적인 파동을 피할 수 있었다. 이는 중국역사에서 처음 있는 일이었으며, 또한 세계역사에서도 보기 드문 일이었다. 제14차 낭 내회 이후 개혁개방의 발걸음은 더욱 빨라졌다. 1993년 11월에 열린 중국공산당 중앙위원회 제14기 제3차 전원회의에서는 「사회주의 시장경제체제 구축 관련 몇 가지 문제에 대한 중국공산당 중앙위원회의 결정」을 채택하여 사회주의 시장경제체제 수립에 대한 청사진을 그렸으며, 사회주의 시장경제체제를 수립하는 것은 국가의 거시적 조정 하에서 시장이 자원 배치에 대해 기초적 역할을 하도록 해야 한다고 강조하였다. 이후 일련의 중대한 개혁조치들이 잇달아 출범하였다. 예를 들면, 현대 기업제도의 수립을 위한 시행 작업을 전개한 것이었다. 시장경제의 요구에 부응하고, 재산권이 명확하고, 권리와 책임이 명확하며, 정경 분리와 과학적인 관리를 실현한 현대 기업제도를 수립할 것을 요구하였다. 또 다른 예를 들면, 식량 가격을 풀어놓았던 것이다. 1993년 2월 15일 국무원이 「식량 유통체제 개혁을 가속화하는 것에 관한 통지」를 발부하여 40년간 이어져 내려오던 통일적 수매와 통일적 판매체제가 역사의 무대에서 퇴장하였다. 그리고 세제개혁을 진행했던 것이다.

1993년 12월 15일 국무원이 「국세와 지방세를 분리 징수하는 재정 관리 체제를 실행하는 데에 관한 결정」을 내려 1994년 1월 1일부터 지방재정 도급체제를 개혁하여 여러 성·자치구·직할시 및 단독 경제 계획 시행 도시(計劃單列市)에 대해 국세와 지방세를 분리 징수하는 재정관리 체제를 실행하여 중앙과 지방 두 방면의 적극성을 동원토록 하였다. 또 다른 예로 금융체제를 개혁했던 것이다. 1993년 12월 25일 국무원이 「금융체제 개혁에 관한 결정」을 내려 정책성 금융과 상업성 금융을 분리하여 국유 상업은행이 주체가 되고, 다양한 금융기관이 공존하는 금융조직체계와 통일적으로 개방하고 질서 있게 경쟁하며, 엄격하게 관리하는 금융시장체계를 수립할 것을 제기하였다.

개혁개방 이래, 중국공산당은 과학기술의 중요성에 대해 갈수록 깊이 인식하게 되었으며, 과학기술을 제1 생산력의 높이로 끌어올렸다. 1995년 5월 6일 중국공산당 중앙위원회와 국무원은 「과학기술의 진보를 가속화하는 데에 관한 결정」을 내리고 과단성 있게 과학과 교육에 의한 국가 진흥전략의 실시를 제시하였다. 같은 달 상기의 결정을 전면적으로 배치 이행하기 위해 중국공산당 중앙위원회와 국무원은 베이징에서 전국과학기술대회를 개최하였다. 1996년 3월 제8기 전국인민대표대회 제4차 회의에서 정식으로 비준된 「국민경제와 사회발전 제9차 5개년 계획과 2010년 전망목표 요강」에서는 "과학과 교육에 의한 국가진흥"을 중요한 지도방침과 발전전략으로 삼아 국가의 의지로 격상시켰다. 1999년 8월 전국기술혁신대회가 베이징에서 열렸다. 회의에서 "기술혁신을 강화하고, 첨단 과학기술을 발전시키며, 산업화를 실현하자"는 것이 중국 과학기술의 세기를 넘는 전략적 목표로 확립되었다. 2001년 2월 19일 제1회 국가최고과학기술상 시상식이 인민대회당에서 성대히 거행되었다. 이는 과학기술의 발전을 위해 걸출한 공헌을 한 과학자들에게 국가의 명의로 수여하는 최고의 영예였다.

현대화 건설과 인류발전의 원대한 이익을 위하여 1994년 3월 25일 국무원은 「중국 21세기 의정(초안)」을 채택하고 지속 가능한 발전전략을 실시하기로 확정하였다. 1995년 9월 중국공산당 중앙위원회 제14

기 제5차 전원회의에서는 "지속 가능한 발선선략"을 「국민경세와 사회발전 제9차 5개년 계획과 2010년 전망목표에 대한 중국공산당 중앙위원회의 제안」에 정식으로 써넣어 "반드시 사회의 전면적인 발전을 중요한 전략적 지위에 올려놓고, 경제와 사회의 조화롭고 지속가능한 발전을 실현할 것"을 제시하였다. 당의 문건내용에 "지속 가능한 발전"이라는 개념을 사용한 것은 이번이 처음이었다.

서부지역의 발전을 가속화하기 위하여 먼저 서부지역에서 농경지를 삼림과 초지로 환원시키는 조치와 이주민 개발조치를 취하였다. 1999년 9월에 열린 중국공산당 중앙위원회 제15기 제4차 전원회의에서는 서부 대개발 전략을 실시하기로 명확히 제기하였다. 서부 대개발의 범위에는 총칭(重慶)·쓰촨·꿰이쩌우·윈난·티베트·산시(陝西)·간쑤·칭하이(靑海)·닝샤(寧夏)·신장(新疆)·네이멍꾸(內蒙古)·광시 등 12개 성·자치구·직할시가 망라되었다. 전체 서부지역의 국토면적은 전국 국토 총면적의 약 71%를 차지하는 광대한 면적이다.

당은 또 사회주의 법제건설을 크게 중시하여 의법치국과 사회주의 법치국가건설을 강조하였다. 1996년 3월 제8기 전국인민대표대회 제4차 회의에서는 의법치국과 사회주의 법치국가의 건설을 「국민경제와 사회발전 제9차 5개년 계획과 2010년 전망목표 요강」에 써넣었다. 중국공산당 제15차 전국대표대회(제15차 당 대회)에서 또 한 발 더 나아가 의법치국과 사회주의 법치국가의 건설을 치국방략의 높이로 끌어올려 "2010년에 이르러 중국 특색이 있는 사회주의 법률체계를 수립한다."라는 목표를 명확히 제시하였다.

1997년 7월 1일 중화인민공화국 국기와 홍콩특별행정구 국기가 홍콩의 상공에 서서히 게양되었다. 이날부터 중국정부는 홍콩에 대한 주권행사를 회복하고, 홍콩은 조국의 품으로 돌아왔다. 1999년 12월 20일 중화인민공화국은 마카오에 대한 주권행사를 회복하였다. 이로써 조국의 완전한 통일을 실현하기 위한 중요한 발걸음을 내디디게 되었다.

대만해협 양안의 관계도 새로운 진전을 가져왔다. 1992년 10월 대륙해협양안관계협회와 대만해협교류기금회가 사무적인 협상을 시작했고, 같은 해 11월에 각각 "해협 양안은 모두 하나의 중국이라는 원칙을 지킬 것"이라는 공통인식, 즉 '92공통인식'을 구두로 밝혔다. 1993년 4월 왕따오한(汪道涵) 해협양안관계협회 회장과 꾸전푸(辜振甫) 대만해협교류기금회 이사장이 싱가포르에서 회담(즉 '왕꾸회담')을 갖고 관련 협의를 공동 체결하였다. 이는 해협 양안이 민간기구 지도자들에게 권한을 위임하여 진행한 첫 회담으로 대만당국이 규정한 대륙과 "접촉도, 협상도, 타협도 하지 않을 것"이라는 '3불(三不)정책'을 극복한 사건이었다. 1995년 1월 30일 장쩌민은 「조국통일 대업의 완성을 촉진시키기 위해 계속 분투하자」라는 제목으로 중요한 연설을 발표하여 양안관계를 발전시켜 평화적 통일을 추진하는 데에 관한 8가지 주장을 제시하여 국내외의 높은 관심과 긍정적인 평가를 받았다.

2.
덩샤오핑 이론의
위대한 기치를 높이 들자

1997년 9월 12일부터 18일까지 중국공산당은 베이징에서 제15차 전국대표대회(제15차 당 대회)를 개최하였다. 이는 세기적인 교체시기에 중국 개혁개방과 사회주의 현대화 건설의 관건적 시기에 지난날의 위업을 계승하여 앞날을 개척해 나가는 역사적 회의였다.

회의의 가장 중요한 공헌은 덩샤오핑 이론을 당의 지도사상으로 확립한 것이다. 대회에서는 '덩샤오핑 이론'이란 과학적 어휘를 최초로 사용하였으며, 그 이론을 당을 이끌어 앞으로 나가도록 하는 기치로 삼았다. 대회에서는 "마오쩌둥의 사상을 계승하고 발전시킨 덩샤오핑의 이론은 중국 인민을 이끌어 개혁·개방 속에서 사회주의 현대화를 성공적으로 이룰 수 있는 정확한 이론이다. 당대 중국에서는 마르크스주의를 중국의 실천과 시대의 특징에 결부시킨 덩샤오핑 이론만이 사회주의 전도와 운명에 관한 문제를 해결할 수 있을 뿐 그 외에 이를 해결할 수 있는 다른 그 어떤 이론은 없다."라고 강조하였다. 덩샤오핑 이론은 당대 중국의 마르크스주의이며 마르크스주의가 중국에서 발전을 이룬 새로운 단계였다. 대회에서는 "'중국 특색의 사회주의' 경제·정치·문화를 건설하는 기본 목표와 기본 정책이 불가분적으로 유기적으로 통일되어 사회주의 초급단계에서 당의 기본 강령을 구성하였다. 이 강령은 덩샤오핑 이론의 중요한 내용이며, 당의 기본 노선이 경제·정치·문화 등 분야에서 전개된 것이고, 최근 몇 년간 가장 주를 이룬 경험을 종합한 것"이라고 명확히 제기하였다.

대회에서는 세기를 뛰어넘는 중국의 발전전략에 대해 배치하면서 새 라운드 '3단계' 발전 전략을 제시하였다. 즉, 새 세기 첫 10년 동안에는 국민총생산액을 2000년의 2배로 증가하여 인민이 더욱 풍족한 샤오캉 삶을 살 수 있게 하는 것이고, 중국공산당 창설 100주년이 되는 때에 이르러서는 국민경제가 더욱 발전하고 제반 제도가 더욱 완벽하게 개선되도록 할 것이며, 21세기 중엽에 이르러 신 중국 창건 100주년이 되는 때에는 현대화를 기본적으로 실현하고, 부강하고 민주적이며 문명된 사회주의 국가로 건설한다는 것이었다. 21세기의 첫 10년은 중국이 제2단계 전략적 목표를 실현하고, 제3단계 전략적 목표를 향해 나아가는 관건적인 시기였다. 그 시기에는 비교적 완벽한 사회주의 시장경제체제를 수립하고, 국민경제의 지속적이고 빠르고 건전한 발전을 유지하는 것이 반드시 잘 해결하여야 할 두 가지 큰 과제였다. 이를 위해서는 반드시 역사적 기회를 잘 포착하고, 개척 전진하면서 사회주의 시장경제 개혁의 방향을 견지하여 일부 중대한 방면의 개혁에서 새로운 돌파를 이룸과 아울러 경제구조의 최적화, 과학기술의 발전, 대외개방수준의 향상 등 방면에서 중대한 진전을 이룰 수 있어야 하였다. 이러한 임무와 목표를 실현하는 관건은 당의 영도를 견지하고 강화하며 개선하는 것이며, 당의 사상 정치적

우세와 조직적 우세를 충분히 살리고, 낡을 엄하게 다스려 당의 선진
성과 순결성을 유지하며, 당의 응집력과 전투력을 증강하여 당을 더
욱 잘 건설하는 것이었다.

제14차 당 대회 이후, 사회주의 시장경제체제를 구축하는 중요한
한 측면으로서 국유기업에서 현대 기업제도 구축을 위한 시행을 시
작하였으며, 제15차 당 대회 이후에는 본격적으로 전개하였다. 정경
분리의 원칙에 따라 일련의 대형 기업그룹들을 설립하고 일련의 국유
기업에 대해서는 회사제 혹은 주식제로 개조하는 일을 진행하였다.
1999년 9월 중국공산당 중앙위원회 제15기 제4차 전원회의에서 「국
유기업 개혁과 발전 관련 몇 가지 중대한 문제에 대한 중국공산당 중
앙위원회의 결정」을 채택하고, 국민경제에서 대대적인 국민경제 구조
조정과 국유기업 개편에서 출발하여 기업경영체제를 전환시키고, 기
업의 전반적 자질을 향상시킬 것을 강조하였다. 다년간의 노력을 거
쳐 국유기업 개혁에서 뚜렷한 성과를 거두어 결손 규모가 대폭 줄어
들었으며, 일부 경영이 부진한 기업들이 경영난에서 벗어나는 목표를
실현하였다. 2000년 말에 이르러 1997년도에 결손을 보던 6,599개 국
유기업과 대·중형 국유지주형 기업이 이미 70%이상 줄어들었고, 국
유기업과 국유지주공업 기업의 이윤 창출액이 2,392억 위안에 달해
1997년 806억 위안에 비해 1.97배 늘어났다. 소형 국유기업도 48.1억
위안의 이윤을 창출하면서 6년 연속 순 적자만 내던 국면을 끝나게
하였다. 오랫동안 곤경에 처해있던 많은 국유기업들이 경영부진 상태
에서 벗어났으며, 경영상황이 뚜렷이 개선되었다. 국유기업 개혁과정

에서 수천수만을 헤아리는 근로자들이 국유기업으로부터 정리해고 당하였거나 분류되었다. 국유기업의 개혁을 위해 중요한 공헌을 한 그들에게 중국공산당 중앙위원회와 국무원은 큰 중시를 기울였으며, 정리해고 당한 근로자들의 재취업과 기본생활 보장업무를 가동해 국유기업 개혁의 순조로운 진행을 유력하게 보장하였다.

1998년 여름 중국 창장유역과 쏭화강(松花江) 유역에 100년 만에 특대형 홍수 재해가 발생하여 유역주민들의 생명·재산·안전을 심각하게 위협하였다. 특대 홍수의 습격 앞에서 중국공산당 중앙위원회와 국무원·중앙군사위원회는 30여 만 명의 군대와 무장경찰을 홍수와의 투쟁에 긴급 투입시켜 그 투쟁을 승리로 이끄는 데서 막강한 역할을 하였다. 장쩌민 등 당과 국가의 지도자들은 여러 차례에 걸쳐 홍수대응 제1선에 직접 나섰으며, 각급 지도간부들은 분분히 현장으로 달려가 광범위한 군민들과 함께 꿋꿋하게 싸웠다. 약 2개월간의 악전고투를 거쳐 끝내 홍수와의 투쟁에서 승리를 거두었으며, 특대 홍수 상황에서 피해손실을 최소화하는 기적을 창조하였다. 이번 특대 홍수와 싸우는 과정에서 중국의 인민들은 "만민이 한마음 한뜻으로 일치 단합하여 어려움을 딛고 힘차게 싸우며 흔들리지 않고 승리를 향해 용감히 나아가는 위대한 홍수 방지 정신"을 창조하였다.

1997년 7월 2일 아시아 금융위기가 폭발하면서 일부 국가의 통화가치가 대폭 평가 절하하고 주식의 시가가 폭락하였으며, 공장들이 무더기로 부도나고 많은 노동자들이 실업을 당하는 상황이 나타났다. 중국공산당 중앙위원회와 국무원은 제때에 대응준비를 하여 경제성장을 촉진시키는 주요 조치로서 내수 확내를 실시하는 동시에 경제 체제의 개혁을 심화시켜 금융업이 경제의 핵심적 역할을 충분히 하도록 하였는데, 통화 공급량의 적당한 증가와 위안(元)화 환율의 안정을 유지시키는 것을 통해 국민경제의 지속적이고 빠른 발전을 힘 있게 추진하였으며, 금융체제 개혁을 가속화하여 금융리스크를 예방하고 해소하였다. 제15차 당 대회에서는 "대외개방은 장기적인 기본 국책으로서 더욱 적극적인 자세로 세계에 진출하여야 하며, 전 방위적이고 다차원적이며 폭넓은 대외개방구도를 보완하고, 개방형 경제를 발전시켜 국제경쟁력을 증강시켜야 한다."라고 제시하였다. 제15차 당 대회 이후 대외개방이 가 일층 확대되었다. 연해지역을 개방한 토대 위에서 창장유역과 국경지역 도시와 내륙 도시를 잇달아 개방하였다. 장장 13년간에 걸친 힘겨운 담판 끝에 드디어 1999년 11월에 중국과 미국은 중국의 세계무역기구(WTO) 가입 관련 양자협의를 달성하였다. 2001년 11월 카타르의 수도 도하에서 열린 제4회 세계무역기구 부장회의에서는 중국의 세계무역기구 가입 결정이 통과되었다. 같은 해 12월 11일 중국은 정식으로 세계무역기구의 회원국이 되었다. 세계무역기구에 가입함으로써 중국은 경제 글로벌화 흐름에 순응하고, 국제경쟁과 협력에 능동적으로 참여하는 적극적인 자세를 충분히 보여주었으며, 더욱 양호한 국제환경을 마련하여 대외개방을 힘 있게 추진하고, 경제체제 개혁과 경제구조의 전략적 조정을 추진하였으며, 중국 경제발전의 활력과 국제경쟁력을 증강시켰다. 이는 총체적으로 중국의 이익 수요에 부합되는 것이었다.

3.
'세 가지 대표' 중요사상

1980년대 말에서 90년대 초까지 국내와 국제에서 심각한 정치풍파가 발생한 후 당이 복잡다단한 환경 속에서 준엄한 시련을 이겨내고, 새 세기를 향해 성공적으로 전진할 수 있었던 관건은 자체 건설을 꾸준히 강화하여 다음 세기의 웅대한 목표를 실현하기 위한 근본적인 보장을 마련한 데 있었다.

제14차 당 대회 개최에서부터 제16차 당 대회 개최까지의 기간에, 당은 자체 건설을 크게 중시하였다. 사상건설에서는 「덩샤오핑문선」 제3권을 편집 출판하고, 「덩샤오핑문선」 제1권과 제2권을 재판하여 전 당 내에서 덩샤오핑 이론을 학습하는 운동을 깊이 있게 전개하였다. 1994년 9월 중국공산당 중앙위원회 제14기 제4차 전원회의에서 「당의 건설을 강화하는 데에 관한 몇 가지 중대한 문제에 대한 중국공산당 중앙위원회의 결정」을 결의하고, 당 건설을 새로운 위대한 공정의 높이로 끌어올려 민주 집중제를 견지하고 건전히 하며, 기층의 당 조직 건설을 강화하고 개진하며, 덕과 재능을 겸비한 젊은 간부들을 대거 양성하고 단련시키는 것을 당 조직건설의 세 가지 주요한 문제라고 제시하였다. 기층조직의 건설을 강화하기 위하여 중국공산당 중앙위원회는 「중국공산당 일반 대학교 기층조직 업무조례」 「국유기업의 당 건설을 더 한층 상화하고 개진하는 데에 관한 통지」「중국공산당의 당과 국가기관 기층조직의 업무조례」「중국공산당의 농촌 기층조직 업무조례」 등을 잇달아 인쇄 발부함으로써 기층 당 건설에서 따라야 할 규정을 마련하였다. 간부대오의 건설을 강화하기 위하여 「당정 지도간부 선발등용업무 잠정조례」를 제정하여 간부 등용과정에 나타날 수 있는 부정적인 기풍을 원천적으로 방지하고 간부 업무의 과학화·민주화·제도화 추진을 위한 기본규칙을 마련하였다. 청렴한 당풍건설을 강화하기 위하여 「중국공산당 당원 지도간부의 청렴참정 관련 몇 가지 준칙(시행)」「청렴한 당풍건설 책임제를 실시하는 데에 관한 규정」「당정기관의 엄격한 절약 및 사치낭비행위 제지 관련 몇 가지 규정」 및 기타 일련의 당내 법규를 제정하였으며, 일련의 중대한 불법사건들을 조사 처리하였다. 당성·당풍건설에서 1998년 11월부터 2000년 말까지 현·처(處)급 이상의 간부들 속에서 "학습을 중시하고 정치를 중시하며 바른 기풍의 수립을 중시"하는 '3중시' 교육을 전개하였다. 한 시기 당내 사상기풍·학풍·업무기풍·영도기풍 및 간부 생활기풍 면에서 불거진 문제를 겨냥하여 2001년 9월 중국공산당 중앙위원회 제15기 제6차 전원회의에서는 「당의 기풍 건설을 강화하고 개진하는 데에 관한 결정」을 채택하여 "8가지를 견지하고, 8가지에 반대할 것"을 명확히 제시하였다. "8가지 견지, 8가지 반대"의 구체적 내용은 즉 "사상해방과 실사구시를 견지하고, 낡은 것을 답습하고, 현실에 안주하는 것에 반대하며, 이론과 실제를 결부시키는 것을 견지하고, 기계적으로 모방하는 교조주의에 반대하며, 대중과의 밀접한 관계를 견지하고, 형식주의·관료주의에 반대하며, 민주집중제 원칙을 견지하고, 독단적인 것과 무기력하고 산만한 것에 반대하며, 당의 규율을 견지하고, 자유주의에 반대하며, 청렴결백한 기풍을 견지하고, 권력으로 사리를 도모하는 것에 반대하며, 힘든 분투를 견지하고 향락주의에 반대하며, 어질고 현명한 인재등용 원칙을 견지하고 인재등용에서의 부정기풍에 반대하여야 한다."는 것이었다.

새 세기에 들어선 후 당이 처한 국내외 환경, 어깨에 짊어진 임무 그리고 당원대오의 상황에 모두 심각한 변화가 일어났다. 어떻게 하여야 당의 집권능력과 영도수준을 꾸준히 향상시키고, 썩고 변질되는 것을 막고 여러 가지 위험에 대처할 수 있는 능력을 꾸준히 키울 수 있으며, 또 어떻게 하여야 당의 선진성과 순결성을 시종일관 유지할 수 있을지 하는 중대한 과제가 중국 공산주의자들 앞에 놓였다. 국내외의 정세, 당이 짊어진 역사적 임무와 당의 자체 건설을 실제에 대한 명석한 인식과 정확한 파악을 바탕으로 하여 당의 역사적 경험을 전면적으로 종합하고, 당이 처한 역사적 위치를 성찰한 토대 위에서 장쩌민은 어떠한 당을 건설할 것인지, 당을 어떻게 건설할 것인지 하는 중대한 문제에 대하여 깊은 생각을 거쳐 '세 가지 대표'의 중요 사상을 제시하였다.

2000년 2월 장쩌민은 광동성에 대한 업무 시찰을 할 때,

"우리 당의 70여 년의 역사를 종합하면 다음과 같은 중요한 결론을 도출해낼 수 있다. 그것은 바로 우리 당이 인민

의 지지를 얻을 수 있었던 것은 우리 덩이 혁명·건설 개혁의 매개 역사시기에 항상 중국의 선진적인 생산력 발전의 요구를 대표하였고, 중국의 선진문화 발전의 방향을 대표하였으며, 중국의 가장 광범위한 인민의 근본이익을 대표하였기 때문이며, 또 올바른 노선·방침·정책의 제정을 통해 국가와 인민의 근본 이익을 실현하기 위해 꾸준히 분투하였기 때문이다."

라고 지적하였다. 이는 장쩌민이 처음으로 '세 가지 대표' 중요사상에 대해 제기하고 그 구체적 내용에 대해 초보적으로 명확하게 논술한 것이었다.

2000년 5월 장쩌민은 장쑤·저장·상하이 당 건설에 대해 시찰하였으며, 5월 14일 중요한 연설을 발표하였다. 그는 "'세 가지 대표' 원칙을 시종일관 실천하는 것은 우리 당 존립의 근본이고, 집권의 토대이며, 힘의 원천"이라고 분명히 제시하였다. 그는 또 "새로운 세기를 향해 나아가는 길에서 많은 복잡한 모순과 어려움을 잘 해결하여야 하고, 새롭게 직면하는 시련을 이겨내고, 사회주의의 위대한 과업을 꾸준히 추진하여야 한다. 그러려면 우리 당은 반드시 시종일관 '세 가지 대표' 원칙을 견지하여야 한다."라고 지적하였다.

그 후 장쩌민은 중앙에서 개최한 경제업무회의와 통일전선업무회의, 중앙기율검사위원회회의에서 새로운 형세에서 당의 영도를 강화하고 개선하는 문제에 대해 다양한 각도에서 논술함으로써 '세 가지 대표'의 중요 사상을 꾸준히 풍부히 하고 완성하였다.

2001년 7월 1일 장쩌민은 중국공산당 창당 80주년 경축대회에서 발표한 연설에서 '세 가지 대표'의 중요 사상을 하나의 이론체계로 삼아 전면적으로 논술하면서 '세 가지 대표' 중요 사상의 과학적 내용과 정신적 실질에 대해 깊이 있게 명확하게 논술하였다. 그는 다음과 같이 지적하였다. "중국의 선진 생산력 발전의 요구를 대표하고, 중국의 선진문화발전의 방향을 대표하며, 중국의 가장 광범위한 인민들의 근본이익을 대표하는 것은 통일된 일체로서 서로 연결되어 있고 서로를 촉진시키고 있다. 선진적인 생산력을 발전시키는 것은 선진문화를 발전시키고, 가장 광범위한 인민의 근본이익을 실현하는 토대조건이다. 인민대중은 선진 생산력과 선진 문화를 창조하는 주체이며, 또한 자신의 이익을 실현하는 근본역량이기도 하다. 선진생산력과 선진문화를 꾸준히 발전시키는 것은 결국 인민대중의 날로 늘어나는 물질문화생활의 수요를 충족시키기 위함이고, 가장 광범위한 인민들의 근본이익을 꾸준히 실현하기 위함이다.

'세 가지 대표' 중요 사상의 제기는 개혁개방과 사회주의 시장경제 발전의 조건 아래 "어떤 당을 건설할 것이며, 당을 어떻게 건설할 것인지?"라는 당과 국가의 전도와 운명과 직결되는 중대한 문제에 대한 진일보적인 해답이 된다. 또한 당대 세계와 중국의 발전변화가 당과 국가의 사업에 제기한 새로운 요구의 반영이며, 당 건설을 강화하고 개진하며, 중국 사회주의의 자체 완성과 발전을 추진하는 강력한 이론 무기이며, 중국공산당의 집단적 지혜의 결정체이고, 당이 반드시 장기적으로 견지해야 하는 시도사상이다. '세 가지 대표'의 원칙을 시종일관 실천하는 것은 중국공산당 존립의 근본이고, 집권의 토대이며, 힘의 원천이었던 것이다.

제11장
새로운 역사의 기점 위에서
'중국 특색의의 사회주의' 발전 견지

　　제16차 당 대회 이후 후진타오(胡錦濤) 동지를 주요 대표주자로 하는 중국 공산주의자들은 전 당과 전국 여러 민족 인민을 단합 인솔하여 덩샤오핑 이론과 '세 가지 대표' 중요 사상을 지침으로 하여 새로운 발전 요구에 따라 새로운 정세에서 어떠한 발전을 실현할 것인지, 어떻게 발전할 것인지 등 중대한 문제에 대해 깊이 인식하고 대답하였고 과학적 발전관을 형성하였으며 중요한 전략적 기회를 장악하고 샤오캉사회를 전면 건설하는 과정에서 실천적 혁신, 이론적 혁신, 제도적 혁신을 추진하였으며 인간 중심의 원칙을 견지할 것과 전면적이고 균형적인 지속가능한 발전을 견지할 것을 강조하였고 '중국 특색의 사회주의' 위업의 총체적 구도를 형성하였으며 민생 보장과 개선에 애썼고 사회의 공평과 정의를 촉진하였으며 조화로운 세계의 건설을 추진하고 당의 집권능력 건설과 선진성 건설을 추진하여 역사의 새로운 기점에서 '중국 특색의 사회주의'를 성공적으로 견지하고 발전시켰다.

시진핑: 「개혁개방 40주년 경축대회에서 한 연설」

(2018년 12월 18일)

1.
과학적 발전관의
제기 및 전면 실행

2002년 11월 8일부터 14일까지 중국공산당 제16차 전국대표대회(제 16차 당 대회)가 베이징에서 열렸다. 장쩌민이 제15기 중앙위원회를 대표하여 「샤오캉사회를 전면적으로 건설하여 '중국 특색이 있는 사회주의' 위업의 새로운 국면을 열어나가자」라는 제목으로 보고를 하였다. 보고는 지난 5년간의 업무와 13년간의 기본 경험을 종합하고 '세 가지 대표' 중요 사상을 전면적으로 관철시키는 데에 관한 근본적인 요구를 분명하게 논술하였다. 제16차 당 대회에서는 샤오캉사회를 전면적으로 건설하자는 분투목표를 명확히 제시하였다. 그 목표는 "본세기 초기 20년간 역량을 집중하여 십 수억 인구에게 혜택을 줄 수 있는 더욱 높은 수준의 샤오캉사회를 전면적으로 건설함으로써 더욱 발전한 경제, 더욱 건전한 민주, 더욱 진보한 과학기술과 교육, 더욱 번영한 문화, 더욱 조화로운 사회, 더욱 부유한 인민의 생활이 실현된 사회를 만드는 것이다." 대회에서 「중국공산당 규약(수정안)」에 관한 결의가 채택되어 '세 가지 대표' 중요 사상은 마르크스-레닌주의·마오쩌둥사상·덩샤오핑 이론과 함께 당이 반드시 장기적으로 견지해야 할 지도사상으로 확립되었다. 대회는 새 세대 중앙위원회를 선출하였다. 11월 15일, 중국공산당 중앙위원회 제16기 제1차 전원회의에서 후진타오를 중앙위원회 총서기로 선출하였다.

새 세기 새 단계에 들어선 후 중국의 발전에는 일련의 새로운 단계적 특징들이 나타났는데 주로 다음과 같다. 경제실력은 뚜렷이 증강되었으나 동시에 생산력 수준은 총체적으로 높지 못한 편이고, 자주적 혁신능력이 강하지 못하며, 장기간에 걸쳐 형성된 구조성 모순과 조방형 성장방식이 아직 근본적으로 전환되지 못하고 있는 것이다. 사회주의 시장경제체제가 초보적으로 구축되었으나 동시에 발전에 영향을 미치는 체제적 장애가 여전히 존재하고 있고, 개혁의 난관을 공략하는 단계에서 여전히 심층적인 모순과 문제에 직면해 있다. 인민의 생활이 총체적으로 샤오캉 수준에 도달하였으나 동시에 소득분배 격차가 커지는 추세가 아직 근본적으로 전환되지 못하였고, 도시와 농촌의 빈곤인구와 저소득층 인구가 아직도 상당수에 이르며 여러 방면의 이익을 통일적으로 계획하고 고루 돌봐야 하는 어려움이 커지고 있다. 균형적인 발전이 뚜렷한 성과를 거두었으나 동시에 농업의 토대가 취약하고, 농촌의 발전이 뒤처진 국면이 아직 바뀌지 않았으며, 도시와 농촌 간·지역 간의 발전 격차를 줄이고, 경제와 사회의 균형적인 발전을 촉진시키는 임무가 매우 과중한 것 등이다. 이러한 상황은 중국의 개혁개방이 거대한 성과를 기둠과 동시에 해결해야 할 일부 중대한 문제들도 존재하고 있음을 보여준다. 바로 이런 배경에서 후진타오를 총서기로 하는 당 중앙위원회는 '과학적 발전관'을 비롯한 일련의 중요한 사상을 제기하였다.

2002년 말부터 2003년 초까지 베이징·광동 등의 성과 직할시에서 '중증급성호흡기증후군' 즉 '사스(SARS)' 전염병 사태가 발생하였으며, 이어 다른 성에서도 사스 확진 환자가 나타났다. '사스' 발생 사태의 준엄한 시련 앞에서 전 당과 전국 여러 민족 인민들은 중국공산당 중앙위원회와 국무원의 꿋꿋한 영도 아래 한편으로는 '사스' 예방퇴치라는 대사를 늦추지 않고, 다른 한편으로는 경제건설이라는 중심 임무를 흔들림 없이 전개해나가면서 "침착하게 대처하고, 과감한 조치를 취하며, 과학에 의지하여 효과적으로 예방하고 치료하며, 협력을 강화하고 체제를 보완해야 한다"라고 중국공산당 중앙위원회가 제시한 총체적 요구에 따라 '사스' 예방퇴치업무를 착실하게 전개하여 단시일 내에 전염병을 통제하여 '사스' 예방 퇴치에서 단계적인 중대한 승리를 거두었으며, 비교적 빠른 경제성장의 양호한 추세를 유지하였다. 갑자기 들이닥친 '사스' 사태를 통해 중국의 경제발전과 사회발전, 도시발전과 농촌발전이 균형적이지 못하게 되는 모순이 불거졌다. 중국공산당은 전국의 인민을 이끌어 '사스'와의 투쟁에서 승리한 후, 그 과정의 경험과 교훈에 대해 깊이 반성하고 종합하였다.

7월 28일 후 주석이 전국 '사스' 예방 퇴치 업무회의에서 다음과 같이 지적하였다. "우리는 빠른 경제성장의 양호한 추세를 계속 유지해야 할 뿐만 아니라, 경제성장의 질과 효과를 향상시키는 것에도 중시해야 한다. 금년도 경제와 사회 발전목표의 실현을 확보하여야 할 뿐만 아니라 경제와 사회 발전에 존재하는 심층적인 문제에 대해 연구하고 해결하는 데에도 중시해야 한다. 당면한 업무를 힘써 잘 처리해야 할 뿐만 아니라, 장기적인 발전을 위한 양호한 토대도 닦아놓아야 한다." 8월말 9월초에 후진타오는 장시(江西)성을 시찰하였는데, 이때 사회주의 시장경제체제의 보완 등에 관한 문제에 대한 사고와 결부시켜 "전면적인 발전, 균형적인 발전, 지속가능한 발전의 과학적 발전관"을 확고하게 수립하고 이행할 것을 제시하였다.

2003년 10월 11일부터 14일까지 중국공산당 중앙위원회 제16기 제3차 전원회의가 베이징에서 열렸다. 전원회의에서는 「사회주의 시장경제체제의 보완 관련 몇 가지 문제에 대한 중국공산당 중앙위원회의 결정」을 심의 채택하고 처음으로 과학적 발전관의 명제를 제기하였다. 이 결정을 통해 "시종일관 통일적으로 계획하고, 고루 돌보는 원칙을 견지하고, 개혁과정에서 여러 가지 이익관계를 잘 조율하여야 한다. 인간 중심의 원칙을 견지하고 전면적·균형적·지속가능한 발전관을 수립하여 경제사회와 인간의 전면적인 발전을 촉진하여야 한다."라고 제시하였다. 전원회의에서는 또 "도시와 농촌의 발전을 통일적으로 계획하고 지역발전을 통일적으로 계획하며, 경제와 사회발전을 통일적으로 계획하고, 인간과 자연의 조화로운 발전을 통일적으로 계획하며, 국내의 발전과 대외개방을 통일적으로 계획해야 한다는 요구에 따라 자원 배치에서 일으키는 시장의 기초적 역할을 더 크게 살려 샤오캉사회를 전면적으로 건설하기 위한 강력한 체제적 보장을 마련할 것"을 강조했다.

2004년 2월 중국공산당 중앙위원회가 중앙 당 학교에서 성·부급 주요 지도간부를 대상으로 한 "과학적 발전관의 수립과 이행" 특별연구반을 열었다. 3월 10일 중국공산당 중앙위원회 인구·자원·환경 업무좌담회에서 후진타오는 과학적 발전관의 중대한 의의를 더 한층 명확히 밝히고 '인간 중심' '전면적 발전' '균형적 발전' '지속가능한 발전'의 내용과 요구에 대해 깊이 있게 상세하게 설명하였다. 5월 5

일 후진타오는 장쑤성에 대한 업무시찰시 "'과학적 발전관'이 제반 개혁개방과 현대화 건설에 모두 중요한 지도적 의의가 있다", "'과학적 발전관'을 관철 이행하는 자발성과 확고성을 반드시 강화해야 한다", "'과학적 발전관'을 발전의 제반 과정과 여러 분야에 일관되게 적용시켜야 한다"라고 강조하였다. '과학적 발전관'의 제기는 발전문제에 대한 중국공산당의 새로운 인식을 반영하였고, 샤오캉사회를 전면 건설해야 하는 절박한 요구를 구현한 것으로 시대발전의 흐름에 순응한 것일 뿐만 아니라, 당대 중국_이 국정에 부합되는 것이기도 하였다. 2004년 9월 중국공산당 중앙위원회 제16기 제4차 전원회의에서는 「당의 집권능력 건설을 강화하는 데에 관한 중국공산당 중앙위원회의 결정」을 채택하고 인간 중심, 전면적·균형적·지속가능한 '과학적 발전관'의 원칙을 견지하여 경제와 사회의 발전을 더욱 잘 추진할 것을 강조하였다. 인민대중의 염원을 더 깊이 살피고, 가장 광범위한 인민의 근본이익을 확실하게 수호하고 실현하는 것을 당이 이끄는 국정방침과 제반 배치에 구현시키고, 경제와 사회발전의 제반 방면에 관철시킬 것을 요구하였다.

2005년 10월 중국공산당 중앙위원회 제16기 제5차 전원회의에서는 「국민경제와 사회발전 제11차 5개년 계획을 제정하는 데에 관한 중국공산당 중앙위원회의 건의」를 채택하고 "경제와 사회의 발전을 실제로 전면적·균형적·지속가능한 발전궤도에 올려놓고, 샤오캉사회를 전면적으로 건설하는 과정에서 발전과정에 직면한 두드러진 모순과 문제를 반드시 성실하게 해결하며, 과학적 발전에 입각하여 자주적 혁신에 힘을 기울이고 체제를 보완하며 사회의 조화를 촉진함으로써 향후 10년의 순조로운 발전을 위해 튼튼한 토대를 닦아놓을 것"을 요구하였다. 후진타오는 연설에서 '과학적 발전관'에 대해 깊이 있게 논술하였다. 그는 "'과학적 발전관'은 발전을 지도하는 세계관과 방법론의 집중적 구현으로 우리가 경제와 사회의 발전계획을 촉진시키고, 사회주의 현대화를 가속 추진함에 있어서 반드시 장기적으로 견지해야 할 중요한 지도사상"이라면서 "발전은 인민을 위한 것, 발전은 인민에 의지해야 하는 것, 발전성과는 인민이 공유하도록 해야 한다는 원칙을 견지하고, 가장 광범위한 인민의 근본 이익을 꾸준히 잘 실현하고, 보호하고, 발전시켜야 한다."고 강조하였다.

과학적인 발전과 조화로운 사회는 내적으로 통일되는 것이다. 과학적인 발전이 없으면 조화로운 사회가 이루어질 수 없고, 조화로운 사회가 이루어지지 않으면 과학적인 발전도 실현하기 어렵다. '과학적 발전관'을 관철 실행하는 과정에서 중국공산당 중앙위원회는 또 중앙당교에서 사회주의 조화로운 사회를 구축하여야 한다는 중요한 과업을 제시하였다. 2005년 2월 중국공산당 중앙위원회가 성·부급 주요 지도간부를 대상으로 하는 '사회주의 조화로운 사회건설 능력향상 특별연구 토론반'을 열었다. 후진타오는 개강식에서 "우리가 건설하고자 하는 사회주의의 조화로운 사회는 마땅히 민주와 법치·공평과 정의·성신과 우애를 실현하고, 활력이 넘치며, 안정과 질서가 유지되고, 인간과 자연이 조화롭게 공존하는 사회여야 한다."고 지적하였다. 그는 "각급 당위원회와 정부 및 지도간부들은 사회의 창조적 활력을 자극할 수 있는 능력과 사회 사무를 관리하는 능력, 이익관계를 조율하는 능력, 인민내부의 모순을 처리하는 능력, 대중업무를 전개하는 능력, 사회의 안정을 수호하는 능력을 꾸준히 키워 사회주의의 조화로운 사회 구축의 요구를 확실하게 실천하여야 한다."고 강조하였다.

2006년 10월 중국공산당 중앙위원회 제16기 제6차 전원회의에서는 「사회주의 조화로운 사회 구축 관련 몇 가지 중대한 문제에 대한 중국공산당 중앙위원회의 결정」을 심의, 채택하고 사회주의 조화로운 사회 구축의 지도사상과 목표 임무 및 원칙 등에 대해 전면적으로 논술하면서 "조화로운 사회는 '중국 특색의 사회주의'의 본질적 속성이고 국가의 부강, 민족의 진흥, 인민의 행복을 보장하는 중요한 요소"라면서 "'과학적 발전관'으로 경제와 사회발전의 전반적인 국면을 이끌어나가야 하며, 이를 사회주의 현대화 건설을 추진하는데서 반드시 장기적으로 견지하여야 하는 중요한 지도사상으로 삼아야 한다."라고 명확히 제시하였다.

사회주의의 조화로운 사회를 구축한다는 중대한 전략적 목표를 제기함으로써 '중국 특색의 사회주의' 건설의 총체적 배치가 경제건설·정치건설·문화건설의 '3위 일체'에서 사회건설을 포함한 '4위 일체'로 확대되었다.

2.
도시와 농촌 간, 지역 간
균형적 발전을 통일적으로 계획

2007년 10월 15일부터 21일까지 중국공산당 제17차 전국대표대회
(제17차 당 대회)가 베이징에서 열렸다. 이번 대회의 주제는 "'중국 특
색의 사회주의'의 위대한 기치를 높이 들고 덩샤오핑 이론과 '세 가지
대표'의 중요 사상을 지침으로 삼고, '과학적 발전관'을 깊이 있게 관
철 실행하면서 계속 사상을 해방하고 개혁개방을 견지하고 과학적인
발전을 촉진시키고 사회의 조화로움을 촉진하여 샤오캉사회의 전면
적 건설에서 새로운 승리를 이룩하기 위해 분투한다."라는 것이었다.
대회에서는 후진타오 대표가 제16기 중앙위원회를 대표하여 「중국
특색의 사회주의'의 위대한 기치를 높이 들고 샤오캉사회의 전면적
건설의 새로운 승리를 이룩하기 위해 분투하자」라는 제목으로 한 보
고를 채택하였다. 보고에서는 개혁개방의 위대한 역사적 행정을 전면
적으로 회고하였으며, 개혁개방이래 모든 성과와 진보를 이룩하게 된
근본 원인을 귀납하면 바로 '중국 특색의 사회주의' 길을 개척하고,
'중국 특색의 사회주의'이론체계를 형성한 것이라고 강조하였다. '중국
특색의 사회주의'의 위대한 기치를 높이 드는데서 가장 근본적인 것
은 이 길과 이 이론체계를 견지하는 것이다. 대회에서는 과학적 발전
관의 시대적 배경, 과학적 내용, 정신적 실질과 근본 요구에 대하여

전면적이고 체계적으로 개괄하였는데, 과학적 발전관의 제일 첫 번째 중요한 내용은 발전이고, 핵심은 인간을 중심으로 삼는 것이며, 기본 요구는 전면적·균형적·지속가능한 발전이며, 근본 방법은 통일적으로 계획하고 고루 돌보는 것이라고 명확하게 규정지었으며, 그리고 그런 내용을 당 규약에 써넣었다.

제16차 당 대회에서 제18차 당 대회 개최 전까지 10년 동안 후진타오를 총서기로 하는 중국공산당 중앙위원회는 새로운 역사적 조건에서 농업·농촌·농민 문제를 잘 해결하는 것에 깊은 관심을 보이면서 도시와 농촌의 경제사회 발전을 반드시 통일적으로 계획하고, "많이 주고 적게 취하며, 규제를 완화하여 활성화"하는 방침을 견지하며, 농촌에 대한 도시의 견인 역할을 발휘하여 도시와 농촌의 경제사회 일체화 발전을 실현할 것을 강조하였다. 2003년 12월 31일 「농민의 소득 증대 촉진 관련 몇 가지 정책에 대한 중국공산당 중앙위원회와 국무원의 의견」(즉 개혁개방 이래 중앙의 6번째 '1호 문건')을 발부하여 "2가지 감면, 3가지 보조"정책을 실행할 것을 제시하였다. 이 한 해에만 농민들은 농업세 감면, 잎담배를 제외한 농업특산세 면제와 식량 재배 직접 보조금, 우량종 구입 보조금, 대형 농기구 구입 보조금을 통해 직접 혜택을 받은 금액이 451억 위안에 달하였다.

신 중국이 창건된 후에도 농업세는 상당히 긴 시기동안 여전히 국가재정과 세수수입의 중요한 원천이었다. 1958년 6월 전국인민대표대회 상무위원회가 「중화인민공화국 농업세조례」를 반포 실시하여 전국 농업세 제도를 통일시켰으며, 이는 계속 이어오고 있다. 중국의 경제가 발전함에 따라 농업세가 세수 수입에서 차지하는 비중은 꾸준히 하락해 매우 미미한 수준에까지 이르렀다. 1998년 10월 국무원은 '농촌세제개혁업무소조'를 설립하여 농민의 부담을 경감해 주기 위하여 어지러운 세수상황을 다스리고 부담을 경감시켜주던 데서부터 제때에 세제개혁을 위한 준비로 업무를 전환하였다. 2004년부터 농촌세제 개혁이 새로운 단계에 들어섰다. 중국공산당 중앙위원회는 농업세를 취소시키는 목표를 명확히 제시하였고, 국무원은 전국적으로 농업세 세율을 낮추기 시작하였으며, 헤이룽장(黑龍江)·지린(吉林) 두 성을 선정하여 농업세를 전면 면제하는 조치를 시행하였고, 잎담배를 제외한 농업 특산세를 취소시켰다. 2005년에는 또 축산세를 전면 취소시켰다. 2005년 12월 29일 제10기 전국인민대표대회 상무위원회 제19차 회의에서는 2006년 1월 1일부터 「중화인민공화국 농업세조례」를 폐지하기로 결정하였다. 이는 중국에서 2천여 년 동안 지속되어오던 농업세가 이로써 역사의 무대에서 퇴장하였음을 의미했다.

2004년부터 2012년까지 중국공산당 중앙위원회는 '3농' 문제 관련 '1호 문건'을 잇달아 9부 발부하여 농민의 소득 증대, 농업의 종합적 생산능력 향상, 농촌 개혁의 심화, 농업 토대 지위 강화, 현대 농업의 발전, 농민의 지속적인 소득증대 촉진, 도시와 농촌 발전의 통일적 계획, 농토 수리건설의 가속화, 농업 과학기술 혁신의 추진 등에 대해 조치하고 일련의 농민 우대(强農惠農) 정책을 제기하여 사회주의 새 농촌 건설의 발걸음을 가속화시켰다.

2008년 6월 중국공산당 중앙위원회와 국무원은 「집체 삼림 권한 제도개혁을 전면적으로 추진하는 데에 관한 의견」을 인쇄 발부하여 임지의 도급기한을 70년으로 규정짓고, 도급기한이 만료되면 국가의 관련 규정에 따라 계속 도급을 맡을 수 있도록 규정하였다. 같은 해 10월 중국공산당 중앙위원회 제17기 제3차 전원회의에서는 「농촌 개혁 발전 추진 관련 몇 가지 중대한 문제에 대한 중국공산당 중앙위원회의 결정」을 채택하고, 농민들에게 더욱 충분하고 보장된 토지도급경영권을 부여하여 기존의 토지도급관계가 안정적이고 장기적으로 변하지 않도록 유지토록 하였다.

개혁개방 이후 농촌에서 '가정단위 도급생산 책임제'를 실시하면서 대량의 농촌 유휴 노동력이 나타났는데, 향진기업이 그중 일부 노동력을 받아들이는 것 외에 대량의 농촌 노동력이 도시로 진출하기 시작하였다. 그런데 중국이 실시해오던 도시와 농촌의 이원적 호적제도로 인해 농민과 도시민은 신분이 다를 뿐만 아니라, 누릴 수 있는 정책과 대우도 서로 달랐다. 이는 도시와 농촌 간의 교류에 불리할 뿐만 아니라, 또 도시화의 발전도 저해하였다. 2000년 6월 중국공산당 중앙위원회와 국무원은 「소도시(小城鎭)의 건전한 발전을 촉진시키는 데에 관한 몇 가지 의견」을 발부하여 소도시 호적관리 제도를 개혁하여 현(縣)급 시·도시구역, 현 인민정부 소재지 진(鎭)과 현 정부 소재지 도시 이하 소도시에 합법적인 거처와 안정적인 직업 혹은 생활의 원천이 있는 농민이라면 모두 본인의 의향에 따라 도시 호적으로 옮길 수 있다고 제기함으로써 최초로 농촌인구가 도시에 정착하고 취업할 수 있도록 규제를 풀어놓았다. 2001년 3월 제9기 전국인민대표대회 제4차 회의에서는 제10차 5개년 계획을 비준하고 도시호적제도를 개혁하여 도시와 농촌의 인구가 질서 있게 이동할 수 있는 체제를 형성시켰다. 그 이후 여러 지역에서 소도시 호적관리제도 개혁을 전면적으로 실시하였다. 2010년 3월 제11기 전국인민대표대회 제3차 회의에서 채택된 「정부업무보고」에서는 호적제도 개혁을 추진하여 중소도시와 소도시 호적의 입적 조건을 완화할 것을 명확히 제시하였다. 이런 개혁조치는 중국 도시화의 발걸음을 힘 있게 추진하였다.

제16차 당 대회 이후 서부대개발이 계속 추진되었다. 경작지를 삼림으로 환원하고, 방목지를 초지로 환원하는 조치가 진일보 적으로 실시됨에 따라 서부지역의 생태환경이 뚜렷하게 개선되었다. 2000년 11월 서부지역 전기의 동부지역 수송(西電東送)공사가 본격 가동되었다. 2004년 12월 서부지역 천연가스의 동부지역 수송(西气東輸)공사 수송관 전 구간건설이 완공되어 정식 운영에 투입되었다. 2006년 7월 1일 세계의 지붕으로 통하는 '하늘길'인 칭장(靑藏) 철도 전 구간이 완공됨에 따라 티베트까지 기차가 가지 못하던 역사에 종지부를 찍었다. 이런 중대한 기반시설 공사가 준공됨에 따라 서부지역의 생산과 생활조건을 크게 개선하게 되었다. 2010년 6월 중국공산당 중앙위원회와 국무원은 「서부대개발전략을 깊이 있게 실시하는 네에 관한 몇 가지 의견」을 출범시켜 향후 10년 동안 '서부 대 개발 전략'을 깊이 있게 실시할 수 있도록 조치하였다.

2003년 10월 11일부터 14일까지 열린 중국공산당 중앙위원회 제16기 제3차 전원회의에서는 동북지역 등 노후된 공업기지를 진흥시킬 것을 제시하였다. 같은 달 중국공산당 중앙위원회와 국무원이 「동북지역 등 노후공업기지 진흥전략을 실시하는 데에 관한 몇 가지 의견」을 인쇄 발부하여 동북지역의 개혁과 발전을 지원하기로 하였다. 노력을 거쳐 동북지역 등 노후공업기지 진흥전략이 초보적인 성과를 거두었다. 일련의 중대한 프로젝트들이 순조롭게 실시되고, 일련의 중점 노후 기업의 기술수준이 현저히 향상되었으며, 자원개발 보상체제와 쇠퇴 산업 지원체제가 날로 형성되어갔다. 2009년 9월 국무원은 또 「동북지역 등 노후공업기지 진흥전략을 진일보 적으로 실시하는 데에 관한 몇 가지 의견」을 발부하여 독특한 우세와 경쟁력을 갖춘 새로운 성장 동력을 하루 빨리 형성할 것을 제시하였다.

중부지역의 발전문제를 해결하기 위하여 2006년 4월 중국공산당 중앙위원회와 국무원은 「중부지역의 굴기를 촉진하는 데에 관한 몇 가지 의견」을 발부하여 중부지역을 전국의 중요한 식량생산기지와 에너지 및 원자재 기지, 현대 장비제조 및 첨단기술 산업기지, 종합교통운송중추로 건설함으로써 중부지역이 동부지역을 연결하고 서부지역을 개척하는 과정과 산업발전을 위한 장점을 발휘케 하는 과정에서 굴기할 것을 요구하였다.

동부지역의 앞선 발전을 가속화하고, 경제특구·상하이 푸동 신구의 개혁개방 시범역할을 계속 발휘케 하는 토대 위에서, 2005년 10월 중국공산당 중앙위원회 제16기 제5차 전원회의에서는 빈하이신구(濱海新區)의 개발과 개방을 국가발전 전략에 정식으로 포함시켰다. 2006년 9월 국무원은 「창장삼각주지역의 개혁개방과 경제사회 발전을 진일보 적으로 추진하는 데에 관한 지도적 의견」을 발표하여, 이 구역을 아태지역의 중요한 국제문호로, 세계 중요한 선진제조업기지로, 강한 국제경쟁력을 갖춘 세계적인 광역도시권으로 건설할 것을 제시하였다. 2009년 1월 국무원은 「주장삼각주지역 개혁발전 계획요강」을 발부하였다. 그 목적은 환주장삼각주와 범주장삼각주 지역의 경제발전을 촉진시키고, 광동-홍콩-마카오 세 지역의 밀접한 협력을 추진하여 홍콩과 마카오지역의 장기적인 번영과 안정을 유지시키려 하는 데 있었다.

2007년에 시작된 미국 발 서브프라임 모기지 위기가 2008년에 이르러서는 세계적인 금융 위기로 번졌다. 국제금융위기는 중국에도 전례 없는 어려움과 시련을 가져다주었다. 2008년 3분기 이후 중국은 수출이 급감하고 경제성장이 둔화되기 시작하였으며, 취업에 대한 압력이 커지기 시작하였다. 준엄한 국면에 직면하게 되자 2008년 6월부터, 중국공산당 중앙위원회와 국무원은 단호한 정책결정을 출범시켜 제때에 거시적 경제정책의 방향을 조정하여 경제의 안정적이고도 비교적 빠른 발전을 유지시키는 것을 경제업무의 가장 중요한 과업으로 삼고 적극적인 재정정책과 적절하게 느슨한 통화정책을 실시하였으며, 일련의 정책과 산업진흥계획을 잇달아 제정 실시하고, 국제금융위기의 충격에 대응하기 위한 포괄적 계획과 정책 조치를 꾸준히 형성하고 보완하여, 안정 성장·구조 조정·개혁 촉진·민생 혜택에서 뚜렷한 성과를 거두면서 세계에서 제일 먼저 경제회복을 실현한 국가가 되었다.

제16차 당 대회 이래 중국은 경제가 안정적이고 빠른 발전을 유지하여 국내총생산이 연 평균 10% 이상의 성장을 이루었으며, 경제 효율이 뚜렷이 향상되었다. 2003년부터 2006년까지 중국 국내총생산은 연간 평균 10.4% 성장을 기록하였다. 2002년 중국 국내총생산이 12조 333억 위안이었는데, 2006년에는 20조 위안 선을 돌파하여 21조 871억 위안에 달하였으며, 세계 6위에서 4위로 올라섰다. 2002년 중국의 인구 당 국민총생산이 처음으로 1,000달러 선을 넘어선 뒤 불과 4년 만인 2006년에는 2,000달러를 넘어 세계 순위가 132위에서 129위로 올랐다. 세계은행의 평가 기준에 따르면 중국은 저소득국가에서 이제는 중등소득국가의 반열에 올라섰던 것이다. 2010년 중국 국내총생산은 40조 위안을 초과하여 세계 2위 경제체로 부상하였다. 이는 개혁개방정책이 전적으로 정확한 정책이라는 사실을 충분히 증명해주었던 것이다.

3.
제반 분야에서의
계속적인 개혁의 심화

농촌개혁을 심화시키고 지역 간 발전을 통일적으로 계획하는 동시에, 다른 여러 분야의 개혁도 계속 추진하였다. 국유기업과 국유자산 관리체제를 개혁하기 위하여, 2003년 4월 국무원은 국유자산 감독관리위원회를 설립하고, 기구 설치 면에서 정부기능과 기업기능을 분리시켜 국유자산의 가치 보유와 가치 증대의 책임을 구체화함으로써 국제경쟁력을 갖춘 대형기업그룹들을 대거 출범시켰다. 2003년 4월 중국은행업감독관리위원회('중국은감회'로 약칭함)가 설립되면서 금융감독관리체계가 한층 더 보완되었다. 2004년 5월 국무원의 비준을 거쳐 선전증권거래소 주거래 시장 내에 중소기업관이 설립되었다. 이는 다차원적 자본시장체계의 구축이 관건적인 한 걸음을 내디뎠음을 상징했다. 2004년 12월 국무원은 「자본시장의 개혁개방과 안정적인 발전을 추진하는 데에 관한 몇 가지 의견」을 발부하여 당과 국가가 자본시장의 개혁개방과 안정적인 발전을 추진하는 것을 크게 중시하고 있음을 보여주었으며, 자본시장이 사회주의 시장경제의 중요한 구성부분이 되었음을 표명했다.

제16차 당 대회에서는 "생산력을 해방시키고 발전시켜야 한다는 요구에 따라 공유제를 주체로 하고 여러 가지 소유제 경제를 공동으로 발전시키는 기본 경제제도를 견지하고 보완하여 공유제 경제를 흔들림 없이 공고히 하고 발전시킴과 동시에, 비공유제 경제의 발전도 반드시 흔들림 없이 격려하고 지원하며 이끌 것(즉 '두 가지 흔들림 없이')"을 강조하였다. 중국공산당 중앙위원회 제16기 제3차 전원회의에서는 혼합소유제경제를 대대적으로 발전시켜 법률 법규에 의해 금지되지 않는 인프라시설·공공사업 및 기타 업종과 분야에 비공유 자본이 진출하는 것을 허용하기로 했다. 2005년 2월 국무원은 「자영업경제·사영경제 등 비공유제경제의 발전을 장려 지원하며 이끄는 데에 관한 몇 가지 의견」(즉 '비공유제경제36조')을 발부하여 비공유제경제의 발전을 촉진시켰다. 2007년 3월 제10기 전국인민대표대회 제5차 회의에서는 「중화인민공화국 물권법」을 채택하고, 국가가 공유제 경제를 공고히 하고 발전시키며, 비공유제경제의 발전을 격려 지원하며 이끌 것이며, 모든 시장주체의 평등한 법률적 지위와 발전권리를 보장할 것이라고 명확히 규정하였다. 또한 국가·집체·개인의 물권과 기타 권리자의 물권은 법률의 보호를 받으며 어떤 단위나 개인도 이를 침범해서는 안 된다고 명확히 규정하였다.

더욱 조화로운 사회를 이루는 것은 제16차 당 대회에서 제시한 샤오캉사회를 전면적으로 건설하는 중요한 목표 중의 하나였다. 이 목표를 실현하려면 사회 관리를 개량하고 양호한 사회질서를 유지할 것을 요구하였다. 2004년 9월 중국공산당 중앙위원회 제16기 제4차 전원회의에서는 사회건설과 관리를 강화하고, 사회관리 체제의 혁신을 추진하며, 당 위원회가 영도하고 정부가 책임지며 사회가 협력하고 대중이 참여하는 사회 관리구도를 구축하고 건전히 할 것을 제시하였다. 2011년 2월 중국공산당 중앙위원회는 성·부급 주요 지도간부 양성반을 열어 "사회관리 강화와 혁신문제"에 대해 전문적으로 연구 토론하였다. 같은 해 7월 중국공산당 중앙위원회와 국무원은 또 특히 「사회관리 강화와 혁신 관련 의견」을 출범하여 사회 관리를 강화하고 혁신하는 지도사상, 기본원칙, 목표임무 및 주요 조치를 한층 더 명확히 하였다.

사회 관리를 혁신함과 동시에 도시와 농촌 주민의 최저생활보장제도를 초보적으로 구축하여 빈곤인구의 기본생활을 보장하였다. 2007년 7월 10일 국무원은 「도시주민 기본의료보험 시행을 전개하는 데에 관한 지도의견」을 인쇄 발부하여 도시주민 기본의료보험제도를 수립할 것을 요구하였다. 이는 중국이 도시 종업원 기본의료보험제도와 신형농촌합작의료제도를 수립한 후의 또 하나의 중대한 조치였다. 같은 해 7월 국무원은 「전국적으로 농촌최저생활보장제도를 수립하는 데에 관한 통지」를 발부하여, 조건에 부합되는 농촌빈곤인구를 전부 보장범위에 포함시켜 전국의 농촌빈곤인구의 먹고 입는 기본생계 문제를 안정적이고, 지구적이며, 효과적으로 해결할 것을 요구하였다. 2009년 9월 국무원은 「신형 농촌 사회양로보험시행을 전개하는 데에 관한 지도의견」을 인쇄 발부하였다. 2011년 6월 국무원은 「도시주민 사회양로보험시행을 전개하는 데에 관한 지도의견」을 인쇄 발부하였다. 2012년 7월 1일에 이르러 중국은 사회양로보험제도의 전면적인 보급을 기본적으로 실현하였다.

 '중국 특색의 사회주의' 문화의 번영과 발전을 추진하고자 2005년 2월, 중국공산당 중앙위원회와 국무원은 「문화체제 개혁을 심화하는 데에 관한 몇 가지 의견」을 인쇄 발부하여, 과학적이고 효과적인 거시적 문화관리 체제와 고효율적인 문화생산 및 서비스의 미시적 운행체제와 공유제를 주체로 하고, 여러 가지 소유제가 공동 발전하는 문화산업 구도를 형성하고, 통일적·개방적·경쟁적·질서적인 현대 문화시장체계를 구축할 것을 제시하였다. 2011년 10월 중국공산당 중앙위원회 제17기 제6차 전원회의에서는 「문화체제 개혁을 심화하고 사회주의 문화 대발전과 대 번영을 추진하는 데에 관한 몇 가지 중대한 문제에 대한 중국공산당 중앙위원회의 결정」을 채택하여, '중국 특색의 사회주의' 문화발전의 길을 견지하고, 사회주의 문화강국을 힘써 건설할 것을 강조하면서 새로운 정세 하에서 문화개혁 발전추진의 지도사상, 중요한 방침, 목표 임무, 정책 조치를 제시하였다.

 과학기술은 제1 생산력이고, 인재자원은 제1 자원이다. 중국공산당 중앙위원회와 국무원은 인재 관련 업무를 크게 중시하여 2003년 12월과 2010년 5월 두 차례에 걸쳐 인재업무회의를 개최하고, 인재강국전략을 성실히 이행하여 중국을 인구대국에서 인재자원강국으로 전환시킬 것을 강조하였다. 2007년 10월 중국공산당 제17차 전국대표대회(제17차 당 대회)는 인재강국 전략, 과학과 교육에 의한 국가진흥 전략, 지속가능한 발전전략을 경제와 사회발전의 3대 국가 전략으로 확정짓고 당 규약에 써넣었다. 2012년 8월 중국공산당 중앙위원회 조직부 등 11개 부처가 공동으로 통지를 발부하여 국가 고차원 인재특별지원계획('국가특별지원계획' 혹은 '만인계획'으로 약칭)을 가동하였다. 과학기술혁신은 사회생산력과 종합국력을 향상시키는 전략적 지주이다. 제16차 당 대회 이후, 중국공산당 중앙위원회는 자주혁신능력을 증강시키고 혁신형 국가를 건설한다는 전략적 목표를 제기하였다. 2005년 1월 중국공산당 중앙위원회와 국무원은 「과학기술계획 요강을 실시하여 자주혁신 능력을 증강시키는 데에 관한 결정」을 내리고, 자주혁신능력을 증강하여 혁신형 국가를 힘써 건설할 것을 제시하였다. 이어 국가 중장기 과학기술발전계획을 출범시켜 자주혁신, 중점도약, 발전지원, 미래선도의 방침에 따라 국가혁신체계 건설을 가속하고, 기업의 혁신능력을 꾸준히 증강시켰으며, 과학기술과 경제·교육 간의 긴밀한 결합을 강화하여 과학기술의 전반적인 실력과 산업기술 수준을 전면적으로 제고시켰다. 2012년 7월 중국공산당 중앙위원회와 국무원은 전국과학기술혁신대회를 개최하고 혁신에 의한 발전을 미래 지향적인 중대한 전략으로 삼아 일관되게 장기적으로 견지하며, 과학기술실력, 경제실력, 종합국력의 새로운 중대한 도약을 추진할 것을 강조하였다. 그 기간에 중국은 과학기술 분야와 중대한 프로젝트 건설에서 뚜렷한 성과를 이룩하였다. 2003년 10월과 2005년 10월 '선쩌우(神舟)' 5호와 6호 유인우주선이 성공적으로 발사되어 안전하게 착륙하면서 중국은 세계에서 세 번째로 독자적 유인 우주기술을 갖는 국가가 되었다. 2006년 5월 20일 전 구간 주조 높이가 185m에 이르는 싼샤댐(三峽大壩) 공사가 건설되면서 여러 세대에 걸친 중국인의 "높은 협곡 사이의 평탄한 호수"를 조성하는 꿈이 이루어졌다. 2007년 4월 첫 번째 '베이떠우(北斗) 2호' 항법위성이 성공적으로 발사되면서 중국은 차세대 위성항법시스템의 독립적이고 자주적인 건설이 정식 시작되었다. 2007년 10월 '창어(嫦娥) 1호' 달 탐사 위성이 성공적으로 발사되었다. 이는 중국의 달을 에워싼 탐사공정이 중요한 한 걸음을 내디뎠음을 상징했다. 2008년 8월 1일 중국 최초로 온전히 자주적 지적재산권을 소유하고 세계 일류수준을 갖춘 고속철도인 베이징—톈진 도시 간 철도가 개통되어 운영을 개시하면서 중국은 고속철 시대에 들어섰다. 2012년 6월 27일 '자오룽호(蛟龍號)' 유인잠수함의 최대 잠수 깊이가 7,062미터에 이르러, 중국 해저 유인과학 연구와 자원 탐사능력이 국제 선두 수준에 이르렀음을 보여주었다. 2008년 5월 12일 쓰촨성 원촨(汶川)에 리히터 규모 8급 특대지진이 발생하였다. 피해 총 면적이 약 50만㎢에 달하고, 피해를 입은 대중이 4,625만 여 명에 이르며 69,227명의 동포가 조난을 당하고, 17,923명의 동포가 실종되었으며, 직접적인 경제손실이 8,451억여 위안에 달하였다. 중국공산당 중앙위원회와 국무원, 중앙군사위원회의 인도 아래 광범위한 군민들이 한마음 한뜻으로 뭉쳐서 시련에 맞서 싸웠다. 중국 역사상 최고로 빠른 구조속도, 가장 광범위한 동원범위, 최대 투입규모를 갖춘 지진 구조 활동을 신속하게 조직하여, 지진 구조투쟁의 중대한 승리를 이룩했다. 중국공산당 중앙위원회와 국무원은 재해복구 방침을 제정하여 3년 안에 복구임무를 완수하기로 결정하였으며, 전국의 역량을 총동원하여 1:1 맞춤형 지원을 실시하였다. 지진 구조과정에서 "만민이 한마음 한뜻으로 뭉쳐서 시련을 극복하고, 백절불굴의 의지, 인간 중심, 과학 존중"의 위대한 지진 구조정신을 형성하였다. 같은 해 8월 제29회 하계올림픽이 베이징에서 개최되어 총 204개 나라와 지역의 11,438명의 운동선수가 베이징 올림픽에 참가하였으며, 역사상 참가국 최다, 운동선수 최다의 올림픽대회가 되었다. 중국 체육선수단은 금메달 51개, 은메달 21개, 동메달 28개를 획득하는 우수한 성적을 따내 금메달 순위와 메달 종합 순위 모두 1위를 차지하였다. 2010년 5월 1일부터 10월 31일까지 "도시, 더 아름다운 삶을 위하여"라는 주제로 2010년 상하이 세계박람회가 열렸다. 이는 중국이 최초로 개최하는 종합성 세계박람회였으며, 최초로 개발도상국가에서 개최된 등록(registered)류 세계박람회이기도 하였다. 개원부터 폐막까지 184일 동안 연인원 7,308만 명의 국내외 관람객이 방문하여 세계박람회 역사에서 신기록을 세웠다. 그동안 해협 양안관계에도 긍정적인 변화가 나타났다. 2008년 12월 15일 양안 간 해운 직항, 항공 직항, 직통 우편 등 '3통'을 실현하였다. 그해 12월 31일 후진타오가 「대만 동포들에게 알리는 글」을 30주년 기념좌담회에서 발표하여 양안관계의 평화로운 발전이라는 주장을 깊이 있게 논술하면서 양안관계의 평화로운 발전을 추진하는 데에 관한 6가지 의견을 제시하였다. 2010년 6월 29일 대륙해협양안관계협회와 대만해협교류기금회 지도자가 충칭에서 「해협양안경제협력기본협정」(ECFA) 체결에 서명함으로써 양안의 경제관계가 제도화된 발전을 향해 중요한 발걸음을 내딛게 되었다.

4.

당 건설에서 과학화
수준의 꾸준한 향상

2002년 12월 5일부터 6일까지 제16차 당 대회가 막을 내리자마자 후진타오는 바로 중국공산당 중앙서기처 구성원을 거느리고 허뻬이성 핑산(平山)현 시바이퍼(西柏坡)를 찾아 학습하고 고찰하면서 마오쩌둥의 '두 가지 반드시'에 대한 중요한 논술을 다시 한 번 되새겼으며, 각고의 분투정신이 뒷받침되지 않은 민족은 자립자강하기가 어렵고, 각고의 분투정신이 뒷받침되지 않은 나라는 발전하기가 어려우며, 각고의 분투정신이 뒷받침되지 않은 정당은 번창하기가 어렵다고 강조하였다. 그는 현실에 입각하여 착실하게 실무적으로 일하는 업무기풍을 자발적으로 발휘하고, 고생을 극복하고 소박하며 근검하게 나라를 건설하는 분투정신을 선양하며, 각고의 분투사상을 굳건히 수립하고, 각고 분투하는 실천 속에서 당성의 연마를 강화할 것을 전당 동지, 특히 지도간부들에게 호소하였다.

샤오캉사회를 전면적으로 건설하고 '중국 특색의 사회주의' 사업의 새로운 국면을 개척하며 중화민족의 위대한 부흥을 실현하는 역사적 행정에서 철학사회과학은 대체할 수 없는 역할을 한다. 2004년 초에 중국공산당 중앙위원회는 「철학사회과학을 진일보 적으로 번영 발전시키는 데에 관한 의견」을 발부하여 현대화 지향, 세계 지향, 미래 지향적이며 중국 특색을 띤 철학사회과학을 힘써 건설하여 10년 정도의 시간을 들여 마르크스·레닌주의, 마오쩌동사상, 덩샤오핑 이론 및 '세 가지 대표' 중요사상을 전면적으로 반영한 교과서체계를 형성하고, 시대적 특징·합리적 구조·완비된 부문을 갖춘 학과체계를 형성하며, 인재의 재능을 충분히 발휘할 수 있고 인재가 창출할 수 있는 인재양성과 등용 및 관리체제를 형성하기 위해 노력할 것을 명확히 제시하였다. 이어 마르크스주의 이론연구와 건설프로젝트가 실시되기 시작하면서 당의 사상이론건설과 마르크스주의 철학사회과학의 번영을 추진하는데서 중요한 역할을 발휘하였다.

당의 장기간의 집권경험에 대해 진지하게 종합한 토대 위에서, 2004년 9월에 열린 중국공산당 중앙위원회 제16기 제4차 전원회의에서는 「당의 집권능력건설을 강화하는 데에 대한 중국공산당 중앙위원회의 결정」을 출범시켜, 집권의 법칙을 인식하고 파악하는 각도에서 당 집권의 주요 경험을 정리하고 분명하게 밝혔으며, 당의 집권능력 건설을 강화하여야 하는 중요성·긴박성 및 반드시 지켜야 할 기본원칙에 대해 분명하게 밝히고, 당의 집권능력 건설을 강화하여야 한다는 총체적인 목표를 제시하였다. 그 목표가 바로 전 당의 공동노력을 통해 당이 시종일관 대중을 위해 당을 건설하고 백성을 위해 집권하는 집권당이 되고, 과학적으로 집권하고, 민주적으로 집권하며, 법에 따라 집권하는 집권당이 되며, 진리를 추구하고 실무적이며 개척하고 혁신하며, 정무를 봄에 근면하고 고 효율적이며 청렴한 집권당이 되고,

종국적으로 시종일관 '세 가지 대표'를 실천하고 선진성을 영원히 유지하며 여러 가지 풍랑의 시련을 견뎌낼 수 있는 마르크스주의 집권당이 되어 전국 여러 민족 인민들을 이끌어 국가의 부강과 민족의 진흥, 조화로운 사회, 국민의 행복을 실현하는 것이었다. 이는 중국공산당 역사상 당의 집권능력 건설을 강화시키는 데에 관한 첫 강령적 문건이었다.

2005년 1월부터 2006년 6월까지 전 당 7,000여 만 명의 당원 속에서 '세 가지 대표' 중요사상의 실천을 주요 내용으로 하는 공산당원의 선진성 보존 교육활동을 전개하였다. 그 활동을 통해 광범위한 당원들이 한 차례 뜻깊은 마르크스주의 교육과 당성교육을 받았으며, 기층 당 조직의 창조력·단결력·전투력이 한층 더 향상되었다. 이를 통해 연약하고 해이하며 건전하지 못한 기층 당 조직이 정돈되고 강화되었다. 여러 지역에서 기층 당 조직의 건설과 정돈의 강도를 강화하고 기층 당 조직의 설치형태를 혁신하였으며, 기층 당 조직 13만 개를 신설하였고, 연약하고 해이하며 역할을 하지 못하는 기층 당 조직 15만 6천 개를 정돈하였으며, 기층 당 조직 책임자 16만 5천 명을 조정하고 충원하였으며, 기층 당 조직 책임자 291만 9천 명을 집중 양성하였다.

선진성 교육활동의 성과를 공고히 하고, 과학적 발전관을 진일보적으로 관철 이행시키기 위하여 중국공산당 제17차 전국대표대회(제17차 당 대회)는 전 당내에서 '과학적 발전관'을 깊이 학습하고 실천하는 활동을 전개할 것을 명확히 제시하였다. 2008년 9월 중국공산당 중앙위원회는 「전 당내에서 과학적 발전관을 깊이 학습하고, 실천하는 활동을 전개하는 데 대한 의견」을 정식으로 발표하였다. 그 의견에 따라 2008년 9월부터 1년 반 정도의 시간을 들여 전 당에서 깊이 있는 학습과 실천 활동을 전개하였다. 학습과 실천활동은 상급기관에서부터 하급기관에 이르기까지 세 차례에 걸쳐 진행되었는데, 매 차례의 활동이 반 년 정도씩 걸려 2010년 2월 말에 마무리되었으며, 총 370만 개 당 조직의 7,500여 만 명의 당원이 참가하였다. 학습과 실천 활동을 통해 사상인식의 향상, 두드러진 문제의 해결, 체제의 혁신, 과학적 발전의 추진, 기층 조직의 강화라는 목표를 기본적으로 실현하였다.

새로운 정세에서 당 건설을 강화하고 개진하고자 2009년 9월 중국공산당 중앙위원회 제17기 제4차 전원회의에서는 「새로운 정세에서 당의 건설을 강화하고 개진하는 데에 관한 몇 가지 중대한 문제에 대한 중국공산당 중앙위원회의 결정」(이하 「결정」)을 심의 채택하여 "10여 억 인구를 가진 개발도상 대국인 중국에서 당이 개혁개방과 사회주의 현대화 건설을 추진하는 과정에 짊어져야 할 과업의 간고함·복잡함·막중함은 세계적으로도 보기 드문 것"이라고 지적하였다. 따라서 "당이 이처럼 새로운 정세에 부응하여 국내와 국제 두 국면을 통일적으로 계획하고 전국 여러 민족 인민들을 더욱 잘 이끌어 건설에 몰두하고, 일심전력으로 발전을 도모하여 제17차 당 대회에서 제시한 웅대한 청사진을 실현하려면, 반드시 자체 건설을 더욱 강화하고 개진하여야 한다."라고 강조하였다. 「결정」은 마르크스주의 학습형 정당을 건설하여 전 당의 사상정치 수준을 향상시켜야 한다는 것, 민주집중제를 견지하고 건전히 하여 당내 민주를 적극 발전시켜야 한다는 것, 간부 인사제도 개혁을 심화하여 과학적 발전을 추진하고, 조화로운 사회를 촉진시킬 수 있는 자질 높은 간부대오를 건설하여야 한다는 것, 기층의 토대사업을 잘하여 당이 집권할 수 있는 조직적 기반을 튼튼히 다져야 한다는 것, 당의 훌륭한 기풍을 고양하여 당과 인민대중 간의 혈연적 연계를 유지하여야 한다는 것, 부패 징벌 및 예방체계 건설을 가속적으로 추진하여 부패척결 투쟁을 깊이 있게 전개하여야 한다는 것 등 면에서 새로운 정세에서 당 건설의 과학화 수준을 꾸준히 향상시키는 데에 대하여 명확한 요구를 제시하였다.

2011년 7월 1일 중국공산당은 창당 90주년 기념일을 맞이하였다. 이날 열린 중국공산당 창당 90주년 경축대회에서 후진타오가 중국공산당 90년간의 빛나는 역정과 이룩한 위대 한 성과를 회고하면서 당과 인민이 창조한 귀중한 경험을 종합하고, 새로운 역사조건하의 당 건설에서 과학화 수준을 향상시킬 목표와 임무를 제시하였으며, 새로운 역사의 기점에서 '중국 특색의 사회주의'의 위대한 사업을 전면적으로 앞으로 떠밀고 나가야 한다는 기본방침을 분명하게 논하였다. 아울러 급변하는 국제정세와 국내의 개혁발전 및 안정을 위한 어렵고도 막중한 과업에 직면한 상황에서, 중국공산당은 인민을 단합 인솔하여 계속 전진하면서 업무의 새로운 국면을 개척하고 사업의 새로운 승리를 거둬야 한다면서, 그중 가장 근본적인 것은 '중국 특색의 사회주의'의 위대한 기치를 높이 들고 '중국 특색의 사회주의'의 길을 견지하고 넓혀나가며, '중국 특색의 사회주의' 이론체계를 견지하고 풍부히 하며, '중국 특색의 사회주의'제도를 견지하고 보완하는 것이라고 강조하였다.

제16차 당 대회 이래 당내 법규제도의 건설이 한층 더 추진되었다. 2003년 12월 중국공산당 중앙위원회는 「중국공산당 당내 감독조례 (시행)」를 반포하여 당내 감독을 전개하기 위한 근본적인 의거를 제공하였다. 2004년 9월 「중국공산당 당원 권리보장조례」를 반포하여 광범위한 당원들이 당내 사무에 대해 더 많이 알고 당내 사무에 더 많이 참여할 수 있도록 하였다. 당풍의 청렴건설과 부패척결 업무를 더 한층 강화시키고자 중국공산당 중앙위원회는 「교육·제도·감독을 병행하는 부패징벌 및 예방체계를 구축하고 보완하는 데에 대한 실시 요강」(2005년 1월), 「부패 징벌 및 예방체계를 구축하고 보완하는 데에 대한 2008~2012년 업무계획」(2008년 6월), 「중국공산당 당원 지도 간부 청렴 참정 관련 몇 가지 준칙」(2016년 1월) 등의 문건을 잇달아 인쇄 발부하였다. 2007년 11월부터 2012년 6월까지 전국 기율검사 감찰기관이 입건 수사에 착수한 사건이 64만 3천여 건에 이르고, 종결한 사건이 63만 9천여 건에 이르며, 당 규율과 행정규율을 어겨 처분을 받은 당원이 66만 8천여 명에 이른다. 범죄 혐의를 받아 사법기관에 이송된 이는 2만 4천여 명에 이르며, 그중에는 천량위(陳良宇)·보시라이(薄熙來) 등 일부 중대한 규율위반·법률위반 사건을 단호히 조사해서 들어낸 것도 포함된다. 이로써 부패척결 투쟁의 선명한 태도와 확고한 결심을 충분히 보여주었다.

제12장
'중국 특색의 사회주의' 새 시대에 진입

    중국공산당 중앙위원회 제18차 전국대표대회 이래, 중국공산당 중앙위원회는 전 당과 전국 여러 민족 인민을 단합 인솔하여 국제와 국내의 새로운 정세를 전면적으로 살펴보고, 실천을 종합하고 미래를 전망하면서 새 시대에 어떠한 '중국 특색의 사회주의'를 견지하고 발전시킬 것이며, '중국 특색의 사회주의'를 어떻게 견지하고 발전시킬 것이냐 하는 중대한 시대적 과제에 대해 깊이 있게 대답하였다. 따라서 새 시대 '중국 특색의 사회주의'사상을 형성하였으며, '5위 1체'의 총체적 배치를 통일적으로 계속 추진하는 것과 '네 가지 전면적'이라는 전략적 배치를 조율 추진하는 것을 견지하고' 안정적 발전이라는 총체적 업무기조를 견지하면서 당과 국가 제반 분야의 업무에 대해 일련의 새로운 이념, 새로운 사상, 새로운 전략을 제시하여 당과 국가 업무에서 역사적 변혁을 일으키고, 역사적 성과를 이룩할 수 있도록 추진함으로써 '중국 특색의 사회주의'가 새로운 시대에 들어섰다.

시진핑: 「개혁개방 40주년 경축대회에서 한 연설」

(2018년 12월 18일)

1.
새 시대의 분투목표와
전략적 배치

　2012년 11월 8일부터 14일까지 중국공산당 제18차 전국대표대회(제 18차 당 대회)가 베이징에서 개최되었다. 후진타오가 제17기 중앙위 원회를 대표하여 대회에서 「중국 특색의 사회주의' 길을 따라 흔들림 없이 확고하게 전진하여 샤오캉사회를 전면적으로 실현하기 위해 분 투하자」라는 제목으로 보고를 하였다. 제18차 당 대회는 중국이 샤오 캉사회를 전면적으로 실현하는 결정적인 단계에 접어든 시점에서 개 최된 매우 중요한 대회였다. 대회에서는 지난 5년간의 업무와 제16차 당 대회 이후의 분투 과정 및 이룩한 역사적인 성과에 대해 회고하고 종합하였으며 샤오캉사회 전면적 건설과 개혁개방의 전면 심화라는 목표를 확정하였고 '중국 특색의 사회주의' 길, '중국 특색의 사회주 의' 이론체계, '중국 특색의 사회주의'제도의 과학적 함의와 서로간의 연계에 대하여 분명하게 밝혔다. 대회에서는 과학적 발전관을 마르크 스-레닌주의, 마오쩌둥사상, 덩샤오핑 이론, '세 가지 대표' 중요 사상 과 함께 당의 지도사상으로 확립하였으며 또 당 규약에 써넣었다. 대 회에서는 새 세대 중앙위원회를 선출하였다. 11월 15일, 중국공산당 중앙위원회 제18기 제1차 전원회의에서는 시진핑을 중앙위원회 총서기로 선거하고 시진핑을 중앙군사위원회 주석으로 결정지었다. 회의가 끝나고 마련한 중외기자회견에서 시진핑은 새 세대 중앙 지도부의 책임은 전 당과 전국 여러 민족 인민을 단합 인솔하여 역사의 바통을 이어받아 중화민족의 위대한 부흥을 실현하기 위해 계속 노력하고 분투하는 것이라면서 "아름다운 생활에 대한 인민의 바람이 바로 우리의 분투목표"라고 강조하였다.

제18차 당 대회가 폐막한 지 얼마 지나지 않은 11월 29일, 시진핑이 국가박물관에서 열린 「부흥의 길」 전시회를 참관하면서 '중국의 꿈'이라는 표현을 최초로 제기하였다. 그는 중화민족의 위대한 부흥을 실현하는 것이 바로 근대이래 중화민족의 가장 위대한 꿈이라고 지적하였다. 그 꿈에는 여러 세대 중국인의 숙원이 응집되어 있고, 중화민족과 중국인민의 전반 이익이 반영되어 있으며, 그 꿈은 모든 중화의 아들딸들이 공동으로 바라는 기대이다. 2013년 3월 17일 시진핑은 제12기 전국인민대표대회 제1차 회의 폐막식 연설에서 '중국의 꿈'의 본질에 대해 명확하게 밝히면서 샤오캉사회의 전면적 실현과 부강하고 민주적이며 문명되고 조화로운 사회주의 현대화 국가건설의 분투목표를 실현할 것을 강조하였으며, 중화민족의 위대한 부흥이라는 '중국의 꿈'을 실현하는 것은, 바로 국가의 부강, 민족의 진흥, 인민의 행복을 실현하는 것이라고 강조하였다. '중국의 꿈'을 실현하려면 반드시 중국 자체의 길을 걸어야 하고, 중국의 정신을 고양시켜야 하며, 중국의 힘을 모아야 한다. '중국의 꿈'은 전체 중국 인민의 공동의 이상에 대한 추구를 생생하고도 형상적으로 표현한 것이며, 국가의 부강, 민족의 진흥, 인민의 행복이라는 아름다운 전망을 명시하고 있으며, '중국 특색의 사회주의'를 견지하고 발전시키기 위한 새로운 내용과 시대정신을 주입시켜 당심과 민심을 결집시키고, 중화민족의 위대한 부흥을 실현하기 위해 분투할 수 있도록 중화의 아들딸들을 격려하는 강대한 정신적 힘이 되어주고 있다.

'중국의 꿈'은 결국 인민의 꿈이므로 반드시 인민에게 긴밀히 의거하여 실현하여야 하며, 반드시 꾸준히 인민을 위해 행복을 도모하여야 한다. 중화민족의 위대한 부흥이라는 '중국의 꿈'을 실현하려면, 반드시 발전은 확고한 도리가 있어야 한다는 전략적 사상을 견지하고, '중국의 꿈'을 실현하기 위한 물질적·문화적 토대를 꾸준히 튼튼히 다져야 한다. 이를 위해서는 반드시 개혁을 꾸준히 심화시켜야 한다. 2013년 11월 중국공산당 중앙위원회 제18기 제3차 전원회의에서는 「개혁을 전면 심화시키는 데에 대한 몇 가지 중대한 문제에 관한 중국공산당 중앙위원회의 결정」을 채택하여 개혁을 전면적으로 심화시키는 총체적 목표는 '중국 특색의 사회주의' 제도를 보완하고 발전시키며, 국정운영체계와 국정운영능력의 현대화를 추진하는 것이고, 경제체제 개혁의 핵심문제는 정부와 시장의 관계를 잘 처리하여 자원 배치에서 시장의 결정적인 역할을 발휘하고, 정부의 역할을 더욱 잘 발휘하도록 하는 것이라고 제기하였다. 같은 해 12월 30일 '중앙개혁전면심화지도소조'가 설립되고 시진핑이 조장을 맡았다.

샤오캉사회를 전면적으로 실현하고, 개혁을 전면적으로 심화하려면 법치를 통해 믿음직한 보장을 마련하여야 한다. 2014년 10월 중국공산당 중앙위원회 제18기 제4차 전원회의에서는 「법에 의한 치국을 전면 추진하는 데 대한 몇 가지 중대 문제에 관한 중국공산당 중앙위원회의 결정」을 채택하여 법에 의한 치국을 전면적으로 추진할 것을 강조였으며, 총체적 목표는 '중국 특색의 사회주의' 법치체계를 건설하고, 사회주의 법치국가를 건설하는 것이라고 강조하였다. 즉 중국공산당의 영도 아래 '중국 특색의 사회주의' 제도를 견지하고, '중국 특색의 사회주의' 법치이론을 관철시키며, 완벽한 법률규범체계와 고효율적인 법치실시체계, 엄밀한 법치감독체계, 강력한 법치보장체계를 형성하고, 완벽한 당내 법규체계를 형성하며, 법에 의한 치국, 법에 의한 집권, 법에 의한 행정을 공동 추진하는 것을 견지하고, 법치국가·법치정부·법치사회를 일체화하는 건설을 견지하며, 과학적인 입법·엄격한 집법·공정한 사법·전 국민적 준법을 실현하여 국정운영체계와 국정운영능력의 현대화를 촉진하는 것이다.

제18차 당 대회에서는 경제건설·정치건설·문화건설·사회건설·생태문명건설을 반드시 전면적으로 추진할 것을 제시하였으며, '5위 일체'의 총체적 배치를 형성하였다. 2014년 12월 13~14일 시진핑이 장쑤성을 업무 시찰하는 기간에 연설을 통해 경제발전의 뉴 노멀을 자발적으로 파악하고, 적극적으로 적응할 것을 제시하였으며, 샤오캉사회의 전면적 실현과 전면적 개혁의 심화, 법에 의한 치국의 전면적 추진, 전면적으로 엄하게 당을 다스리는 것을 균형적으로 추진해야 한다는 '네 가지 전면적'이라는 전략적 조치를 최초로 완전하게 제기하였다. '네 가지 전면적'이라는 전략적 조치는 유기적인 통일체로서 엄밀한 내적 논리를 갖추고 있으며, 상부상조하고 서로 추진하며 서로 돋보이게 하는 조치이다. 그 전략적 조치는 전략적 목표이기도 하고, 또 전략적 조치이기도 하며, 매 한 가지 '전면적'이 모두 중대한 '전략적' 의미를 띤다.

2016년 10월 24일부터 27일까지 중국공산당 중앙위원회 제18기 제6차 전원회의가 베이징에서 개최되었다. 전원회의에서는 당을 전면적으로 엄하게 다스린다는 중대한 과제에 초점을 맞춰 「새로운 정세에서 당내 정치생활 관련 몇 가지 준칙」과 「중국공산당 당내 감독조례」 등 두 가지 중요한 당내 법규를 심의 채택하였으며, 제18차 당 대회 이래 전면적으로 엄하게 당을 다스리는 데 대한 이론과 실천에 대해 체계적으로 종합하고, 새로운 정세에서 당 건설을 강화하는 데에 대한 새로운 중대한 배치를 함으로써 당을 전면적으로 엄하게 다스리는 것을 흔들림 없이 확고하게 추진할 것이라는 시진핑 동지를 핵심으로 하는 당 중앙위원회의 확고한 결심과 역사적 책임감을 충분히 보여주었다.

'5위 일체'의 총체적 배치와 '4가지 전면적'의 전략적 배치를 추진함에 있어서, 집권과 국가 진흥의 가장 중요한 임무인 발전을 떠날 수는 없다. 다년간의 개혁개방을 거쳐 중국은 전례 없는 대 발전을 이룩하였다. 그러나 대 발전과 함께 일부 문제점들도 나타났다. 예를 들면, 자원 소모가 너무 많고, 환경의 수용능력을 초과한 점 등의 문제들이다. 따라서 새로운 발전 이념을 수립할 것을 요구하게 되었다. 2015년 10월 중국공산당 중앙위원회 제18기 제5차 전원회의에서는

「국민경제 및 사회발전 관련 제13차 5개년 계획을 제정하는 데에 대한 중국공산당 중앙위원회의 건의」가 채택되었다. 시진핑이 전원회의 제2차 전체회의에서 새로운 발전 이념에 대해 체계적으로 상세하게 논하면서 혁신적 발전·균형적 발전·친환경적 발전·개방적 발전 등 발전을 위한 공유원칙을 견지할 것을 강조하였다. 이는 중국발전의 전반적인 국면과 연결되는 심각한 변혁으로서 '5대 발전이념'을 형성케 하였다.

2017년 10월 18일부터 24일까지 중국공산당 제19차 전국대표대회(제19차 당 대회)가 베이징에서 개최되었다. 시진핑이 중국공산당 제18기 중앙위원회를 대표하여 대회에서 「샤오캉사회를 전면적으로 실현하여 새 시대 '중국 특색의 사회주의'의 위대한 승리를 이룩하자」라는 제목으로 보고를 하였으며, 그 보고가 대회에서 채택되었다. 제19차 당 대회에서는 '중국 특색의 사회주의'가 새로운 시대에 진입하였고, 중국사회의 주요 모순은 날로 늘어나는 인민들의 아름다운 생활에 대한 요구와 불균형적이고 불충분한 발전 간의 모순으로 바뀌었다는 등 중대한 정치적 논단을 내렸으며, 시진핑의 새 시대 '중국 특색의 사회주의' 사상의 역사적 지위를 확립하고, 새 시대 '중국 특색의 사회주의'를 견지하고 발전시키는 데에 대한 기본방략을 제시하였으며, 샤오캉사회의 전면적 실현을 이루고, 사회주의 현대화 국가를 전면적으로 건설하는 새로운 행정을 열자는 목표를 확정지었다. 대회에서는 국제·국내정세와 중국의 발전조건을 종합적으로 분석한 후, 2020년부터 본세기 중엽까지 두 단계로 나누어 발전전략을 배치할 수 있다고 주장하였다. 첫 번째 단계는 2020년부터 2035년까지로서 초요사회를 전면적으로 실현한 토대 위에서 15년을 더 분투하여 사회주의 현대화를 기본상 실현하는 것이다. 두 번째 단계는 2035년부터 본세기 중엽까지로 현대화를 실현한 토대위에서 15년을 더 분투하여 중국을 부강하고 민주적이며 문명되고 조화롭고 아름다운 사회주의 현대화 강국으로 건설하는 것이다. 대회에서는 「중국공산당 규약(수정안)」을 채택하고, 시진핑의 새 시대 '중국 특색의 사회주의' 사상을 마르크스-레닌주의, 마오쩌둥사상, 덩샤오핑 이론, '세 가지 대표' 중요 사상, '과학적 발전관'과 함께 당의 지도사상으로 확립하고 당규약에 써넣었다.

제19차 당 대회는 샤오캉사회를 전면 실현하는 결승단계와 '중국특색의 사회주의'가 새 시대에 들어선 관건적인 시기에 개최된 매우 중요한 대회이며' 초심을 잃지 않고, 사명을 명기하며' 기치를 높이 들고 단합 분투하기 위한 대회로서 중국공산당과 국가의 발전과정에서 매우 중대한 역사적 의미가 있다.

개혁개방이 점차 심화됨에 따라 제도 건설에 대한 중국공산당의 인식이 갈수록 깊어졌다. 특히 제18차 당 대회 이래, '5위 일체'의 총체적 배치를 통일적으로 추진하고, '4가지 전면적'의 전략적 배치를 균형적으로 추진하였으며, '중국 특색의 사회주의'제도를 더욱 보완하고 국정운영체계와 국정운영능력의 현대화 수준을 뚜렷이 향상시킬 수 있도록 추진하였다. 그러한 토대위에서 2019년 10월 중국공산당 중앙위원회 제19기 제4차 전원회의에서는 「중국 특색의 사회주의'를 견지하고 보완하며, 국정운영체계와 국정운영능력의 현대화를 추진하는 데에 대한 몇 가지 중대한 문제에 관한 중국공산당 중앙위원회의 결정」(이하 「결정」으로 약칭)을 채택하여 "무엇을 견지하고 공고히 하며, 무엇을 보완하고 발전시킬 것이냐" 하는 중대한 정치적 문제에 대해 깊이 있게 대답하였으며, 반드시 확고히 견지하여야 할 중대한 제도와 원칙에 대해 천명하였을 뿐 아니라, 또 제도건설의 추진에 있어서 중대한 임무와 조치를 조치하였다. 「결정」에서는 다음과 같이 명확히 지적하였다.

'중국 특색의 사회주의'제도를 견지하고 보완하며, 국정운영체계와 국정운영능력의 현대화를 추진하는 총체적 목표는 중국공산당 창당 100주년이 되는 때에 이르러 제반 분야 제도가 더욱 성숙하고 더욱 정형화될 수 있는 면에서 뚜렷한 성과를 거둬야 한다. 2035년에 이르러 제반 분야제도가 더욱 완벽해지고, 국정운영체계와 국정운영능력의 현대화를 기본적으로 실현해야 한다. 신 중국 창건 100주년이 되는 때에 이르러서는 국정운영체계와 국정운영능력의 현대화를 전면적으로 실현함으로써 '중국 특색의 사회주의' 제도를 더욱 공고히 하고 우월성을 충분히 과시할 수 있어야 한다.

2.
새로운 발전이념을 관철시켜
고품격 발전을 촉진

신세기에 들어선 후 세계적으로 볼 때 선진국들의 경제 회복세가 무기력하고, 세계무역구도의 변화가 불안정하며, 무역보호주의가 고개를 쳐들고, 역세계화 추세가 뚜렷해졌으며, 일부 국가와 지역의 불안정 상태로 인해 세계경제에 많은 변수가 생기게 되었다. 국내적으로 볼 때 생산능력 과잉, 노동력 원가 상승, 자원 환경 압력 가중 등 일부 문제가 불거지고 있고, 오래된 모순이 채 해결되지도 않은 상황에서 새로운 문제가 계속 나타나고 있으며, 경제 하행 압력이 커졌다. 2013년 10월 시진핑 주석이 아시아태평경제협력체 최고경영자(CEO)회의에 참석하여 "중국경제는 이미 새로운 발전단계에 들어섰고, 경제발전 방식의 전환과 구조조정을 깊이 있게 진행 중"이라고 명확히 밝혔다. 2013년 12월 열린 중앙경제업무회의에서는 중국경제 발전이 성장속도 변속시기, 구조조정의 진통기, 전기 부양정책의 소화기라는 '세 시기 중첩단계'에 처해 있다고 판단하였다.

2014년 5월 시진핑은 허난성에서 업무를 시찰할 때 처음으로 경제의 뉴 노멀 시대에 대해 언급하면서 "중국의 발전이 여전히 중요한 전략적 기회시기에 처해있다. 그러면서 자신감을 증강시켜 당면한 중국

경제발전의 단계적 특징으로부터 출발하여 뉴 노멀 시대에 적응하고 전략적 평상심을 유지할 것"을 강조하였다. 전술적으로는 여러 가지 리스크에 대해 크게 중시하고 방지하여야 한다며 미리 계획을 세우고 사전에 준비를 잘하여 제때에 대응조치를 취하여 부정적 영향을 최대한 줄여야 한다고 강조하였다. 7월 29일 중국공산당 중앙위원회가 개최한 당 외 인사 좌담회에서 시진핑은 중국 경제발전의 단계적 특징을 정확히 인식하고 자신감을 더욱 증강시켜 뉴 노멀 시대에 적응하고 경제의 지속적이고 건전한 발전을 공동으로 추진하여야 한다고 지적하였다.

같은 해 11월 9일 아태경제협력체 최고경영자회의 개막식에서 시진핑은 중국경제의 뉴 노멀 시대의 몇 가지 주요 특징에 대해 개괄하였다. 첫째, 고속성장에서 중·고속 성장으로 전환하고 있다. 둘째, 경제구조가 꾸준히 최적화되고 업그레이드되고 있다. 3차 산업과 소비수요가 점차 주체가 되고, 도시와 농촌 간·지역 간 격차가 점차 줄어들고 있으며, 주민 소득의 비중이 늘고 있고, 더욱 많은 민중이 발전성과의 혜택을 누리고 있다. 셋째, 요소와 투자가 발전을 견인했던 데서 혁신에 의한 견인으로 바뀌고 있다. 뉴 노멀 시대는 중국에 새로운 발전의 기회를 가져다줄 것이다. 12월 9일부터 11일까지 열린 중국공산당 중앙경제업무회의에서는 중국경제 발전의 추세 변화에 대해 깊이 있게 분석하였으며, 경제발전이 뉴 노멀 시기에 들어서서 고속성장에서 중·고속 성장으로 바뀌고 있고, 경제발전 방식이 규모화·속도화한 조방형 성장에서 질적·효율적·집약적 성장으로 전환하고 있으며, 경제구조가 생산량의 증대와 생산능력의 확대 위주에서 재고 조정·품질 개선과 증량을 병행시키는 심층 조정으로 전환하고 있고, 경제발전의 동력이 전통 성장점에서 새로운 성장점으로 바뀌고 있다면서 뉴 노멀 시기에 대해 인식하고 적용하며 이끄는 것은 현재와 향후 한시기 중국 경제발전의 큰 논리라고 강조하였다.

경제발전의 뉴 노멀 시기라는 개념의 제기는 중국경제 발전단계의 전환에 대한 중대한 개괄이고, 경제와 사회의 발전법칙을 인식하고 따르는 중대한 표현이며, 또한 '중국 특색의 사회주의' 정치경제학 이론의 중대한 발전이기도 하다.

경제발전의 뉴 노멀 시기에 적용하고 선도하기 위한 공급측 구조개혁이 파생되었다. 2015년 11월 10일 시진핑이 중앙재경지도소조 제11차 회의에서 "총수요를 적절하게 확대함과 동시에 공급 측 구조개혁을 힘써 강화하고, 공급체계의 질과 효율을 애써 향상시켜 경제의 지속적인 성장 동력을 증강시킴으로써 우리나라 사회생산력 수준의 전반적인 향상을 추진하여야 한다."라고 지적하였다. 같은 해 12월 18일 시진핑은 중국공산당 중앙경제업무회의에서 공급 측 구조개혁을 추진하는 것은 경제발전의 뉴 노멀 시기에 적용하고, 경제발전의 뉴 노멀을 선도하는 중대한 혁신이라고 강조하였다. 안정적인 거시정책, 정확한 산업정책, 활발한 미시정책, 실효적인 개혁정책, 밑바탕이 되는 사회정책을 실현하여야 한다는 총체적 구상에 따라 구조적 개혁을 힘써 강화하여 총체적인 수요를 적절하게 확대함과 동시에 생산능력을 축소하고, 재고를 줄이며, 지렛대 효과를 낮추고, 원가를 줄이며,

취약한 부분을 보강하여 중국 사회생산력 수준의 전반적인 개선을 추진하여야 한다. 이로부터 공급 측 구조개혁은 중국경제 뉴 노멀 시기의 중요한 업무 중의 하나가 되었으며, 공급의 질을 향상시키는 것 또한 중국 품질제고의 '주전장'이 되었다.

2015년 10월 26일부터 29일까지 중국공산당 중앙위원회 제18기 제5차 전원회의가 베이징에서 개최되었다. 전원회의에서는 샤오캉사회를 전면적으로 실현하는 데 대한 새로운 목표와 요구를 확정지었다. 즉 경제의 중·고속성장을 유지하겠다는 것으로 발전의 균형성·포용성·지속가능성을 향상시키는 토대 위에서 2020년까지 국내총생산, 도시와 농촌 주민의 1인당 소득을 2010년의 2배로 늘리고, 산업 분야에서 중고급 수준으로 끌어올리며, 경제성장에 대한 소비의 기여도를 뚜렷이 확대시키고, 호적 인구의 도시화 율을 가속 향상시킨다는 것이다. 농업의 현대화에서 뚜렷한 진전을 이루고, 인민의 생활수준과 삶의 질을 보편적으로 향상시키며, 중국의 현행기준으로 농촌 빈곤인구의 탈(脫)빈곤을 실현하여 빈곤 현 전체가 빈곤의 모자를 벗고 지역 전체 빈곤을 해결한다는 것이다. 즉 국민자질과 사회문명 수준을 뚜렷이 향상시키겠다는 것이다. 나아가 생태환경의 질이 총체적으로 개선되게 한다는 것이다. 제반분야의 제도가 더욱 성숙되고 더욱 정형화되며, 국정운영 체계와 국정운영 능력의 현대화에서 중대한 진전을 이루는 것이다.

중국경제가 뉴 노멀 시기에 들어섬에 따라 중국경제도 고속성장단계에서 고품격 발전단계로 전환되었다. 따라서 계속하여 발전을 최우선 과업으로 삼고 발전의 질과 효과를 향상시키는 것을 중심으로 하여 경제발전의 뉴 노멀을 이끄는 체제와 발전방식의 형성을 가속화하여 '13.5계획'[7]시기 발전의 중요한 지도사상으로 삼아야 하였다. 2017년 12월에 열린 중국공산당 중앙경제업무회의에서 시진핑은 "고품격 발전을 추진하는 것은 현재와 향후 일정시기 동안의 발전구상을 확정하고, 경제정책을 제정하며, 거시적 조정정책을 실시하는 근본 요구로서 반드시 고품격 발전을 추진하는 지표체계, 정책체계, 기준체계, 통계체계, 실적평가, 치적심사의 형성을 가속화해 제도적 환경을 창조하고 보완함으로써 우리나라 경제의 고품격 발전을 실현하는 면에서 꾸준히 새로운 진전을 거듭할 수 있도록 추진하여야 한다."라고 지적하였다. 2018년 7월 31일 중국공산당 중앙정치국은 회의를 열고 경제운행에서 직면한 새로운 문제와 새로운 도전에 대해 깊이 있게 분석하고, 연구한 뒤 안정적 발전이라는 총체적 업무기조를 견지할 것을 특별히 강조하면서 '안정적 발전'으로 '안정 속 변화'에 더욱 잘 대처할 것을 요구하였으며, 경제와 사회발전을 통일적으로 계획하여 "취업안정, 금융안정, 대외무역안정, 외자안정, 투자안정, 기대안정"의 '6가지 안정' 업무를 잘 전개함으로써 거시경제의 대 국면을 안정시킬 것을 명확히 제시하였다.

사회주의 시장경제체제는 '중국 특색의 사회주의'의 중대한 이론과 실천의 혁신이며, 사회주의 기본경제제도의 중요한 구성부분이다. '중국 특색의 사회주의'가 새 시대에 들어선 후 사회의 주요 모순에 변

---

7) 13.5계획 : 13차 5개년 계획으로 기간은 2016년~2020년이다.

화가 발생하여 경제가 고속성장단계에서 고품격 발전단계로 전환되었다. 새로운 정세에서 새로운 요구에 비해 중국은 시장체계가 아직 건전하지 못하고, 시장의 발육이 아직 충분하지 않으며, 정부와 시장의 관계가 완전히 정리되지 않아 시장의 자극이 부족하고, 요소의 이동이 원활하지 않으며, 자원 배치의 효율이 높지 못하고, 미시경제의 활력이 강하지 못한 점 등의 문제가 여전히 존재하며, 고품격 발전을 추진하는 데 있어서 체제적 걸림돌이 여전히 적지 않게 존재한다. 이에 따라 관건적이고 기초적이며 중대한 경제체제 개혁에서 꾸준히 돌파와 혁신을 이룰 것을 요구하고 있다.

사회주의 시장경제체제의 보완을 가속하고자 2020년 3월 30일 중국공산당 중앙위원회와 국무원은 「더욱 완벽한 요소의 시장화 배치 체제를 구축하는 데에 관한 의견」을 인쇄 발부하여 "요소의 자유로운 이동을 저애하는 체제적 걸림돌을 제거하고, 요소의 시장화 배치 범위를 확대하여 요소의 시장체계를 건전히 하고, 요소의 시장제도 건설을 추진하며, 요소의 가격시장 결정, 요소의 자율적이면서 질서 있는 이동, 요소의 공평하고 효율적인 배치를 실현함으로써 높은 수준의 시장체계를 건설하고, 고품격 발전을 추진하며 현대화한 경제체계를 건설할 수 있는 튼튼한 제도적 기반을 마련할 것"을 요구하였다. 5월 11일 중국공산당 중앙위원회와 국무원은 또 「새 시대 사회주의 시장경제체제의 보완을 가속하는 데에 대한 의견」을 인쇄 발부하여 "재산권 제도의 보완과 요소의 시장화 배치를 중점으로 삼아 경제체제개혁을 전면 심화하고, 사회주의 시장경제체제를 서둘러 보완하여 높은 수준의 시장체계를 건설하고, 재산권의 효과적인 자극, 요소의 자유로운 이동, 가격의 원활한 반응, 공평하고 질서 있는 경쟁, 기업의 우열성패를 실현하며, 제도적 공급을 강화하고 개선하며, 국정운영체계와 국정운영능력의 현대화를 추진하고, 생산관계가 생산력과 서로 어울리고, 상부구조가 경제적 토대와 서로 어울릴 수 있도록 추진하여 더욱 높은 품격의 발전, 더욱 효율적이고, 더욱 공평하며, 더욱 지속가능한 발전을 촉진할 것"을 강조하였다.

중국 경제발전의 뉴 노멀 시기에 적응하고 가중되고 있는 자원환경의 압력, 날로 불거지고 있는 지역 간 발전의 불균형 모순 등의 도전에 대응하며, 경제발전 방식의 전환과 새로운 성장 동력 및 새로운 성장극의 육성, 지역발전 구도의 보완을 가속 추진하고, 고품격 발전을 추진하고자 중국공산당 중앙위원회와 국무원은 일련의 지역 간 협동 발전전략을 제정하였다. 2014년 2월 26일 시진핑 주재로 열린 좌담회에서 징진지(京津冀, 베이징-톈진-허뻬이) 협동발전 특별보고를 청취한 뒤, 징진지 협동 발전을 실현하는 것은 중대한 국가전략이라고 명확히 제기하였다. 2015년 5월 중국공산당 중앙위원회와 국무원은 「징진지 협동 발전계획 요강」을 인쇄 발부하였다. 2017년 3월 허뻬이 슝안신구(雄安新區)를 설립하기로 결정하였다. 2016년 9월 중국공산당 중앙위원회와 국무원이 「창장경제벨트 발전계획 요강」을 인쇄 발부하였다. 2019년 2월 중국공산당 중앙위원회와 국무원이 「웨강아오(粤港澳, 광동-홍콩-마카오) 대만구(大灣區) 발전 계획 요강」을 인쇄 발부하였다. 2018년 10월 24일 세계 최장의 해상대교인 강주아오

(港珠澳, 홍콩-주하이-마카오)대교가 완공되어 통차를 실현하였다. 이는 웨강아오 대만지구 발전을 촉진시키고, 주장삼각주지역의 종합 경쟁력을 향상시키며, 내륙과 홍콩·마카오에게 이득이 되는 협력을 전면적으로 추진하는데 중대한 의의가 있다. 2018년 11월 중국공산당 중앙위원회와 국무원은「더욱 효과적인 지역 간 균형발전의 새로운 체제를 구축하는 데에 관한 의견」을 인쇄 발부하여 지역 간 균형발전전략을 실시하는 것은 새 시대 국가의 중대한 전략 중의 하나이며, 새로운 발전이념을 관철시키고, 현대화한 경제체계를 구축하는 중요한 구성부분이라고 강조하였다. 2020년 5월 중국공산당 중앙위원회와 국무원은「새 시대 서부대개발의 새로운 구도형성을 추진하는 데에 관한 지도의견」을 인쇄 발부하여 조치를 강화하여 중점을 틀어쥐고, 부족한 부분을 보완하며, 취약한 부분을 강화하여 대대적인 보호, 대규모적인 개방, 고품격 발전의 새로운 구도를 형성할 것을 요구하였다. 제19차 당 대회에서는 농촌진흥전략을 실시할 것을 제시하면서 농업과 농촌을 우선적으로 발전시키는 원칙을 견지하고, "번창한 산업, 살기 좋은 생태환경, 문명적 향풍(鄕風), 효과적인 관리, 부유한 삶"을 실현해야 한다는 총체적 요구에 따라 도시와 농촌의 통합 발전체제와 정책체계를 구축하고 보완하여 농업과 농촌의 현대화를 가속 추진할 것을 요구하였다. 2018년 1월 2일 중국공산당 중앙위원회와 국무원은「농촌 진흥전략을 실시하는 데에 관한 의견」을 인쇄 발부하여, 새 시대 농촌진흥전략을 실시하는 중대한 의의와 총체적 요구, 농촌진흥의 중점 임무, 농촌진흥의 보장조치에 착안하여 '3

농 업무'에 대한 당의 영도를 견지하고 보완할 것을 강조하였으며, 이를 전면적으로 배치하였다. 같은 해 6월 26일 중국공산당 중앙위원회와 국무원은 「농촌진흥전략계획(2018년-2022년)」을 인쇄 발부하여 농촌진흥전략의 실시를 위한 단계적인 계획을 세웠다.

40여 년 동안의 개혁개방을 거쳐 중국에는 넓은 영역에서 전 방위적이고 다차원적인 대외 개방 구도를 형성하였으며, 수출입 총액이 세계 1위를 차지하였고, 외자 유치규모가 세계 1위를 차지하였다. 한편 중국의 대외개방 수준은 아직도 상승 공간이 아주 크다는 것을 보아야 한다. 특히 중국의 경제발전이 뉴 노멀 시기에 들어선 뒤, 중국 경제사회의 발전과정에서 직면한 어려움과 도전에 적절하게 대처하려면 더더욱 대외 개방을 확대하여야 한다.

자유무역시험구를 건설하는 것은 중국공산당 중앙위원회가 새로운 정세에서 개혁개방을 추진하기 위해 제기한 중대한 조치이다. 2013년 8월 국무원은 중국(상하이)자유무역시험구 설립을 정식 비준하였다. 2019년 8월 자유무역시험구 시행범위를 상하이에서 광동·텐진·푸젠·랴오닝·저장·허난·후뻬이·총칭·쓰촨·산시(陝西)·하이난·산시(山西)·산동·장쑤·광시·허뻬이·윈난·헤이롱장 등지로 점차 확대하여 동부·중부·서부의 균형을 잡고, 육상·해상을 통일적으로 계획 배치하는 전 방위적이고 수준 높은 대외개방의 새 구도를 형성하였다. 2015년 5월 중국공산당 중앙위원회와 국무원은 「개방형 경제의 새 체제를 구축하는 데에 관한 몇 가지 의견」을 인쇄 발부하여 능동적인 대외개방으로 능동적인 경제발전과 국제경쟁을 쟁취하며, 개방으로 개혁을 촉진시키고, 발전을 촉진시키며, 혁신을 촉진하여 개방형 경제 강국을 건설해야 한다고 강조하였다. 2018년 11월 5일부터 10일까지 제1회 중국 국제수입박람회가 상하이에서 개최되었다. 이는 세계 최초로 수입을 주제로 한 국가급 전시회로서 중국이 개방형 세계경제의 건설을 촉진시키고, 경제의 글로벌화를 지지하고자 개시한 실제 행동이었다. 2019년 3월 제13기 전국인민대표대회 제2차 회의에서는 「중화인민공화국 외상투자법」을 채택하여 중국은 개방의 대문을 갈수록 더욱 활짝 열어젖힐 것이라는 확고한 결심을 전 세계에 보여주었다. 중국 개혁개방의 새 구도를 구축하고, 복제와 보급이 가능한 경험을 모색하고자 2018년 4월 11일 중국공산당 중앙위원회와 국무원은 「하이난의 전면적 개혁개방의 심화를 지원하는 데에 관한 지도의견」을 인쇄 발부하여, 하이난을 개혁개방 전면 심화 시험구로, 국가생태문명시험구로, 국제 관광소비 센터로, 국가 중대 전략 서비스보장구로 건설할 것을 명확히 제시하였다. 2020년 6월 1일 중국공산당 중앙위원회와 국무원은 「하이난 자유무역항 건설에 관한 총체적 방안」을 인쇄 발부하여 높은 수준의 국제무역 규칙의 기준에 맞춰, 사상을 해방하고 대담하게 혁신하며, 무역과 투자의 자유화와 편리화에 초점을 맞춰 높은 수준의 자유무역항에 부응하는 정책제도체계를 구축하고, 국제 경쟁력과 영향력을 갖춘 세관의 감독 관리 특별구역을 건설함으로써 하이난 자유무역항을 새 시대 중국의 대외개방을 이끄는 선명한 기치와 중요한 문호개방을 건설할 것을 제시하였다.

중국공산당 제18차 전국대표대회 이래, '일대일로' 건설로 더욱 높은 수준의 대외 개방을 촉진하였다. 2014년 6월 시진핑 주석이 중국-아랍국가협력포럼 제6차 장관급회의에서 처음으로 '일대일로'라는 용어를 정식으로 사용하였으며, 실크로드 정신과 '일대일로' 건설에서 견지해야 할 원칙에 대해 체계적으로 상세하게 논술하였다. 이에 따라 '일대일로' 건설계획도 전개되기 시작하였다. 이어 '일대일로' 공동 건설국가는 아시아와 유럽에서 아프리카·라틴아메리카·남태평양 등 지역으로 확장되었다. 개혁개방과 전면적인 샤오캉사회의 실현을 위한 양호한 국제환경을 마련하기 위해 중국공산당 중앙위원회는 중국 외교업무를 세심하게 계획하면서 반드시 국내와 국제의 2대 국면을 통일적으로 고려하여 외교의 총체적 구도를 보완하고, 대국·주변국·개도국 등과의 다각 외교와 여러 분야의 외교업무를 전 방위적으로 추진해야 한다고 제기하였다. 2013년 3월 시진핑 주석은 모스크바 국제관계학원에서 연설을 발표하면서 인류운명공동체를 구축할 것을 창도하였다. 그 후 일련의 중대한 국제장소에서 시진핑 주석은 인류운명공동체의 구축 이념에 대해 깊이 있게 논술하여 국제사회의 광범위한 공동인식을 이끌어냈다.

3.
전면적인 의법치국과
사회주의 민주정치의 발전

  '사회주의 법치국가의 건설'은 제15차 당 대회에서 제기한 치국방략
이다. 제18차 당 대회 이래, 전면적인 의법치국의 총체적 요구에 따라
법치중국의 건설이 중대한 진전을 이루었다. 2013년 1월 시진핑은 새
로운 정세에서 정법업무를 잘 수행하는 데 대해 중요한 지시를 내려
처음으로 '법치 중국' 건설의 웅대한 목표를 제시하였다. 같은 해 11
월 중국공산당 중앙위원회 제18기 제3차 전원회의에서는 「전면적 개
혁 심화 관련 몇 가지 중대한 문제에 관한 중국공산당 중앙위원회의
결정」을 채택하고 "법치 중국 건설을 추진할 것"을 정식으로 제기하
였다. 2014년 10월 중국공산당 중앙위원회 제18기 제4차 전원회의에
서는 의법치국 전면 추진 관련 몇 가지 문제에 대해 전문적으로 연구
하고 심의 채택한 「의법치국 전면 추진 관련 몇 가지 중대한 문제에
대한 중국공산당 중앙위원회의 결정」에서는 법치 중국 건설의 지도
사상, 총체적 목표, 근본규칙, 기본원칙, 중대한 과업 및 실천 경로를
명확히 하였으며, 법치 중국 건설에 대하여 전 방위적으로 조치하였
다. 2018년 8월 중앙전면의법치국위원회가 설립되고 시진핑이 위원회
주임을 맡았다.

중국공산당 중앙위원회는 새 시대의 전면적인 의법치국에 대해 일련의 새로운 중대한 조치를 취하였다. 입법 분야에서는 '중국 특색의 사회주의' 법률체계가 더욱 완벽해졌다. 제18차 당 대회에서 제19차 당 대회까지 5년간 총 48부의 법률, 42부의 행정법규, 2,926부의 지방성 법규, 3,162부의 규정을 제정하였거나 개정했으며, 동시에 '일괄적' 방식으로 57부의 법률, 130부의 행정법규를 잇달아 정하고, 민법전의 편찬을 시작하였으며, 민법총칙을 반포하였다. 2018년 3월 제13기 전국인민대표대회 제1차 회의에서 「중화인민공화국 헌법 개정안」을 표결에 의해 채택함으로써 기본법을 보완하였으며, 매년 12월 4일을 "국가 헌법의 날"로 확정짓고, 국가 공직자의 헌법선서제도를 확립하였다. 2020년 5월 28일 제13기 전국인민대표대회 제3차 회의에서는 「중화인민공화국 민법전」을 표결을 통해 채택하였으며, 시진핑 국가주석이 제45호 주석령에 서명하여 공표하였다. "사회생활의 백과전서"로 불리는 「중화인민공화국 민법전」은 신 중국 최초로 법전으로 명명된 법률이며, 법률체계의 토대적인 지위를 차지하며, 또한 시장경제의 기본법이기도 하다.

사법체제 개혁 면에서 2014년 6월 중앙개혁전면심화지도소조 제3차 회의에서 심의 채택된 「사법체제 개혁 시행 관련 몇 가지 문제에 관한 기틀 의견」을 상징으로 중국 사법체제 개혁이 대폭 추진되었고, 사법체제 개혁 주체 기틀이 이미 기본적으로 형성되었다. 사법책임제 개혁 면에서 2015년 9월 최고인민법원이 「인민법원의 사법책임제를 보완하는 데에 관한 몇 가지 의견」을 정식 출범하여 권력목록의 제정,

사건처리팀 구성, 내설 기구의 통합을 통해 심리하는 자가 재판을 하고, 재판하는 자가 책임을 지도록 하여 인민법원이 법에 따라 재판권을 독자적으로 공정하게 행사할 수 있도록 확보하였다. 2015년 1월 최고인민법원 제1, 제2 순회법정이 광동성 선쩐시, 랴오닝성 선양시에 각각 설립되었다. 그 이듬해에는 또 난징·정쩌우·총칭·시안에 4개의 순회법정이 신설됨에 따라 순회법정 관할범위에 모두 포함되었다. 2015년 5월 1일 「인민법원의 입건등록제 개혁을 보급하는 데에 관한 의견」을 정식으로 실시하였다. 이는 인민법원의 사건수리제도가 입건심사제에서 입건등록제로 바뀌었음을 상징한다. 따라서 법에 따라 수리해야 하는 사건에 대해서는 사건이 있으면 반드시 입건해야 하고, 고소하면 반드시 수리함으로써 당사자의 공소권을 보장하게 되었다.

법치정부 건설 면에서 2015년 12월 중국공산당 중앙위원회와 국무원이 「법치정부 건설 실시 요강(2015—2020년)」을 반포하여 2020년까지 "기능이 과학적인 권리와 책임을 법이 정하고 법 집행이 엄명한, 공개적이고 공정한, 청렴하고 고효율적인, 법을 지키고 성실한 법치정부"를 기본적으로 실현한다는 분투목표를 확립하여 법치정부의 건설을 위한 행동강령을 제정하였다. 2015년 3월 중국공산당 중앙위원회 판공청과 국무원 판공청이 「지방 각급 정부 업무부서 권력 목록 제도를 보급하는 데에 관한 지도의견」을 인쇄 발부하였으며, 이어서 각급 지방정부가 권력목록을 시행하기 시작하였다. 2017년 말까지 국무원 부서 행정심사비준 사항을 44% 삭감하고, 비 행정허가 심사비준을 철저히 종결짓게 했으며, 중앙정부 차원에서 심사 비준하는 기업 투자프로젝트를 90% 줄이고, 행정심사 비준 중개서비스 사항을 74% 줄였으며, 직업자격 허가와 인증을 대폭 줄였다.

당의 전면적인 영도를 강화시키는 제도를 보완하여 당의 조직기구를 최적화하고, 중대한 사업에 대한 당의 영도체제를 수립하고 보완하여 당 부서가 기능을 발휘하여 역할을 더 잘 할 수 있게 했으며, 직책이 비슷한 당정기관의 통합 설립 혹은 합동 사무 처리를 추진하여 부서의 직책을 최적화시키고 당이 방향을 틀어쥐고 전반적인 국면을 계획하고 정책을 제정하며 개혁을 촉진케 하는 능력과 신념을 향상시켜 당의 영도력을 더욱 확고하게 하고 더 큰 영도력을 발휘할 수 있도록 확보하고자 2018년 2월 중국공산당 중앙위원회 제19기 제3차 전원회의에서는 「당과 국가의 기구 개혁을 심화시키는 데에 관한 중국공산당 중앙위원회의 결정」과 「당과 국가의 기구개혁 심화방안」을 채택하였다. 3월 17일 제13기 전국인민대표대회 제1차 회의에서는 국무원 기구개혁 방안을 비준하였다. 이번 기구개혁에는 중국공산당 중앙위원회 기구, 전국인민대표대회 기구, 국무원기구, 전국정치협상회 기구, 행정 집법체제, 군대와 지방 협력조직과 대중단체조직, 지방기구 등 여러 분야가 포함되었다. 2019년 상반기에 이르러 전국기구개혁이 기본적으로 완성되었다. 당과 국가의 기구 개혁을 심화시키는 것은 당과 국가의 조직구조와 관리체제에 대한 체계적이고 전반적인 재구성이었다. 중앙과 지방 각급 각 부류의 기구개혁을 전반적으로 추진하고, 당의 영도체계, 정부 관리체계, 무장력체계, 대중단체

업무체계에 대해 재구성하는 방식으로 보완하며, 당의 지도력과 정부의 집행 능력, 무장력의 전투력, 대중단체조직의 활력을 체계적으로 증강시켜 새 시대의 요구에 부응하는 당과 국가기구의 기능체계가 주체가 되는 기틀을 구축함으로써 '중국 특색의 사회주의' 제도를 보완하고 발전시키며, 국정운영체계와 국정운영능력의 현대화를 추진하기 위한 유력한 조직적 보장을 마련하고자 했던 것이다.

제18차 당 대회 이후, 사회주의 민주정치 건설이 더 한층 강화되었다. 인민대표대회 제도는 당의 영도와 인민이 나라의 주인이 되어 권리를 행사하는 것 및 법에 의한 치국을 견지하는 것을 유기적으로 통일시킨 근본적인 정치제도의 배치였다. 2014년 9월 5일 시진핑은 전국인민대표대회 설립 60주년 경축대회에서 "인민대표대회 제도는 '중국 특색의 사회주의'제도의 중요한 구성부분이자 중국의 국정운영체계와 국정운영능력을 지탱해주는 근본적인 정치제도이다. 새로운 정세에서 우리는 인민대표대회 제도를 견지하는 한편 또 시대와 함께 발전하여 인민대표대회 제도를 보완하여야 한다."고 지적하였다. 2013년 2월부터 2018년 2월까지 제12기 전국인민대표대회 및 그 상무위원회는 25부의 법률을 제정하고 127건(차)에 이르는 법률개정을 진행하였으며, 법률문제와 중대한 문제에 관한 결정을 46건 채택하고, 9건의 법률해석을 진행하였다. 전국인민대표대회 대표들은 총 2,366건의 안건과 4만 1,353건의 제안을 제출하였다. 중국공산당 중앙위원회 제19기 제4차 전원회의에서는 한 걸음 더 나아가 인민이 나라의 주인이 되어 권리를 행사하는 제도체계를 견지하고 보완하여 사회주의 민주정치를 발전시켜 인민이 법에 따라 여러 가지 경로와 형태로 국가사무를 관리하고 경제·문화 사업을 관리하며 사회 사무를 관리할 수 있도록 확보할 것을 강조하였다.

사회주의 협상민주는 중국 사회주의 민주정치 특유의 형태이고, 독특한 장점이며, 정치 영역에서 중국공산당 대중노선의 중요한 반영이다. 2015년 2월 중국공산당 중앙위원회는 「사회주의 협상 민주건설을 강화하는 데에 관한 의견」(「의견」으로 약칭)을 특별 인쇄 발부하여 사회주의 협상 민주의 본질적 속성과 기본내용을 명확히 제시하고, 사회주의 협상 민주건설을 강화하는 중요한 의의·지도사상·기본원칙 및 경로 절차에 대해 구체적으로 논술하였으며, 새로운 정세에서 정당의 협상, 인민대표대회의 협상, 정부의 협상, 정치협상회의의 협상, 인민단체의 협상, 기층조직의 협상, 사회조직의 협상 등을 전개하는 데에 대해 전면적으로 배치함으로써 「의견」은 새로운 정세에서 사회주의 협상 민주건설을 지도하는 강령적 문건이 되었다. 그 후 중국공산당 중앙판공청과 국무원 판공청은 또 「인민정치협상회의 협상 민주건설을 강화하는 데에 관한 실시의견」 「도시와 농촌 주민구역의 협상을 강화하는 데에 관한 의견」 「정당의 협상을 강화하는 데에 관한 실시의견」 등 3부의 관련 문건을 잇달아 인쇄 발부하여 협상 민주건설에서 따라야 할 제도, 지켜야 할 규칙, 따라야 할 규정, 지켜야 할 질서를 확보하였다. 2018년 3월 시진핑은 제13기 전국정치협상회의 제1차 회의 합동회의에 참석해 처음으로 '중국 특색의 사회주의' '신형 정당제도'라는 개념을 제기하였다.

인민정치협상회의는 사회주의 협상 민주의 중요한 제도적 매개체이다. 제18차 당 대회 이래 여러 당의 합작사업에 대한 전면적인 영도를 강화하고자 중국공산당 중앙위원회는 일련의 중대한 정책결정을 실행하고 「인민정치협상회의 협상 민주건설을 강화하는 데에 관한 실시의견」「정당의 협상을 강화하는 데에 관한 실시의견」「'중국 특색의 사회주의' 야당건설을 강화하는 데에 관한 중국공산당 중앙위원회의 의견」「새 시대 인민정치협상회의의 사업을 강화하고 개진하는 데에 대한 중국공산당 중앙위원회의 의견」 등 중요한 문건을 잇달아 인쇄 발부하였으며, 제19차 당 대회에서는 중국공산당이 이끄는 여러 당의 합작과 정치협상제도를 견지하고 보완하는 것을 당의 기본방략에 포함시켰다.

2019년 9월 중앙정치협상업무회의 및 중국인민정치협상회의 설립 70주년 경축대회가 베이징에서 개최되었다. 시진핑이 대회에 참석해 연설을 하면서 "인민정치협상회의는 중국공산당이 마르크스–레닌주의 통일전선 이론, 정당 이론, 민주정치 이론을 중국의 실제와 결합시킨 위대한 성과로서 중국공산당이 여러 민주당파, 무소속인사, 인민단체 및 여러 민족의 각계 인사들을 이끌어 정치제도 면에서 진행한 위대한 창조"라고 강조하였다.

시진핑 동지를 핵심으로 하는 당 중앙은 대만·홍콩·마카오 사업을 크게 중시하였다. 2014년 2월 양안 쌍방의 협상을 거쳐 국무원 대만사무사무실과 대만 측 대륙위원회가 '9.2공동인식'이라는 공동 정치원칙을 견지하는 토대 위에서 상시화 연락 소통 메커니즘을 구축하였다. 2015년 11월 7일 시진핑 주석이 대만지역 지도자 마잉주(馬英九)와 싱가포르에서 회담을 가졌다. 이는 1949년 이후 양안 지도자의 첫 만남으로 양안 지도자 간 직접 대화로 소통하는 첫 사례를 개척하였다. 2016년 민진당(民進黨)이 집권하면서 대만 정국에 중대한 변화가 일어났다. 시진핑 주석은 여러 차례 연설을 발표하여 '대만 독립'이 양안 동포의 적대감과 대립을 선동하여 국가의 주권과 영토의 완전성에 손해를 끼치고, 대만해협의 평화와 안정을 파괴하며, 양안 관계의 발전을 저해하고 있는데, 이는 양안 동포들에게 막대한 피해만 가져다주게 될 뿐이라며 양안 동포가 일치 단합하여 단호히 반대해야 한다고 강조하였다. 또 모든 형태의 '대만 독립'을 주장하는 분열 행위를 단호히 제지시키고, 국가의 주권과 영토의 완전성을 수호하여 국가 분단의 역사적 비극이 절대 재연되지 않도록 할 것을 강조하였다. 이로써 대만당국과 '대만 독립' 세력에 대해 명확한 마지노선을 그었으며, 강력한 위력을 형성하였다.

중국공산당 제18차 전국대표대회 이래, 중국공산당 중앙위원회는 '한 나라 두 제도'라는 방침을 전면적이고 정확하게 관철시켜 헌법과 기본법이 부여한 홍콩·마카오에 대한 중앙의 전면적인 관리권을 확고히 하고, 내지와 홍콩·마카오 지역 간의 교류와 협력을 심화시켜 '한 나라 두 제도'가 실천 속에서 새로운 성공을 거둘 수 있도록 이끌었다. 2014년 12월 시진핑 주석은 마카오의 조국 귀환 15주년 경축대회 및 마카오특별행정구 제4기 정부 취임식에 참석하여 다음과 같이 강조하였다. "'한 나라 두 제도'의 근본 취지를 반드시 확고히 파악하고 국가 주권과 안전 및 발전 이익을 공동으로 수호하며, 홍콩과 마카오의 장기적인 번영과 안정을 유지해야 한다." "법에 따라 홍콩과 마카오를 관리하고 법에 따라 '한 나라 두 제도'의 실천을 보장해야 한다." "'한 나라' 원칙을 견지하는 것과 '두 제도'의 차이를 존중하는 것, 중앙의 권력을 수호하는 것과 특별행정구의 고도의 자치권을 보장하는 것, 조국 내지의 강력한 뒷받침역할을 발휘하는 것과 홍콩·마카오 자체의 경쟁력을 향상시키는 것을 반드시 유기적으로 결합시켜 그 어느 때든 어느 한쪽으로 치우치거나 소홀히 해서는 안 된다." 2017년 7월 시진핑 주석은 홍콩의 조국 귀환 20주년 경축대회 및 홍콩특별행정구 제5기 정부 취임식에 참석하여 연설을 발표하면서 다음과 같이 강조하였다. "중앙은 '한 나라 두 제도' 방침을 관철시킴에 있어서 다음과 같은 두 가지 원칙을 견지해야 한다. 첫째, 확고부동해야 하고, 변함이 없고, 흔들림 없이 관철시켜야 한다. 둘째, 전면적이고 정확하게 관철시켜 홍콩에서 '한 나라 두 제도'의 실천이 변형되지 않고, 시종일관 정확한 방향을 따라 나아가도록 확보해야 한다." 2019년 6월 제13기 전국인민대표대회 상무위원회 제20차 회의에서 「중화인민공화국 홍콩특별행정구 국가안전수호법」이 채택되었으며, 그 법안을 홍콩기본법 첨부3에 포함시켜 홍콩특별행정구가 현지에서 발표 실시하도록 명확히 규정지었으며, 홍콩특별행정구 국가안전수호 제도체제에 대한 법률화·규범화·명료화한 구체적 배치를 해놓았다. 2019년 12월 시진핑 주석은 마카오의 조국 귀환 20주년 경축대회 및 마카오특별행정구 제5기 정부 취임식에 참석하고 마카오 특별행정구를 시찰하면서 마카오 조국 귀환 20년 동아에 이룩한 세계가 주목하는 발전성과를 높이 평가하고, 마카오의 '한 나라 두 제도'의 성공적인 실천의 중요한 경험을 전면적으로 종합하였다.

4.
민생개선과 혁신적
사회 관리의 추진

　민생은 국민행복의 기반이고 조화로운 사회의 근본이다. 민생복지를 증진시키는 것은 중국공산당이 인민을 위한 당 건설과 인민을 위한 집권의 원칙을 견지하는 본질적인 요구이다. 제18차 당 대회 이래, 시진핑 동지를 핵심으로 하는 중국공산당 중앙위원회는 인민을 중심으로 하는 발전이념을 견지하고, 인민이 가장 관심을 갖고, 가장 직접적이고, 가장 현실적인 문제로부터 출발하여 배우고자 하면 가르침을 받을 수 있고, 일을 하면 수입을 얻을 수 있으며, 병이 나면 치료를 받을 수 있고, 늙으면 돌봄을 받을 수 있으며, 거주할 곳이 있도록 하는 문제를 긴밀히 둘러싸고 난관을 돌파하면서 민생개선의 새로운 국면을 꾸준히 개척해나갔다.

　교육은 민족의 진흥, 사회의 진보를 위한 중요한 초석이며, 나라의 대계이자 당의 대계로서 인민의 종합소양을 향상시키고, 인간의 전면적 발전을 촉진케 하며, 중화민족의 혁신과 창조의 활력을 증강하고, 중화민족의 위대한 부흥을 실현하는데 있어서 결정적 의의가 있다. 제18차 당 대회 이래, 시진핑 동지를 핵심으로 하는 중국공산당 중앙위원회는 줄곧 교육 사업을 우선적인 위치에 놓고, 교육개혁을 심화하고 교육의 현대화를 가속화하였으며, 교육 강국을 건설하고 인민들이 만족하는 교육을 운영해 나가고 있다. 교육 사업에 대한 당의 지도를 전면적으로 강화하고, 도덕품성을 갖춘 인재를 양성한다는 원칙을 견지하였으며, 전국 대학교 사상정치업무회의, 전국교육대회 등 중요한 회의를 잇달아 개최하여 대학교 교육의 발전, 대학교 사상 정치사업, 인민이 만족하는 교육운영 등 일련의 중대한 문제를 깊이 있게 대답하였다. 2019년 2월 중국공산당 중앙위원회와 국무원은 「중국 교육 현대화 2035」를 인쇄 발부하였고, 중국공산당 중앙판공청과 국무원판공청은 「교육 현대화 가속 추진 실시방안(2018—2022년)」을 인쇄 발부하여 새 시대 교육 현대화의 건설을 위한 새 길을 열 수 있도록 방향을 제시하였다.

취업은 최대 민생 공정, 민심 공정, 기반 공정이다. 제18차 당 대회 이래, 당과 정부는 시종일관 취업의 안정을 두드러진 위치에 놓고 취업 우선정책을 실시했으며, 중점 인구와 중점 지역의 취업사업을 착실하게 잘하여 전체 인민들이 발전성과를 공유할 수 있도록 추진하였다. 2015년 6월 국무원 판공청은 「새로운 정세에서 취업과 창업 업무를 더 한층 잘하는 데에 대한 중점 임무 분공방안」을 인쇄 발부하였다. 2017년 1월 국무원은 「'13.5'취업촉진계획」을 인쇄 발부하여 취업사업을 위한 새로운 제도적 보장을 마련하였다. 비록 경제가 하행하는 압력이 계속 확대되고 있고, 도시와 농촌의 취업자 수가 계속 늘고 있었지만, 중국의 취업 구조는 꾸준히 최적화되고 있고, 취업 규모가 꾸준히 확대되고 있으며, 신규 취업자 수가 다년간 연속 1,300만 명 이상의 규모를 유지해오고 있고, 도시 실업률이 줄곧 4.1%안팎을 유지하고 있었다.

인민의 건강은 민족의 번영과 국가의 부강을 보여주는 중요한 표징이다. 제18차 당 대회 이래, 기본 유지, 기층 강화, 시스템 구축의 요구에 따라 공립병원의 공익성이라는 기본설정의 위치를 견지하여 의료보장, 의료서비스, 공공보건, 약품공급, 감독·관리체제의 종합적 개혁을 한층 더 심화시켰다. 2015년 10월 중국공산당 중앙위원회 제18기 제5차 전원회의에서는 건강한 중국을 건설하자는 목표를 추진하자는 임무를 명확히 제기하였다. 2015년 4월 중앙개혁전면심화지도소조 제11차 회의에서는 「도시의 공립병원 종합개혁 시행에 관한 지도의견」을 심의 채택하여 공립병원의 이익 추구시스템을 타파하고, "의약품으로 병원을 먹여 살려야 한다"는 등의 문제를 해결할 것을 제기하였다. 2016년 10월 중국공산당 중앙정치국이 심의 채택한 「건강 중국 2030' 계획요강」이 발표됨에 따라 건강한 중국을 건설한다는 아름다운 청사진이 그려졌으며, 이는 건강한 중국을 건설하기 위한 상부구조가 기본적으로 형성되었음을 상징하였다. 이와 동시에 도시와 농촌주민의 기본 의료보험제도를 꾸준히 통합하고, 기본 공공보건서비스 비용을 늘려 중병보험을 전면적으로 포함시켰다. 2020년 2월 25일 중국공산당 중앙위원회와 국무원이 「의료보장제도 개혁을 심화시키는 데에 관한 의견」을 인쇄 발부하여, 인민의 건강을 중심으로 하는 원칙을 견지하고, 전 국민을 아우르기 위한 도시와 농촌의 통합을 계획하고, 권리와 책임이 분명하며, 적절한 보장을 실현하고,

지속가능하고 다차원적인 의료보장체계를 가속 건설하고, 제도의 통일, 정책의 보완, 시스템의 보완, 서비스 향상을 통해 의료보장의 공평성·균형성을 증강시키며, 의료보험기금의 전략적 구매 역할을 발휘하게 하고, 의료보장과 의약서비스의 고품격 협동발전을 추진하며, 건강한 중국을 건설한다는 전략의 실시를 촉진시킴으로써 인민대중이 더 많은 획득감·행복감·안전감을 느낄 수 있도록 할 것을 강조하였다.

2019년 12월 신종코로나바이러스감염증(코로나19)의 팬데믹 상황이 갑자기 발생한 뒤 중국공산당 중앙위원회와 국무원은 이를 크게 중시하였다. 시진핑은 여러 차례 중앙정치국 상무위원회 회의를 주재하고 지시를 내려 각급 당위원회와 정부 및 관련 당국에 인민대중의 생명 안전과 신체건강을 제일 첫자리에 놓고 실제로 효과적인 조치를 취하여 전염병이 확산되는 추세를 단호히 억제시킬 것을 강조하였으며, '중앙 전염병 대응 업무지도 소조'를 설립키로 결정하고 리커창(李克强) 국무원 총리가 조장을 맡도록 하였다. 2020년 1월 23일 우한(武漢) 시 전체에 대한 격리조치를 취하고, 베이징·상하이 등 31개 성(省)·직할시에서도 잇달아 엄격한 예방통제에 들어갔다. 전국적으로 수만 명에 이르는 의료인원을 조직하고 동원하여 의료팀을 우한(武漢)과 후뻬이성 등 기타 지역에 투입시켰다. 1월 28일 중국공산당 중앙위원회가 「당의 영도를 강화하고, 전염병 예방통제작전의 승리를 위한 강력한 정치적 보장을 제공하는 데에 관한 통지」를 인쇄 발부하여 각급 당위원회(당조[黨組])에 전염병 예방통제작전의 승리를 위한 강력한 정치적 보장을 제공해 줄 것을 요구하였다. 2월 14일 시진핑이 중앙개혁전면심화위원회 제12차 회의를 주재하고 인민대중의 생명안전과 신체건강을 확보하는 것은 당의 국정운영의 중대한 임무로서 반드시 중대한 전염병의 예방통제 체제와 시스템을 보완하고 국가공공보건응급관리체계를 완비할 것을 강조하였다. 코로나19의 상황이 발생한 후, 여러 지역에서는 당정의 주요 책임자가 진두지휘하는 지도 소조를 설립하고, 중대 돌발 공공보건사건 1급 대응 시스템을 가동함으로써 전국적으로 전염병 예방통제업무에서 전면 동원·전면 배치·전면 강화의 국면이 신속하게 형성되었다. 3월 10일 시진핑은 우한시를 특별 방문하여 코로나19 전염병 예방통제업무를 시찰하였으며, 전염병 예방통제를 위한 전쟁에서 승리할 수 있도록 인민에게 긴밀히 의지할 것을 강조하였다. 대중 동원조직 작업을 깊이 있고 면밀하게 잘하여 대중을 동원하여 뭇사람들이 예방하고 통제하는 인민방어선을 구축할 것을 요구하였다. 3월 18일 우한시에서 처음으로 신규 추가 의심환자가 0, 기존의 의심 환자가 0, 신규 추가 확진환자가 0이라는 보고가 나왔다. 약 3개월 가까이 힘겨운 노력 끝에 중국은 코로나19 전염병 작전에서 단계적 승리를 거두었던 것이다.

갑작스레 들이닥친 코로나19 전염병사태로 인해 중국의 경제와 사회발전이 받은 전례 없는 충격 앞에서 2020년 4월 17일 중국공산당 중앙정치국은 회의를 열고 취업 안정, 금융 안정, 대외무역 안정, 투자 안정, 예기 안정 등 '6가지 안정'을 위한 사업의 강도를 강화하는 토대 위에서 주민의 취업보장, 기본민생의 보장, 시장주체의 보장, 식량 에너지의 안전보장, 산업의 사슬공급의 안정보장, 기층운행의 보장 등 '6가지 보장'을 유지하면서 내수확대 전략을 확고하게 실시하여 경제발전과 사회 안정의 전반적인 국면을 수호할 것을 강조하였다.

제18차 당 대회 이래 최저 보장선의 수호, 촘촘한 보장네트워크의 구축, 시스템 구축의 요구에 따라 전 국민을 아우르기 위한 도시와 농촌의 통합을 계획하고, 권리와 책임이 분명하며, 적절한 보장을 실현하고, 지속가능한 다차원의 사회보장체계를 전면적으로 건설하였다. 전 국민 보험가입 계획을 전면적으로 실시하여 도시종업원의 기본양로보험과 도시와 농촌주민의 기본양로보험제도를 보완하였으며, 도시와 농촌주민의 통일된 기본의료보험 및 중병보험제도를 보완하고, 실업보험제도와 산업재해의 보상보험 제도를 보완하였다.

2019년 말까지 전국적으로 도시종업원 기본양로보험 가입자 수가 4억 3,482만 명에 달해 전해 며, 대비 1,581만 명이 늘어났다. 도시와 농촌 주민의 기본양로보험 가입자 수는 5억 3,266만 명으로 874만 명이 늘어났다. 기본 의료보험 가입자 수는 13억 5,436만 명으로 978만 명이 늘어났다. 그중 종업원 기본의료보험 가입자 수는 3억 2,926만 명으로 1,245만 명이 늘어났고, 도시와 농촌 주민의 기본의료보험 가입자 수는 10억 2,510만 명에 달하였다. 실업보험 가입자 수는 2억 543만 명으로 899만 명이 늘어났다. 2019년 말 전국 실업보험금 수령자가 228만 명에 이르렀다. 산업재해 보상보험 가입자 수는 2억 5,474만 명으로 1,600 만 명이 늘어났는데, 그중 산재보험에 가입한 농민공은 8,616만 명으로 530만 명이 늘어났다. 출산보험 가입자 수는 2

억 1,432만 명에 이르렀다. 이와 동시에 "주택은 거주용이지 투기용이 아니다"라는 방향 설정을 견지하면서 주택 보장과 공급체계의 건설을 추진하고, 정부 위주로 기본보장을 제공하고, 시장을 위주로 하는 다차원의 수요를 충족시키는 주택공급체계를 구축하는데 주력하여 주택난을 겪고 있는 대중을 위해 기본주택을 마련해주기 위해 노력하였다.

빈곤인구와 빈곤지역이 전국과 함께 전면적 샤오캉사회에 들어서도록 하는 것은 중국공산당의 굳건한 약속이다. 2012년 12월 시진핑이 허뻬이성을 시찰할 때 "샤오캉사회를 전면적으로 실현하는데 있어서 가장 어렵고 막중한 임무는 농촌, 특히 빈곤지역"이라면서 "농촌의 샤오캉사회, 특히 빈곤지역의 샤오캉사회가 실현되지 않는 한 샤오캉사회의 전면적인 실현은 이룰 수 없다"라고 지적하였다. 2013년 11월 그는 후난성을 시찰하면서 "빈곤구제를 정조준해야 한다"는 개념을 제기하였다. 2015년 11월 27일부터 28일까지 중앙빈곤구제개발업무회의가 베이징에서 열렸다. 그 후 중국공산당 중앙위원회와 국무원이 「빈곤퇴치 난관공략전 승리를 이룩하는 데에 관한 결정」을 출범시켜 빈곤퇴치 난관공략전 승리를 이루기 위한 전면적이고 체계적인 조치를 취하였다. 시진핑은 빈곤구제와 관련해 여러 차례 좌담회를 열어 "샤오캉사회의 실현하느냐 못하느냐의 여부의 관건은 농민에게 달렸다", "실제적으로 빈곤을 구제하고, 확실히 빈곤한 이를 구제하며, 빈곤에서 진정으로 벗어나도록", "수량도 중요하지만 질적 효과가 더욱 중요하다"는 등의 요구를 제시하였다. 2019년 4월 16일 시진핑은 "두 가지 걱정을 하지 않고 세 가지를 보장하는 것"(즉 먹을 걱정과 입을 걱정을 않고, 의무교육 보장, 기본 의료 보장, 주택 안전 보장)에서 불거진 문제를 해결하기 위한 좌담회에서 빈곤퇴치 난관공략전이 승리하는 관건적인 단계에 들어섰다면서 반드시 사기를 진작시켜 꿋꿋하게 싸워 전면적인 승리를 거두기 전에는 절대로 철수하지 않을 각오를 굳건히 다져야 한다고 지적하였다. 2020년 1월 2일 중국공산당 중앙위원회와 국무원은 「'3농' 분야의 중점 업무를 잘 틀어쥐어 기한 내에 샤오캉사회의 전면 실현을 이룩하는 데에 관한 의견」을 인쇄 발부하여 "샤오캉사회의 전면적인 실현 목표의 기준에 맞춰, 조치를 강화하고 흔들림 없이 실행하여 힘을 모아 빈곤퇴치 난관공략전의 승리를 이루는 것과 샤오캉사회를 전면적으로 실현하기 위해 '3농'분야에서의 두드러진 취약한 부분을 보강하는 2대 중점과업을 완성하고, 농업생산의 안정과 공급의 보장 및 농민의 소득증대를 계속 잘하고, 농업의 고품격 발전을 추진하며, 농촌사회의 조화와 안정을 유지하고, 농민대중의 획득감·행복감·안정감을 향상시켜 빈곤퇴치 난관공략전이 원만하게 마무리되도록 보장하고, 농촌이 샤오캉사회의 전면적 실현과 보조를 같이 할 수 있도록 확고히 할 것"을 각급 당위원회와 정부에 요구하였다. 제18차 당 대회 이래 중국은 빈곤구제 난관공략에서 뚜렷한 성과를 거두어 빈곤인구가 대폭 줄어들고, 빈곤퇴치 난관공략 목표와 임무가 거의 완성되었다. 빈곤인구가 2012년 말의 9,899만 명에서 2019년 말에는 551만 명으로 줄어들었으며, 빈곤 발생률은 10.2%에서 0.6%로 하락하여 빈곤인구가 7년 연속 매년 1,000

만 명 이상씩 줄어들었다. 이로써 지역성 전체 빈곤상황이 기본적으로 해결되었다. 2020년은 전 당과 전국이 총력을 기울여 치른 빈곤퇴치 난관공략전에서 결정적인 승리를 거둔 한해였다. 11월 23일 중국의 마지막 9개 빈곤 현(縣)이 빈곤에서 벗어났다. 이는 8년간의 꾸준한 분투를 거쳐 전국 832개 현이 전부 빈곤에서 벗어났고, 12만 8,000개 빈곤 촌이 전부 빈곤 대열에서 벗어났으며, 1억에 가까운 빈곤인구가 빈곤에서 벗어남으로서 절대 빈곤과 지역성 전체 빈곤을 해결하였음을 의미했다. 2021년 2월 25일 전국 빈곤퇴치 난관공략 표창대회가 열렸다. 시진핑 주석은 이 대회에서 "우리나라 빈곤퇴치 난관공략전이 전면적인 승리를 거두었다"라고 장엄하게 선포하였다.

5.
생태문명건설을
대대적으로 추진

제18차 당 대회에서는 생태문명 건설을 두드러진 위치에 올려놓고, 경제건설·정치건설·문화건설·사회건설의 제반 분야와 전반적인 과정에 융합시킬 것을 강조하였으며, 생태문명 건설을 처음으로 '중국 특색의 사회주의' 사업의 '5위 일체' 속에 포함시켰다. 중국공산당 중앙위원회 제18기 제3차 전원회의에서는 체계적이고 완전한 생태문명제도체계를 서둘러 구축할 것을 제시하였고, 중국공산당 중앙위원회 제18기 제4차 전원회의에서는 엄격한 법률제도로 생태환경을 보호할 것을 요구하였으며, 중국공산당 제18기 제5차 전원회의에서는 녹색발전을 '13.5 시기', 나아가 더 긴 시기를 경제사회 발전의 중요한 이념의 하나로 삼기로 하였다. 제19차 당 대회에서는 생태문명체제 개혁을 가속화하여 아름다운 중국을 건설할 것을 제시하면서 중국이 건설하고자 하는 현대화는 인류와 자연이 조화롭게 공생하는 현대화로서 더 많은 물질적 부와 정신적 부를 창조하여 날로 늘어나는 인민의 아름다운 생활에 대한 수요를 만족시켜야 할 뿐 아니라, 더욱 좋은 품질의 생태 제품을 제공하여 날로 늘어나는 인민의 아름다운 생태환경에 대한 수요도 만족시켜야 한다고 강조하였다. 따라서 반드시 절약 우선, 보호 우선, 자연 복구 위주의 방침을 견지하여, 자원절약과 환경보호의 공간구도, 산업구조, 생산방식, 생활방식을 형성하고 자연의 평안과 조화의 아름다움을 회복하여야 했다.

제18차 당 대회 이래, 시진핑은 전국 각지에서 고찰과 조사연구를 진행하면서 언제나 산간지역으로 가서 생태상황을 살펴보곤 하면서 생태환경을 보호하여야 한다고 신신당부하였으며, 생태문명건설은 중화민족의 영원한 발전과 이어지는 근본대계라고 강조하였다.

2018년 5월 18일부터 19일까지, 전국생태환경보호대회가 베이징에서 개최되었다. 시진핑은 대회에서 연설을 통해 새 시대 생태문명 건설을 추진하는 데에 대한 원칙을 제기하고, 생태문명체계의 구축을 가속화시킬 것을 강조하였다. 대회에서는 시진핑의 생태문명사상에 대해 분명하게 논하면서 새 시대 생태문명과 아름다운 중국의 건설을 추진함에 있어서 반드시 '6가지 원칙'을 견지하여야 한다고 제기하였다. '6가지 원칙'은 즉 인류와 자연의 조화로운 공생 원칙, 청산과 녹수는 금산·은산이라는 것, 양호한 생태환경은 가장 보편적인 혜택을 주는 민생복지라는 것, 산·강·수림·농지·호수·초지는 생명공동체라는 것, 가장 엄격한 제도와 가장 엄밀한 법치로 생태환경을 보호하여야 한다는 것, 전 세계 생태문명 건설을 공동으로 모색하여야 한다는 것이었다. 이 '6가지 원칙'을 제기함으로써 경제발전과 생태환경보호 간의 관계를 깊이 있게 제시하고, 경제사회의 발전법칙과 자연생태 법칙에 대한 인식을 심화시켜 생산의 발전, 부유한 생활, 양호한 생태를 유지하는 문명발전의 길을 따라 흔들림 없이 나아갈 수 있도록 방향을 제시해주었다.

생태환경을 보호하는 것은 곧 생산력을 보호하는 것이며, 생태환경을 개선하는 것은 곧 생산력을 발전시키는 것이다. 2015년 4월 25일 중국공산당 중앙위원회와 국무원은 「생태문명 건설을 가속적으로 추진하는 데에 관한 의견」을 인쇄 발부하여 법률 감독과 행정감찰을 강화하여 환경과 관련된 법규를 어긴 여러 가지 유형의 행위에 대해 '무관용'의 조치를 실행하며, 조사하고 처리하는 강도를 높이고, 법규 위반행위를 엄하게 징벌할 것을 명확히 제시하였다. 같은 해 7월 중앙개혁전면심화지도소조 제14차 회의에서는 한꺼번에 「환경보호 감찰방안(시행)」 「생태환경 감측네트워크의 구축방안」 「지도간부 자연자원자산 임기종결 심사를 전개하는 데에 관한 시행방안」 「당정 지도간부의 생태환경에 대한 손해책임 추공방법(시행)」 4건의 생태 관련 개혁방안을 심의 채택하였다. 같은 해 9월 중국공산당 중앙위원회와 국무원은 「생태문명체제 개혁의 총체적 방안」을 인쇄 발부하여 중국 생태문명체제 개혁의 지도사상·이념·원칙·목표·실시보장 등 중요한 내용에 대해 명확히 밝히고, 체계적이고 완전한 생태문명제도체계를 하루 빨리 수립하여 중국 생태문명 분야의 개혁을 위한 상부의 설계를 진행할 것을 제시하였다.

생태환경의 보호는 반드시 제도에 의지하고 법치에 의지하여야 한다. 2014년 8월 30일 중국공산당 중앙판공청, 국무원판공청은 「환경보호감찰방안(시행)」을 인쇄 발부하여 중앙 생태환경보호감찰제도를 정식으로 구축하였다. 2019년 6월 6일 중국공산당 중앙판공청, 국무원판공청은 「중앙 생태환경보호 감찰업무규정」을 인쇄 발부하여 감찰 전담기구를 설립하고, 성·자치구·직할시 당위원회와 정부, 국무원 관련 부서 및 관련 중앙기업 등을 조직하여 생태환경보호에 대한 감찰을 전개하였다. 2015년 1월 1일부터 실시된 「중화인민공화국 환경보호법」에는 최초로 생태문명 건설과 지속가능한 발전의 입법이념을 도입하였다. 2013년 6월 최고인민법원과 최고인민검찰원이 「환경오염 형사사건 처리 시 법률 적용 관련 몇 가지 문제에 대한 해석」을 출범시켜 환경오염범죄와 관련해 논죄(論罪)와 양형기준에 대한 새로운 규정을 내리고 단속 강도를 높였다. 제18차 당 대회 이래, 시진핑은 산시(陝西)성 옌안에서 산을 깎아 도시를 조성한 사건, 저장성 항쩌우의 쳰다오호(千島湖) 인근지대에 대해 규정을 어기고 건설한 사건, 친링(秦嶺) 북쪽 기슭 시안(西安) 구간에 토지를 점거하고 별장을 지은 사건, 신장(新疆)의 카산(卡山) 자연보호구에 대해 규정을 어기고 구역을 축소한 사건, 텅거리(騰格里) 사막의 오염사건, 칭하이(靑海)성 치롄산(祁連山) 국가급 자연보호구와 무리(木里) 탄광지역에 대한 파괴성 채굴사건, 간쑤성 치롄산 생태보호구 생태환경 파괴사건 등 생태환경을 심각하게 파괴한 사건에 대해 잇달아 중요한 회시(回示)를 하여 엄숙히 조사 처리할 것을 요구하였다. 그리하여 많은 간부들이 생태환경문제로 인해 문책을 받았다. 2017년 7월 중국공산당 중앙판공청, 국무원판공청은 간쑤성 치롄산 국가급 자연보호구의 생태환경 문제에 대해 통보하였다. 간쑤성의 당정 지도간부 약 100명이 문책을 받았는데, 그중에는 3명의 부(副)성장급 간부와 20여 명의 청장·국장급 간부가 포함되었다. 문책 강도와 범위의 큰 정도가 전국적으로 강렬한 충격을 조성하여 환경 관련 법률과 규정을 위반한 행위에 대해 '무관용' 원칙을 견지할 것이라는 당과 정부의 확고한 결심을 보여주었다.

　제18차 당 대회 이래, 청산과 녹수는 금산과 은산이라는 이념이 날로 확고해져 산·물·수림·농지·호수·초지를 통일적으로 계획하여 체계적으로 다스리는 것을 통해 국토의 공간개발 구도를 최적화하고, 지역 간 산업구도를 조정하며, 청정 생산을 발전시키고, 녹색발전을 추진함으로써 푸른 하늘·맑은 물·깨끗한 토양에 대한 보위전을 잘 치러나갔다. 이와 동시에 낙후한 설비를 도태시키고, 소규모 석탄보일러에 대한 정리를 강화하였으며, 중점 업종의 에너지 절감 및 오염물 배출을 줄이는 것을 추진하고, 석유제품의 품질을 향상시켰으며, 중점 하천유역과 해역의 수질오염 예방퇴치를 강화하고, 화학비료와 농약사용량의 제로성장을 실현하였으며, 중대 생태보호 및 복원 프로젝트를 추진하는 등의 업무를 전개하였다. 지금 중국의 하늘은 더 푸르러지고 있고 물은 더 맑아지고 있으며, 생태환경이 뚜렷하게 호전되고 있어 아름다운 중국을 건설하는 데에서 중요한 진전을 이루고 있는 것이다.

6.
당의 전면적 영도와
엄격한 당 관리의 강화

중국공산당의 영도는 '중국 특색의 사회주의'의 가장 본질적인 특징이며, '중국 특색의 사회주의' 제도의 가장 큰 장점이다. 제18차 당 대회 이래, 당의 전면적인 영도가 더 한층 강화되었으며, 전면적으로 당을 엄하게 다스림에 있어서 뚜렷한 성과를 거두었다.

전반적인 국면과 관련한 중대한 업무에 대해 집중적이고 통일적인 영도를 더 한층 강화하기 위하여 중앙개혁전면심화지도소조·중앙국가안전위원회·중앙인터넷안전 및 정보화지도소조·중앙군사위원회국방 및 군대개혁심화지도소조 등을 잇달아 설립하였다. 2018년 당과 국가 기구의 새 라운드 개혁과정에서 상기의 소조들이 위원회로 승격하였으며, 또 중앙전면의법치국위원회·중앙심계(회계감사)위원회·중앙교육업무지도소조를 새롭게 설립하였다. 중국공산당 중앙위원회의 정책결정과 의사결정의 조정 기구로서의 이들 기구는 당과 국가사무의 역사적인 성과를 추진하고, 역사적인 변혁을 일으키고, 당의 전면적인 지도를 강화하는 과정에서 매우 중요하고도 관건적인 역할을 발휘하였다.

제18차 당 대회 이후 「중국공산당 당조 업무조례」를 반포하고, 「중국공산당 지방위원회 업무조례」「중국공산당 국유기업 기층조직 업무조례(시행)」「중국공산당 당과 국가기관 기층조직 업무조례」 등을 잇달아 개정함으로써 당의 지도 핵심역할을 한층 더 잘 발휘하였다. 「국유기업 개혁을 심화하는 과정에서 당의 영도를 견지하고 당 건설을 강화하는 데에 대한 몇 가지 의견」「사회조직 당 건설을 강화하는 데에 관한 의견(시행)」「당의 대중단체 사업을 강화하고 개진하는 데에 관한 의견」「새로운 정세에서 대학교 사상정치 사업을 강화하고 개진하는 데에 대한 의견」 등을 출범시켜 국유기업·사회조직·대중단체·대학교 등에 대한 당의 영도를 더 한층 강화하고 변화 발전시켰다. 2015년 1월부터 중앙정치국 상무위원회는 여러 차례 회의를 열어 전국인민대표대회 상무위원회·국무원·전국정치협상회의·최고인민법원·최고인민검찰원 당조의 업무보고를 청취하였다. 이 같은 조치와 배치는 중국공산당 중앙위원회의 집중적인 통일 영도를 더 한층 강화시켰다.

제18차 당 대회 이래, 이데올로기 사업이 전례 없이 중시되면서 중국공산당 중앙위원회는 이데올로기 사업에 대한 지도권을 반드시 확고하게 장악할 것을 거듭 강조하였다. 2013년 8월 19일 시진핑은 전국사상선전업무회의에서 연설할 때, 이데올로기 영역에서 마르크스주의의 지도적 지위를 공고히 하고, 전 당과 전국의 인민이 단합 분투하는 공동의 사상토대를 공고히 해야 한다고 지적하였다. 2014년 10월 15일 시진핑은 문학예술업무좌담회를 직접 주재하고 문학과 예술은 인민의 목소리를 잘 반영하여야 한다면서 인민을 위해 봉사하고 사회주의를 위해 봉사하는 근본 방향을 견지할 것을 강조하였다. 2015년 10월 중국공산당 중앙위원회는 「사회주의 문학예술을 번영 발전시키는 데에 관한 의견」을 인쇄 발부하여 사회주의 문학예술을 무엇 때문에, 그리고 어떻게 번영시켜야 할 것인지 등에 대한 문제에 대해 구체적이고도 분명하게 논술하였다. 2016년 5월 17일 시진핑은 철학사회과학사업좌담회를 주재하고, 중국 특색의 철학사회과학을 구축하는 것에 주력할 것을 요구하였다. 2017년 3월 5일 중국공산당 중앙위원회는 「중국 특색의 철학사회과학을 서둘러 구축하는 데에 관한 의견」을 인쇄 발부하여 중국 특색·중국 풍격·중국 기백을 고루 갖춘 학과체계·학술체계·언어체계를 구축할 것을 제시하였다.

최근 몇 년간 중국 인터넷사업이 비약적인 발전을 이룸에 따라 인터넷문화진지 건설을 강화해야 하는 중요성이 한층 더 두드러졌다. 2014년 2월 중앙인터넷안전 및 정보화지도소조가 설립되고 시진핑이 조장을 맡았다. 2016년 11월 7일 제12기 전국인민대표대회 상무위원회 제24차 회의에서는 높은 득표수로 「중화인민공화국 인터넷 안전법」이 채택되었다. 이는 중국 인터넷 안전 분야 최초의 전문 법률로서 법에 의해 인터넷을 관리하고, 인터넷 위험을 해소하기 위한 법률 무기를 마련하였다. 2018년 4월 20일 전국 네트워크 안전 및 정보화업무회의가 개최되었다. 회의에서 시진핑이 연설을 통해 인터넷 종합 운영능력을 향상시켜야 한다면서 당위원회가 영도하고, 정부가 관리하며, 기업이 직책을 이행하고, 사회가 감독하며, 네티즌이 자율하는 등 여러 주체의 참여 아래 경제·법률·기술 등 여러 가지 수단을 결합시킨 종합적인 인터넷 관리구도를 형성시킬 것을 강조하였다. 중국공산당 중앙위원회 제19기 제4차 전원회의에서는 "인터넷 종합운영체계를 구축 완비하고, 인터넷 콘텐츠의 건설을 강화하고 혁신하며, 인터넷 기업정보 관리주체로서의 책임을 이행하고, 인터넷 운영능력을 전면적으로 향상시켜 청정한 인터넷 공간을 조성할 것"을 명확히 제기하였다.

18차 당 대회 이후 인민군대에 대한 당의 절대적 영도가 강화되어 국방과 군대의 현대화 건설이 전면적으로 추진되었다. 2013년 3월 제12기 전국인민대표대회 제1차 회의 해방군 대표단 전체회의에서 시진핑 주석이 처음으로 "당의 지휘에 따르고, 전쟁에서 이길 수 있으며, 기풍이 훌륭한 인민군대"를 건설할 것이라는 강군 목표를 제시하여 새 시대 국방과 군대의 현대화 건설에 명확한 방향을 제시하였다. 새 시대 강국의 목표를 실현함에 있어서 인민군대에 대한 당의 절대적 영도를 견지하는 것이 근본적인 보장이었다. 2012년 11월 중앙군사위원회는 "중앙군사위원회 업무규칙"을 개정하여 군사위원회 주석 책임제를 명확히 써넣었다. 2014년 10월 30일부터 11월 2일까지 전 군 정치업무회의가 푸젠성 상항(上杭)현 꾸텐(古田)진에서 열렸다. 시진핑 주석이 회의에서 중요 연설을 통해 "혁명적인 정치업무는 혁명군대의 생명선으로서 군대의 정치업무는 강화해야지 약화시켜서는 안 된다"라고 강조하였다. 인민군대는 당의 정치적 임무를 수행하는 무장집단으로서 반드시 당의 절대적인 영도를 견지하고 확고부동하게 당의 말에 따르고 당을 따라야 하며, 당이 가리키는 방향으로 나가야 한다.

제18차 당 대회 이래 중국공산당 중앙위원회와 중앙군사위원회는 개혁을 관건적인 조치로 삼고 제반 방면의 체제와 메커니즘의 폐단을 단호히 타파하여 개혁을 통한 강군을 대대적으로 추진하였다. 2015년 말부터 "군사위원회의 집중 통일 영도와 전략 지휘, 전략관리기능을 강화하고(軍委管總) 작전구 차원의 통일된 공동작전지휘 기구를 설립해 작전을 전담하며(戰區主戰), 군대발전의 전문화 추세에 맞춰 군종은 군 건설을 위주로 하는(軍種主建)" 원칙에 따라 군사위원회 기관 15개 기능 부서를 조정·개편하고, 육군 지도기구, 로켓군, 전략지원부대, 합참보장부대를 설립하여 '중앙군사위원회—군종—부대'의 지도관리 체계를 구축하였다. 군사위원회 합동작전지휘 기구를 보완하고 작전지역 합동작전지휘 기구를 설립하여 7대 군구를 5대 작전구로 조정 설치하고, 합참보장체제 개혁을 실시하였으며, '중앙군사위원회—작전구—부대'의 작전지휘체계를 구축하여 인민군대의 조직구조와 역량체계의 혁명적 재편을 실현하였다.

당을 전면적으로 엄하게 다스리는 것은 제18차 당 대회 이래 당의 자체 건설에서 가장 뚜렷한 특징이 되었다. 당원 간부들이 취지의식과 마르크스주의 대중관점을 확고히 수립하고, 업무의 기풍을 확실하게 개량 진보시키며, 대중의 반영이 강렬한 두드러진 문제를 해결하여 당의 선진성과 순결성을 유지하고, 당의 집권 토대와 집권 지위를 공고히 할 수 있도록 당원 간부들을 교육하고 이끌기 위하여, 제18차 당 대회의 조치에 따라 2013년 5월 중국공산당 중앙위원회는 「전 당 내에서 당의 대중노선 교육실천 활동을 깊이 있게 전개하는 데에 대한 의견」을 인쇄 발부하여, 2013년 6월부터 2014년 9월까지 전 당 내에서 두 차례에 나누어 국민을 위한 실무적 업무전개와 청렴을 주요 내용으로 하는 당의 대중노선 교육실천 활동을 전개하였다. 이번 교육실천 활동은 "거울에 비춰보고 의관을 단정히 하며, 목욕을 하고 병을 치료하라"라는 총체적 요구에 따라 당 건설의 관건 분야에 역점을 두고 형식주의·관료주의·향락주의·사치풍조의 '네 가지 기풍(四風)' 문제를 집중 단속함으로써 대중들 속에서 당의 위망과 형상을 더 한층 수립하여, 당심과 민심이 더욱 단합할 수 있도록 하였다. 2015년 4월 중국공산당 중앙판공청은 「현급·처급 이상 지도간부들 속에서 "세 가지 엄격과 세 가지 실속(三嚴三實)"8이라는 주제교육 방안」을 인쇄 발부하였다. 그 주제교육은 그 후 전 당 내에서 전개되었다. 2016년 2월 중국공산당 중앙판공청은 「전체 당원들 속에서 "당규약을 학습하고, 시리즈 연설을 학습하고, 합격된 당원이 되기를 실천하는(兩學一做)" 학습교육을 전개하는 데에 대한 방안」을 인쇄 발부하였다. 2016년 3월 중국공산당 중앙판공청은 또 「'두 가지 학습 한 가지 실천(兩學一做)' 학습교육의 상시화와 제도화를 추진하는 데에 관한 의견」을 인쇄 발부하여 "두 가지 학습, 한 가지 실천"을 전 당에서 성실하게 추진하였다.

　　2016년 7월 1일 시진핑이 중국공산당 창당 95주년 경축대회에서 한

---

8) 삼엄삼실(三嚴三實) : 삼엄은 심신을 수련함에 엄격하고, 권리를 행사함에 엄격하며, 자율에 엄격하는 것이고, 삼실은 일을 꾀함에 실속 있게, 창업을 실속 있게, 인간다움에 실속 있게 하는 것이다.

연설에서 처음으로 "초심을 잃지 말자"라는 문제를 제기하였고, 제19차 당 대회에서는 당내에서 "초심을 잃지 말고 사명을 명기하자"라는 주제교육을 전개할 것을 명확히 제기하였다. 제19차 당 대회가 폐막된 후 제19기 중앙정치국 상무위원회는 특별히 상하이와 쟈싱(嘉興)으로 가서 상하이에 위치한 중국공산당 제1차 전국대표대회 옛터와 난후(南湖)의 붉은 배(紅船)을 바라보았다. 2019년 5월 13일 중국공산당 중앙정치국은 회의를 열고 2019년 6월부터 전국의 각급 당 위원회로부터 아래에 이르기까지 두 차례에 나누어 "초심을 잃지 말고 사명을 명기하자"라는 주제교육을 전개하기로 결정하였다. 2019년 5월 31일 중국공산당 중앙위원회는 "초심을 잃지 말고 사명을 명기하자"라는 주제교육 업무회의를 개최하였다. 회의에서 시진핑이 주제교육을 전개하는 중대한 의의에 대해 깊이 있게 분명히 논술하였으며, 주제교육의 목표요구와 중점조치에 대해 구체적으로 밝혔다. 제1차 주제교육은 2019년 6월부터 시작하여 8월에 기본적으로 끝냈고, 제2차 주제교육은 2019년 9월에 시작하여 11월말에 기본적으로 마무리 지었다. 이번 주제교육은 지난 몇 차례의 당내 집중교육을 통한 경험을 종합하고, 새 시대 맞는 당내의 집중교육을 전개하는 데에 대한 새로운 탐구를 진행하고 새로운 경험을 쌓았으며, 전 당의 사상적 통일과 정치적 단합, 행동상의 일치를 촉진토록 하였다.

정치노선이 확정된 후에는 간부가 바로 결정적인 요소이다. 2013년 6월 시진핑은 전국조직업무회의에서 확고한 신념을 가지고 인민을 위해 봉사하고, 근면하고 실무적이며, 정무를 보고 과감히 책임지며,

청렴하고 훌륭한 간부의 기준을 명확히 제기하였다. 2014년 1월 중국 공산당 중앙위원회는 개정된 「당정 지도간부 선발임용업무조례」를 인쇄 발부하여 당 조직의 지도역할과 심사역할을 강화하고, 추천 고찰하는 방식을 개진(改進)하여 원래의 민주적 추천 결과를 선발임용의 '중요한 의거'로 삼던 데서 '중요한 참고'로 한다고 바꾸고, "표의 수를 위주로 하고" "점수를 위주로 하며" "GDP를 위주로 하고" "연령을 위주로 하는" 등의 문제를 해결함으로써, 과학적인 간부선발 임용시스템과 감독관리시스템을 구축하고 보완하였다. 2018년 7월 전국조직업무회의에서 시진핑이 연설을 통해 새 시대 당의 조직노선이 "새 시대 '중국 특색의 사회주의' 사상을 전면 관철시켜 조직체계 건설을 중점으로 삼고, 충성심이 있고 청렴하며 책임감이 높은 자질을 갖춘 간부를 양성하는 데 주력하고, 애국적이고 헌신적인 여러 분야의 우수한 인재를 모으는데 주력하며, 재덕을 겸비하고 덕목을 우선시하며 오로지 인격과 능력을 갖춘 인재 위주의 인재등용 원칙을 견지하고, 당의 전면적인 영도를 견지하고 강화하기 위한, 그리고 '중국 특색의 사회주의'를 견지하고 발전시키기 위한 튼튼한 조직적 보장을 마련하는 것"이라고 명확하게 제기하였다.

당 건설제도개혁이 깊이 있게 추진되고, 당내 법규제도체계가 꾸준히 보완되었다. 2013년 11월 중국공산당 중앙위원회는 「중앙 당내 법규제정사업 5년 계획요강(2013~2017년)」을 발표하였다. 2017년 6월 중국공산당 중앙위원회는 「당내 법규제도 건설을 강화하는 데에 관한 의견」을 인쇄 발부하였다. 2018년 2월 중국공산당 중앙위원회는

「중앙 당내 법규제정사업 제2차 5년 계획 (2018~2022년)」을 인쇄 발부하였다. 제18차 당 대회 이래, 당내 법규제도 건설에서 중대한 진전을 이루었다. 대량의 당내 법규를 개정하고 새로 제정하였는데, 2018년 한해에만 출범한 중앙법규가 74부에 달했다. 대량의 당내 법규가 제정됨에 따라 제도적으로 당을 다스리고, 규정에 의해 당을 다스려 "권력을 제도의 울타리 안에 가두겠다"는 목표가 실현되고 있는 것이다. 중국공산당은 혁명의 이상과 철의 규율로 조직된 마르크스주의 정당으로서 조직이 엄밀하고 규율이 엄격한 것은 당의 훌륭한 전통과 정치적 우위이며, 또한 당의 '힘의 원천'이다. 당을 전면적으로 엄하게 다스림에 있어서 규율 건설을 강화하는 것이 무엇보다 중요하다. 제18차 당 대회 이래, 당내 규율 건설에 전례 없는 큰 중시를 기울였으며, 규율과 규칙을 유기적으로 연결시켜 규율은 성문화된 규칙이고, 규칙은 성문화되지 않은 규율이며, 규율은 강성규칙이고, 규칙은 자아단속의 규율이라고 명확하게 지적하였다. 「중국공산당 청렴자율준칙」「중국공산당 규율처분조례」를 개정하여 높은 기준을 확립하고, 하한선을 규정했으며, 당의 규율을 정치규율·조직규율·청렴규율·대중규율·업무규율·생활규율 등 '6항 규율'로 명확히 개괄하였다. 이와 동시에 정치규율과 정치규칙을 명확하게 하는 깃을 시종일관 최 우선리에 놓았다. 2016년 1월 중앙정치국회의에서는 정치의식·대국의식·핵심의식·일치유지의식 등 '네 가지 의식'을 증강시킬 것을 명확히 제기하였다. 2016년 10월 중국공산당 제18기 제6차 전원회의에서는 「새로운 정세에서 당내의 정치생활에 관한 몇 가지 준칙」을 심의 채택하여 정치규율의 '12가지 불허'에 대해 제기하였다. 2019년 1월 중국공산당 중앙위원회는 「당의 정치건설을 강화시키는 데에 관한 의견」을 인쇄 발부하여 당의 정치건설을 핵심과업으로 하여 당의 제반 건설을 전면적으로 추진하는 데에 대해 명확한 요구를 제기하였다.

당의 기풍은 당의 이미지이고, 당과 대중의 관계, 간부와 대중의 관계 및 민심의 향배를 관찰하는 '청우계(晴雨計)'이다. 제18차 당 대회 이래, 기풍건설을 꾸준히 강화하였다. 2012년 12월 중앙정치국은 「업무기풍을 개선하고 대중과 밀접하게 연결하는 데에 관한 8가지 규정」을 심의 채택하였다. 이는 제18차 당 대회 이후 채택된 첫 번째 중요한 당내 법규이며, 또한 제18차 당 대회 이후 기풍 개선을 위한 첫 번째 중대한 조치로서, 형식주의·관료주의·향락주의·사치풍조에 대해 엄격하게 다스림으로써 간부 대오의 기풍을 개선하고, 간부와 대중의 관계를 개선하는데에 매우 중요한 역할을 하였다. 2013년 11월 중국공산당 중앙위원회와 국무원은 「당정기관 절약 실행 낭비 반대조례」를 인쇄 발부하였다. 그 후 「당정 기관 국내 공무 접대 관리규정」 「당정기관이 명승지에 가서 회의하는 것을 엄금하는 데에 관한 통지」 「중앙과 국가기관의 출장 및 숙박 비용 기준 조정 등에 관련한 문제에 대한 통지」 등을 포함한 20여 부의 관련제도를 출범시켜 중앙의 8가지 규정정신을 관철 이행하고, 사치와 낭비 풍조를 원천적으로 억제할 수 있는, 실행 가능하고 활용 가능한 구체적인 규범을 마련하였다. 2017년 10월 중국공산당 제19기 중앙정치국 첫 회의에서 「중국공산당 중앙정치국 중앙 8가지 규정 관철 이행 실시세칙」을 심의 채택하여 꾸준하게 기풍을 바로잡고, 규율을 엄숙히 하고자 하는 시진핑 동지를 핵심으로 하는 당 중앙의 분명한 태도와 확고한 결심을 보여주었으며, 기풍건설을 한시도 멈추지 않고 깊이 있게 발전시키려는 강렬한 신호를 전 당과 전 사회에 방출하였다. 제18차 당 대회에서 제19차 당 대회까지 전국적으로 중앙 8가지 규정정신 위반문제를 총 176,100건을 조사 처리하고, 당원 간부 총 239,000명을 처리하였으며, 총 128,000명이 당규율과 행정규율 처분을 받았는데, 이는 하루 평균 약 140명이 처분을 받은 셈이다. 2020년 5월에만 전국적으로 중앙 8가지 규정정신 위반문제 10,091건을 조사처리하고, 14,506명이 처분을 받았으며, 8,149명이 당규율과 정무 처분을 받았다. 당규율과 정무처분을 받은 간부 중 지구(地)급·청(廳)급 간부가 32명, 현(縣)급·처(處)급 간부가 475명, 향(鄕)급·과(科)급 및 그 이하 간부가 7,642명이 포함되었다.

순시감독의 '예리한 검'의 역할을 충분히 발휘하였다. 제18차 당 대회 이래, 중국공산당 중앙위원회는 순시감독 업무를 크게 중시하여, 중앙정치국과 중앙정치국 상무위원회가 여러 차례 회의를 열어 순시감독업무에 대해 연구하고, 순시감독보고를 청취하였으며, 순시감독 주제보고를 심의하였다. 중국공산당 중앙위원회는 순시감독업무 5개년 계획을 제정하고, 순시감독업무방침을 확립하였으며 순시감독의 정치적 지위를 심화시키고, 순시감독업무구도를 보완하였으며, 순시감독 성과의 활용을 강화하고, 순시감독 업무를 강화하고 개선하기 위한 일련의 중대한 정책결정을 조치하였다. 중국공산당 제18기 중앙위원회는 총 12라운드의 순시감독을 전개하여 277개 조직에 대해 순시감독을 진행하였으며, 16개 성·자치구·직할시에 대해 '뒤돌아보기 식' 순시감독을 전개하고, 4개 중앙기관에 대해 '기동 식' 순시감독을 전개하였다. 여러 성·자치구·직할시 당위원회는 총 8,362개의 당 조직에 대한 순시감독을 조직하였다. 중앙군사위원회는 13차례에 걸쳐 순시감독을 조직 전개하였는데, 군사위원회의 관리를 받는 당 조직에 대한 상시화 순시감독과 '뒤돌아보기 식' 순시감독이 전면적으로 포함되었으며, 또 3차례에 걸쳐 특별 '기동 식' 순시감독을 전개하였다. 중국공산당 중앙위원회의 강력한 지도아래 순시감독 업무가 당 역사상 처음으로 한 임기 안에 전면적으로 실현되었다. 2019년 9월에 이르러 중국공산당 제19기 중앙위원회는 이미 4라운드의 순시감독을 전개하였다. 2019년 12월 22일부터 25일까지 15개 중앙 순시감독팀이 중서부지역의 13개 성·자치구·직할시와 13개 중앙기관단위에 대한 집중 파견 주둔을 완성함에 따라 제19차 당 대회 이후 최초로 중앙 순시감독의 '뒤돌아보기'가 정식으로 가동되었다.

'무관용'의 자세로 부패를 징벌하고 다스려 부패척결 투쟁에서 압도적인 승리를 거두었다. 제18차 당 대회 이래, 시진핑 동지를 핵심으로 하는 당 중앙위원회는 막중한 역사적 책임감과 깊은 사명을 내포한 우환(憂患)의식, 완강한 의지품성으로 청렴한 당풍 건설과 부패척결 투쟁을 대대적으로 추진하였다. 이러한 "절대로 져서는 안 되는 투쟁"을 통해서 당과 인민에게 우수한 답안지를 내놓았다. 2012년 12

월 6일 중국공산당 중앙기율검사위원회 관계자가 실증한바에 따르면 쓰촨성 당위원회 부서기 리춴청(李春城)이 엄중한 규율위반혐의로 조직의 조사를 받았다. 리춴청은 제18차 당 대회 이후 처음으로 조사를 받는 성(省)급·부(部)급 간부로 이로부터 "호랑이 때려잡기" 서막을 열었다. 제18차 당 대회 이래, 중국공산당 중앙위원회는 부패척결에는 "무(無)금지구역, 전면 포괄, 무관용"의 원칙을 견지하면서 "호랑이 때려잡기" "파리 때려잡기" "여우사냥" 등을 확고부동하게 추진하여 "감히 부패를 저지를 엄두를 내지 못하고, 부패를 저지를 수 없으며, 부패를 저지를 생각을 하지 않는 것"의 일체화를 추진하였다. 중국공산당 제18기 중앙위원회의 비준을 거쳐 입건 심사 처리한 성급·군급 이상 당원 간부 및 기타 중앙 조직부 등록 간부(中管幹部)가 440명, 청급·국급 간부가 8,900여 명, 현급·처급 간부가 6만 3천 명에 이르고, 기층 당원 간부 278,000명이 처분을 받았으며, 저우융캉(周永康) 등이 규율과 법을 심각하게 어긴 사건을 철저히 조사 처리하였다. 제19차 당 대회에서도 부패척결에 대한 고압적인 태세가 이어졌다. 제19차 당 대회가 폐막되어서부터 2018년 말에 이르기까지 77명의 중앙 조직부 등록 간부가 잇달아 입건심사와 조사를 받았다. 동시에 기층의 부패, 특히 빈곤구제영역의 부패와 기풍문제에 대해 중점적으로 징벌하였으며, 조직폭력배의 보호세력을 엄하게 징계하였다.

제18차 당 대회 이래 중앙 8가지 규정의 제정과 집행을 실행하고부터 내부에 칼날을 겨냥하고 당을 전면적으로 엄하게 다스리는 조치를 확고부동하게 추진하여 과거에 해결할 수 없다고 여겨왔던 수많은 문제들을 해결하였으며, 부패척결 투쟁에서 압도적인 승리를 거두고 "감히 부패를 저지를 엄두를 내지 못하고, 부패를 저지를 수 없으며, 부패를 저지를 생각을 하지 않는 시스템"의 일체화를 추진한다는 조치를 꾸준히 밀고 나감으로써, 당풍과 정풍(정치기풍), 사회기풍에서 전면적이고 심대한 영향을 일으킨 고무적인 변화가 일어났던 것이다.